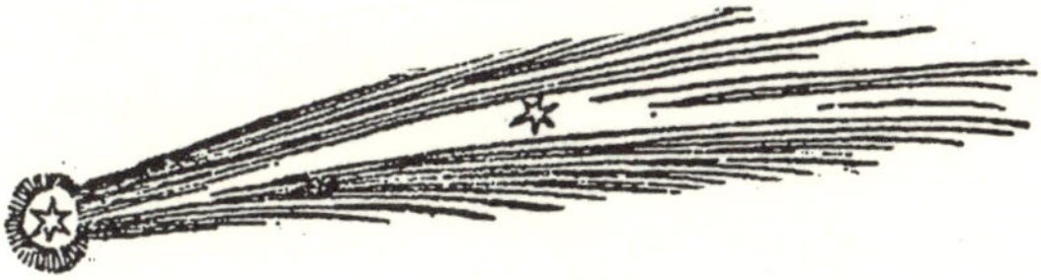

UWE GARDEIN

Das Mysterium des Himmels

ALS DER HIMMEL ZERBRACH Das Land zwischen Rhein, Donau und Alpen ist altes Keltenland. Vor 2.300 Jahren kommt der Hirte Ekuos mit seinen Schafen aus den Bergen ins Tal. Ein Auserwählter, der das »zweite Gesicht« besitzt. Begleitet wird er von seinem Gefährten Matu dem Treiber und von Kida, einer von ihm aufgezogenen Wölfin. Ekuos hat Himmelsbilder gesehen, die er nicht deuten kann. Er will den Weisen von den Erscheinungen am Firmament berichten, doch im Tal erfährt er, dass sein Bruder Atles verschleppt wurde. Sofort macht er sich gemeinsam mit Matu auf die Suche nach dem Vermissten. Unterwegs trifft er nicht nur weitere Seher, die von ungewöhnlichen Ereignissen am Himmel der Götter berichten, sondern auch seine große Liebe. Doch am Ende der langen Reise soll sich die alte Prophezeiung vom Einsturz des Himmels auf schreckliche Weise bewahrheiten …

Uwe Gardein lebt in der Nähe von München. Er ist Autor von Büchern, Drehbüchern und Theaterstücken. 1989 erhielt er das Förderstipendium für Literatur der Landeshauptstadt München. Als Historiker beschäftigt er sich seit Jahren intensiv mit der Geschichte Bayerns. »Das Mysterium des Himmels« ist sein dritter historischer Roman im Gmeiner Verlag.

Bisherige Veröffentlichungen im Gmeiner-Verlag:
Die Stunde des Königs (2009)
Die letzte Hexe – Maria Anna Schwegelin (2008)

UWE GARDEIN

Das Mysterium des Himmels

Historischer Roman

GMEINER *Original*

Besuchen Sie uns im Internet:
www.gmeiner-verlag.de

Im Ehnried 5, 88605 Meßkirch
Telefon 07575/2095-0
info@gmeiner-verlag.de

1. Auflage 2010

Lektorat: Claudia Senghaas, Kirchardt
Herstellung / Korrekturen: Julia Franze / Doreen Fröhlich
Umschlaggestaltung: U.O.R.G. Lutz Eberle, Stuttgart,
unter Verwendung der Bilder von. © Marie-Lan Nguyen / Wikimedia
Commons und »Komet über Augsburg« von Lucas Schultes / zeno.org
Druck: Fuldaer Verlagsanstalt, Fulda
Printed in Germany
ISBN 978-3-8392-1075-8

1. An einem Morgen

Das Licht!

Für einen beinahe unbemerkten Augenblick riss das dunkle Himmelsgewölbe auseinander und Feuer schoss aus ihm heraus. Dann schloss die Finsternis den Himmel wieder zu, als wäre nichts geschehen. Die schwarze Nacht senkte sich aus dem Jenseits auf die Erde wie ein Leichentuch.

Ekuos der Hirte, bestürzt und erschreckt durch dieses Ereignis, richtete seinen Blick in Richtung Osten, von wo das Licht des neuen Tages kommen sollte. Still flehte er die Götter an, es geschehen zu lassen. Als er endlich sehen konnte, wie die Götter die Kräfte der Dunkelheit vom Firmament schoben und der Helligkeit zur Geburt verhalfen, da dachte er wieder an das, was er nun einmal mehr gesehen hatte. Zuerst hielt er die feurige Himmelserscheinung für eine Irritation seiner Augen, verursacht durch sein Leben in der Einsamkeit, später aber sah er die Geschehnisse erneut und nun noch einmal. Flammen schlugen aus dem Himmel, das hatte er gesehen, und er dachte darüber nach, was sie wohl zu bedeuten haben.

Bevor von Osten her, dort, wo einst das Leben entstand, die Dämmerung anzeigte, das Leben darf weitergehen, ist die Nacht so finster wie in keinem anderen Moment. Diese absolute Dunkelheit wird eines

Tages über die Welt kommen und alles Leben auslöschen. Einmal wird es so sein, dass die Götter den Himmel einstürzen lassen. Das glaubten die Menschen und Ekuos glaubte es auch. Über dem Land standen nun zwei mächtige Wolken wie große Augen unter buschigen Brauen. Auf der Ebene und den leichten Hügeln lebten viele Bäume. Ihr Atem war kühl und ihre Blätter schwiegen. Es roch wie in den letzten kalten Frühlingstagen.

Eine kleine Herde Tiere zog langsam einen Hügel hinauf. In ihrer Mitte ging ein kräftiger Bursche, den Kopf hielt er zu Boden gesenkt. Ekuos gefiel es nicht, dass die Dunkelheit bald wieder von Osten her das Land bedecken würde und er sich mit der Herde noch immer im Bereich der unteren Wälder befand. Er wollte eine baumlose Gegend erreichen, über die er hinwegsehen und dadurch Gefahren frühzeitig entdecken konnte. In der Ferne sah Ekuos einen einsamen Baum im Licht der untergehenden Sonne stehen. War das ein Zeichen? Noch aber war sie in ihm, die Hoffnung, dass es ein kommender Morgen und ein Tag werden wird, an dem es hell ist. Ekuos schloss die Augen und dankte den Göttern für die Gnade des Lichts. Nach einer Weile öffnete er sie wieder, ohne seine Position zu verändern. Noch immer musste er an das Feuer am Himmel denken. Es war eine Botschaft, da war er sich sicher, aber er konnte sie nicht lesen. Noch nicht.

Ekuos der Hirte erwartete an einen Baum gelehnt die Morgendämmerung. Im Steinkreis vor ihm, in dem noch eine bescheidene Glut leuchtete, wurde die Flamme von ihm wieder erweckt. Ein wenig Reisig genügte, um sie erneut zu entfachen. Er spürte Furcht in sich. Erstmals hatte er das Feuer am Himmel gesehen, als die Äpfel sich röteten. Später noch einmal, da waren sie mit den Schweinen durch die Kastanienwälder gezogen. Und nun war es wieder geschehen. Zunächst hatte er geglaubt, dass es nichts war, ein falscher Wimpernschlag, mehr nicht. Jetzt aber war die Furcht in seinem Kopf und die erschien niemals ohne einen Grund. Es war da, dieses Feuer, und er, Ekuos der Hirte, hatte es mit eigenen Augen am Himmel gesehen. Er wird darüber schweigen, denn sie werden es ihm nicht verzeihen. Jeder seiner Sippe glaubte, dass einmal der Himmel einstürzen wird, doch hören wollten sie darüber nichts. Vielleicht würden einige sogar behaupten, aus ihm spräche das Böse.

Er nahm sein Kreuz in die Hand. Der Sippenälteste hatte es ihm um den Hals gelegt, als sie ihn zum Hirten ernannten. Es war aus Silber gefertigt, dem Metall der Mondgöttin. Das Kreuz war in einen Kreis aus Bronze eingearbeitet und hing an einer Schnur, die aus Pferdehaaren geflochten worden war. Das Kreuz zeigte ihm die vier Himmelsrichtungen, es stand für die geistige und die materielle Welt. Das Kreuz sollte ihm den Zugang zu der anderen, göttlichen Welt öffnen, als Übergang und Brücke zur Weisheit des Himmels. Ekuos legte den Kopf in den Nacken und schaute hinauf.

In der Ferne hörte er einen Hahn. Nur wenn der

Hahn krähte, war die Welt noch in Ordnung. Das heilige Tier der Sonnengöttin rief den Menschen die Nachricht zu, es ist vollbracht, der Tag wird beginnen. Endlich. Ekuos dachte an den alten Nachbarn, der aus Dummheit oder aus Nachlässigkeit den Tod eines Hahns zu verantworten gehabt hatte. Er musste sterben, denn der Schutz und die Verehrung des göttlichen Lichts stand über allem. Ekuos atmete tief und eine sanfte Müdigkeit überkam ihn.

Seit er mit der Herde unterwegs war, wartete er auf ein Zeichen der Götter. Aber es geschah nicht, also würde er in den Bergen bleiben müssen. Um seinen Geist für die Mitteilung aus der anderen Welt zu öffnen, aß er seit Tagen nichts. In seinem Rücken gab es eine Quelle, mehr als Wasser brauchte er nicht.

Das hatte ihn sein weiser Lehrer gelehrt. Sie waren fünfzehn Monde lang durch das Land gereist. Immer wenn ein voller Mond den Himmel geschmückt hatte, nahm sich Ekuos einen kleinen Stein vom Boden und steckte ihn ein. So wusste er bei seiner Rückkehr, wie lange die Reise gedauert hatte. Aber natürlich war es nicht darum gegangen. Der weise Mann wollte ihm den Weg vom Hirten zum Seher bahnen. Ekuos musste sich den Göttern zeigen und sie entschieden, ob er ein Seher sein konnte. Nun waren bereits weitere dreizehn Monde vergangen, aber er blieb ohne Nachricht der Götter.

Hunger war ein Weg sich zu ändern. Nichts in seinem Körper sollte ihn zu unreinen Gedanken führen können. Wer am Himmel der Götter etwas sehen will, der muss rein sein. Die einfachen Menschen lebten in der Gefangenschaft ihrer Begierden. Dazu hatten sie die Götter aber nicht erschaffen. Die innere Welt und das Erkennen des Lebens erreichte niemand, der sich mit Essen, Kleidung und Geschmeide zufriedengab. Aber so waren sie, die Menschen, hatte ihn der weise Mann gelehrt.

»Sagt mir, was ich tun soll.« Ekuos hob seinen Blick zum Himmel.

Ein kleiner Vogel schwebte vorüber und wartete über den wogenden Ästen einer Baumgruppe, um sich dann vollständig aufzulösen. Nur eine Feder fiel zu Boden. Die Luft blieb so unsichtbar wie die Gedanken. Ekuos sah und er sah auch das Unsichtbare. So wollten es die Götter. Aber wenn er sah, dann erkannte er das Gesehene nicht immer. Die Mysterien des Himmels blieben ihm ein Rätsel. ›Habe Geduld‹, hatte ihn sein Lehrer einst beruhigt. Doch das gelang ihm nicht immer. Ekuos lief hinüber und hob die niedergegangene Feder vom Boden auf. Die Götter schickten ihre Nachrichten durch Vögel vom Himmel auf die Erde. Er nahm die Feder zwischen seine Finger und sie zog ihn zu Boden, wo er ein großes Feuer in die Erde malte. Das war nicht er, der da tätig gewesen war. Eine andere Kraft zwang ihn dazu und er hatte keinerlei Erklärung für das, was er da am Boden sah. Erschreckt warf er die Feder weit von sich. Die Große Mutter Erde und die von ihr erschaffene Natur zeigen den Sinn der Götter für die Schönheit.

Die Götter im Himmel ließen für sich die Erde in den großen Gewässern spiegeln und so konnten sie sehen, ob sie der Schönheit entsprach, die sie hinter den sieben Himmeln ihrer Welt bereits gebaut hatten.

Ekuos dachte an sich und die Menschen, wie sie immer wieder hoch hinaufschauten und sich danach sehnten, auch einmal in der Anderswelt sein zu dürfen. Aber, so hatte ihn der weise Mann gelehrt, diese Reise musste enden, denn die Götter duldeten Menschen nicht für ewig bei sich, daher gab es die Wiedergeburt, der niemand entging.

Matu der Treiber ging nicht zu Ekuos hinüber. Sie kannten sich zwar von Geburt an, aber er war Matu und Ekuos der Hirte. Matu hatte zu dienen, während Ekuos die Wolken fing. Mehr wusste er nicht. Matu wollte die Geheimnisse um Ekuos auch gar nicht wissen. Es machte ihm Angst, wenn das Licht vom Himmel durch Ekuos hindurchschien. Die Sippe hatte ihn an die Seite der Herde von Ekuos gestellt, mehr hatte er nie gewollt.

Ekuos trat auf eine Wiese und sah unterhalb der Höhle am Fuß des Berges die Herde weiden.

Was war das? Er hatte keine Erklärung. Erst als er die Sonne durch die Wolken scheinen sah, fiel er auf die Knie und keuchte. Kaum hatte sich die Sonne gezeigt, wurde sie bereits wieder von den Wolken verdrängt. Obwohl es fast schon gegen Mittag ging, blieb der Himmel geheimnisvoll dunkel. Kalter Schweiß perlte auf Ekuos' Stirn, lief über sein Gesicht zum Kinn, er wischte ihn mit dem Handrücken ab. Er sprang hoch und begann zu rennen, nahm die ausgedehnte Ebene zwischen dem Tal und dieser Wiese am Hügel in Angriff, als wollte er ein Wettrennen gewinnen. Bei den Büschen am kleinen Bach beugte er sich vorsichtig hinab und griff nach einem Lamm, das sich dort versteckt hatte. Den ganzen langen Weg zurück trug er es in seinen Armen. Nun schaute es zitternd zu ihm auf und begann zu rufen. Ekuos zog sein Messer aus dem Gürtel und schaute auf den Hals des Tieres. Es war an der Zeit, dem Himmel ein Opfer zu bringen. Er schaute sich um. Die Wälder lagen in Richtung der Berge vor ihm wie ein nicht enden wollendes grünes Firmament. Nach allen Seiten sah er nichts als Bäume. Er kniete nieder und sah das Lamm an.

Die Götter haben aus Zorn den Himmel dunkel gefärbt, dachte er, nun muss ich sie gütig stimmen. Vom Wald her hörte Ekuos ein kaum vernehmbares Geräusch und drehte sich um. Kurz darauf erschien Kida die Wölfin zwischen den Bäumen und schaute ihn aus ihren gelben Augen an. Sie blieb ruhig stehen und fixierte ihn nur. Er steckte das Messer zurück in den Gürtel, nahm das Gefäß mit der Schafsmilch aus dem Sack, den er auf dem Rücken trug, goss etwas davon in sein Trinkgefäß und stellte es unter dem Baum ab. Dann senkte er seine Lider und wartete. Die eingesogene Luft schmeckte nach Rauch und Blut. Der Tod saß zwischen dem Himmel und den Wäldern, das spürte er ganz deutlich. Es wehte kein Hauch, die Götter atmeten nicht. Was passierte da? Irgendetwas geschah und er wusste nicht, was es war. Aber es musste etwas Fürchterliches sein, das spürte er so deutlich, dass es ihn schmerzte. Das Lamm stand erstarrt unter dem Baum und rührte sich nicht.

»Ekuos«, hörte er eine Stimme nach ihm rufen. »Ekuos, wo bist du?«

Ekuos nahm das Messer und führte es an sein Herz. War das der Wille der Götter? Sollte er selbst das Opfer sein? Wer hatte ihn gerufen? Er sah zu der Wölfin hinüber, die am Hügel stand und zu ihm hinuntersah.

»Kida«, rief Ekuos, »es ist etwas geschehen.«

Ihr Götter, wendet euch nicht von mir ab. Ekuos berührte seine Augen. Er verneigte sich aus Dankbarkeit für den neu geschenkten Tag. Ich will ihn nützlich verbringen, damit ihr zufrieden seid mit mir. Gebt mir das Licht, damit ich sehen kann. Zeigt mir den Weg, den ich gehen soll.

Nur die Auserwählten können sehen, dachte Matu. Er stand noch immer am gleichen Fleck, aber er war allein. Die Tiere waren zu Ekuos hinübergelaufen, der in gekrümmter Haltung bei einem Baum stand. Natürlich blieb er bei seinem Hirten, der sich herzhaft die Augen rieb und gleich darauf in einen Halbschlaf glitt, aus dem er sofort und beim nächsten Atemzug aufschrecken würde, sollte sich auch nur die kleinste Regung nah oder fern ereignen. Matu beobachtete ständig die Gegend, denn von überall her lauerten Gefahren für die Herde. Das war seine Aufgabe, wenn Ekuos mit den

Wolken sprach. Ekuos sprach auch mit den Bäumen und der Mutter Erde. Matu wusste das, denn er war von Kindesbeinen an der Helfer von Ekuos. Erst recht, nachdem ein weiser Mann Ekuos erkannt hatte und den Leuten im Dorf befahl, ihn als Hirte und Sehenden zu behandeln und von den profanen Tätigkeiten zu entbinden. Matu, stark wie ein Bär, soll ihn beschützen, hatten sie gerufen und seitdem stand er an der Seite von Ekuos. Matu schaute auf den Rücken des Hirten. Die Arme bewegten sich leicht. Niemals würde Matu es wagen, sich einem Baum so anzunähern, wie Ekuos es tat, aber der war ein Auserwählter, für ihn hielten die Götter ihre Schutzschilde bereit.

Da war sie also wieder. Matu drehte den Kopf leicht zur Seite. Diesmal war sie noch ein Stück weiter aus dem Wald herausgetreten. Lange hatte er sie nicht gesehen, doch er erkannte sie gleich wieder, auch wenn sie älter geworden war. Kida die Wölfin sah zu Ekuos hinüber und hob ihre Nase in den Wind. Matu war nicht ganz wohl in dieser Situation. Ob es hier noch Bären gab, hatte er noch nicht herausgefunden, aber Wölfe gab es sicher und nun beobachtete er, wie Ekuos sich krümmte und selbst auszusehen begann wie ein großer, schwerer alter Wolf. Kida warf den Kopf in den Nacken und begann zu rufen. Matu schloss die Augen und legte seine Hände ineinander. Ekuos hatte Kida als Welpen gefunden und aufgezogen. Sie war an Treue nicht zu überbieten.

Ekuos legte sich auf den Boden. Im Traum ging er

am breiten Fluss entlang, als müsse er etwas suchen. Vom Wasser her hörte er, wie eine fremde Stimme seinen Namen rief, aber er konnte niemanden entdecken, als er sich nach dem Rufer umschaute. Auf dem Fluss war ebenfalls nichts zu sehen und das Wasser rauschte in der üblichen Geschwindigkeit vorüber. Er musste an seinen Vater denken, der nun schon so endlos lange verschwunden war, dass seine Mutter schon gar nicht mehr von ihm sprach. Die Mutter durfte er nicht mehr sehen, nachdem der große weise Mann gesagt hatte, Ekuos gehöre zu den Auserwählten. Von nun an wird Ekuos die Herde führen, bis die Götter entschieden haben, wie sein Leben verlaufen soll. Er wird einsam leben und warten, bis sie zu ihm sprechen.

Die fortgeworfene Feder wurde durch einen Windstoß hochgeschleudert. Sie malte einen Baum ins Licht und in diesem Baum hing Atles, sein Bruder. Man hatte ihn entkleidet und ihm die Haut vom Leib geschnitten. Jemand hatte ihn geschändet. Nur dem Vieh wurde so das Haar geschoren, wie man es bei Atles getan hatte. Ekuos hatte sein zweites Gesicht. Was war nur geschehen? Die Götter löschten das Bild aus und gaben keine Antwort.

Ekuos machte Matu ein Zeichen. Sofort wollte er mit der Herde hinunter in die Dörfer ihrer Sippen. Doch so schnell ging das nicht. Noch waren sie mit der Herde hinter dem Berg, der sie vom Tal ihrer Dörfer trennte. Auch war sich Ekuos längst nicht sicher, was er da genau gesehen hatte. Seine Pflicht war es, die Tiere gut genährt und ohne Verluste zu den Familien zurückzubringen. Den Verlust einer Herde konnte keine Sippe überleben. Aber er war nicht nur der Hirte der Tiere. Auch für die Menschen unten im Tal trug er die Verantwortung. Sie glaubten fest daran, dass er für sie mit den Göttern sprach.

Ekuos trat vom Pfad aus an einen Waldsaum und betrachtete die Bäume. Jeder von ihnen starb und wurde wiedergeboren. In ihnen wohnten nicht sichtbare Götter. Seine Sippen besaßen einen Stammbaum, den sie verehrten und manchmal lugte der Baumgott zwischen den Blättern hindurch. Dann war es soweit, dass sie ihm ein Opfer darbrachten. Ein Mensch wurde ins Geäst geflochten und sein Blut nährte den Baumgott. Genau das hatte er gesehen und das Opfer war Atles, sein Bruder. Er konnte das nicht glauben. Atles bewegte sich im Kreis seiner Freunde und die entfernten sich nie weit von den Häusern.

Zwei Bäume standen allein neben einem Rinnsal. Ekuos schritt um eine Eiche, denn sie schützte ihn vor Krankheiten. Aber ihn lockte die in der Nähe der Eiche stehende Eberesche. Die Menschen der Dörfer suchten nach langen und harten Wintern diesen Baum auf, denn er zeigte den Frühling an. Ekuos setzte sich in der Nähe des Baumes auf einen Felsbrocken. Die Eberesche wurde verehrt, weil sie den Menschen vor bösem Zauber beschützte. Ekuos wartete auf eine Antwort. Es war möglich, dass ihn nur ein böser Zauber die Bilder des getöteten Atles in den Kopf gebracht hatte. Wenn Atles bereits auf der Reise in die Anderswelt war, dann müsste Ekuos ein Glücksgefühl haben. Es gab für einen Menschen nichts Wundervolleres, als die Anderswelt zu besuchen. Doch Ekuos hatte an die Alten und die Kinder zu denken. Wer würde sie versorgen, wenn die jungen Männer starben? Ekuos erhob sich und nahm einen abgefallenen Zweig der Eberesche auf. Er trug das Zeichen des Glücks nun bei sich.

»Wir müssen Atles finden«, rief Ekuos.

Matu sah hinüber.

»Wir laufen zur Talbeuge und bitten unsere Erdmutter um Beistand. Von dort aus folgen wir Kida, sie wird uns den schnelleren Weg zeigen.« Ekuos schnalzte und die Tiere eilten ihm nach. Gehe du mit der Herde, hatten ihm einst die Dorfweisen gesagt und ihm verboten, mit jemandem sonst zu sprechen, bis die Götter sich ihm offenbarten und ihm ihre Weisungen gaben.

Matu musste schnaufen, weil Ekuos so schnell lief. Aus dem Tal kam kein Laut. Nicht einmal die Blätter bewegten sich. Wie gerne wäre er jetzt zu Hause. Wenn er die schweren Wassereimer ins Haus getragen hatte, war ein warmes Lächeln im Gesicht der Mutter gewesen. Sie lächelte nicht mehr sehr oft, seit der Sohn nicht mehr im Haus war. Warum sprach im Dorf niemand mehr über die vermissten Männer? Ein Reiter war gekommen und die alten Männer hatten sich in das große Haus zurückgezogen, ein paar Tage später waren einige auserwählt worden. Wo waren die Männer hin? Es hatte geheißen, sie wären in den Kampf gezogen. Matu schmerzte der Kopf.

Während er lief, wollte er nicht denken. Wirklich still war es in der Natur nie. Sie sprachen untereinander, die Bäume, die Vögel, die Bodentiere und mit ihnen flüsterte auch der Wind. Doch Matu verstand ihre Sprache nicht. Er war nicht wie Ekuos, der auch an einem Bach sitzen konnte und mit dem Wasser murmelte. Er war froh, wenn er unter einem Baum lag, die Herde friedlich blieb und niemand mit ihm sprechen wollte, den er nicht sehen konnte. Jedes unserer Täler hat einen eigenen Himmel, hatten die alten Weisen erzählt. Matu verstand den Sinn dieser Worte nicht. Er hielt Ausschau nach Ekuos.

Ekuos blieb aufmerksam. Was auch um ihn herum geschah, er musste immer wieder in sich schauen, um nachzudenken. Bisher war nichts Erkennbares geschehen, aber das hatte keine Bedeutung. Nicht alles, was geschah, konnte der Mensch entdecken, sehen und verstehen. Er lief am Waldrand vorbei und folgte dem Rinnsal, das sich an einem Wiesenstück in einen Bach ergoss. Noch einige weitere Schritte und er sah eine der Kultstätten der Sippen aus dem Tal. Der Altar stand auf einer überschaubaren Anhöhe und in erheblicher Entfernung von ihm begann sich ein Wald auszuweiten. Die Ebene hinter dem Altar wurde flacher, das Gebiet seitlich von ihm stieg wieder etwas an. In der Senke dahinter begann der Abstieg hinab zum großen See, wusste Ekuos. Er ließ die Herde stehen. Matu erreichte nun auch die letzten Tiere der Herde und wartete. Bei dem Altar stand eine Gruppe Alter aus den Dörfern. Ekuos wusste, dass sie nicht sprachen, wenn er zu nahe an sie herankam. Matu lief hinüber und redete mit ihnen. Sie gehörten zu den Sippen der Umgebung, in denen auch Ekuos und Matu lebten. Die Luft trug die Frische des Wassers eines Flusses zu ihm. Der See unten im weiten Tal roch anders. Ekuos schaute in den matten Schimmer. Die Weisen hatten ihn auf seine Sippe und ihre Herde eingeschworen. Damit blieben ihm die Dörfer und die Berge, woanders hin durfte er nicht. Jedenfalls nicht mit seiner Herde. Im Zwielicht dachte er an den Fluss, der nicht zu sehen war, und den er nicht überqueren durfte. Er war sich sicher, dass aus dieser Richtung Gefahr drohte. Von der anderen Seite, vom Wald her nicht, denn dort konnten die Dorfbewohner alles gut einsehen und sich entsprechend verhalten. Also brauchte er seine Konzentration nur auf die eine Seite zu lenken. Es musste etwas Ungewöhnliches geschehen sein, sonst wären die Alten nicht so nahe an den Altar getreten, denn ein Seher oder ein Weiser war nicht unter ihnen, der ihnen dies erlaubt hatte.

Ekuos drehte sich um, damit Matu zu ihm sprechen konnte. Der kam zurück und konnte eine ziemliche Erregung nicht verbergen.

»Vier junge Männer sind verschwunden. Auch Atles ist unter ihnen. Sie sind nach Westen geschickt worden, weil dort härteres Holz wächst. Man hat sie gesucht, aber keine Spur von ihnen gefunden. Atles Axt steckte in einem Baum. Mehr wissen die Alten nicht. Sie vermuten, dass Atles den falschen Baum schlagen wollte und ihn die Götter dafür straften.«

Ekuos hatte seinen Bruder tot in einem Baum hängen gesehen. Das war es also. Atles war weggegangen und mit ihm drei weitere Burschen. Aber das war schon häufiger geschehen. An diesem Ort beim Heiligen Hain waren immer wieder junge Männer spurlos entschwunden. Niemand wusste, warum? Natürlich gab es Gerüchte und Vermutungen, aber keine richtige Antwort.

»Sage ihnen, Ekuos der Hirte wird gehen und das Rätsel lösen. Sage ihnen, sie sollen ruhig bleiben und warten, bis ich ihnen eine Antwort geben kann. Sie sollen die Tiere mitnehmen und sie gut versorgen.«

Das durfte er nicht tun. Ekuos hatte sich in die Dinge des täglichen Lebens nicht mehr einzumischen. Aber eine Stimme in ihm hatte es ausgesprochen. Erst gingen die Väter in den Kampf, dann verschwanden die jungen Männer und nun bereits die Burschen. Die Dörfer konnten das nicht mehr lange verkraften. Ekuos glaubte nicht, dass dies der Wille der Götter sein konnte. Lange hatte er auf ein himmlisches Zeichen gewartet. Nun glaubte er, dass er es bekommen hatte.

Matu trieb die Tiere zu den Alten, die sich mit ihnen zurück in ihre Dörfer begaben, nachdem sie ihm ihre Beutel mit Esswaren übergeben hatten. Dann wartete er, denn Ekuos sprach am Altar mit der Großen Mutter. Die Erdgöttin, Mutter des Lebens, mit ihrer dunkelbraunen Haut, den Strahlenkranz der Sonne als Attribut um ihren Kopf gelegt, schaute aus treuen Augen. So hatte sie ihm sein weiser Lehrer geschildert und Ekuos bat sie nun um Hilfe. Neben dem Altar lag ein kleines Behältnis, dass Ekuos an sich nahm.

Er hatte gesehen, dass Atles in einen Baum geflochten worden war. Aber das konnte auch die Aufforderung gewesen sein, etwas zu tun und die Weiden am Berg zu verlassen. Als er Atles gesehen hatte, war er geschändet gewesen, aber er hatte ihn noch erkennen können. Sagten die Götter ihm damit, dass das Ereignis erst eine oder zwei Nächte her war?

Ekuos kannte den Geruch des drohenden Todes. Der Hauch des Wassers ließ ihn nachdenken. Wenn der Wind es wollte, rochen sie im Land den Duft des großen Sees. Der Fluss lag viel weiter im Westen. Aber es war dieser Geruch, den er in der Nase spürte. Wenn jemand durch fremde Hand sterben sollte, dann geschah das am Fluss. Ekuos glaubte nicht, dass Atles und die anderen in den Himmel entschwunden waren, weil die Götter gezürnt hatten. Die Große Mutter zeigte ihm das ebenfalls nicht an. Er verbeugte sich tief und lief hinüber zu dem großen Teich, den die Dörfer aus mehreren Brunnen speisten und durch den ein kleiner Bach floss. Dort standen die Pferde ihrer Sippen. Als er aus dem Wald trat, verschwanden die Wächter in ihre Hütte. Ekuos nahm sich das Tier von Atles, damit es ihm bei der Suche nach seinem Herrn half. Matu hatte alle Mühe zu folgen. Er griff sich eine Doppelaxt und ein Kurzschwert, das einer der Pferdewächter in die Erde gesteckt hatte. Das war ein Frevel, denn niemand durfte die Mutter Erde verletzen. Man schlitzte der Großen Mutter nicht sinnlos die Haut auf. Deshalb nahm Matu eines der Pferde der Wächter zur Strafe an sich, das zudem einen passablen Sattel trug. Dann galoppierte er hinter Ekuos her. Matu steckte das Schwert in seinen Gurt und legte die Doppelaxt quer über den Sattel. Unbewaffnet konnte er Ekuos nicht schützen.

Der Weg durch den Wald war beschwerlich, denn der ausgetretene Pfad war schmal und voller Unebenheiten, die die Pferde schnell zu Fall bringen konnten. Ekuos hätte auch den breiten Weg zum Fluss nehmen können, auf dem die Lastenwagen fuhren und über den die Herden zum Markt getrieben wurden. Doch er wollte nicht entdeckt werden. So kamen sie nur mühsam voran und der Tag verging. Die Tiere hatten sich eine Pause verdient. Ekuos sprang vom Pferd. Wenn ihre Leute durch fremde Hand starben oder einfach tot liegen blieben und nie mehr aufstanden, griff Mutter Erde wieder nach ihnen. Sie nahm sie zurück in ihren Schoß. Ekuos legte die Hände flach auf den Boden, um die Mutter Erde zu spüren. Aber sie sprach nicht. Er ging zu Fuß weiter und suchte einen Rastplatz für die Nacht. Es wird eine schwierige Zeit für ihn werden, das spürte er, denn er wird sich erinnern müssen. Es gab immer eine Antwort und die Antwort auf die Frage, wo die Burschen um Atles geblieben waren, die war zu finden. Er musste nur warten. Ekuos wollte sich auf sein Schaffell setzen und auf die Bilder warten, die ihm in den Kopf geschickt wurden. Seine große Reise lag bereits viele Monde hinter ihm, aber die Erinnerungen von damals mussten ihm in den unbekannten Gegenden weiterhelfen. Er war davon überzeugt, dass Atles und die Freunde noch lebten und sich auf einer langen Reise befanden. Freiwillig sind sie nicht gegangen, dachte Ekuos. Ungeübt auf eine Reise zu gehen, bedeutete fast immer den sicheren Tod. Er hoffte auf die Götter und die Erfahrungen der Fahrt mit seinem weisen Lehrer.

Matu suchte eine Möglichkeit, die Pferde unterzubringen und sie fressen zu lassen. Er wunderte sich nicht darüber, dass Ekuos nur wenige Schritte von einer Quelle Rast machte, die er soeben entdeckt hatte. Dort würde er in der Nacht mit den Sternen am Himmel flüstern, dachte Matu, weil ihr Licht genau in die Quelle einfiel.

Ekuos stand bei den Bäumen und schaute durch das Geäst in den Himmel. Er dachte nach. Jeder hatte nur ein Leben. Das nächste Leben war das eines neuen Menschen. Jetzt hielten die Götter für ihn also ein unbekanntes Schicksal bereit. Würde er sich bewähren, wenn er über den Fluss ging? In vielen Nächten hatte er sich mit den unbekannten Lichtern hintern den Sternen beschäftigt und keine Antwort gefunden. Für Atles und die Freunde musste er eine Antwort finden, denn die Sippen brauchten sie. Natürlich übertrat er mit seiner Entscheidung seine Befugnisse, aber Menschen mussten erst gelebt haben, bevor sie sterben durften. Ekuos griff in die Luft und legte sich den Atem der Natur auf seine Zunge.

Matu stellte die Pferde zwischen Sträucher und verknotete Zweige so geschickt, dass die Tiere sich daraus nicht entfernen konnten. Gerieten sie allerdings in Panik, würde er sehen müssen, wie er sie wieder einfing. Dieser Gedanke beschäftigte ihn deshalb, weil auf der anderen Seite des Waldes, nur wenige Schritte hinter dem schmalen Platz, Kida die Wölfin erschien.

»Es ist also der richtige Weg, auf dem wir uns befinden. Kida zeigt es an«, sagte Ekuos. Die Wölfin bewegte sich nicht. »Lass das Feuer nicht zu hoch werden, Matu. Kida verstört das grelle Licht.«

Wie sollte es nun weitergehen? Wenn es keinen Weg zu geben scheint, helfen die Erinnerungen. Ekuos wollte sich erinnern, denn vielleicht fand er dadurch zu einer Lösung. Kida die Wölfin war nur eine Möglichkeit, die andere lag in ihm selbst. Ekuos schloss die Augen und wartete. Es gab die unangenehme Aussicht, dass er den Traum mit Atles noch einmal erleben musste, dann aber als tatsächliches Geschehen. So etwas war bereits häufig passiert, nachdem er das zweite Gesicht gehabt hatte. Aber es musste nicht sein und darauf hoffte Ekuos. Viele Menschen beneideten ihn um diese von den Göttern gereichte Gabe, aber für ihn war das anders. Es machte ihm zu schaffen, besonders dann, wenn der Tod seine Finger im Spiel hatte.

Er hatte das Feuer am Himmel gesehen und später das Licht. Kurz danach sang kein Vogel. Doch der Himmel hatte ihm noch nichts erzählt. Was könnte das mit dem Verschwinden von Atles zu tun haben?

Ekuos suchte am Himmel die Stelle, an der er vor wenigen Nächten das Feuer gesehen hatte. Für ihn hielt der Himmel auch am hellen Tag einen Stern bereit, an dem er sich orientieren konnte. Nun fand er ihn nicht. Hielten die Götter ihre Hände nicht mehr über ihn, weil er Atles suchte und seinen Platz verlassen hatte?

Vom Wald her hörte Ekuos einen kaum wahrnehmbaren Laut und drehte sich um. Kurz darauf erschien die Wölfin erneut zwischen den Bäumen und schaute ihn aus ihren gelben Augen an. Sie blieb ruhig stehen und fixierte ihn nur. Kida steckte ihre Nase in das Fell und drehte sich nach Norden. Ekuos stand bei einer Eiche und erkannte die Himmelrichtung an der Bemoosung des Stammes. Der häufigste Regen kam von Westen, also war diese Stelle wiederholt feucht und auch grüner. So konnte er sich orientieren.

Ekuos, hörte er eine Stimme nach ihm rufen. Ekuos, wo bist du?

Atles rief nach ihm und er hatte die Gabe es zu hören. Ihr Götter, nehmt eure Augen nicht von mir. Ekuos berührte seine Augen. Er verneigte sich aus Dankbarkeit für den geschenkten Tag. Ich will ihn nützlich verbringen, damit ihr zufrieden seid mit mir. Gebt mir das Licht, damit ich sehen kann. Zeigt mir den Weg, den ich gehen soll.

Nichts ist so endlos wie ein angefangener Gedanke. Ekuos schloss die Augen und öffnete sie dann ganz langsam, damit er besser und schärfer sehen konnte.

Wenn man seine Augen öffnet, dann ist das wie mit dem Licht eines neuen Tages. Das geöffnete Auge ist wie eine neue Hoffnung auf das Leben.

Er öffnete sie nicht ganz, ließ sie zu kleinen Sehschlitzen sich öffnen, damit das Licht ihn nicht blenden konnte. Am Himmel fragte kein einziger Vogel mehr nach dem Weg, wo noch den ganzen Tag ein frisches Geschnäbel und Gezwitscher zu hören gewesen war. Keine Vögel weit und breit? Aber der Himmel war der Himmel, da hatte sich nichts geändert.

Ekuos nahm nun die Eberesche vorsichtig in Augenschein und schloss sogleich wieder die Augen. Er brauchte nichts mehr zu sehen, denn nun war ihm die Wahrheit über die Stille an diesem Ort klar geworden. In dem Baum hing ein Mensch. In den Baum hatten andere Menschen einen Menschen hineingeflochten, festgebunden, eingehängt, an starken Ästen befestigt. Ekuos blieb mit geschlossenen Augen in der gleichen Sitzstellung und versuchte, ruhig zu bleiben. Die Tiere blieben in seiner Nähe, drückten ihre Leiber dicht an dicht. Der Tod war dort drüben, lagerte in der Nähe des Baumes, deshalb waren keine Lebewesen in der Luft oder auf der Erde. Wo der Tod war, dort mochte niemand sonst sein. Ekuos stöhnte leise auf, ohne dass es seine Absicht war. Leise begann er zu klagen, ohne dass es seine Eingebung war. Er konnte nichts tun, sich nicht bewegen und schon gar nicht konnte er einfach aufstehen und davongehen. Er blieb liegen und dachte an sein Dorf.

»Atles ist im Baum!«, rief Ekuos.

Ekuos stellte sich vor, wie ihn der Tod begleitete und ihn zu Atles führen würde, damit er ihn retten konnte.

Er hatte den Tod bereits als Knabe getroffen, als der Vater nicht mehr kam und der Tod sagte ihm, ›klage nicht, denn die Seele bleibt unsterblich‹. Also wird ihm der Tod keine Hilfe sein.

Die Eberesche ist der Baum des Lebens, dachte Ekuos. Daraus folgerte er, dass auch Atles noch lebte, sich aber in großer Gefahr befand. Er griff nach dem kleinen Behältnis, das er am Altar der Großen Mutter an sich genommen hatte, öffnete es und roch daran. Es enthielt roten Wein, das Blut des mächtigen Sonnengottes. Ekuos wollte sich dem Willen des Gottes unterwerfen und ließ deshalb drei Tropfen der geweihten Flüssigkeit auf seine Zunge. Nun war Blut des Sonnengottes in seinem Blut und er wollte sich würdig erweisen.

Doch auch den Blick zum Firmament unterließ er nicht. Während seiner Reise mit seinem weisen Lehrer zu den Quellen des Gottes Grannus war ihm ein Mann begegnet, den seine Gefolgsleute einen Druiden nannten. Er hatte den gleichen hohen Rang wie in seinen Sippen die weisen Frauen und Männer. Der Druide erklärte ihm den Himmel und den Lauf der Sterne. Die Göttlichkeit der Sonne und des Mondes war das Fundament des Glaubens, denn ohne sie gab es kein Leben auf der Welt. Ekuos bat den Himmel um Offenbarung.

Wenn du dein Leben den Göttern weihst, dann leidest du keine Qualen.

Ekuos flüsterte dies vor sich hin. Wer über einen anderen Menschen Macht ausüben will, der ist in Wahrheit schwach. Also waren jene, die Atles und die Freunde gestohlen hatten, auch schwach. Vor ihnen fürchtete er sich nicht. Seine Frage war, ob die Geschehnisse um Atles und die immer häufiger wiederkehrenden Feuer am fernsten Himmel etwas miteinander zu tun hatten.

Ekuos musste die Sterne beobachten, die Wege von Sonne und Mond in sich aufnehmen, denn es galt, dass er sich nach dem Himmel richtete. Sie zählten immer neun Nächte, dann begannen sie von vorne. Der Mondlauf hatte siebenundzwanzig Nächte, das hatte ihn der weise Mann gelehrt. Auch, dass er darauf achten musste, sich an den guten Tagen zu bewegen und die schlechten zu meiden. Die Götter werden mich führen, dachte Ekuos.

Kida die Wölfin erschien und lief unruhig zurück in den Wald und kam sogleich wieder hervor. Ekuos erhob sich. Das war das Zeichen, sich auf den Weg zu machen, um Atles zu finden.

Matu wurde unsicher. Es gab kaum noch Tageslicht zwischen den dicht stehenden Bäumen und er fürchtete die wilden Tiere in den Wäldern. Die Pferde wurden wieder ruhig, als Kida verschwand. Also folgte er Ekuos und lief zwischen den beiden Pferden. Der Weg wurde ständig schmaler. Ekuos ging langsam, denn er musste die vor seinem Gesicht auftauchenden Äste zur Seite drücken. Der Himmel verfinsterte sich immer stärker. Es schien, als kämen von Westen her schwarze Wolken aus Rauch über das Land. Als die Finsternis vollkommen war, blieb Ekuos stehen. Matu, der eine Pferdelänge hinter ihm blieb, hielt die Tiere an und nahm seine Doppelaxt in die Hände. Natürlich hatte auch Ekuos das Geräusch gehört, aber deshalb war er nicht stehen geblieben. Ihm war, als habe etwas an seinem Umhang gezupft.

Er nahm den Kopf hoch, sah die Wolken der Dunkelheit und roch das Wasser nicht nur, er hörte es auch rauschen. Es musste in der Nähe sein.

Matu ängstigte sich besonders vor den Nachtvögeln, die Blut tranken. Er atmete schwer. Mit seinem Gesicht strich er über den Bauch seines Pferdes. Ein wenig schämte er sich, denn in der Nähe von Ekuos gab es keinen Grund, sich zu fürchten.

Zwischen den schwarzen Wölken öffnete sich ein Spalt und Licht fiel auf die Erde. Ekuos konnte wieder etwas sehen und trat einige Schritte vor. Zwischen den Bäumen stand eine Hirschkuh. Sie floh nicht, denn sie hatte keine Angst. Als Ekuos näher kam, da drehte sie sich um und lief voran. Der Weg öffnete sich und sie drehte ihren Kopf, um zu sehen, ob Ekuos ihr folgte. Als sie stehen blieb, blieb er auch stehen. Die Hirschkuh trat zwischen die Bäume in die Dunkelheit und war verschwunden.

Tief unter ihm tobte das wilde Wasser eines Flusses. Wären sie einfach weitergegangen, sie hätten den Sturz den Felsen hinab nicht verhindern können. Die Wolken bewegten sich und das Mondlicht glänzte auf dem Wasser. Eine Krähe erhob sich von einem Ast und flog davon. Ekuos hob grüßend die Hand, denn sie war das Symbol für ein langes Leben. Er trat näher an den Abgrund heran und schaute auf die tosenden Wellen. Mitten über ihnen schwebte die weiße Göttin im Mondlicht. Voller Anmut bewegte sie sich. Sie war ihm von der Mondgöttin gesandt worden, glaubte Ekuos. Ihre feenhaften Vertreterinnen auf Erden waren Heilerinnen, die sich eine silberne Mondsichel an ihre Gewänder hefteten. Ekuos schloss die Augen und dankte den Göttern. Sie würden über diesen Fluss müssen, dachte er, denn die weiße Göttin hatte ihm ein Zeichen gegeben.

2. Bei den heißen Quellen des Grannus

EINE GANZE ZEITLANG, er wusste nicht mehr genau wie lange, war er an der Seite des weisen Heilers geblieben, nach dem die Menschen immer wieder riefen. Ekuos musste ausdauernd einige Schritte hinter dem weisen Mann hergehen, reden durfte er nicht. Er sollte seine Sinne schärfen lernen und das tat er. Ekuos war von dem weisen Mann erwählt worden und durfte ihn auf dessen Reise begleiten. Da war er noch sehr jung gewesen und der Abschied aus seinem Dorf war ihm besonders schwergefallen. Ekuos saß damals auf seinem Lieblingsplatz bei einer Anhöhe und schaute auf die weißen Bergspitzen. Der weise Mann war zu ihm gekommen und hatte ihn beobachtet.

»Die Alpen werden noch da sein, wenn du deinen Weg hierher zurück finden wirst.«

Ekuos hatte das Wort Alpen schon von klein auf gemocht, weil es einfach war und genau das aussagte, was er sah: Hohe Berge. Seine Sehnsucht war es, einmal auf die Gipfel zu steigen, um dem Himmel und den Göttern ganz nahe zu sein.

Am Mittag dieses Tages hatten sie sich einer Wagenkolonne angeschlossen, die Salz aus den Alpen zu dem großen Fluss transportierte, den sie Rhin nannten. Ekuos hatte davon noch nie etwas gehört. Er hatte sich konzentrieren müssen, denn er verstand nicht jedes Wort, das die Männer aussprachen. Den Ausdruck Hall kannte er selbstverständlich, denn Salz gab es auch in den Dörfern rund um den großen See. An das Ufer des Sees von Gott Bedaius wollte der weise Mann und sie verließen den Salztransport in der Nähe von dessen Ufer.

Der Weg führte zunächst bergauf, kurz darauf ging es hinab und wieder bergauf. Die meiste Zeit musste Ekuos Zweige und Büsche schlagen, so überwuchert waren die schmalen Pfade. Aber nach einer Weile gelangten sie auf eine Höhe, von der aus der große See zu sehen war. Er lag wie eine göttliche Gabe an die Menschen vor ihnen.

»Dort am Ufer lebt die Sippe des Chiemo am See. Wir werden sie aufsuchen und bitten, uns mit einem ihrer Fischerboote zum Tempel des Bedaius zu bringen.« Der weise Mann sprach und Ekuos eilte mit dem Kurzschwert voran, um den Weg frei zu halten. Am Ufer stand Ekuos wieder hinter dem weisen Mann, der sofortiges Schweigen verursachte, als er eine Gruppe Menschen erreichte. Auf einem schwankenden Boot stand ein junges Mädchen. Sie trug eine breite Schale auf ihren Händen. Links und rechts neben ihr standen zwei Männer im flachen Wasser, die scharfe Klingen mit Horngriffen in den Händen hielten. Ekuos ahnte, was dem jungen Mädchen bevorstand, aber er kannte das Ritual nicht. Im Landstrich seiner Leute wurden nur Feinde den Göttern geopfert.

Der weise Mann hob die Arme zum Himmel und drehte dann sein Gesicht zum See. »Bedaius schweigt. Er fordert kein Opfer von euch.«

Als er das ausgesprochen hatte, ging ein Murren durch die Menge. Einige Leute schienen von weither gekommen zu sein und die wollten nun, dass dem Gott des Sees das Opfer dargebracht wurde. Ekuos fasste sein Kurzschwert. Sollte jemand den Frevel begehen und den weisen Mann berühren, musste er sterben. Die Auserwählten waren Unberührbare.

»Bedaius schweigt weiterhin. Er will euer Opfer nicht.«

Der weise Mann ging ein Stück in den See hinein. Ekuos schaute über das Wasser und er sah kein Ende, so riesig war der See. Da trat ein Mann mit einem Schädel wie ein Stier vor und senkte den Kopf.

»Ich bin Chiemo der Fischer. Seit langer Zeit verweigert uns Bedaius einen guten Fang. Der See ist unser Leben, ohne die Fische sind wir am Ende. Das Land hinter dem See nährt meinen Bruder und unsere Sippe, dort können wir nicht auch noch sein. Deshalb ist meine Tochter bereit.«

Der weise Mann drehte sich nicht um, als er antwortete. »Dann lass uns zur Insel fahren und vor den Altar treten. Wenn Bedaius zürnt und den großen Wind herbeiruft, wird ein Messer die Ader am Hals der Jungfrau durchtrennen und wir werden ihr das Herz herausschneiden und in die goldene Schale legen, um es Bedaius zu reichen.«

Die Menge war damit nicht einverstanden, aber ihr Gemurmel wurde durch einen entschlossenen Blick des weisen Mannes beendet. Er stieg in das Boot und auch

Chiemo trat hinzu, um sich an das Ruder zu begeben. Ekuos stand wieder hinter dem weisen Mann. Die Jungfrau blieb am Bug stehen und rührte sich nicht.

»Also sie ist deine Tochter?«

Der Fischer nickte. »Wir rufen sie Palmira.«

Ekuos schaute auf das Weiß ihres langen Kleides. Sie trug bereits die Farbe des Todes und der Trauer. Als das Boot zu schaukeln begann, da war er mit seinen Gedanken bei seiner unsicheren Situation. Noch nie war er über ein Wasser gefahren und diese Unruhe machte ihn fahrig. Als sich der Himmel dunkel färbte und die Wellen nach dem Schiffchen schlugen, da wünschte er sich, wieder an Land zu sein. Rasend schnell verschlechterte sich die Wetterlage und es war kein Land mehr in Sicht. Der Wind wurde immer heftiger und drückte Wasserschleier über den Kahn, die seine Insassen schnell bis auf die Haut durchnässten. Palmiras schwarze Haare trieften vor Nässe und sie stand wie aus Stein gemeißelt, während Ekuos von einer Seite zur anderen stolperte und aufpassen musste, um nicht aus dem schwankenden Boot zu stürzen. Die Strömung und die aufgepeitschten Wellen warfen den Kahn hin und her. Brodelnd und fauchend wütete Bedaius unter ihnen. Und plötzlich war es still. Ruhe kehrte ein, niemand sprach ein Wort. Ekuos wagte es nicht, sich nach dem weisen Mann und dem Fischer umzudrehen. Sein Instinkt trog nicht, denn nun kam die schwarze Nacht von der anderen Seite auf sie zu. Zunächst wehte es nur leicht, um dann sehr schnell in Windböen überzugehen, die sich zu einem mächtigen Sturm erhoben. Das Boot wurde herumgeschleudert, schäumend und wirbelnd kochte der See und sog die Atemluft in die Tiefe hinab. Ekuos keuchte schwer. Das Wasser ließ den Kahn im Kreis tanzen, hob ihn hoch, um ihn gleich darauf wieder aufschlagen zu lassen. Ekuos stürzte und schlug mit dem Kopf auf. Die Haut platzte und Blut lief ihm am Kinn zusammen und tropfte von dort auf das Holz. Er spürte es nicht einmal. Blitzschnell brach der Himmel auf und runde Eisstücke prasselten auf das Boot und in den See. Schutzlos und dem Willen Bedaius' ausgeliefert, ergab Ekuos sich in sein Schicksal.

Wer konnte es wagen, einem Gott etwas entgegenzusetzen?

Es war vorbei. Noch ehe Ekuos zur Besinnung kam, strahlte der Himmel und der See plätscherte ruhig und sanft im Licht. Eine kräftige Beule fühlte er auf seinem Kopf, bevor das Boot den Strand der Insel erreichte, auf der sich der Tempel des Bedaius befand. Sie mussten durch das Wasser waten, denn der Fischer Chiemo durfte den göttlichen Ort nicht betreten.

Drei auserwählte Männer in langen Gewändern warteten auf einer leichten Anhöhe. Der weise Mann blieb stehen und schaute hinüber. Jetzt konnten sie nichts tun als warten. Ekuos fröstelte. Es dauerte eine ganze Weile, bis von der Seite des Strandes weitere heilige Männer erschienen. Als sie stehenblieben, traten die drei weiteren Männer auf der Anhöhe vor und nur einer der gelehrten Männer vom Strand lief auf die Angekommenen zu. Ekuos sah die drei heiligen Männer am Hügel warten. Sie bildeten mit ihren Körpern die verehrte Mondzahl drei. Ekuos, Palmira, der alte Weise und der hinzugetretene ehrwürdige Mann standen für die Sonnengöttin und sie zählten die Vier. Gemeinsam ergaben sie die göttliche Zahl Sieben, die für die Kraft des Himmels und der Planeten stand.

Der heilige Mann reichte ihm ein handlanges Messer und wies mit einer leichten Kopfbewegung auf Palmira hin. Er sollte es tun? Ekuos war völlig überrascht. Palmira hob die goldene Schale bis vor ihren Hals, damit ihr kostbares Blut aufgefangen und vollständig dem Bedaius geopfert werden konnte. Wie sollte er ihr das Herz herausschneiden? Ekuos sah sie an. Ihre Haut wirkte durchsichtig und sie verschloss die Augen. Ihr kleiner Mund blieb schmal und ihre feine Nase zuckte leicht. Sie wartete auf den tödlichen Schnitt durch die Halsschlagader. Ekuos hob das Messer.

Auch nach der dritten Nacht auf ihrer Wanderung wurde nicht gesprochen. Für Ekuos gab es keinen Gedanken zu den vergangenen Tagen, diese hatte ihm der weise Mann verboten. Außer den nicht enden wollenden Wäldern gab es nichts zu sehen. Die Wege waren mühsam zu begehen und das Licht des Tages schaffte es häufig nicht durch das dichte Geäst der Bäume, sodass Ekuos die Furcht überkam, sie würden direkt in die endlose Dunkelheit der anderen Welt laufen und darin versinken. Wollte er das Licht der Sonne entdecken, musste er sich vollständig umdrehen, denn sie liefen in die Richtung, die von der Sonne gemieden wurde. Andere Menschen trafen sie auf ihren Wegen nicht und die bescheidenen Mahlzeiten hatten dazu geführt, dass Ekuos Dinge wahrnahm, von denen ihm nicht völlig bewusst war, ob es sie tatsächlich gab oder nicht. Die Tage über liefen sie an fließenden Gewässern entlang, die sich nur wenig voneinander unterschieden. Bald sah er die Gipfel fremder Berge, aber keiner erreichte auch nur annähernd die Höhe der Felsspitzen seiner Heimat. Hinter diesen Hügeln ging es hinab in Täler, die sich gleich wieder öffneten und schon musste er den nächsten Berg hinauf. Dann sah er, wie ein alter Hirsch ruhig zwischen zwei mächtigen Bäumen stand und sie beobachtete. Ekuos nahm es sofort als Warnung, ohne genau zu wissen, warum er das tat. Als der weise Mann seine Schritte nur noch sehr vorsichtig setzte, da ahnte er schon, dass ihnen eine Gefahr drohte. Ekuos erwartete ein mächtiges Tier, das größer war als alle ungeheuerlichen Tiere, die ihm jemals begegnet waren. Doch es war kein Tier. Männer verbargen sich hinter den Felsen und Bäumen auf der anderen Flussseite. Sie waren anders gekleidet als die Leute, die er kannte. Nun verstand er, warum der weise Mann nicht den einfacheren Weg direkt am Fluss entlang wählte, sondern den mühsameren Pfad entlang der Anhöhe zwischen den Bäumen genommen hatte. Sie knieten am Boden und warteten. Ekuos hatte zu warten gelernt. Also blieb er ruhig an seinem Platz und schaute zu den Männern hinab, die sich offenbar nicht über den Fluss wagten.

Ekuos fürchtete sich nicht. Gefürchtet hatte er sich vor dem breiten Wasser, das die Menschen an den Ufern mit dem Namen der Göttin Danau verbanden, und es hatte eine Nacht lang gedauert, bis er den Kahn bestieg, der sie an das andere Ufer trug. Er hatte zuvor von diesem Wasser und der Göttin gehört. Es hieß, Danau könnte auf ihren Wellen Menschen weiter tragen, als ein Adler sehen konnte. Hinter dem großen Fluss gab es die Wälder, in denen Bäume so dicht standen, dass es unter ihren Kronen ständig dunkel blieb. Auch dort war es für Ekuos nicht leicht gewesen, seinen Weg zu finden, ohne dabei an den drohenden Einsturz des Himmels zu denken. Tiere hatte er auf den Wegen viele gesehen, aber keine Menschen. Die Feinde unten am Flusslauf waren seit der Überquerung des mächtigen Wasserlaufs die ersten, die er sah. Während des langen Wegs hatte er sich nach dem Mond umgesehen und wenn es gar nicht anders ging, war er einen Baum hinaufgestiegen, um den Weg zu finden. Begonnen hatten sie die Reise bei aufgehendem Mond und nun war es bereits ein zweiter aufgehender Mond gewesen, den Ekuos gesehen hatte. So eine lange Reise hatte es in seinem Leben noch nie gegeben und er wusste auch nicht, wie lang der Weg noch sein wird.

Die fremden Männer duckten sich immer wieder tief ab, wenn sie einen Blick über den Fluss geworfen hatten. Ekuos empfand eine tiefe Abneigung gegen diese Leute, die er nicht kannte und die sich feindlich verhielten. Niemand seiner Leute musste sich verstecken. Die

Fremden taten es in böser Absicht. So hatte er es gelernt und nicht anders hatte er es erfahren. Aber in den Dörfern seiner Sippe erschienen Feinde nur selten.

Sie bewegten sich vorwärts. Es waren nicht mehr Männer, als er Finger an der Hand hatte. Die Feinde krochen durch das hohe Gras und legten sich flach auf den Boden. Jetzt waren sie nicht mehr weit vom Wasser entfernt und Ekuos griff nach seinem Kurzschwert. Unerwartet für Ekuos und die Feinde, flogen brennende Fackeln durch die Luft und schlugen ins hohe Gras schnell breite Schneisen. Kaum lagen die Fackeln im Gras, folgten die nächsten brennenden Hölzer nach. Die Fremden verließen ihre Verstecke und sprangen in das Wasser, um sich vor dem Feuer in Sicherheit zu bringen. Doch kaum tauchten sie in den Fluss ein, da wurden sie bereits von geschleuderten Äxten getroffen. Ekuos wirbelte herum und sah, dass auf beiden Seiten des Flusses Männer bereitstanden, um weitere Äxte zu schleudern, wenn es nötig sein würde.

Der weise Mann erhob sich von seinem Platz, trat vor und hob die Arme in die Luft. Ekuos stand nun ebenso auf und trat hinter ihn. Die Männer rissen den Toten im Fluss die Äxte aus den Leibern und hackten ihnen die Köpfe ab, denn ohne Kopf konnten sie nicht als Untote zurückkehren und Rache nehmen. Es genügte als Abwehrzauber, wenn die Köpfe ausgestellt wurden.

Die Männer der verwandten Sippen begegneten dem weisen Mann voller Ehrerbietung und so folgte ihnen auch Ekuos durch den dichten Wald bis zu einer Lichtung, auf der einige Wagen standen und von wo aus die Fahrt sogleich fortgesetzt wurde. Ekuos lief an der Seite eines der beladenen Wagen und schaute in das erloschene Gesicht eines Feindes, der an einer Wagenseite aufgespießt worden war. Er fragte sich, weshalb diese Männer aus dem Norden zu ihnen kamen und was sie hier wollten. Die Leute sprachen darüber, dass es immer häufiger vorkam, dass diese Nordmänner brandschatzend und mordend aus den Wäldern kamen. Ekuos hätte darüber gerne mehr erfahren, aber der weise Mann gebot ihm erneut zu schweigen.

Es wurden einige warme Sonnentage in Begleitung der Händler und ihrer Wagen. Ekuos begann sich an die angenehme Situation zu gewöhnen, denn er musste nicht ständig zu Fuß gehen. Die Wege waren breit angelegt und an den sumpfigen Stellen mit armdicken Hölzern ausgelegt, sodass keiner der Wagen steckenblieb. Nur noch einmal gab es so etwas wie Gefahr. Der Anführer verharrte, als sich der Pfad einem dichten Wald annäherte und man wegen einer leichten Biegung keine Sicht bekam auf das, was sich dahinter verbarg. Man flüsterte untereinander und Ekuos hörte das Wort Artos. Er brauchte nicht lange zu warten, bis die Bärin auftrat und in ihrem Rücken drei Bärenkinder erschienen. Niemand bewegte sich. Die Bärin richtete sich auf und zeigte ihnen ihre mächtige Statur. Nach kurzer Zeit erkannte sie, dass die Eindringlinge für ihre Kinder keine Gefahr waren und verschwand wieder zwischen den Bäumen. Man wartete noch eine Weile, bevor die Fahrt wieder aufgenommen wurde.

Nach der Begegnung mit der Bärin vergingen zwei weitere Nächte. Inzwischen waren die Händler weiter nach Norden gezogen, während der weise Mann mit Ekuos dem Weg der Sonne nach Westen gefolgt war. An diesem Morgen verließ Ekuos die Höhle, in der sie die Nacht verbracht hatten und er setzte sich auf einen vorspringenden Felsbrocken, um den Anbruch des Tages und damit das Erscheinen des Lichts zu erwarten. Was er dann zu Gesicht bekam, das verschlug ihm die Sprache. Er hockte über einem Abhang und tief unter ihm zog das silbern glänzende Wasser des großen Flusses dahin. Sie hatten den Rhin erreicht, den mächtigsten Strom, den es in ihren Landen gab und von dem überall an den nächtlichen Feuern der Menschen erzählt und berichtet wurde. Ekuos schaute hinunter und er konnte nicht das Ende des Flusses erkennen, so kolossal war er, ganz so, wie es sein Name aussagte. Man hatte ihm berichtet, dass Gott Rhenus sein Wasser hinuntertrug zu einem noch größeren Wasser, von dessen Ufer aus man das Ende der Welt sehen konnte. Ekuos hatte sich nicht vorstellen können, dass es hinter dem Land und den Flüssen nur noch Wasser geben soll. Aber man hatte ihm glaubhaft berichtet, dass dort der riesige Regenbogen auf die toten Seelen der Helden ihrer Stämme wartete, um sie hinaufzuführen zum ewigen Leben in die Anderswelt, zum Glück und der Freude, dort die lange verstorbenen Freunde wiederzusehen.

Ekuos konnte seinen Blick gar nicht mehr abwenden. Wie ruhig das Tal unter ihm wirkte und wie besonnen und herrschaftlich der Strom dahinfloss. Außer in den Bergen hatte sich Ekuos noch nirgendwo den Göttern so nahe gefühlt wie an diesem Ort. Kurz darauf wurde sein Träumen beendet und sie stiegen den beschwerlichen Weg hinab in das Tal. Vom Fuß der Wälder ging es hinüber an das Wasser des Rhin, wo sie einen Fischerort mit wenigen Hütten fanden, der den erschöpften Männern eine Pause bot. Ekuos wollte aber nicht unter aufgehängten Fischen liegen und zog es vor, sich einen Schlafplatz direkt am Wasser zu suchen. Die Götter schenkten ihm eine sternenklare Nacht, sodass es ihm nicht gelang, in den Schlaf zu finden. Gab es denn etwas, das diesem Anblick gleichkam? Wie tiefschwarz der Himmel war, und in ihm eingewebt, leuchteten die Augen der Götter.

Am nächsten Morgen erschien der weise Mann mit dem Dorfältesten, der sich auch auf den Weg zum Fest des Grannus machen wollte und der seinen beiden Söhnen befahl, einen Kahn einzurichten. Kaum hatte Ekuos seine Abneigung gegen diese Art zu reisen zeigen können, da stand er bereits mitten in dem Boot und hielt das Seil des Segels in der Hand. Einer der Söhne bediente das Ruder, während der andere mit einer langen Stange vom Bug aus in das Wasser stieß, als wollte er den großen Fluss damit aufwecken und zur Eile auffordern. Obwohl es ihm nicht angenehm war, sich auf diese Art fortzubewegen, musste Ekuos doch zugeben, dass es ziemlich rasch vorwärts ging. Gegen Abend wurde am Ufer ein kleines Feuer entzündet, gefangener Fisch auf Hölzer gespießt und gebraten, und die Speise mundete Ekuos. Am nächsten Tag war seine Furcht vor dem Wasser bereits etwas geringer, ohne dass er aber den Respekt vor dem mächtigen Fluss verlor.

Zwischen den Fischern kam es zum Streit. Man war noch während des keimenden Tageslichts aufgebrochen und hielt sich in der Mitte des Flusses, als der Sohn am Bug felsigen Untergrund meldete und der Sohn am Heck seinem Vater zurief, sie näherten sich nun Loreley und das bedeute, es war höchste Zeit, an das Ufer zu gehen. Ekuos verstand nicht, worum es bei diesem Streit ging. Der alte Fischer flüsterte mit dem weisen Mann und sie entschieden, dass die Fahrt fortgesetzt wurde. Die Söhne hatten sich zu fügen, während Ekuos noch immer mit fragendem Gesichtsausdruck unter dem Segel stand.

»Es ist der murmelnde Fels, der hoch über dem Strom aufragt und der meinen Söhnen Furcht einflößt. In unserem Dialekt nennen wir ihn Loreley.«

Der alte Fischer sprach mit dem weisen Mann, der wie immer keinerlei Reaktion zeigte. Ekuos wunderte sich darüber, dass es einen sprechenden Felsen geben soll, aber es war immer besser, sich erst selbst von einer Behauptung zu überzeugen, bevor man den anderen Feigheit oder Schlimmeres vorwarf. Kaum war er mit seinem Gedanken zu Ende, da begann das Boot, sehr stark zu schwanken. Er griff nach dem Strick und hielt sich mit aller Kraft daran fest. Das Wasser wirbelte umher und versuchte, das Boot herumzuwerfen und es in die Tiefe zu ziehen. Die Strömung wurde immer heftiger und Strudel wickelten sich um den Kahn, während Wasserfäuste hart gegen das Holz schlugen. Dann sah Ekuos die Felsspitze aus dem Wasser ragen und das Boot raste darauf zu. Der Fischersohn stemmte sich mit aller Kraft in das Ruder, während sein Bruder flehend Rufe ausstieß und triefend vor Nässe am Bug ausharrte. Doch es schien, als kannte Gott Rhenus kein Erbarmen. Ekuos schaute auf die reißende Strömung, die immer schneller zu werden schien, es brodelte und zischte, und während der Strom vor Zorn schäumte, blieb der Himmel hell und nahm ein paar Wolken mit auf die Reise. Das Ufer schien nur ein paar Armlängen entfernt zu sein und doch würden sie es nicht mehr erreichen, wenn nicht schnell etwas geschah. Der weise Mann öffnete einen größeren Beutel und entnahm ihm eine Schale aus purem Gold. Es war eine Opferschale und Ekuos ahnte, dass sie eigentlich für Grannus gedacht war. Nun aber war die Not groß und der weise Mann übergab sie den Wellen und bat den mächtigen Rhenus, ihre Leben zu schonen. Ekuos stemmte sich gegen das Schicksal, mit dem kenternden Kahn unterzugehen, hielt sich fest am Strick und schloss die Augen. Geschah etwas? Noch immer schwankte und bebte das Boot, aber das Wasser rauschte nicht mehr. Jäh hörte er ein Summen und es schien ihm, als würde eine zarte Stimme leise ein Lied anstimmen, wie es Mütter tun, die ihre Säuglinge in den Schlaf wiegen. Es war anheimelnd und es machte sanft und schläfrig. Ekuos riss die Augen auf und schrie, denn der Fischersohn lenkte den Kahn direkt auf den steilen Felsen zu. Der Alte sprang zu seinem Sohn und schlug ihm ins Gesicht. Das Wasser war glatt und glänzte, vom Himmel mit blinkendem Licht beschenkt. Fische sprangen hoch und es schien, als neckten sie sich im Spiel. Ein Stoß in den Rücken brachte Ekuos zurück in die Wirklichkeit und bevor er noch darüber nachdenken konnte, saß er neben dem Fischer auf der Ruderbank und zog kräftig durch. Die Ruderblätter tauchten tief ein in den Strom und trieben das Boot fast an das Ufer der dem mächtigen Felsen gegenüberliegenden Seite. Nun war die Gelegenheit gekommen, zu verschnaufen, und Ekuos konnte sich dem Anblick dieses göttlichen Felsens nicht entziehen. Aber noch immer war das Summen dieses lieblichen Liedes in seinem Ohr. Gemächlich schwamm der Kahn weiter mit dem Strom zum Meer und Ekuos dachte, vielleicht waren die Berghöhe und dieses sanfte Lied die Mahnung, dass es nicht mehr weit war bis zum Ende des Stroms am großen Wasser und dem Ende mit allem, was die Mutter Erde für den Menschen bereithielt. Er sagte leise das Wort Loreley und der Fischersohn am Bug drehte ihm schnell den Rücken zu. Diesen Namen sprach man unter Fischern also lieber nicht aus. Stumm geworden erreichten sie das ersehnte Ufer und setzten ihren Weg fort.

Bald schon näherten sie sich dem Ziel der langen Reise. Immer häufiger trafen sie auf Wanderer, die alle Finger in die Luft streckten und damit bekundeten, dass sie auf dem Weg zu den Festlichkeiten zu Ehren des Grannus waren, die eben genauso lange begangen würden wie zwei Hände Finger hatten.

Leichtfüßig bewegten sie sich nicht. Ekuos musste seine Schritte immer wieder zähmen, damit der weise Mann und der alte Fischer nicht zu weit zurückfielen. Die Wege waren hart und sehr uneben, was das Laufen nicht angenehm machte. Ekuos bemerkte, dass sie eine Landschaft durchliefen, die wenig Bäume zeigte und deren Felder nur mäßig bepflanzt waren. Das wunderte ihn, denn noch auf der anderen Seite des großen Rhin standen die Bäume so dicht, dass es manchmal kein Durchkommen gegeben hatte. Vor ihnen lief eine Gruppe Wanderer und hinter ihnen ebenso. Diese mieden den Kontakt zum weisen Mann und Ekuos, denn jedes ungebührliche Verhalten gegenüber den von den Göttern bevorzugten Menschen könnte verheerende Folgen für den Übeltäter haben. So musste Ekuos bis zum Abend warten, um den Grund für das vorgefundene Landschaftsbild zu erfahren. Der alte Fischer plauderte mit einem Mann, der am Ufer eines schmalen und plätschernd dahinfließenden Bachs auf dem Bauch lag und Fische mit der Hand fing. Das Bild vermittelte Ekuos den Eindruck von Leichtigkeit und Vergnügen, aber er wusste, dass diese Ansicht falsch war. Genau das Gegenteil war der Fall. Je perfekter die Kunstfertigkeit, desto einfacher wirkte es auf den Betrachter. Er würde wahrscheinlich elendig verhungern, wenn er sich auf diese Weise ernähren müsste. Der Mann beklagte sich darüber, wie sehr das Abholzen der Wälder dem täglichen Leben schade und dass die vielen Brennöfen für das Schmelzen von Eisenerz das Wasser verunreinigte. Nachdem er sich erhoben hatte, zeigte er mit dem Finger in Richtung der nahen Hügel. Dort lebten also die Schuldigen dafür, dass es immer weniger Fische gab, dachte Ekuos. Der Mann stieg in das Wasser und holte eine Hand voll Flusskrebse heraus. Die waren ihm zu winzig und die Ausbeute zu gering. Ekuos waren die vielen Lastenwagen auf den Wegen nicht entgangen und die Menschen in diesem Landstrich sahen nicht aus, als müssten sie Hunger leiden. Andererseits gefiel ihm diese kahle Landschaft nicht. Dazu roch es auch sehr unangenehm.

Nach einer weiteren Tagesreise nahmen die Gruppen der Wanderer immer mehr zu. Bald sah man Gräben und hohe Hecken, Felder und Weiden. In eines der ersten Häuser wurden sie eingeladen. Die Frau des Hauses plauderte recht unbefangen mit dem weisen Mann und gab ihnen ein eigenes kleines Haus als vorübergehende Wohnstatt. Es war ein recht eindrucksvolles Anwesen. Wie sich herausstellte, handelte der Mann mit Steinen, die aus den nahen Höhen herausgebrochen wurden und von dort bis an den Rhin transportiert wurden. Auch die vier Häuser der Familie, in denen sie sich bewegten, waren mit diesen Steinen errichtet worden.

Ekuos saß im Freien und betrachtete die kahl geschorenen Sklaven, die für niedrige Tätigkeiten ausgewählt worden waren. Sie gehörten den Besitzern des Hofes und mussten einen Graben ausheben, in den Wasser abgeleitet werden sollte. Ihre Gesichter erinnerten Ekuos an jene, die in der Talsenke durch Äxte zu Tode gekommen waren. Er schaute zum Tor des Hofes, durch das der weise Mann trat und ihm winkte. Am nächsten Morgen würde Ekuos also erstmals das Ritual der Haarschur an einem dieser Gefangenen durchführen dürfen. Das war es, was der weise Mann ihm nur kurz mitteilte. In der Nacht blieb er unter freiem Himmel und legte sich drei Stäbe aus Buchenholz zurecht. Er wartete auf eine Geste, doch der Himmel schickte ihm keine Lichtzeichen. Ekuos erweiterte den Kreis der Buchenstäbe, aber weder auf sechs noch auf neun Hölzer reagierte der Himmel. Also würde er den Mann ohne jeden Beistand scheren.

Der Tag kam im Empfinden von Ekuos nur sehr langsam heran. Der weise Mann brachte ihm ein langes weißes Gewand, das bis auf die Erde reichte. Noch in der Dunkelheit schritten sie gemeinsam hinüber zu einem Opferstein, neben dem Fackeln brannten, die im Boden steckten. Menschen durften der Handlung nur mit einigem Abstand beiwohnen. Der Gefangene trug Stricke um die Fußgelenke und seine Hände waren auf dem Rücken zusammengebunden. Zwei Kahlgeschorene schleppten ihn heran und drückten ihn zu Boden, bis er auf den Knien lag. Ekuos nahm sein Messer und wetzte es am Opferstein. Er hob es hoch und zeigte die scharfe Klinge den Göttern. Mit Geschick führte er das Messer durch die Haare des Gefangenen, bis seine Kopfhaut zu sehen war, die von den Kahlköpfigen mit nassen Tüchern von Blutspuren befreit wurde. Mit der Haarschur war dem

Gefangenen seine Kraft genommen worden, von nun an war er für alle sichtbar entmannt und auf der Ebene eines Hundes angekommen. Seine Besitzer traten vor, befreiten ihn von den Fesseln und schleppten dieses kraftlose Etwas davon. Bevor noch das Licht des Tages sich entfaltete, hatte Ekuos eine erste größere Bewährungsprobe bestanden.

Der weise Mann trat auf ihn zu, legte einen Ring aus Gold um seinen Hals und öffnete ihm den Haarknoten, damit seine Bedeutung von nun an für alle Menschen erkennbar wurde. Nun war er vom Hirten zum Seher geworden. Erstmals durfte Ekuos spüren, wie ihm der göttliche Wind durch seine schulterlangen Haare fuhr, und so belebt, fast fröhlich, machte er sich nun auf den Weg zu den Feierlichkeiten zu Ehren des großen Grannus. Dort am Wasser musste er im Feuer sein Kurzschwert biegen und dem Gott übergeben, denn nun war er ein Seher und durfte keine Waffe mehr tragen.

Bevor sich das Volk an dem Fest beteiligen durfte, waren es die weisen Männer und Frauen, die sich dem Heiligtum näherten. Für Ekuos war die Ehre, sich inmitten dieser weisen Menschen zu befinden, der größte Moment in seinem jungen Leben. Man schritt langsam und gesetzt voran. Bewaffnete Männer vertrieben Neugierige, die sich zu nahe an die Prozession herangewagt hatten. Jene, die sich mit Gold und Geschmeide behängt hatten, um ihre Wohlhabenheit zu präsentieren, wurden ganz abgedrängt und zurückgeschickt, um sich dem gegebenen Anlass nach würdig zu kleiden.

Ekuos erblickte die mehr als mannshohen und dicht nebeneinander in den Boden gerammten Pfähle, die ein einheitliches Bild wie bei einer Mauer ergaben. Davor verlief ein Graben um das gesamte Areal. Der Eingang in das Heiligtum wurde nach innen auf beiden Seiten von Pfählen gesäumt, erst dann folgte das Tor. An die baumhohen, kantigen Stämme des Tores waren Totenschädel von Feinden genagelt worden. Hohe Baumstämme, die das Pfahlwerk der Umzäunung weit überragten, trugen die üblichen Waffen, wie man sie im Kampf gegen die Feinde aus dem Norden benutzte.

Der Zug der Weisen betrat das Heiligtum des Grannus nicht. Man verharrte, trat anschließend an die linken und rechten Ränder des Weges und wartete. Niemand bewegte die Lippen. Ekuos dreht den Kopf in die Richtung, in die auch alle anderen blickten.

Erst wenn die große Göttin erschien, durften sie sich wieder bewegen. Es dauerte nicht allzu lang, da trat sie aus ihrem Himmelreich hervor und warf ihre goldenen Strahlen über das Land. Ekuos konnte genau verfolgen, wie die Strahlen den Weg betraten, langsam auf das Tor zuliefen, es durchflossen und den Weg durch das Heiligtum fanden. Genau in dem Moment, als die Strahlen die andere Seite des Tempelareals erreichten, öffnete sich dort das Tor und die große Göttin hatte als Erste dem Gott Grannus ihre Zuneigung gezeigt. Jetzt durften die Weisesten der Weisen ihren goldenen Sonnenkranz auf ihre Häupter setzen und das Heiligtum über einen Steg betreten.

Ekuos wusste, dass jeder, der sich dreist einen langen Blick auf die große Göttin erlaubte, das Augenlicht verlor. So mied er den Blick auf die Sonne und betrat das Territorium des Grannus. In der Mitte, dort, wo noch gerade die Strahlen des Lichts hindurchgeflossen waren, befand sich der offene Tempel und die Statue des Gottes. Das Dach des Gebäudes ruhte auf neun Pfeilern. Sechs an jeder Seite, einer am jeweiligen Ende und einer direkt in der Mitte. Die Sonne war durch das Tor nach Osten eingetreten und am Tor nach Westen hatte sie das Heiligtum wieder verlassen. Hinter dem Grannus befand sich die Opfergrube, wohinein die Menschen später ihre Gaben werfen durften. Aber so weit war es noch nicht. Zunächst blieben die weisen Frauen und Männer unter sich. Man stand zusammen und sprach miteinander. Ekuos hatte da schlicht Abstand zu halten.

Als der dunkle Abend über das Land kam, da begann das Land auf andere Art als bei Tage zu leuchten. Aus allen Richtungen bewegten sich Fackelträger auf das Heiligtum zu. Ekuos stand inzwischen wieder vor dem Graben des Tempels und schaute auf die wogenden Flammen, die wie ein riesiges Feuerleuchten am Himmel langsam auf ihn zukamen. Das Bild erinnerte ihn an Winternächte, wenn das Firmament zu glühen begann und so manche aus seiner Sippe befürchteten, der Himmel könnte ausbrennen und auf die Erde stürzen. Die Feuerträger kamen näher und Ekuos erkannte, dass sie Stroh auf langen Stangen angezündet hatten und immer wieder nach Grannus riefen, der ihnen die Frucht der Felder und das reine Wasser bescheren soll. Ihre Flammen sollten das Böse vertreiben und das Gute willkommen heißen.

Der nächste Tag brachte Ekuos eine Überraschung. Das Volk hatte bereits in der Nacht zu tanzen begonnen und da es nicht bereit war, die Würde des Ortes zu respektieren, verließen die Weisen das Tempelgebiet erst, als der letzte Tag der Verehrung des Grannus gekommen war. Der weise Mann trat an Ekuos heran und teilte ihm mit, dass er sich in die Einsamkeit der nahen Berge zurückziehen wird, um dort so zu leben, wie es den Göttern genehm war. Dazu schickte er den sich belustigenden Menschen einen bösen Blick hinüber. Ekuos wurde zwei weisen Frauen übergeben, die ihn in ihre Mitte nahmen, um ihn an eine der Quellen des Grannus zu führen. Dort durfte er sich an einem Wasserlauf reinigen und seine Kleidung für die Reise überziehen. Danach führten die weisen Frauen ihn dicht an die Quelle. Während eine der Frauen einen aus Silber gefertigten Krug über die Quelle hielt, schöpfte eine andere das Wasser und füllte damit das Gefäß. Während der Zeremonie vermied Ekuos jeden Blickkontakt. Es war ihm nicht erlaubt, sich den weisen Frauen auf irgendeine aufdringliche Weise zu nähern. Sie standen weit über ihm und jede Respektlosigkeit hätte seinen weiteren Weg beenden können. Also wartete er.

Eine junge Frau, vielleicht ein als Blutopfer in der Vorbereitung befindliches Mädchen, übergab ihm ein silbernes Kreuz und eine kleine Statue des Grannus. Dann wurde Ekuos über einen Weg zu einer Wagenkolonne geführt, die auf einer befestigten Straße wartete. Der Führer der Wagenkolonne verbeugte sich tief und richtete Ekuos aus, welche Aufgabe für ihn vorgesehen war. Ekuos sollte das heilige Wasser an den Fluss Alz bringen, wo ein neuer Tempel des Grannus errichtet wurde. Auch das silberne Kreuz und die Grannusstatue waren Gaben für diesen Ort. Es folgten noch einige Worte über das Reiseziel der Wagenkolonne, das im Salzgebiet der Alpen lag, und schon begann die Reise. Nur eines wollte der Wagenführer noch von Ekuos wissen. Er trug seine roten Haare stark gekalkt aufgerichtet wie ein Hahn und hatte ein herbes Gesicht. Warum sie in der Heimat von Ekuos die hohen Steinwände Alp nannten, wollte er wissen und Ekuos erzählte, dass Alpen nichts anderes bedeutet als Berge.

Danach gab es keine Worte mehr. Von nun an durfte Ekuos der Seher nicht mehr sprechen. Weder die Männer noch die Frauen und Kinder wagten es, sich Ekuos zu nähern. Häufig verließ er den Wagenzug und spazierte allein über den Weg, versunken in Gedanken und den Beutel mit den Heiligtümern fest im Griff. Häufig kontrollierte er, ob das harte Bienenwachs das Gefäß mit dem Wasser aus der Quelle des Grannus weiter gut verschloss. Sein Leben hatte sich nun vollends verändert, weil die weisen und auserwählten Frauen und Männer in ihm einen ihrer Nachfolger erkannt hatten. Aber er würde sich noch bewähren müssen. Die Götter beobachteten ihn und von ihrer Gnade würde nicht nur sein Leben abhängen.

3. Die Spiegel im See

Ekuos kehrte aus seinen Erinnerungen an seine Reise zu den Quellen des Grannus zurück und suchte Kida am Waldrand, aber die Wölfin war nicht mehr da. Matu saß bei den Pferden und zeigte ihm den Rücken. An seine Reise mit dem weisen Mann erinnerte Ekuos sich gerne, denn sie hatte ihn gelehrt, wie er mit der Einsamkeit umgehen musste. Nur durch sie würde es ihm irgendwann gelingen, die Botschaften des Himmels und der Götter zu verstehen. Noch war er nicht so weit gekommen. Aber warum war ihm an diesem Ort hier diese Reise wieder in den Sinn gekommen? Wer hatte ihm die Bilder in den Kopf gebracht? Ekuos schloss die Augen und wartete. Er sah das Bild der geschorenen Feinde in der Nähe der heiligen Quelle des Grannus wieder und er sah auch, wie er selbst dem Feind die Manneskraft genommen hatte. Ekuos öffnete die Augen. Konnte es sein, dass ihm Feinde gefolgt waren und mit der Entführung seines Bruders und seiner Freunde an ihm Rache nehmen wollten? Er blickte zum Himmel und drehte den Kopf hinüber zu den Bäumen. Kida war wieder da.

Ekuos durchlief in seinen Gedanken wiederholt seine Reise. Er erinnerte sich, dass der Wagenführer immer wieder die Wege verlassen hatte und durch unwegsames Gelände gefahren war. Hatte er das wegen möglicher Verfolger getan? Erst als sie bereits wieder tief in ihren angestammten Gebieten waren, das nördlich und südlich der Danau lag, blieb man auf den guten Wegen. Und plötzlich entdeckten sie in einem Bachbett einen übel zugerichteten Mann, der tagelang nicht gesprochen hatte. Als er endlich sprach, da hatte ihn niemand verstanden. Man nahm ihn mit und während der nächsten Tage ergab sich doch eine Art Gespräch. Der Mann war weit gereist und mit den Stunden des Kontaktes verstand Ekuos, dass er vom Süden her über die Berge gekommen war, um ein Volk zu besuchen, das er Kelten nannte. Ekuos hatte davon gehört, dass hinter den Bergen seiner Heimat andere Menschen leben sollten, aber gesehen hatte er noch keinen von ihnen. Erst allmählich begriff er, dass mit den Kelten seine Leute und die Menschen gemeint waren, die zwischen Alp und dem großen Rhenus lebten. Als der Mann die Feinde beschrieb, die ihn angegriffen hatten, da sah Ekuos erneut die Gesichter vor sich, die als Geschorene an der Quelle des Grannus zwischen den Tieren zu leben hatten. Ekuos bat den Mann, den Wagenführern darüber zu berichten. Nun wussten auch sie, dass die Feinde tief in ihr Land eingedrungen waren und sie sich in Acht nehmen mussten.

Der Mann hatte mit dem Finger auf sich gezeigt und Amadas gesagt. Ekuos hatte mit der gleichen Geste geantwortet und seinen Namen genannt. Damit endeten die Gespräche, denn die Fuhrleute wurden unruhig, weil einer wie Ekuos mit niemandem reden durfte. Er hörte aber zu, wenn sich Amadas von den Fuhrleuten beharrlich Begriffe erläutern ließ. Sie amüsierte dieses Spiel. Nach einigen Tagen der Reise konnte der Mann wieder laufen und eilte vorneweg, weil er einen Fluss entdeckt hatte. Ein Kind rief ihm den Namen zu, den er, dabei etwas mit der Zunge schnalzend, wiederholt hatte. Mit Worten und Gesten verstand er ›Fluss zwischen hohen Ufern‹ und sprach ›Alz‹ korrekt aus. Bevor sie an dem Ort des neuen Tempels des Grannus angelangt waren, musste Amadas Abschied nehmen. Diesen Bereich durfte ein Fremder nicht betreten. Amadas verstand die Gesten nicht und erst, als einer der Männer ein Schwert zog, da zog er mit den Fuhrleuten weiter.

Ekuos wartete, bis die Sonne für diesen Tag den höchsten Punkt am Himmel erreicht hatte. Dann näherte er sich dem Heiligtum. Das Gebiet oberhalb des Flusses war weiträumig geglättet und von Bewuchs befreit worden. Der offene Tempel hatte an jeder Seite drei Säulen, auf denen das Dach ruhte. In seiner Mitte wurde gerade das Becken für das heilige Wasser des Grannus aufgestellt. Der Stein war aus einem Berg geschlagen worden, dem die große Sonne die Ehre zuteilwerden ließ, genau zur Mitte jeden Tages über ihm zu stehen. Die Menschen erzählten sich, dass dort in den vielen Höhlen tief unten im Berg ein Riese lebte, der ein Heer von Zwergen um sich scharte, die jeden bestraften, der sich zu nahe an ihren Herrn heranwagte. Man nannte ihn den ›unheimlichen Berg‹.

Ekuos näherte sich und trat mit dem Wasser des Grannus schweigend zwischen die weisen Männer und

Frauen. Die Zeremonie konnte nicht beginnen, denn genau gegenüber, in dem ebenso neu errichteten Heiligtum der Göttin Sirona, wurden die Insignien der Heiligen aufgestellt. Danach folgte die Statue, die auf einen Sockel gehoben wurde. Diese Darstellung zeigte die Göttin in einem bodenlangen Kleid, ohne Schmuck, und auch ihr Gesicht trug keinerlei Maske. In den Siedlungen war es Usus geworden, dass Frauen ihre Gesichter schminkten, sich die Ohren behängten, Ringe an die Finger und die Füße steckten, sich breite Halsreifen umlegten und sich Kettchen um die Fußgelenke banden, um sich gegen das Böse zu schützen. Obwohl die weisen Frauen und Männer gegen den Glauben an Abwehrzauber vorgingen, blieben die Frauen dabei. Selbst die Göttinnen, die ihr reines Gesicht zeigten, konnten daran nichts ändern. Ekuos schaute hinüber, wo zwei weise Frauen noch immer dabei waren, die Ähre und die Traube so aufzustellen, dass sie mit dem Licht und der Göttin harmonierten. Als Nächstes wurden zwischen den beiden Tempeln Steinkreise gelegt. Sie verbanden das Licht und die Macht des Himmels mit der Mutter Erde. Ekuos füllte das Becken im Tempel des Grannus mit dem Wasser der heiligen Quelle. Dann schritten die weisen Frauen und Männer durch den Tempel, ein jeder hielt kurz einen Finger in das Wasser und tupfte ein Kreuz auf seine Stirne. Mit der Aufstellung aller Anwesenden zu einem Oval wurde die rituelle Handlung beendet. Frauen zogen mit weiblichen Tieren durch den Tempel der Göttin Sirona und baten sie um Fruchtbarkeit für sich, die Tiere und die Felder. Als die Sonne am nächsten Tag erneut im Zentrum des Tages stand, konnte Ekuos den Ort verlassen und in seine Heimat zurückkehren.

Erinnerungen passieren nicht einfach. Die Götter erwarten, dass daraus Handeln entsteht. Ekuos entschied sich dafür, seine weiteren Wege von der Großen Mutter bestimmen zu lassen, deren Altar auf einer Insel im See des Bedaius stand. Sie würde ihm sagen, was mit Atles und den Freunden geschehen war. Über den See wollte Ekuos nicht wieder, also mussten er und Matu am Ufer entlangreiten. Sie verließen den Wald und gelangten schnell auf die Ebene. Ekuos schaute von der Anhöhe aus über den See, der friedlich und strahlend blau vor ihnen lag. Der Ritt brauchte einen Tag und so erreichten sie das Ufer gegenüber der Insel, auf dem sich der Tempel der Großen Mutter befand, so spät, dass die Dunkelheit kein Übersetzen mehr erlaubte. Die Fischer des Dorfes am Ufer durften die Insel nicht betreten, also musste Kontakt mit den Bewohnern der Insel aufgenommen werden. Deshalb mussten sie die Nacht über warten. Während Matu Unterschlupf in einer Hütte fand, blieb Ekuos direkt am Wasser sitzen. Er betrachtete die leichten Wellen und das Licht der Mondgöttin, wie es auf dem Wasser lag und leuchtete. Durfte er denn die Große Mutter befragen, ohne befürchten zu müssen, dass ihm die anderen Götter deshalb zürnten? Aber was sollte er tun? Eine Antwort über den Verbleib des Bruders benötigte er, sonst konnte er ihn unmöglich finden. Ekuos brauchte ein beeindruckendes Opfer, um die Götterwelt milde zu stimmen. Er nahm einige Kiesel in die Hand und betrachtete sie. Keiner war dem anderen gleich. Die Wellen liefen ans Ufer, zogen sich wieder zurück, die nächsten waren andere als die vorherigen. Nichts blieb, wie es war. Nur der Kreis des Lebens gibt den Menschen eine Antwort. Er beginnt mit der Geburt und schließt sich mit dem Tod. Mehr wissen die Menschen nicht. Alles andere liegt nicht in ihren Händen. Daher ist es weise, den Geboten der Natur zu folgen und dem Lauf des Jahres. Ekuos legte mit den Kieseln einen Kreis und schaute hinauf zum silbernen Mond. Die Mondgöttin gab ihm Licht und er spiegelte seine Augen im Wasser. Man sieht, was man denkt, wenn man den Göttern vertraut. Oder die Götter geben einen Hinweis. Ekuos erkannte das Gesicht von Atles im Wasser. Das gewaltige Opfer waren die Feinde, die Atles und die Freunde aus dem Heimatdorf verschleppt hatten. Ihr Tod würde die Götter gnädig stimmen.

Die Dunkelheit wollte und wollte nicht vergehen. Ekuos wurde unruhig. Sollte diese Nacht nie enden? Endlich zeigte sich ein heller Schimmer ganz weit in der Ferne. Wenn die Große Göttin ein Auge öffnet, begann die Morgendämmerung. Sie blieb ein Geheimnis, weil niemand sie erklären konnte. Ekuos schloss seine Lider und es war wieder dunkel. Als er sie nach einiger Zeit öffnete, da war das Licht bereits über den Bergen weit hinter dem See. Der Anblick der Berge berührte ihn zutiefst. Wie herrlich es war, wenn die

Natur erwachte und das Land sich so prächtig zeigte. Die große Göttin hatte ihm auch an diesem Tag die Natur enthüllt und ihn damit gemahnt, sie als etwas Besonderes zu begreifen und sie vor den Frevlern zu beschützen. Mit dem erwachten Licht leuchtete auch der See. In der Ferne erkannte Ekuos die Boote der Fischer, die ihrem Tagwerk nachgingen. Er erinnerte sich an die Mahnungen des weisen Mannes während der langen Reise. Er musste die Einsamkeit noch tiefer erkennen und leben. Nur in ihr wuchs er zum wahren Menschen heran. Noch musste er die Ruhe und die Konzentration vervollkommnen. Vielleicht brauchte er bis zur Meisterschaft sein ganzes Leben. Die Stille war das Gegenteil von dem, was die Menschen leben wollten. Sie gierten nach Abwechslung, suchten sich ständig Gründe, um laut zu sein und sehnten jeden Feiertag herbei, um sich zu zerstreuen. Sie fürchten sich vor tieferen Gedanken, hatte der weise Mann gesagt, sie setzen Stille mit dem Tod gleich.

Ekuos schaute auf die leichte Bewegung des Wassers und erkannte im Lichtspiegel erneut das Gesicht von Atles. Es sah leidend aus, die Haut war grau und die Augen hatten ihren jungenhaften Glanz verloren. Die Bruderpflicht stand nicht über der des Weges zur Weisheit, aber für Ekuos gab es da einen Zusammenhang. Die Feinde durften nicht siegen, denn sonst würde das Leben der Menschen hier zu Ende sein.

Von der Insel der Großen Mutter legte ein Kahn ab und steuerte auf ihn zu. Ekuos rührte sich nicht und wartete ab. Zwei Frauen stachen mit langen Stangen in das Wasser und bewegten so den Kahn in Richtung Ufer.

Die Spitzen der Berge ragten wie flehende Finger in den Himmel. Dort wird er bald Ruhe suchen und die Nähe der Götter, beschloss Ekuos. Er legte sich der Länge nach an den See und berührte mit dem Gesicht das Wasser. Trotz aller Gedanken an die Feinde bewahre in mir die Helligkeit meiner Seele, bat Ekuos die Götter um Beistand. Dann erhob er sich langsam.

Er erkannte sie sofort. Am Bug des Kahns stand Palmira. Sie tauchte die Stange tief und kräftig in den See. Dort auf der Insel der Frauen war sie also untergekommen. Ekuos hatte den entscheidenden Schnitt an ihrem Hals nicht ausführen dürfen, denn genau in diesem Moment war ein Fischer auf dem See gekentert. Bedaius hatte sich sein Opfer selbst bestimmt und deshalb durfte Palmira leben. Die weisen Frauen und Männer hatten es so entschieden.

Der Kahn erreichte das Ufer. Palmira legte die Stange in das Boot und stieg in das Wasser, um an das Ufer zu gelangen, wo sie stehenblieb. Sie sah Ekuos nicht an. Er ging zum Kahn und ließ sich das kurze Stück zur Insel der Großen Mutter bringen, wo ihn eine Gruppe weiser Frauen erwartete. Sie bildeten ein Spalier, durch das er zu gehen hatte und an deren Ende erwarteten ihn drei der älteren Frauen, die erdfarbene Kleider trugen. Sie wiesen ihn darauf hin, dass er sich umwenden musste, damit sie mit ihm sprechen konnten. Als nach einer Weile nichts mehr zu hören war, drehte Ekuos sich in Richtung des Tempels der Erdmutter. Die weisen Frauen hatten ihn allein gelassen.

Die Große Mutter wartete auf ihn. Das glaubte Ekuos. Er ging auf die Knie und legte beide Hände auf sein Herz. Die Große Mutter war die Schöpferin des Lebens und die Hüterin der Natur. Er schaute in ihr gütiges Gesicht, das von dunkler Hautfarbe war, so wie sie die Erde gefärbt hatte. Über ihrem Kopf schwebte der goldene Ring als Symbol der Verbindung zwischen der Großen Mutter und der großen Sonne. Sie waren die Schöpfer des Lebens. Das Bild gab es nur in seinem Kopf, denn es war nicht erlaubt, Bilder oder Skulpturen der Großen Mutter herzustellen. Ekuos legte sich der Länge nach auf den Boden. So lange es zwischen den Alpen und den großen Flüssen Menschen gibt, so lange werden sie dich verehren, Große Mutter.

Der kleine Wald rund um den Tempel verwirrte ihn einen Moment. Wo war er? Zwischen den Bäumen erschienen eine weiße Hindin und eine noch heller Gams, die Tiere der Muttergottheit. Am Waldrand stand die dreifache Mutter, so wie sie von den Menschen verehrt wurde, als Jungfrau, Frau und Alte. Sie war die Dreieinigkeit des Lebens.

Ekuos fand den Pfad zum See und ging rückwärts, um den Blick nicht von der Insel der Großen Göttin lassen zu müssen. Du nimmst Palmira und gehst mit ihr nach Alkimoennis, weil sie dort im Tempel der Seherin Talale geprüft werden wird, ob sie die Tochter der großen Mutter werden darf oder ob sie den Weg zu den Göttern in die Anderswelt nehmen muss. Das hatten die drei Frauen zu ihm gesagt und es gab keine Möglichkeit, sich einer solchen Entscheidung zu widersetzen. Dieser Gedanke wäre Ekuos gar nicht gekommen.

Also kehrten Ekuos und Palmira mit dem Kahn an das Ufer zurück, bedankten sich beim Seegott Bedaius für die ruhige Überfahrt und sahen, wie Matu mit den Pferden auf einem Hügel wartete. Wie sollte Ekuos entscheiden? Mit nur zwei Tieren würde entweder Palmira oder Matu zu Fuß gehen müssen. Das aber würde bedeuten, nur sehr langsam voranzukommen. Also entschied Ekuos, dass sie beide auf dem stärkeren Tier reiten mussten, denn in dem Dorf der Fischer gab es keine Pferde.

Nach Norden konnten sie nicht, denn dort warteten Moore und Sümpfe, deren Gefahren sie nicht kannten. Matu hatte sich mit den Fischern unterhalten. Also ritten sie am Seeufer entlang und erreichten einen schmalen Bach am Ende des Sees. Ihm folgten sie in den Wald und als sie dem Wasserlauf durch das Sumpfgebiet nicht mehr folgen konnten, wurde es mühsam, nicht die Orientierung zu verlieren. Mitten zwischen den Bäumen fanden sie einige Waldmenschen, die sich mit ihren kleinen Hütten tief in die Erde eingegraben hatten, als wollten sie den Schoß der Muttergöttin nie verlassen. Unter ihnen gab es einen Läufer, der die Verbindung zu den Fischerdörfern am See und anderen Siedlungen hinter dem Wald hielt. Ekuos wies ihn an, den Weg voranzulaufen und so folgten sie ihm bis zum nächsten See, von wo aus ein anderer Läufer die Führung übernahm. Als der Tag sich neigte und es bald kein Licht mehr geben würde, schickte Ekuos den Läufer zurück und sie ritten den schmalen Weg durch den Wald allein weiter. Bevor es zur Vorbereitung auf die nächtliche Ruhezeit kam, stieg Ekuos vom Pferd und durchschritt das unebene Gelände. Er hatte verbranntes Holz gerochen. Es dauerte nicht lange und Ekuos fand einen Platz, an dem ein Feuer gebrannt hatte. Im Wald gab es einen grünen Flecken aus Moos, der allerdings eine Quelle besaß. Das Wasser sprudelte direkt zwischen porösen Steinen hervor und Ekuos legte seine Hände darunter, um sich zu erfrischen.

Das Glitzern und Leuchten war ungewöhnlich. Es irritierte ihn. Ein letzter Lichtstrahl des Tages berührte ein Metall, das Strahlen zurückwarf und Ekuos Aufmerksamkeit erregte. Er lief darauf zu und als er es sah, da stockte ihm der Atem. An einem Ast hing eine fein gearbeitete Kette aus Silber und an dieser Kette befand sich ein größerer Anhänger, der ein bärtiges Gesicht und einen gehörnten Kopf mit eindrucksvollen Ohren zeigte. Der Kopf gehörte dem Waldgott Cernunnos. Cernunnos gab seine Kraft und seine Stärke jenem, der ihn in dieser Form bei sich trug. Es war die Eichellese vorbei gewesen, als die Ältesten im Dorf dem Vater die Kette überreicht hatten und dieser sie seinem Sohn Atles um den Hals legte. Atles hatte sie als Zeichen zurückgelassen und Ekuos blieb unter dem Baum sitzen. Das Feuer war noch nicht lange erloschen. Vielleicht am

Morgen des vorherigen Tages. Er rief Matu und der erkannte die Kette sofort. Mehr musste Ekuos nicht tun, um den kräftigen Mann in Bewegung zu setzen. Matu nahm seine Doppelaxt und schliff ihre Schneiden mit einem harten Stein. Palmira sah ihm zu und verstand, dass sie sich auf eine Auseinandersetzung einstellen mussten. Sie lief in den Wald und als sie wieder erschien, war es dunkel geworden. In ihren Händen trug sie zwei lange Stangen, deren Enden sie mit einem kleinen Messer zu tödlichen Waffen zuspitzte.

Sie blieben zur Nacht am Rand des Waldes und für Ekuos wurde es ein kurzer Schlaf, denn etwas weckte ihn. Aber es war kein Geräusch oder die Bewegung eines Tieres, die ihn aufwachen ließ. Etwas am Himmel nahm seine ganze Aufmerksamkeit in Anspruch.

Rot. Wie ein Keil ragte es in die dunkle Himmelsnacht. Gelb. Von solch eindringlicher Helligkeit, dass ihm die Augen schmerzten. Blau. Strahlend wie der Bergwipfel im Eis zur Zeit des Winters. Schwarz. Wie der Wind, bevor das Gewitter über die Felder kommt. Weiß. Wie die Qualen, wenn ein Schlag den Körper traf. Ekuos verschloss die Augen mit den Händen, weil das Licht unerträglich grell wurde. Dann war es vorüber. Bedächtig schloss der Himmel die Wunde und es war wieder dunkle Nacht. Kein schriller Schrei, keine Flucht der Tiere, nichts. Es blieb ruhig, als sei nichts geschehen. Ekuos schaute weiter zum Himmel hinauf. Es wurde kühl unter den Bäumen und der Wald begann auszuatmen, bevor der Tag erwachte.

Schweiß stand ihm auf der Stirn, weil er sich das Himmelsgeschehen nicht erklären konnte und es doch tun musste, denn er war sich sicher, dass die Götter Botschaften schickten. Ekuos hörte fremde Pferde. Ein Wink von ihm und sofort sprang Matu auf. Ekuos legte seine Hand auf den Mund, damit sein treuer Gefährte still blieb. Er betastete seinen feuchten Umhang und befestigte die Fibeln und den Gürtel, bevor er sich langsam erhob. Sie standen nebeneinander und warteten. Auch Palmira war bereit und tat das, was Matu ihr zeigte. Sie hielten ihre flachen Hände über die Nüstern der Pferde. Matu zeigte mit der anderen Hand die Richtung an, aus der er das Wiehern gehört hatte und Ekuos nickte. Sie standen zwischen mächtigen Bäumen. Wo sollte in diesem dicht bewachsenen Wald noch Raum sein, in dem Pferde Platz fanden? Es war ein Wiehern eines Pferdes auf der Suche nach einem Partner gewesen. Sie mussten weiter warten. In dieser Dunkelheit konnten sie nichts ausrichten. Aber wer konnte dort im dichten Wald sein? Die Spuren der Feinde hatten keine Zeichen von Pferden gezeigt. Atles und seine Freunde besaßen auch keine Pferde.

Das Licht öffnete den Himmel sehr vorsichtig. Es hatte den Anschein, als würden die Götter des Lichts diesem Tag nur sehr ungern Helligkeit geben. Ein Lichtstrahl drang durch das Geäst und Ekuos griff nach ihm, um ihn zu fangen.

Er wusste, es würde kein glücklicher Tag werden. Ekuos dachte noch einmal an den zerbrochenen Himmel während der Nacht, aber dann musste er sich auf den Tag konzentrieren. Palmira lief leichtfüßig in den Wald hinein. In der rechten Hand hielt sie stoßbereit eine ihrer Lanzen und in der linken die andere. Matu folgte ihr dicht auf und trug die erhobene Axt in der Faust. Ekuos blieb hinter ihnen zurück, falls sich Feinde in ihrem Rücken aufgestellt hatten, um den Fluchtweg zu sichern. Doch ihre Vorsicht erwies sich schnell als unbegründet. Neben einem Weg hatten sich Leute unter den Bäumen versteckt. Ihre zwei- und vierrädrigen Wagen waren mit Zweigen getarnt und dahinter standen Pferde. Als Ekuos erschien, da verloren sie ihre Angst. Zu seinem Erstaunen befand sich Amadas unter diesen Personen. Der bat ihn gleich zu sich und ging mit ihm an den Rand eines Steilhanges, der tief zu einem Flusslauf abfiel. In einiger Entfernung sah Ekuos auf der anderen Flussseite drei Männer. Vorn stand einer allein auf Wache und hinter ihm folgten zwei weitere nach. Es mussten die Männer sein, die seinen Bruder Atles und die Freunde geraubt hatten. Amadas zeigte auf ihrer Seite des Flusses in Richtung Waldrand. Dort hatten die Feinde mehrere Bäume gefällt und sich offenbar ein Floß gebaut, um über das Wasser zu kommen, das an dieser Stelle sehr schnell floss. Amadas machte eine Ruderbewegung und Ekuos verstand die Geste. Sie liefen zurück und gingen tiefer in den Wald hinein, um miteinander reden zu können. Das heißt, Amadas versuchte Matu etwas zu erklären und Ekuos schaute ihnen zu. Die Fuhrleute hatten Angst. Sie redeten von sehr vielen Feinden, berichtete Amadas, und wagten deshalb keine Flussüberquerung. Ekuos schloss daraus, dass sich hinter der Biegung des Flusses ein größerer Trupp Feinde befand. Er musste den Gedanken nicht zu Ende führen, denn das Fällen von Bäumen war inzwischen mehr als deutlich zu hören, was nichts anderes bedeutete, als dass die Feinde bereits sehr viele Tage am Flussufer verbracht haben mussten. Wenn sie auf dem Wasser fahren wollen, müssen sie die Flöße gut bauen, denn sonst würde sie der reißende Fluss zerfetzen. Sie hatten die Feinde aus dem Norden gefunden, lauschten ihnen aus sicherer Entfernung.

»Eon«, sagte Matu, nachdem Amadas den Namen des Flusses wissen wollte.

»Inn«, verstand Amadas und wurde gleich korrigiert.

»Der Name Eon sagt uns, dass das Wasser schäumt und tobt«, ergänzte Matu leise.

Amadas verstand den Hinweis. Dieser Fluss war gefährlich, aber es war unumgänglich. Sie mussten über das Wasser kommen. Einer der Fuhrleute erklärte, wo sie eine Furt finden würden. Dazu war es nötig, am Flussufer hinaufzureiten, um die Feinde zu umgehen, damit die mit einem rückwärtigen Angriff überrascht werden konnten. Amadas wollte sich unbedingt anschließen und Ekuos erlaubte es nickend, weil der Fremde ein Pferd besaß und ein Kurzschwert am Gürtel trug. Das Pferd hatte er vor Tagen bereits von einem der Fuhrleute erworben, die sich tief im Wald versteckt hielten. Von dort kam nun ein anderer Mann, verbeugte sich tief vor Ekuos und brachte eines seiner Tiere mit. Im Zeichen der Göttin Epona übergab der es in die Hände von Palmira.

Eine Gruppe aus Frauen und Mädchen trat hinzu. Die Älteste von ihnen trug eine aus Stein gefertigte Eule in den Händen, das Symbol der Großen Göttin Mutter Erde. Ekuos verneigte sich und bat die Große Göttin um Hilfe. Sie knieten nieder und drückten ihre Stirnen auf den Boden. Die Alte griff unter die Felle, die auf einem der zweirädrigen Wagen lagen und zog ein breites Tuch hervor. Auf ihm waren die Augen der Eule in Rautenform dargestellt, so wie es üblich war, denn die Augen der Großen Göttin durften bildhaft nicht gezeigt werden. Aber jeder wusste, was das Rautenmuster zu bedeuten hatte. Die Frauen zerteilten den Stoff und gaben ihn Palmira, die ihn an Matu und Ekuos weiterreichte. Es war ein weißblaues Muster, wie es die Leute im Umland gerne anfertigten. Ekuos nahm es an sich, legte es wie das Rückenteil eines Kleides über und befestigte es mit einer Nadel am Hals. Palmira und Matu taten es ihm nach. Amadas verstand die Zeremonie nicht, aber da ihm niemand eine Erklärung schuldig war, schwieg er. Während der Übergabe hatte niemand gesprochen. Zum Abschied gab es gute Wünsche, denn die Fuhrleute fürchteten die Gewalt der Feinde.

Palmira ritt an der Spitze, ihr folgte Matu und dahinter ritt Amadas, der ein Kurzschwert in Händen hielt. Ekuos blieb zurück und beobachtete die Schatten des

Tages. Während sie den schmalen Weg entlangritten, zermarterte er sich das Gehirn, weil er weder für die Bilder der Nacht noch für den Tag eine wirkliche Erklärung hatte. Gaben ihm die Götter eine schwere Aufgabe, um ihn zu prüfen? Er trug die Verantwortung für Palmira, das hatte er den weisen Frauen auf der Insel der Großen Göttin geschworen. Als sie schließlich den dichten Wald verließen, um in die Flussebene hinabzureiten, schaute er in den Himmel. Im Schatten von mächtigen Hecken und Bäumen ritten sie dicht an das Wasser heran. Dort fanden sie ein Fischerpaar. Beide standen in ihren Kähnen und stemmten sich gegen die Strömung. Es waren freundliche Leute, die an das Ufer kamen und ihren bescheidenen Fang auf eine Steinbank legten. Matu sprach mit ihnen und sie rissen entsetzt die Augen auf. Sofort erklärten sie sich bereit, die Reiter über den Fluss zu bringen. Also bestiegen Ekuos und Palmira jeweils einen Kahn, trieben die Pferde in das Wasser, hielten sie an den Haaren fest und wurden über das Wasser gerudert. Die Strömung war so stark, dass Ekuos erstaunt zurückschaute, als er am Ufer stand und nach Matu und Amadas Ausschau hielt. Sie standen in deutlicher Entfernung am Ufer. Die Fischerleute strengten sich an, denn sie fürchteten sich vor den Feinden. Sie dachten daran, was mit ihnen geschehen wäre, wenn die Feinde sie entdeckt und ihre Kähne verlangt hätten. Ekuos nahm seinen Gedanken wieder auf. Jetzt hatten die Götter geholfen, wie aber würde es weitergehen? Dabei dachte er an einenÜberraschungsangriff gegen die Feinde. Ekuos erinnerte sich daran, wie ihn die weisen Männer zum Hirten erklärt hatten und er dennoch dem Dorf half, Samenkerne in den fruchtbaren Boden zu legen. Die wärmenden Strahlen der gütigen Sonne und die Wasser der nahen Quellen sollten eine gute Ernte bringen, doch die Felder verdorrten und man gab ihm die Schuld daran. Als auserwählter Hirte hätte er diese Arbeit nicht mehr verrichten dürfen. Die Götter hatten sie alle bestraft. Er trug die Verantwortung und musste warten, was die Götter ihm sagen würden. Jetzt stand er wieder vor einer einschneidenden Entscheidung. Als Seher durfte er den Kampf nicht organisieren und befehlen.

Amadas sprach mit Matu, weil er die Antwort des Fischerpaares auf seine Frage nicht recht verstanden hatte. Matu sagte, niemand würde auf Baumstämmen den Fluss befahren können, ohne dabei zu ertrinken. Das hätten die Fischerleute mehrfach wiederholt.

Ekuos ritt vorneweg. Sie schlugen einen Bogen und erreichten einen Wald. Von dort hörten sie den schäumenden Fluss toben. Ekuos stieg ab und lief vorsichtig zwischen den Bäumen hindurch, bis er das Wasser sah. Dort blieb er und wartete. Nach einer Weile bemerkte er den Mann am anderen Ufer oben am Felsen. Es war einer der Fuhrleute, der sich zwischen Sträuchern verbarg. Ekuos verstand die Zeichen nicht zu deuten und schickte Matu vor. Der berichtete, dass ein Feind direkt hinter der leichten Flussbiegung stand und nur wenige Pferdelängen hinter diesem zwei weitere Feinde Wache hielten.

Nun wird es geschehen, dachte Ekuos. Ohne ein Wort zu sagen, gab er seine Befehle und nahm sich eine der Lanzen von Palmira. Er glaubte an das Einverständnis der Götter, wenn er nun eine Waffe trug. Ekuos wollte sich um die Biegung anschleichen und den ersten Feind angreifen. Dann sollten Matu und Palmira sich auf die anderen beiden Gegner stürzen. Amadas sicherte dabei den rückwärtigen Raum. Matu hielt die Doppelaxt mit beiden Händen. Palmira stemmte die Lanze fest unter den Arm. Ekuos achtete darauf, dass er über den Flusssand am Ufer lief, um keine Geräusche zu machen. Erst an der Biegung duckte er sich tief ab und drückte sich an die Felsen. In diesem Moment verschwand die Sonne hinter einer dicken Wolke. Er konnte den Feind atmen hören. Ein Blick über den Fluss hinauf auf den Felsen zu dem Fuhrmann genügte ihm, den Angriff zu verzögern. Der Fuhrmann hielt die Arme abgesenkt nach unten. Dann kam das Zeichen. Die Hände schnellten hoch und Ekuos stürmte aus der Deckung hervor. Doch der Feind stand weiter zurück, als er gedacht hatte und öffnete bereits den Mund, um einen Warnschrei auszustoßen. Als Ekuos die Lanze einsetzen wollte, sah er etwas vom Felsen über ihm hinabstürzen. Kida verbiss sich im Hals des Feindes und zerriss ihm den Kehlkopf. In diesem Moment galoppierten Matu und Palmira an dem Sterbenden vorbei und griffen die zwei weiteren Gegner an. Die Lanze durchbohrte den einen Mann, während der andere, von der Axt gespalten, zu Boden fiel. Ekuos wollte auf sein Pferd, das Amadas mitführte und sah daher nicht, dass Matu den Feinden die Köpfe abgeschlagen hatte und sie in den Fluss warf. Sie brauchten nicht lange zu warten, um den Aufschrei der Feinde weiter unten am Fluss zu hören. Matu senkte schuldbewusst den Kopf, aber es war zu spät, die Feinde waren gewarnt. Ekuos sah sich nach der Wölfin um. Kida war längst wieder verschwunden. Die Götter hatten sie geschickt, damit Ekuos der Seher sich nicht mit dem Blut der Feinde besudelte. Die Götter waren ihnen erneut gewogen gewesen, aber von nun an würde es noch schwieriger werden, Atles und die Freunde zu retten.

Als sie am Lagerplatz der Feinde ankamen, da schwammen zwei Flöße bereits in der Mitte des Flusses. Entsetzt sah Ekuos, was die Feinde angerichtet hatten. Bäume hatten sterben müssen, denen einer ihrer Sippen niemals ein Leid angetan hätte. Ekuos war sicher, die Strafe für die Feinde wartete bereits.

Gemeinsam suchten sie das Gelände ab, um Spuren von Atles und den anderen zu finden. Aber sie fanden nichts. Die Sonne kehrte nicht mehr aus den Wolken zurück. Kurz darauf begann es zu regnen. Aus dem Regen wurde ein Wolkenbruch und aus dem Wolkenbruch ein Gewitterguss. Es kam so viel Wasser aus dem Himmel auf die Erde, dass der Fluss gegen Abend anstieg und sie einen Lagerplatz an einer anderen Stelle suchen mussten.

Ekuos verließ das Lager und hielt Ausschau von einem Platz auf einem Felsvorsprung. Während er dort hinaufgeklettert war, dachte er an die Gefangenen. Eon schrie und tobte, wallte und schäumte, dass es Ekuos um Atles und die Freunde Angst und Bange wurde. Der Flussgott suchte ein Opfer und Ekuos war sich sicher, er würde eines finden. Aber sie hatten auch noch ein Dankopfer zu bringen. Matu trug die gefundenen Schwerter der Feinde bis an das Ufer und legte sie dort ab. Ekuos kniete und blickte nach Osten, bis die Abenddämmerung über das Land kam. Erst dann verließ er seinen Platz, trat an das Wasser, verbog die langen Klingen und warf die Schwerter in hohem Bogen in die immer stärker ansteigenden Fluten und bat Himmel und Erde um weiteren Beistand. Ekuos hatte sich darüber gewundert, wie schadhaft die Klingen waren und wie leicht sie sich verbiegen ließen, wenn er nur kräftig drauftrat und mit beiden Armen dagegendrückte. Die Klingen ihrer Schwerter waren härter und hatten sehr viel schärfere Klingen. Völlig durchnässt verließ er den Opferplatz. Zwischen den Bäumen sitzend, bat er gesondert um den Beistand der Erdmutter.

4. In den Ebenen der Flüsse

Gewöhnlich ass Amadas nicht allein. Da sich Ekuos tief in den Wald zurückgezogen hatte, Palmira zwischen den Pferden hockte und Matu wie stumpfsinnig auf das weiter ansteigende Wasser stierte, nahm er sich ein Stück von dem getrockneten und stark gesalzenen Fleisch und zog einzelne Fasern ab, um sie sich in den Mund zu schieben. Amadas beobachtete Matu. Ein auffällig langer, schwerer Mann, den der starke Regen offenbar in seiner Erstarrtheit nicht vertreiben konnte. Tiefer im Wald wurde die Kleidung zwar durchfeuchtet, aber nicht dermaßen nass wie direkt am Ufer des Eon. Amadas dachte wieder häufiger an seine griechische Heimat. Die Kelten waren ihm doch sehr fremd geblieben, auch wenn er ihre Sprache immer besser verstand. Die Rolle von Ekuos konnte er gar nicht begreifen. Ein sehr junger Mann, dem alle Menschen hohen Respekt zollten und der mit niemandem sprechen durfte. Manchmal tat er es, aber doch sehr selten. Nun hatte Ekuos sich tief in den Wald begeben, um auf eine Nachricht zu warten. Wer sollte sie ihm geben? Es gab bei den Kelten so viele Götter. Amadas würde die Reise gerne fortsetzen. Andererseits gab es zu bedenken, dass die Wege zu Pferde nicht ungefährlich waren, denn die Nässe machte den Untergrund rutschig. Allerdings fürchtete Amadas die Verfolgung der Feinde, weil er sich von ihnen noch überhaupt keinen Eindruck verschaffen konnte und eine weitere Auseinandersetzung lieber vermeiden würde. Ihr Verhalten blieb ihm völlig rätselhaft. Man könnte meinen, sie suchten den Kampf aus reiner Lust am Töten. Darüber würde er sich gerne verständigen, aber mit wem? Ekuos schied wegen seiner gehobenen Stellung aus. Matu schien ihm geistig nicht rege genug zu sein. Palmira ritt und kämpfte wie ein Mann. Das alles war ihm doch sehr fremd und eigentümlich. Also blieb Amadas unter seinem Baum und schaute in den strömenden Regen. Dass es auch noch diese Wölfin gegeben hat, darüber wollte er gar nicht erst nachdenken. Wobei ihn das Verhalten von Kida der Wölfin gegenüber Ekuos nicht ohne Eindruck gelassen hatte. Für einen Moment beschlich ihn der Gedanke, sich abzusetzen und wieder allein auf die Reise zu gehen. Inzwischen hatte er ein Alter erreicht, in dem die Männer ihren Söhnen die Arbeit überließen und sich der wohlverdienten Muße hingaben. Doch noch hielt ihn die Neugier in diesem Land der Berge, Seen und Flüsse. Was ihn wirklich wunderte war die Tatsache, dass Palmira und Matu so völlig abhängig von den Entscheidungen Ekuos waren. Sie taten praktisch nichts, wenn er keine Anweisungen gab. Die bestanden in der Regel aus Bewegungen mit dem Kopf oder kleinen Zeichen mit den Fingern. Amadas hob den Kopf. Es hatte aufgehört zu regnen. Wo sammelte sich nur all das Wasser, das vom Himmel gefallen war?

Als Ekuos aus dem Wald an das Ufer des Flusses trat,

gab es dort noch kein Weiterkommen. Der Weg am Ufer war noch immer überschwemmt. Also entschied er, dass sie durch den dichten Wald ritten und auf diese Weise versuchten, die Verfolgung der Feinde wieder aufzunehmen. Matu war davon nicht begeistert. Er fürchtete den dunklen Forst und die vielen Geräusche dort, die er nicht hören wollte. Nun musste er auch noch vorne reiten und so begann er zu pfeifen, um die bösen Geister von sich fernzuhalten. Hinter ihm folgte Palmira nach, die ihr Rautentuch an ihre Lanze geknüpft hatte. Amadas betrachtete ihren kräftigen Rücken. Dann dachte er über Ekuos nach, der sich seiner Ansicht nach in den letzten Tagen verändert hatte. Der ließ sie immer in der Nähe des Eon reiten, damit sie sich stets am Rauschen des Wassers orientieren konnten.

Ekuos atmete tief ein. Der Geruch der Mutter Erde und der Bäume nach dem Regen gab ihm ein tiefes Gefühl der Zufriedenheit, obwohl er nicht wusste, was aus Atles und den anderen geworden war und er doch eigentlich eine innere Unruhe verspüren müsste, aber dem war nicht so. Allerdings war der Ritt nach einem kurzen Weg zu Ende. Auch zu Fuß kamen sie nicht entscheidend voran. Außerdem konnte man sie hören, denn durch das Unterholz kamen die Pferde nicht, ohne Geräusche zu verursachen. Zur Verwirrung trug darüber hinaus bei, dass sie keinen Himmel sahen und ständig den Eindruck hatten, genau an der Stelle, die sie soeben passierten, bereits gewesen zu sein. Endlich betraten sie eine Waldschneise, in deren Mitte sich ein qualmender Meiler befand. Der Köhler war nicht zu sehen. Matu war ein geübter Fallensteller und erkannte die Fallgrube in der Nähe eines kleinen Wasserlaufs, die mit geflochtenen Zweigen abgedeckt worden war. In ihr fand er den Köhler, einen Mann mit schwarz gebeizter Haut, vielen Brandnarben und von bescheidener Höhe. Seine Aufgeregtheit legte sich, als er Ekuos sah. Vor diesen Leuten brauchte er sich also nicht zu fürchten. Er kannte die Wälder am Fluss und führte die Gruppe über einen schmalen Pfad, der oberhalb des Wasserlaufes lag und nur den wenigen Menschen bekannt war, die im Wald lebten. Am Ende des schmalen Weges durfte der Mann wieder gehen. Ekuos setzte sich nun an die Spitze und ritt den unbewachsenen Abhang hinab auf eine Sandbank zu, die einen Kontrast zu den aufschäumenden und tobenden Wassermassen bot, denn der Sand wirkte sehr einladend auf seine Betrachter. Etwas voreilig hüpfte Palmira vom Pferd und versank bis zu den Knien in dem unerwartet morastigen Untergrund. Matu musste ihr zu Hilfe eilen, denn aus eigener Kraft konnte sie sich nicht befreien. Ihr Pferd war klüger als sie und rührte sich nicht vom Fleck.

Amadas schaute den Flusslauf hinab bis zu einem Bogen, den der Wasserlauf beschrieb, dahinter verschwand er ins Unbekannte. An Ekuos' Gesicht meinte er erkennen zu können, dass dort Gefahr lauerte. Sie gingen zu Fuß weiter. Vor ihnen lief Palmira mit der Lanze, dann kam Amadas mit dem Schwert in der Hand und Ekuos folgte ihm. Matu blieb mit den Pferden etwas zurück. Vorsichtig näherten sie sich der Flussbiegung. An dieser Stelle hatte das Wasser jede Pflanze mit sich gerissen. Da es keinen Schutz gab, duckten sie sich tief ab und tasteten sich bis zu einer Felsnase vor. Dort kletterte Palmira hinauf und so konnte sie die Ebene überblicken. Sie gab Zeichen, dass man weitergehen konnte, aber sie musste etwas entdeckt haben, denn ihr Gesichtsausdruck hatte sich verändert. Ekuos fragte sie nicht, sondern ging um den Felsen herum und blickte in das Tal hinab, das weiträumig überflutet worden war. Dann sah er, was Palmira entdeckt hatte und Amadas und Matu schauten ebenfalls hinab. Vorsichtig führten sie die Pferde über den schmalen Weg hinunter und glitten dabei immer wieder aus. Es war gefährlich, aber sie hatten alle nur den Blick auf das gerichtet, was sie schweigend zur Kenntnis genommen hatten.

Ekuos führte sein Pferd an den nassen Wiesen vorbei und schlug einen weiten Bogen. Dabei entfernte er sich vom Fluss und von dem, was sie nun erwartete. Aber er ging nicht hinüber. Noch nicht. Er blickte hinauf zur großen Sonne, die sich nun schon seit Tagen zurückgezogen hatte, und er schaute auf die Erde, die so voller Wasser war, dass jeder Schritt auf ihr ein seltsam quietschendes Geräusch verursachte. Ekuos suchte sich ein trockenes Stück Wiese und hockte sich nieder. Er wollte die Götter befragen. Nein, er wollte laut klagen, aber das wäre seiner Stellung nicht angemessen gewesen. So blieb er still hocken.

Amadas beschaute das überflutete Land und wunderte sich, wie schnell der Inn nach den starken Regenfällen das Gebiet überschwemmt hatte. Er konnte sich an den Namen Eon nicht gewöhnen, weil er ihn zu sehr an die Göttin der Morgenröte, Eos, erinnerte, die man in seiner Heimat verehrte. In seinem Geburtsort Alexandria wären solche Wassergüsse nicht unwillkommen. Er sah sich um. Warum geschah nichts? Niemand unternahm etwas. Ekuos hockte in sich versunken im Gras, Matu schaute über den Fluss und Palmira kniete auf dem Boden.

Matu konnte das nicht mehr mit ansehen. Ohne einen Auftrag zu haben, ging er langsam auf den Fluss zu. Schnell reichte ihm das Wasser bis an die Waden, aber das spürte er nicht. Auch nicht seine Kälte, obwohl das Wasser direkt vom Eis aus den Bergen gekommen war. Matu stand bis zu den Hüften im Fluss und drehte den Kopf. Palmira kam ganz langsam auf ihn zu und Amadas hütete mit verschränkten Armen die Pferde. Er wartete, bis Ekuos beide Hände flach auf die Erde legte, dann griff er zu und hob einen Toten aus dem Wasser. Für einen Moment hoffte er auf Leben, weil Wasser aus dem Mund des Jungen lief. Matu trug ihn nahe zu den Bäumen und legte den Körper auf den Boden.

»Es ist Menos, Sohn der Kimone, meiner Schwester«, sagte Matu zu Palmira.

Er nahm seine Axt, lief zum Wasser zurück, hieb den beiden ertrunkenen Feinden, die am Ufer lagen, die Köpfe ab und stieß sie in den strömenden Fluss.

Ekuos gab Matu ein Zeichen. Der nahm Palmira

mit, um trockenes Holz zu suchen. Sie würden also nicht weiterziehen, sondern an diesem Platz bleiben, bis Ekuos das Zeichen zum Aufbruch geben würde.

Amadas führte die Pferde zwischen den Bäumen hindurch ein wenig tiefer in den nahen Wald. Sie scheuten vor dem toten Jungen. In der Nähe der ertrunkenen Toten waren mehrere roh behauene Baumstämme am Ufer gelegen, woraus Amadas schloss, dass mindestens eines der Flöße der Feinde von den Wassermassen zerstört worden war. Er musste sehr lange warten, bis Palmira und Matu zurückkamen. Offenbar bereitete es Schwierigkeiten, trockenes Holz zu finden. Kurz vor Einbruch der Dunkelheit zündeten sie das aufgeschichtete Holz an. Ekuos verließ die Gruppe und zog sich in den Wald zurück.

Amadas störte die Schweigsamkeit und so begann er, die Geschichte der großen Flut zu erzählen, so wie man sie in seiner Heimat von Generation zu Generation weitertrug. Palmira sah ihn dabei an, während Matu stumm in das Feuer starrte.

»Es gab ein Leben vor unseren Leben, und davor und noch weiter davor. Da wohnten Menschen an einem Fluss, den sie Euphrat nannten und sie lebten so, wie die Menschen eben lebten. Sie aßen, sie tranken und sie schliefen. An mehr dachten sie nicht. Das missfiel den Göttern, denn die Leute ehrten weder die Erde noch den Himmel. Also wollten sie ein Zeichen setzen und den Erdboden von jenen befreien, die nicht wertvoller waren als das Ungeziefer, das mit Eimern voll Wasser aus den Häusern gespült wurde. Die Götter warnten und drohten, aber niemand hörte ihnen zu. Die Menschen bewegten sich nur, um etwas für das tägliche Essen zu bekommen oder sie hüpften herum und amüsierten sich. Also berieten die Götter darüber, ob alle Menschen sterben oder ob sie eine Wahl treffen sollten, um einer neuen Generation eine weitere Frist zu leben einzuräumen. Sie entschieden und ihre Wahl fiel auf einen Mann aus Schuruppak. Der sollte ein Schiff bauen für sich und die Seinen, mit genug Platz für die Samen aller Pflanzen und Tiere, und dafür sollte er all seinen Besitz hergeben. Obwohl allen Nachbarn das seltsame Schiff auffiel, konnte er sein Geheimnis so lange bewahren, bis er die Nachricht bekam, das Boot zu betreten und die Tür hinter sich fest zu verschließen. Dann begann der Wettergott Adad mit seiner Verkündigung. Er ließ es heftig donnern und tiefschwarze Wolken aufziehen. Einen Tag lang wehte der Sturm. Das Wasser kam und es stieg und stieg, bis man die Berge nicht mehr sah. Nur das einsame Schiff schaukelte auf den Wellen. Die Götter zweifelten erneut, ob sie es Menschen erlauben sollten, auf der Erde zu leben, und sie stritten sich darüber. Doch dann erlaubten sie den Menschen aus dem Schiff weiterzuleben, denn sie könnten ihnen die große Flut immer wieder antun.«

Palmira hatte gut zugehört und dachte an den Tag oder die Nacht, in der die Götter den Himmel einstürzen lassen würden. Matu war mit seinen Gedanken bei Menos. Er musste den Knaben seiner Schwester bringen. Aber das war unmöglich, weil sie die Feinde verfolgen und die anderen Verschleppten befreien mussten. Er hatte keine Antwort auf seine Frage.

Amadas ging hinüber zu dem toten Knaben und sah, dass ihm die Feinde die Hände auf dem Rücken zusammengebunden hatten. In den tobenden Fluten hatte er keine Möglichkeit gehabt, zu überleben. Das vom Fluss zerschlagene Floß hatte drei Tote am Ufer hinterlassen. Wo waren die anderen geblieben? Auch das zweite Floß konnte den tobenden Wellen kaum standgehalten haben.

Amadas bemerkte Ekuos erst, als der direkt an ihm vorbeiging. Er lief ein Stück in Richtung des Eon und stieg eine Anhöhe hinauf und von dort auf einen nackten Felsen. Amadas folgte ihm einfach und sie schauten gemeinsam über das weite Land. Außer dem Fluss und seinen schmalen Ufern schien das gesamte Gebiet nur aus Wald zu bestehen. Aber Amadas irrte sich. Er folgte dem Blick von Ekuos und sah in weiter Ferne Rauch aufsteigen. Es war kein grauer Qualm, wie ihn trockenes Holz im Feuer hervorbrachte, sondern sie erkannten sehr dunkle Schwaden, die an verschiedenen Stellen in den Himmel stiegen. Ekuos schaute und er sagte nichts. Dann drehte er seinen Kopf zum Flusslauf. An einer schmaleren Stelle türmten sich roh bearbeitete Baumstämme auf. Amadas hatte seine Antwort. Dort also war das zweite Floß zerschellt. Aber es waren weder Tote noch Lebende zu sehen.

Der Himmel tröstete nicht. Sein Licht war kein Strahlen, die Wolken eilten davon, aber zumindest gab es keinen Regen mehr. Ekuos verließ seinen Platz, stieg wieder hinunter und verschwand im Wald. Er lief zu der Esche zurück, die ihm als Rückzugsgebiet gedient hatte. Ekuos setzte sich in das Moos und schaute am Stamm hinauf zur Krone. Eine Esche stand auch im Zentrum der Häuser seiner Leute. Dort versammelten sich die Menschen, wenn es Streit zu schlichten galt oder über Dinge, die alle gemeinsam betrafen, entschieden werden musste. Diese Esche war ihr Lebensbaum, der Stammbaum ihrer Sippe. Deshalb war er dankbar, dass er in der Fremde eine Esche gefunden hatte, die dem heimatlichen Baum sehr ähnlich war. Sie war die Verbindung zwischen der Großen Mutter und den Menschen. Die Erdmutter bot ihnen die Wiedergeburt der Toten in der Erde der Esche an. Dort wurde der tote Knabe nicht begraben. Ekuos legte nur dessen Amulett in das Grab, damit die Seele auf die Reise gehen konnte. Dann wurde es geschlossen und so entschied Ekuos, nun den Ort zu verlassen.

Matu musste den toten Knaben zu sich auf das Pferd nehmen und ritt voran. Palmira folgte ihm und anschließend reihte sich Ekuos ein. Amadas hatte sich anzuschließen. Er sollte erkennen, dass es ihm nicht zustand, sich einfach neben Ekuos einzufinden, als wäre er gleichrangig mit ihm.

Der Weg wurde nur mühsam bewältigt. Die Bäume standen dicht an dicht und die Pfade waren vom Wurzelwerk durchwachsen. Außerdem kam es immer wieder zu Aufenthalten, weil Ekuos auf jede Erhebung wollte, um sich an den Rauchfahnen aus der Ferne zu orientieren.

Amadas spürte die ihm gegenüber bleibende Distanz und ein Misstrauen, was er nicht recht verstehen wollte. Dazu kam, dass von einer Verfolgung der Feinde und der Befreiung ihrer Gefangenen überhaupt nicht mehr gesprochen wurde. Eigentlich wurde gar nicht mehr geredet. Matu hielt den toten Menos fest, Palmira kniff ihre Lippen zusammen und Ekuos sagte sowieso nie ein Wort.

Der Abend kam früh über das Land und als Amadas etwas zu essen wollte, da wies Matu auf Menos hin. In Gegenwart eines Toten aßen sie nicht. Es gab also nichts zu essen. Sie schliefen auch nicht. Amadas saß nach dem anstrengenden Ritt neben seinem Pferd und wartete beobachtend ab. Als er am frühen Morgen erwachte, da hatten sich Ekuos, Palmira und Matu in ihren Haltungen nicht verändert, während er offenbar vor Müdigkeit einfach umgefallen war. Das Bild, das sich ihm bot, nahm er erst als tatsächlich zur Kenntnis, als er sich mehrmals die Augen gerieben hatte. Links und rechts von einem schmalen Weg bildeten Menschen ein Spalier. Sie waren von so dunkler Hautfarbe, dass Amadas sich sehr wunderte. Zum Nachdenken blieb ihm keine Zeit, denn Matu trug Menos mitten durch dieses Spalier und an den einfachen Häusern vorbei auf einen Hügel, wo ein Trupp Männer eine tiefe Grube aushob. Während sie arbeiteten, stand Ekuos bei dem toten Knaben und bat die Große Mutter Erde darum, Menos wieder in ihren Schoß aufzunehmen. Er hatte entschieden, den leblosen Körper zu begraben, obwohl Matu es gerne anders gehabt hätte. Matu stieg in die Grube und zwei Männer reichten ihm Menos, der mit dem Kopf nach Osten, der aufgehenden Sonne entgegen, in die Mutter Erde hineingebettet wurde. Frauen und Männer gingen an Ekuos vorbei, der in jeder Hand ein Säckchen hielt, griffen hinein und streuten Mehl und Salz auf den toten Körper. Zuletzt war es Ekuos, der dem Toten Mehl und Salz mit auf seine Reise in die Anderswelt gab. Aus der Zwischenwelt kommend, gebar die Sonne den neuen Tag und ihre ersten Strahlen erreichten das Grab, auf das die Männer einen kleinen Hügel aufgeschüttet hatten und Ekuos soeben den Steinkreis über den toten Menos legte. Es war getan und es war gut getan.

Zur Zeit des Höchststandes der Sonne trafen mehrere Wagen mit Eisenerz ein. Sie kamen aus den Gruben in den Bergen. Es begann ein heftiges Treiben und Arbeiten. Fast jedes der Häuser besaß einen Schmelzofen und die Menschen rannten durcheinander und schwatzten. Ekuos lief zu einem nahen Bach und setzte sich an dessen Ufer. Als Erstes hatte ihn der weise Mann auf ihrer Reise zu den heißen Quellen des Grannus gelehrt, sich der Geschwätzigkeit zu entziehen. Die Menschen plapperten, hatte er gelehrt, weil sie die Stille nicht ertragen. Sie verwechseln die Stille mit dem Tod. Solange sie reden, glauben sie, kann der Tod nicht nach ihnen greifen, und die Götter bewahrten sie davor, dass ihnen böse Geister in den Körper schlüpfen können. Dabei verkennen sie völlig, dass ihr tieferes Wesen nur aus der Stille heraus erkennbar wird.

Ekuos schloss die Augen, ging in sich und sprach zur Großen Mutter. Höre, wie die Tränen aus den Augen unseres Bruders Menos fallen. Niemals mehr soll im Land der Feinde Frucht auf den Feldern wachsen oder Früchte an den Bäumen leuchten. Fluch liegt auf ihnen. Dir, Große Mutter Erde, gaben wir Menos in die Arme. Bewahre und behüte ihn, bis die Götter entscheiden werden, dass er zurückkommen darf. Beschütze die Reise seiner Seele in die Anderswelt und lass uns sein fröhliches Lachen hören, damit wir wissen, dass es ihm im Land der Seelen gut geht.

Amadas betrachtete Palmira mit Neugier, die sich einen Bogen ausgeliehen hatte und mit Pfeilen auf einen Baumklotz schoss, der in respektabler Entfernung auf einer Wiese lag. Bis auf einen Pfeil schlugen alle anderen in der Mitte des Klotzes ein. Selbst Matu, der sich noch wegen des Todes von Menos grämte, blieb mit offenem Mund am Feldrain stehen und staunte. Amadas sprach mit dem Schmied, der den Bogen entliehen hatte und eine ganze Reihe von eisernen Pfeilspitzen zum Tausch anbot. Man wurde schnell einig und Amadas schenkte Palmira den Bogen und die dazugehörenden Pfeile. Er staunte nicht nur über dieses Mädchen, sondern ebenso über die Frauen, die an den Schmelzöfen arbeiteten wie die Manner, auch Kinder trugen die schweren Körbe mit Erz dicht an die Feuer heran. Der Lärm der nahen

Schmieden und der beißende Gestank machten einen Aufenthalt an diesem Ort nicht besonders angenehm. Aber sie konnten sich nicht entfernen, solange Ekuos am Bach saß und sich nicht bewegte.

Der Himmel spannte sich weit und zwischen dem Mond und der Sonne reisten die Götter. Etwas am Firmament war anders als sonst, aber Ekuos kam zu keinem Ergebnis. Vielleicht freuten sich die Götter über den kleinen Menos und gaben ihm Gelegenheit zu entdecken, was sich am Himmel veränderte.

Es war genug. Ihm durfte das Ziel nicht abhandenkommen. Ein Mann mit einigen Rössern stand am Wiesenrand. Die Fuhrleute betrachteten die Tiere, aber sie waren geschmeidig und nervös, also nicht so kräftig und gutmütig, wie sie zum Ziehen der schweren Frachtwagen benötigt wurden. Matu hatte ein Auge auf die Tiere geworfen, denn sie versprachen eine schnellere Gangart. Der genannte Preis war allerdings entsprechend und selbst im Tausch gegen ihre vier Tiere war er zu hoch. Ekuos kam hinzu und sah den Rosshändler an, der sofort den Kopf senkte und damit eingestand, dass sein Preis keiner war. Er hätte sich damit die Verachtung der Umstehenden zugezogen, denn untereinander durfte man sich nicht übervorteilen, das war ein göttliches Gesetz. Matu übergab ihm ihre vier Pferde und erzählte Ekuos von den Wagen, die am vergangenen Abend von hier in Richtung Alkimoennis aufgebrochen waren. Ihre Spuren hatten sich tief in den Weg gegraben, sodass sie ihnen nur folgen mussten. Matu hatte die Fuhrleute nach den Feinden befragt, aber sie hatten nur von der Verschleppung von jungen Männern reden hören. Ekuos schloss daraus, dass die Feinde sich Richtung Norden bewegten. Damit wäre der Weg nach Alkimoennis der richtige. Außerdem wollte er Palmira wohlbehalten und schnell dorthin bringen, so wie er es aufgetragen bekommen hatte.

Sie ritten auf den schnellen Pferden zügig voran. Ekuos hatte Amadas die Lanze Palmiras geben lassen, die inzwischen eine scharfe Spitze aus Eisen trug und mit der er nun vorneweg ritt. Ihm folgte Matu, dessen Doppelaxt auf die Eisenschmelzer einen mächtigen Eindruck gemacht hatte. Hinter Matu ritt Palmira, die ihren Bogen über der Schulter trug. Ekuos ließ sich etwas zurückfallen. Dann entschied er, einen Berg anzureiten, der wegen dichtem Bewuchs schwer zu ersteigen war, von seiner Spitze aber einen weiten Blick über das Land erlaubte. Erst auf diese Weise wurde deutlich, wie viele dieser Eisenschmelzöfen es hier gab und dass sie sich fast bis an den Fluss erstreckten. Links und rechts des Wassers sahen sie dichte Wälder und die Straße nach Norden, die sie erreichen wollten, dazu jedoch mussten sie über den Fluss. Als sie an den Ufers des Flusses Isara ankamen, ließ Ekuos absitzen und die Pferde tränken. Er tauchte sein Gesicht tief in das kalte Wasser hinein. Der Weg nach Norden führte direkt am Fluss entlang, also würde ihnen die zuvor so schwierige Wegfindung keine Probleme mehr machen. Ekuos schaute in den Himmel. Bis der Abend kam, könnten sie noch eine gute Wegstrecke schaffen. Aber er dachte an etwas anderes. Sie sollten auf die Jagd gehen, damit sie unabhängig blieben und sich nicht lange in den Siedlungen am Fluss aufhalten mussten. Er wollte bis Alkimoennis niemandem begegnen, es sei denn, es wären die gesuchten Feinde.

Kaum hatten sie an einer Furt den Fluss überquert und waren ein Stück nach Norden geritten, da fanden sie ein Dorf, in dem es ebenfalls Eisenschmelzöfen gab, auch eine Menge Vieh sahen sie und Fischerei wurde ebenso betrieben. Man bot ihnen an, die kommende Nacht dort zu verbringen. Ein Paar mit seinen Kindern trat vor Matu und bat ihn, dem Auserwählten eine Bitte vortragen zu dürfen. Es ging um ihr Haus, das sie bauen wollten, und das erlaubten die Götter nur, wenn es mit den dazu notwendigen Opfern versehen war. Würden sie das nicht tun, wäre das Haus dem Bösen schutzlos ausgeliefert.

Natürlich wollte Ekuos die Bitte dieser ehrlichen Leute nicht abschlagen. Sie hatten die Bausteine und das Holz für den Hausbau bereits aufgeschlichtet. Die ungefähre Größe des Hauses war bereits abgesteckt worden.

Ekuos stieg vom Pferd und löste seinen Gürtel, sodass sein Gewand von den Schultern bis zum Boden wie ein Umhang wirkte. Sein gelöstes Haar lag auf den Schultern und er betrachtete den Boden, auf dem das Bauwerk errichtet werden sollte, maß es am täglichen Gang der Sonne und entschied, es dürfe so nicht gebaut werden.

Man hockte die ganze Nacht nebeneinander und Ekuos erhob sich, als der erste Lichtstrahl einen weiteren Tag des Lebens ankündigte. Dieser Lichtstrahl genügte Ekuos, um das zu bauende Haus deutlich weiter nach Osten auszurichten. Dem folgte die Bitte an die Große Mutter Erde, zu erlauben, sich an diesem Platz niederzulassen. Ein Loch wurde gegraben, in das Ekuos eine Kette mit einem Kreuz und eine weitere mit dem Zeichen des Ebers legte. Obwohl die Familie nicht wohlhabend war, gaben sie Münzen und schließlich legte Ekuos einen Strauß mit Getreide dazu, bevor die kleine Grube mit der Grundsteinlegung wieder geschlossen wurde. Das Paar trat vor und Ekuos ritzte ihnen mit einem Messer die Handflächen auf, damit sich ihr Blut mit dem der Großen Mutter im Boden vereinigen konnte. Sie baten darum, ihrem Haus einen tapferen Schutzgeist zu schicken. Schnell wurde ein Tisch aufgestellt und die Menschen wurden bewirtet. An der Stirnseite des Tisches standen der Stuhl und der Teller für den noch abwesenden Hausgeist. Ekuos bestimmte auch die Ecke des Hauses, die dem Hausgeist gewidmet wurde und der Älteste des Dorfes reichte der Frau ein Kreuz, das sie in die auserwählte Ecke stellen sollte.

Aus Dankbarkeit gaben ihnen die Leute einen jungen Mann mit auf den Weg, der sie schnell bis hinunter zu den Wasserfällen führen sollte, an denen der Fluss gefährlich war. Von dieser Stelle aus konnten sie dann den Weg nach Norden nehmen, um nach Alkimoennis zu gelangen.

Amadas hatte während der vergangenen Ereignisse im Hintergrund bleiben müssen. Bei einer Hütte, die mit erheblichem Abstand von den Häusern des Dorfes entfernt war, traf er einen Jungen. Dieser war wie Ekuos ein Hirte, aber noch nicht mit den Weihen der weisen Männer und Frauen versehen. Außer der Erläuterung des Namens Isara erfuhr er nichts von dem Knaben. Amadas lief in der Nacht zum Fluss hinüber. Von einem wilden Wasser war an dieser Stelle nichts zu entdecken, aber es wäre dumm, die Kraft und die Wildheit von Flüssen, die aus dem Gebirge kamen, zu unterschätzen. Er hätte gerne gewusst, an welcher Stelle die Menschen hier der Göttin Isa ihren Tribut zollten, aber das hatte ihm der Knabe nicht verraten. Amadas blieb bis zum frühen Morgen an der Isara und atmete ihren Odem ein. Es ging ihm gut, als er zu den anderen hinüberging und mit ihnen weiterritt.

Der Weg war breit und erlaubte den Reitern ein gutes Tempo. Aber etwas stimmte nicht. Links und rechts von ihnen war es still. In Wäldern war es nie still, es sei denn, etwas Bestimmtes hätte die Tiere zum Schweigen gebracht. Also hielten sie an und lauschten. Palmira erhob sich und stand auf dem Rücken ihres Pferdes. Ihr Blick konnte das dichte Geäst nicht durchdringen, doch sie entdeckte einen Vogel, der wie erstarrt in eine bestimmte Richtung blickte. Blitzartig ging alles sehr schnell. Ein Feind stand in einiger Entfernung zwischen einem hohen Gebüsch und den Bäumen. Durch seine dunkle Kleidung wäre er fast unerkannt geblieben und hätte sie an seine Kumpane verraten können. Ehe er jedoch tiefer in den Wald flüchten konnte, traf ihn Palmiras Pfeil mitten in die Brust. Er fiel vornüber und war tot, ohne noch einen Warnruf ausstoßen zu können. Palmira, Matu und Amadas galoppierten zu der Stelle, während Ekuos sich zurückhielt. Er musste Palmira und Matu warnen, damit sie sich nicht gefährdeten und sinnlos in den Wald hineinrannten. Sie bestätigten, was er vermutet hatte. Tiefer im Wald hatte sich ein weiterer Feind aufgehalten und Ekuos war sich sicher, dass sie eine Kette mit Männern gebildet hatten, die sich bis zu ihrem momentanen Aufenthaltsort fortsetzte und sie über alle Gefahren informierte. Nun wussten die Feinde, dass vier Bewaffnete auf der Straße unterwegs waren, während sie selbst nicht überblicken konnten, wie viele Feinde sich in den Wäldern verbargen. Ekuos hielt Matu zurück, der dem Feind den Kopf abschlagen wollte. Er musste eine Entscheidung fällen. An diesem Ort könnten sie auf keinen Fall einen Kampf wagen, bevor sie die Stärke der Feinde nicht kannten. Ekuos stieg vom Pferd und suchte im Wald nach einem Versteck, um dort nachzudenken.

Amadas hatte einen mächtigen Schrecken bekommen. Er konnte sich nicht auf seine Unkenntnis der Gegebenheiten berufen, denn er war mitten in ihnen. Ging es hier um so etwas wie die Kampfesehre? Der bessere Krieger überlebte? Er wusste es nicht und stand der Entscheidung, nun hier warten zu müssen, nicht sehr verständnisvoll gegenüber. Da gab es etwas schrecklich Rücksichtsloses und Hartherziges in diesen Menschen, mit denen er unterwegs war, was er sich nicht erklären konnte. Andererseits gingen sie geradezu sanft und zärtlich miteinander um. Aber ihre feste Gemeinschaft tat seine Wirkung auf ihn und vielleicht lagen darin die Gründe? Möglich war, dass sie damit auch Feinde abschreckten. Er konnte dieses Vorgehen nicht ablehnen, denn wo sollte er hin? Ekuos würde auf seine Zustimmung sowieso keinen Wert legen.

Palmira gab ihm ein Zeichen. Sie und Matu standen verdeckt bei den Bäumen und beobachteten den Wald. Also stellte Amadas sich auch hinter einen der Bäume und stierte in die Dunkelheit. Endlich wurde er erlöst. Ekuos trat von der anderen Seite aus dem Wald und wies auf den am Boden liegenden Toten hin, ohne ein Wort zu sagen. Matu löste sich von seinem Beobachtungsposten und ging hinüber zu der Leiche. Ekuos brauchte keine Worte, um Matu zu erklären, dass sie den Toten nun in einem Baum aufhängen würden. Nur für Amadas, der diesen Ort so schnell wie möglich verlassen wollte, war die Zeremonie so unverständlich wie überflüssig.

Ekuos machte sich auf, um einen Baum zu finden, der die Leiche tragen sollte. Nicht jeder der vielen Bäume kam dafür in Betracht. Vielleicht wollen die Feinde ihren Toten holen, wenn Ekuos und die Seinen sich wieder auf den Weg begeben haben. Dann werden sie sehen, was mit ihnen geschieht. Man wird ihnen die Haare abschneiden, damit sie nicht ungeschoren davonkamen. Alles Weitere wird man den Göttern überlassen. Ihr Wille geschehe.

Bevor Matu die Leiche auf sein Pferd lud, um sie von dort in den Baum zu heben und mit Zweigen festzubinden, stach Ekuos dem Feind symbolisch mit dem Kurzschwert in das Herz. Stellvertretend tötete er den Feind symbolisch noch einmal, um die Ehre des Bruders wiederherzustellen.

Ekuos nahm eine heilige Eiche in Augenschein. Er näherte sich vorsichtig, umrundete ihr Areal und stellte fest, dass andere Menschen dem Baum bereits Tribut gezollt hatten. Das Feld um ihn herum war geräumt und gejätet worden, sodass die Eiche den Mittelpunkt bildete und jeder, der an dieser Stelle der Straße vorbeikam, sie verehren konnte. In ihrer Nähe war ein Bach aufgestaut worden, der den Pferden der Fuhrleute als Tränke diente. An den unteren Ästen der Eiche fand Ekuos Knochenscheiben, wie sie aus den Totenköpfen zurechtgeschnitten wurden. Dort sollte auch ihr Toter aufgehängt werden. Matu zerrte die Leiche in den Baum, setzte sie auf einen starken Ast und band den Körper fest an den Stamm.

Ekuos trat unter den Baum. Aus dem toten Körper lief das Blut über den Stamm zum Boden hinab. Die Entscheidung zum Aufbruch fiel schnell und war sofort zu befolgen. Man saß auf und ritt in hohem Tempo davon. Amadas kam gehörig ins Schwitzen, denn er war mit Abstand der Älteste und an diese Art des Reisens nicht gewöhnt. Erst als die Kraft der Tiere nachließ, wurde das Tempo verringert, bis in einer schnell erreichbaren Entfernung eine Gruppe Fuhrleute mit ihren Wagen ausgemacht wurde, die sich offensichtlich auf einen Angriff aus den Wäldern einstellte. Matu begrüßte sie und es war unschwer zu erkennen, dass die Fuhrleute froh waren, als sie die Bewaffnung der Ankommenden sahen.

Ekuos ließ sich zurückfallen. Diesmal blieb Matu hinter ihm, denn die Gefahr aus den Wäldern war nicht gebannt. Ekuos dachte an seinen Bruder Atles. Wie mochte es ihm unter den Feinden ergangen sein? Er hatte bereits häufig überlegt, was die Gründe der Feinde dafür waren, weshalb sie aus den Orten seiner Leute die jungen Männer raubten. Sie konnten das unmöglich ohne Gegenwehr lassen, denn die jungen Männer sollten eines Tages die Arbeit und das Auskommen der Älteren übernehmen. Es war schon frevelhaft genug, dass es den Feinden überhaupt gelungen war, so tief in ihr Land einzufallen. Und niemand wusste so recht zu sagen, woher die Feinde kamen. Manche erklärten sie für Nordmänner, die aus der Dunkelwelt kamen, andere sprachen davon, man habe sie aus dem Osten kommen sehen, woher sie die Nacht mitgebracht hatten.

Ekuos sah sich um. Rundum nichts als Wald und noch einmal Wald. Sie mussten sich sputen, wenn sie nicht erst zur pechschwarzen Nacht einen sicheren Platz erreichen wollten. Für einen nächtlichen Rückzug in den Wald war es zu spät. Bevor sie einen ordentlichen Ruheplatz finden konnten, käme die Nacht über das

Land. Sie mussten es jetzt darauf ankommen lassen. Aber kein Laut traf auf sein Ohr. Die Menschen vor ihm duckten sich ab und machten sich klein. Sie fürchteten sich vor der Stille. Ekuos betrachtete den Lichtfleck am Himmel. Von allen Leuten war er der Einzige, der hinaufschaute. Ekuos war sich sicher, dass der Himmel mit ihm sprach, aber er verstand ihn nicht. Es war kein richtiges Leuchten zu sehen, eher ein Glimmen wie bei einem Feuer, über das man ein feuchtes Tuch gelegt hatte. Dann veränderte sich das Licht und es sah aus, als umgebe es ein dunkles Fenster. Eine Wolke passierte das Fenster und Ekuos vermutete, dass dahinter niemand wohnte. Das dunkle Fenster verbarg einen finsteren Raum. Ekuos wagte noch einen Blick zum Himmel, aber er erkannte nichts. Während er noch hinaufschaute, sich dem Himmelsrätsel nicht annähern konnte, öffnete sich der Wald und die Straße führte hinaus in eine freie Ebene. Die Fuhrleute, ihre Frauen und Kinder jauchzten freudig und sie begannen zu singen. Amadas ritt direkt hinter dem letzten Wagen und scherzte mit den beiden Kindern, die auf der Erzfuhre hockten. Als sie zu lachen begannen, da waren das für ihn sehr erfreuliche Geräusche. Er konnte nicht verhehlen, dass er sich ein wenig nach einem Gespräch sehnte, egal, über was man sich unterhalten würde. Der stumme Ekuos, der ebenso wenig redselige Matu und die ihm entschieden zu wilde Palmira waren eine Begleitung, die er nicht mehr lange ertragen konnte. Die Götter wussten, dass er kein schwatzhafter Mensch war, aber an eine gewisse Art der Unterhaltung war er einfach gewöhnt. Was würde er eines Tages, wenn er zurück in seiner Heimat war, über die Menschen erzählen, wenn man ihn danach fragte? Sollte er antworten, dort gibt es wilde Flüsse, riesige Wälder und Menschen, die sprechen können, es aber nicht tun?

Ekuos sah den Himmel und dessen Schatten über sich hinwegziehen. Die Himmelswelt schien langsam zurückzuwandern. Für ihn gab es keinen Grund, fröhlich zu sein.

Die beiden Fuhrleute vor ihm sprachen miteinander. Als er sich ihnen mit einem gezwungenen Lächeln zuwandte, da schwiegen die beiden. Ihre Worte waren gerade verklungen, als ein riesiger Schatten vom Himmel fiel und sie alle erschraken. Was war das? Ein großer Vogel? Anstatt sich davon zu überzeugen und nach oben zu schauen, senkten alle die Köpfe. Und wenn dieser schnelle Wechsel zwischen Hell und Dunkel etwas zu bedeuten hat? Da Ekuos dazu nichts gesagt hatte, schwieg man. Hatte er sich getäuscht? Amadas wurde plötzlich unendlich müde. Die ganze Aufregung der Reise hatte ihm zugesetzt. Vielleicht sollte er sich dazu entscheiden, dieses Land zu verlassen und sich in Richtung Süden auf den Weg zu machen.

Ekuos klopfte seinem Pferd leicht gegen den Hals und ritt ganz nach vorne durch. Matu war darauf nicht vorbereitet und mühte sich, zu folgen. Was er dann sah, das ließ ihm den Atem stocken.

5. Die Seherin von Alkimoennis

Seine Augen mussten sich erst an das Licht während der Dämmerung gewöhnen, bevor er seine Umgebung wahrnehmen konnte. Matu hatte darüber reden hören, dass es Siedlungen geben sollte, die um ein Vielfaches größer waren als alle Orte ihrer Sippen zusammengenommen. Doch hier war es völlig anders, gerade so, wie er es sich überhaupt nicht hatte vorstellen können. Besonders die mächtige Burg hoch oben auf dem Felsen hatte es ihm angetan. Sie blieben nach dem langen Ritt mit ihren Pferden bei einer Tränke, bei der einige Hütten standen. Die ansässigen Leute um ihn herum bestaunten ihrerseits den langen und starken Mann, der sie um mehr als eine Haupteslänge überragte, und diese Form einer Doppelaxt hatten sie auch noch nicht gesehen.

Amadas, der gleich neben Matu stand und ebenfalls hinauf zur Burg schaute, sah aber noch etwas anderes. Es waren die vielen Feuer, die überall entzündet worden waren und es waren die unzähligen Menschen, die sich unterhalb der Burg versammelt hatten. Die Atmosphäre glich dem Summen in einem Bienenstock. Der Boden unter seinen Füßen war festgetreten und doch schien der Grund durch die vielen Menschen zu vibrieren. Dann richteten sich aller Augen auf den heiligen Hain und die Frau, die in diesem Moment zwischen den Bäumen hervortrat. Sie trug vor sich eine Art Schüssel, in der ein kleines Feuer brannte. Die Frau war hochgewachsen, sie trug ein langes weißes Gewand und ihr folgten sechs Kinder, die wie sie gekleidet waren. Irgendetwas wurde plötzlich anders, stellte Amadas fest, außer der Tatsache, dass es völlig still wurde, und er bekam das Gefühl, als habe sich etwas Entscheidendes verändert. Er hätte nicht sagen können, was es war. Während die hochgewachsene Frau langsam aus dem heiligen Hain auf den Weg trat, flammten links und rechts am Rand des Wegs wie von Zauberhand berührt Fackeln auf. Mit dem Auftreten der weiß gekleideten Frau roch es anders. Amadas glaubte sich zu täuschen, aber er sog die Luft durch die Nase ein und tatsächlich, es duftete wie in einem Tannenwald, über den sich eben ein Regenguss entladen hatte. Richtig, dachte Amadas, die vielen Feuer. Sie waren wohl mit Tannennadeln bestreut worden. Die Menschen bildeten ein breites Spalier, damit die weiße Frau ihren Weg gehen konnte. Erst als sie fast auf seiner Höhe war und in seine Richtung sah, bemerkte Amadas, dass sie eine goldene Maske vor dem Gesicht trug. Obwohl sie nichts sehen konnte, lief sie mit traumwandlerischer Sicherheit über die Straße auf den Weg zum Fluss hinüber, wohin ihr die sechs Kinder folgten. Als sie das Ufer betrat, wurden auf allen Booten Fackeln entzündet und so schwebte sie fast wie aus einer anderen Welt über das Wasser.

Amadas lief mit den anderen zum Ufer und staunte, wie still das Wasser im hellen Licht des Feuers floss. Als Talale die Seherin die Mitte des Flusses erreichte, wurden am Ufer Feuer entzündet. Kaum setzte sie ihren

Fuß auf das gegenüberliegende Ufer, da flammten die Fackeln auf und beleuchteten den Weg zur Burg hinauf. Amadas erinnerte sich, dass er von der Burg Alkimoennis schon einmal etwas gehört hatte und auch von ihr, der Seherin Talale, hatte man ihm erzählt. Nun war er nicht überrascht, dass sie es war, die soeben das Feuer an ihm vorbeitrug. Sie war die Vertreterin der Göttin Albina auf Erden und sie hatte sehr weiße Haut und sehr weiße Haare, ebenso wie die sechs Kinder, die ihr gemessenen Schrittes gefolgt waren. Amadas hatte solche hellhäutigen Menschen noch niemals zuvor gesehen und er war sich gar nicht so sicher, ob es überhaupt Menschen waren. Er dachte an die Erzählungen der Leute hier im Keltenland, die von durchsichtigen Feen in den Wäldern erzählten, deren Herzen man schlagen sehen könne. Man sprach darüber nur hinter vorgehaltener Hand, was ihm an diesem Ort hier erneut auffiel. Die Menschen hielten ständig die Hand vor den Mund, egal, ob sie sprachen oder gähnten, damit ihnen kein böser Geist zwischen die Lippen hindurch in den Körper rutschen konnte. Während Talale die Seherin weiter den Berg hinaufstieg und mit jedem ihrer Schritte eine weitere Fackel entfacht wurde, da dachte Amadas über die Macht der weißen Göttin nach, die sogar ein eigenes Reich in einem großen Meer liegend besaß, das die Kelten Albion nannten. Aber auch hier im östlichen Land soll es einen Fluss geben, den sie Albe nannten. Er gehörte zum großen Reich der weißen Göttin und bildete die Grenze zu den Nordmenschen. Noch während

Amadas mit seinen Gedanken beschäftigt war, sah er, dass Ekuos ebenfalls zur Burg hinübergerudert wurde, direkt hinter ihm stand Palmira.

Auf halber Höhe zur Burg blieb Talale stehen, drehte sich zu den Menschen unter ihr um, hob die Schale mit dem Feuer hoch und sofort brannten überall noch mehr Fackeln und große Feuer. Auch auf der Burgmauer waren auf ihrer ganzen Länge Fackeln entfacht. Es war ein sehr erhabenes und beeindruckendes Bild. Ebenso wirkte Talale auf ihn, deren weißer Schleier im Wind wehte und die so unnahbar schien wie die Sterne über ihr am Abendhimmel. Langsam zog die Prozession weiter in Richtung Burgtor. Amadas dachte, nun würde er Ekuos und Palmira nicht mehr wiedersehen, als ein weißer Stier, von vier Männern gehalten, auf den Weg gezogen und ebenfalls hinauf zur Burg geführt wurde. Amadas hielt Ausschau nach Matu, konnte ihn aber in der Masse nicht entdecken. Er ließ sich auf die andere Flussseite rudern, lief ein wenig herum und hoffte inständig, dass er nun nicht völlig alleine war. Immer mehr Menschen tauchten aus der Dunkelheit auf und an der Wand eines Hauses standen Leute, die sich umarmten. Er bekam den Eindruck, als würden sich hier viele alte Freunde wiederbegegnen. Amadas blickte sich um und suchte nach seinem Pferd, das zusammen mit anderen Tieren in einem gesonderten Kahn über den Fluss gebracht worden war. Aber auch das konnte er nicht mehr auffinden. Er fühlte sich inmitten dieses Festes wie ein Einsiedler, der aus seiner Höhle kam und wieder unter die Menschen trat, aber ihre Handlungen nicht mehr verstehen konnte. Nachdem ihn ein zweirädriger Pferdewagen fast überrollt hätte, wandte sich Amadas wieder dem Flussufer zu, wo er an einer Weggabelung auf Menschen traf, die auf einen schmalen Holzsteg traten und konzentriert zur Burg hinaufschauten. Die Luft war gewürzt von den vielen Fackeln und niemanden schien die Müdigkeit zu überkommen. Allmählich war die Nacht tiefschwarz geworden und das Wasser nahm das Licht des Mondes auf. Wie die ersten Strahlen der morgendlichen Sonne legte sich das Mondlicht auf den Fluss und das Land. Vögel zwitscherten, ein Fisch sprang hoch und klatschte zurück auf die sanften Wellen. Eine leichte Brise wehte herüber und die Nacht schien in diesem Moment vor dem kommenden Tag stehenzubleiben. Auch die Menschen rührten sich nicht und staunten noch immer die Burg an. Jetzt erblickte Amadas einen älteren Mann, der ihm in seiner Kleidung fremd erschien. Er sah nicht aus wie einer der Kelten und auch nicht wie jemand, der aus seiner Heimat stammen würde. Offenbar hatte er den Fremden so angestarrt, dass der auf ihn reagierte. Er winkte ihn zu einem kleinen Wäldchen, das sich in der Nähe der Einmündung eines Flusses in den großen Strom befand. Es war offenbar eine Vorsichtsmaßnahme, denn noch immer sprachen die Menschen nicht und so würden sie die Stille nicht stören.

Kaum waren sie zwischen den Bäumen angekommen, da nahm der Mann seine rechte Hand vor den Mund und sprach. »Quintus Tessius, Weinhändler aus

Etrurien. Die Götter mögen mir verzeihen, aber ich bin ganz schrecklich aufgeregt. Nach einem langen Leben komme ich zurück und ich habe so gut wie keine Erinnerung mehr an das, was es hier an Gebräuchen gibt, die ich selbstverständlich einhalten will.«

Amadas fühlte sich ein wenig geschmeichelt, aber helfen konnte er dem grauhaarigen Mann nicht so recht. »Amadas aus Alexandrien. Meine Reise führte mich am Meer entlang durch die Gebirge bis hierher. Ich bin niemand, der mehr ist als ein hoffentlich aufmerksamer Beobachter.«

Doch damit gab sich Quintus Tessius nicht zufrieden. »Amadas scheint mir jemand zu sein, der seinen Kopf hat und mit klaren Augen die Menschen betrachtet. Wir stehen am Ufer des Flussgottes Danuvius, daran erinnere ich mich. Ich war noch ein Kind, als man mich ergriff und den endlos langen Strom hinab verschleppte. Ein Weinhändler nahm mich auf und seitdem lebe ich in Etrurien. Man rief mich einmal Irscha, weil ich so tapsig wie ein Bär war. Meine Sippe habe ich nie wiedergesehen. Ich weiß nicht einmal mehr, wo sie hier gelebt haben.«

Amadas hörte die Schilderung an und dachte an Atles und die jungen Männer, die von den Feinden verschleppt worden waren. Quintus Tessius hatte wohl ein ähnliches Schicksal erleben müssen. Er wollte gerne helfen, aber sein Wissen über das Land reichte dazu bei Weitem nicht aus. Also wich er einer Antwort aus und stellte eine Frage.

»Welchen Namen darf ich wählen? Quintus Tessius oder Irscha?«

Doch der Weinhändler schaute über den Fluss und hörte nicht zu. Dann hob er einen Arm und bewegte ihn in einem Halbkreis. »Es ist Mittsommer. Ich erinnere mich wieder. Zünden wir die Feuer an und bitten darum, dass es den lebenszerstörenden Mächten nicht gelingen möge, den Lauf der Sonne anzuhalten.« Er sprach es und lachte dazu fröhlich.

Amadas hatte einen anderen Gedanken und kam darauf zu sprechen. »Wohin reist Irscha von hier, wenn ich fragen darf?«

Der Mann sah ihn an und beugte sich zum Wasser hinab, nahm zwei Hände voll und tauchte sein Gesicht darin ein, sodass das Nass am Kinn zusammenlief und von dort auf den Boden tropfte.

»Erst nach dem Fest und auch nur, wenn sich noch einige Wagen anderer Händler finden lassen, denen ich mich anschließen kann. Dann soll es nach Menosgada gehen. Das liegt auf einem Berg über dem Fluss Moin. Menosgada ist eine wahre Festung. In dem Berg leben die Unterirdischen. Das sind kleine Wesen, die nicht höher wachsen als ein Menschenbein. Solange sie dort sind, werden auch die Menschen von Menosgada dort leben dürfen. Aber von Osten her gibt es immer wieder Angriffe. Deshalb will ich nicht alleine reisen. Hinter den Wäldern im Nordosten leben schreckliche Barbaren.«

Amadas wurde recht neugierig. »Dort im Norden würde ich mich gerne auch einmal umsehen. Wenn solche Burgen wie hier mitten im Land gebaut werden, ist es wohl doch zu gefährlich. Wie es heißt, dürfen wir hier nicht auf die Burg hinauf. Dabei ist sie so prächtig und ich staune darüber, wie sie die hohe Mauer haben fertigstellen können.«

Der Weinhändler war unschlüssig. Fremde nahm er nie mit und misstrauisch war er grundsätzlich, das gehörte zu seinem Geschäft. Als junger Mann hatten sie ihm einmal einige Ampeln mit Wein abgeluchst, als er sich gutmütig und zur Unterhaltung auf dem langen Weg durch die Berge mit zwei Fremden eingelassen hatte. Das war ihm nie wieder passiert.

»Es ist ebenso möglich, dass ich mich zu einer Fahrt den Strom hinauf entscheide«, sagte Irscha.

Amadas nickte. Er hatte verstanden. Außerdem wollte er nicht in diesen großen Ort, in dem es von Menschen nur so wimmelte und von dem man ihm erzählt hatte, es wäre die größte Menschensiedlung im Keltenland. Er hob grüßend die Hände zum Abschied hoch und lief am Fluss entlang, ohne den Blick von der Burg zu lassen. Amadas wanderte weiter und fand einen Brunnen, an dem ein kleines Gefäß hing, mit dem man Wasser schöpfen und trinken konnte. Dann lief er einfach weiter bis zu einem Baum, bei dem eine Leiter lag. Amadas fasste sich ein Herz und stieg über die Leiter in den Baum. Er setzte sich auf einen starken Ast und betrachtete das ruhig fließende Wasser. Über ihm leuchtete ein grünes Dach aus Blättern. Auf der anderen Uferseite erblickte er einen Bären, der tief im Wasser stand und sich soeben einen dicken Fisch geangelt hatte. Damit verschwand er eilig in den nahen

Wald. Als Amadas die Leiter wieder herabstieg, spürte er einen kühlen Wind, der ihn überraschte. Woher kam diese kalte Brise so unvermittelt? Zwischen den Ästen des Baumes gab es ein Spiel zwischen Licht und Schatten zu sehen. Plötzlich stand Matu da und sah ihn an. Ein kurzer Blickkontakt genügte und Amadas folgte ihm zu einem größeren Boot, in dem zu seiner Überraschung Ekuos am Bug stand. Es waren noch weitere Personen in langen dunkelbraunen Gewändern anwesend und es wurde auf die Flussmitte zugerudert. Dort zogen die Männer die Ruder aus dem Wasser und das Boot trieb langsam den Strom hinab. Amadas dachte, man wolle sich dem Willen der Flussgöttin Danuba fügen und sie entscheiden lassen, wo man hingeführt wurde, doch es dauerte gar nicht lang und das Boot wurde angehalten. Zwei Männer sprangen kopfüber in das Nass und verschwanden. Als sie wieder auftauchten, warfen sie etwas in das Boot und wieder und noch ein letztes Mal. Amadas schaute genau hin und erkannte, dass sie Goldklumpen aus dem Fluss holten und sie den weisen Männern übergaben. Die reichten sie weiter an eine Frau, deren Gesicht hinter einem Schleier verborgen war. Sie nahm das Gold an sich.

Das Boot trieb auf das andere Ufer zu und es schien, dass es den Ruderern erst im letzten Moment gelang, das Ruder herumzureißen und den Rudervorgang wieder in Gang zu setzen. Amadas sah aber am nahen Ufer die Wölfin sitzen und er schaute Ekuos an, der in die gelben Augen des Tieres blickte.

»Kida«, rief Amadas überrascht und man musterte ihn strafend. Es war ungebührlich, sich in Gegenwart so vieler weiser Männer und einer weisen Frau laut zu äußern.

Amadas war sich sicher, dass Kida dort am Ufer saß und Ekuos ansah. War sie wirklich ein Tier oder ein Wolfsmensch? Er hatte davon erzählen hören, dass es Menschen gab, die sich in Wölfe verwandeln konnten. Ekuos machte den Ruderern ein Zeichen und sie näherten sich dem Ufer an, soweit das ohne Gefahr für das Boot möglich war. Zuerst stieg Matu in das Wasser, um Ekuos beim Ausstieg zu helfen. Man erwartete auch von Amadas, dass er das Boot verließ. Er stand fast bis zu den Hüften im Wasser. Matu reichte das Wasser bis kurz über die Knie und Ekuos bis an die Oberschenkel. Während das Boot langsam über das Wasser glitt und sich entfernte, erreichten sie das Ufer, an dem Kida mittlerweile nicht mehr zu sehen war. Ekuos wartete und begann dann, das sandige und teilweise morastige Ufer abzusuchen. Matu tat es ihm nach, während Amadas hinüber zur Burg schaute, die nur noch andeutungsweise zu erkennen war. Es war eine ziemlich einsame Gegend, die Kida ihnen gezeigt hatte und Amadas fragte sich, was sie suchten, denn auch er lief nun auf und ab, betrachtete den Boden und ging weiter. Weil es zu dunkel war, blieben sie. Auch als der Tag kam, blieben sie. Ekuos durchquerte das Gebiet, teilte Büsche und dichte Hecken mit den Armen. Matu lief weiter am Ufer entlang, während Amadas etwas übermüdet zwischen zwei Bäumen stand und versuchte, Matus Tun zu verstehen. Aber er erkannte sofort, worum es ging, als er hinter den Bäumen nahe einem Gebüsch etwas am Boden liegen sah. Er hob es auf und sah, dass es gestutzte Äste waren, die jemand kunstvoll zu einer Mondsichel geformt hatte. Sofort lief er zurück, reichte das Kunstwerk Matu und der gab es an Ekuos weiter. Dieser nickte nur und ging zum Fluss, stieg in die Fluten und schaute in die Weite des Landes hinter dem großen Wasser.

»Atles«, sagte Amadas nur und Matu zeigte ihm an einer Stelle weiter unten am Fluss Schleifspuren. Hier hatten vermutlich Kähne gelegen, also waren die Feinde mit den Entführten über den Fluss entkommen.

Ekuos kam aus dem Wasser und lief eilig am Ufer entlang bis zu den ersten Fischern, die schräg gegenüber der Burg ihre Kähne liegen hatten. Amadas war überrascht, wie weit sie mit dem Boot gerudert worden waren. Obwohl er sicher war, dass Ekuos die Verfolgung der Feinde aufnehmen würde, geschah nichts dergleichen. Man ließ sich von einem Kahn übersetzen und Ekuos stieg den steilen Weg zur Burg hinauf. Matu ging zu einer Hütte, die sich als Refugium einer Sippe von Goldwäschern herausstellte. Mehr geschah nicht. Etwas fiel Amadas aber doch auf. Die am Wasser angebundenen Pferde waren nicht mehr die gleichen, die sie geritten hatten. Sie waren deutlich größer und wirkten ruhiger. Er wollte Matu fragen, aber ließ es doch bleiben. Hoch oben am Berg wurden Räder aus

Stroh und geflochtenen Ästen aufgestellt, die seine Aufmerksamkeit erregten. Er lief ein wenig den Weg hinüber, um besser sehen zu können, während Matu mit etwas beschäftigt war, das Amadas als Nachahmung der Künste von Palmira interpretierte. Matu schoss Pfeile mit dem Bogen ab, aber es schien ihm nicht besonders gut von der Hand zu gehen. Amadas dachte an Kida die Wölfin. In welcher Beziehung mochte sie zu Ekuos stehen? War sie eine jener Wölfinnen, die verlorene Kinder säugten und sie zur gegebenen Zeit den Menschen zurückgaben? Man sprach über solche Ereignisse, aber, wie immer bei geheimnisvollen Geschichten, nur hinter vorgehaltener Hand. Tatsächlich war es so, dass man den Wölfen mit hohem Respekt begegnete und Amadas fragte sich, woher dieser Respekt wohl herrühren mochte. Die Leute hier glaubten die Wölfin bei der Mondgöttin am Himmel, wo sie den Kopf in den Nacken warf und ihren heulenden Ruf ausbrachte. Amadas ging zu den Goldwäschern an den Fluss, die wie gebannt zu den Vorbereitungen des Sonnenfestes zur Burg hinaufschauten. Für einen Moment glaubte er, Ekuos auf der Mauer zu sehen.

Ekuos sah das weite Land unter sich liegen. Noch immer fuhren schwere Boote hinüber zu der großen Stadt. Sie wollten noch vor Beginn der Festtage den Hafen erreichen. Er musste sich zügeln, um nicht ständig an Atles und die Freunde denken zu müssen. Deshalb lief er immer wieder durch die Festung, um auf andere Gedanken zu kommen. Noch immer gelang es ihm nicht, sich aus der täglichen Welt zu entfernen und dem zu dienen, was seine Aufgabe war, nachdem ihn die weisen Alten zum Hirten ernannt hatten. Er hoffte, dass Talale ihn lehren würde, sich seiner Bestimmung als Seher vollständig zu unterwerfen.

Ekuos trat direkt an die noch nicht fertiggestellte Mauer und schaute hinunter in den Abgrund bis zur Einmündung der Alemona in die Danau, dem Strom der großen Göttin. Er bestaunte die Arbeit der Menschen, die auf diesem harten Felsen Stein um Stein abgetragen hatten, um die glatte Fläche danach zu bebauen. Nach Norden hin gab es bereits eine mächtige Mauer und auf der Ostseite wurde noch an der Wehrmauer gearbeitet. Innerhalb der Mauern waren kleinere Häuser gebaut worden und vor jedem befand sich ein Schmelzofen. Zwei waren momentan in Betrieb und dort wurde das gefundene Gold aus dem Wasser der Danau geschmolzen. Zwei schmächtige Burschen bedienten jeweils einen Blasebalg, die zusammen mächtige Flammen verursachten. In den Häusern daneben wurden Münzen geprägt. Aber jetzt war eigentlich alles auf die kommenden Tage eingestimmt und die Arbeit ruhte weitgehend. In der Mitte der Burg befand sich der lang gestreckte Tempel der Seherin Talale. Dort war sein Weg in die Festung bisher zu Ende gewesen. Vor der schweren Doppeltür standen drei aus den Felsen herausgeschlagene Feuerstellen, die ohne Unterlass brannten. An der Tür waren drei Eulen aus Eisen angebracht worden und über ihr hing eine Mondsichel aus Silber. An den Seiten wachten zwei stehende Stiere. Ekuos ging zur Mauer und schaute hinunter auf die Massen von Menschen, die in den Orten rund um die Burg auf das kommende Ereignis warteten. Als er sich umdrehte, sah er zwei weiße Raben, die auf dem Dach des Tempels landeten und zu ihm hinüberschauten. Nun würde es nicht mehr lange dauern und es wird sich zeigen, wie Mond und Sonne sich bis zur Wintersonnenwende entscheiden werden. Wird die Sonne still stehen bleiben? Dann wäre es zu Ende mit dem Leben und Menschen, Tiere und Pflanzen würden langsam sterben. Niemand konnte voraussagen, ob es nach diesem Tag die Sonne noch geben würde. Mit dem Weg der Sonne am Himmel drehten sich alle Köpfe nach Westen und die Furcht vor der Dunkelheit ließ die Leute schweigen. Die ersten Strohfeuer wurden angezündet, dem folgten größere Brandstellen. Die Ersten nahmen die Feuertaufe, indem sie durch die Flammen sprangen, um sich zu reinigen. Das Böse und die Mächte der Finsternis, die Dämonen und die Geister der Nacht, sie alle sollten durch diese Zeremonie vernichtet werden. Immer mehr Menschen übergaben ihre Unreinheit den Flammen und sprangen hindurch, um auf der anderen Seite gestärkt daraus hervorzugehen. Die Erzschmelzer ließen ihre Öfen aufflammen. Je stärker die schwarze Nacht über das Land kam, desto mehr Flammen waren zu sehen. Waren bei Tage längs der Danau nur die riesigen Wälder zu erblicken gewesen, so leuchteten nun überall die Flammen zur Sonnenwendezeit. Immer höher schlugen die Flammen und verbanden so die Erde mit dem Himmel. Jede Sippe zündete ihr Stroh an und rief den Göttern damit zu, dass sie weiterleben will. Die jungen Leute nahmen Fackeln und liefen mit ihnen über die Felder. Das Vieh wurde ebenfalls durch das Feuer getrieben, um es vor Krankheiten zu schützen. Ekuos schaute wie gebannt über das Land und sah überall das Leuchten der Flammen. Es wurde zu einem einzigen Aufschrei, die große Sonne möge ihren Weg durch die kommende dunkle Zeit finden und an ihrem Wendepunkt wieder neu geboren werden.

Talale trat aus ihrem Tempel, dessen Türen nun weit geöffnet waren. Ein Wagen wurde herausgeschoben, auf dem in einem Kessel ein mächtiges Feuer brannte. Die Seherin trat auf die Mauer und reckte ihre Arme in den Himmel. Die Menschen unten am Berg knieten nieder, während Talale das Unglück symbolisch in die Flammen warf und das Volk ihr zujubelte. Mit einer Fackel beschrieb sie anschließend den Lauf der Sonne, lief über die Mauer bis zum Eingangstor und entzündete dort das erste voluminöse Feuerrad. Drei Männer versetzten ihm einen kräftigen Stoß und so rollte das gewaltige Feuer den Berg hinab. Diesem Rad folgten einige weitere und jeder am Ufer verfolgte den Lauf der brennenden Räder. Hell erleuchtet zeigten sich nun die Burg und der Berg. Erst als das letzte Feuerrad unter dem Jubel der Massen mit einem mächtigen Satz weit hinausflog und auf dem Wasser aufschlug, setzte sich die Prozession mit Talale der Seherin und dem Feuerwagen in Bewegung, um im Tal jeder Sippe zu erlauben, sich an diesem göttlichen Feuer eine Fackel zu entzünden und damit in ihren Häusern das Herdfeuer zu entfachen, das bis zur nächsten Sonnenwende brennen sollte.

Während der Nacht hockte Ekuos fast direkt neben der schweren Eingangstür des Tempels. Am Ende der Halle saß Talale vor einem klein gehaltenen Feuer. Die anderen weisen Frauen und Männer konnte er nicht sehen. Sie saßen an den lang gestreckten Seitenwänden, warteten und hofften wie er, dass die Sonne nicht stehen geblieben war. An diesem Wendepunkt im Leben der Großen Sonne galt es, sich in allen Bereichen des Täglichen zurückzuhalten. Ekuos spürte gar nicht, dass er seit Tagen nicht mehr gegessen hatte. Angespannt wartete er ab. Wenn die Sonne wieder erscheinen würde, dann führte ihre Existenz immer tiefer in die Dunkelheit hinab, bis zu dem Morgen, an dem sie wiedergeboren werden würde. Aber daran zu denken, war schon fast frevelhaft, denn noch war es dunkle Nacht und nichts ließ darauf schließen, dass die Sonne wieder scheinen wollte. Tatsächlich lenkte er sich mit diesen Überlegungen davon ab, dass er eigentlich mit der Opferung von Palmira gerechnet hatte. Wozu sonst hatte er sie vom Tempel der großen Mutter bis nach Alkimoennis gebracht? Aber es hatte keine Opferung auf der Mauer der Burg gegeben. Weder Palmira noch sonst jemand war den Göttern übergeben worden. Ekuos durfte diese Dinge nicht bewerten, aber sie beschäftigten seinen Kopf. Er hatte sich bereits überlegt, in welcher Gestalt Palmira eines Tages wieder auf die Erde zurückkehren könnte. Solche Gedanken waren streng verboten und sie zeigten ihm, wie unreif er noch war. Er senkte den Kopf und schloss die Augen.

Als es leicht zu dämmern begann, da erhob Talale die Seherin ihre Stimme und sprach. »Die Große Sonne erreicht den Gipfel aller Gipfel und blickt tief hinein in die Anderswelt, wo es keine Mauern und kein Ende gibt. Wenn sie es will und die Götter es wollen, ist das Ende wieder ein Anfang. So schließt sich der heilige Kreis und er wird wieder geöffnet, solange die Götter dies wollen. Gebt uns das Licht, so wie wir es in schönen Zeiten bewundert haben. Nun lasst die dunkle Zeit über uns kommen, die Kahlheit der Felder und die Kälte der Tage. Wir wollen alles ertragen, weil wir hoffen. Unsere Hoffnung liegt in der Wiedergeburt der Sonne zur nächsten Winterwendezeit, wenn der Sonnenschein weit über uns sein Zauberlied singt und die Mutter Erde uns die Früchte des Frühlings beschert. Heilige Sonne, wir beten zu dir, so wie wir das Sonnenkind anbeten werden, das die Götter uns zur nächsten Wendezeit in die Wiege legen mögen. Wind, Wasser und Erde, wir lauschen und wir schweigen.«

Die Lautlosigkeit des Himmels ließ Ekuos nicht kalt. Sein Herz zog sich zusammen und schlug heftig. Es wollte einfach nicht richtig hell werden. Sollte es nun zu Ende gehen? Der Wind wischte den Himmel sauber und ein schmaler Lichtstreifen fiel durch die rautenförmige Öffnung im Dach direkt auf eine Schüssel aus purem Gold, die auf einem Steinaltar ruhte und zu der nun alle Anwesenden hinsahen.

Talale die Seherin, die weisen Frauen und Männer und auch Ekuos sahen das Licht, aber noch wagte niemand eine Deutung. Noch war es zu früh, um die kommende Zeit vorauszusagen. Plötzlich verdunkelte der Himmel sich und ein leichter Regen folgte. Endlich war es so weit. Die Sonne füllte leuchtend die goldene Schüssel bis an den Rand und Talale erhob sich. Die Türen wurden geöffnet und die weißen Raben stiegen vom Dach hoch in die Luft hinauf.

Amadas war mit Matu den Berg hinaufgestiegen, bis die Sonne sich endlich gezeigt hatte und nun warf er einen Blick in das Innere der Burg. Er hatte geglaubt, dieses Gebiet wäre ein heiliger Bezirk und dürfte nur von Auserwählten betreten werden, aber dem war nicht so. Nur Talale und den Frauen und Männern in ihren langen Kleidern sowie dem Tempel durfte sich niemand nähern. Amadas schaute aus der Höhe über das Land und atmete tief ein. Diese Burg beeindruckte ihn sehr, auch wenn an vielen Teilen von ihr noch gearbeitet werden musste. Der Ausblick allein imponierte ihm. Sie zeugte von hoher Baukunst. Er drehte sich um und lief an der Mauer entlang, die nach Norden noch ausgebaut werden sollte. In seinem ganzen Leben hatte er keinen solchen Wald gesehen. Es gab hinter dem Flussufer Wälder, so weit man sehen konnte. Aber wo war die Stelle, an der die Feinde in den Wald eingedrungen und nach Norden gezogen waren? Wie konnte sich überhaupt ein menschliches Wesen in diese unheimliche Welt der Bäume hineinwagen? Wie sollten sie Atles und seine Freunde dort jemals finden können?

Matu gab Amadas ein Zeichen, weil sie die Burg wieder verlassen mussten. Den Rest des Tages wollten sie bei den Goldwäschern verbringen und Matu hatte einen Schwertschmied gefunden, der ihm eine Waffe anfertigen wollte. Ansonsten verbrachten sie den Tag still und würdevoll, so wie es alle anderen Leute auch taten. Noch hatte die Gnade der Götter nicht eingesetzt. In der Nacht zogen die Fischer einen Kahn in die Mitte des Flusses und zündeten ihn an. Der Feuerball schwamm eilig über das Wasser der Danau, gebannt staunten ihm die Menschen hinterher. Schwimm weit hinab, flüsterten sie, denn das Feuer sollte die Götter erfreuen.

Auch diese Nacht verging und zu aller Freude gab es wieder einen hellen Tag. Von den Mauern der Burg herab gab Talale das Zeichen für den Beginn der Festlichkeiten. Bevor sie dreimal um ein Feuer tanzten, banden sich die Menschen Girlanden aus verschiedenen Kräutern um die Fußknöchel. Amadas erkannte Beifuß und Eisenkraut, das nach dem Tanz in die Flammen geworfen wurde. Mädchen und Jungen kratzten die Asche der abgebrannten Sonnenwendfeuer zusammen und streuten sie über Gärten und Felder.

Auf der Burg war es still. Talale die Seherin schaute durch die Öffnung im Dach zum Himmel hinauf. Ekuos saß zu ihren Füßen und wartete. Sie hatte erkannt, dass seine Gedanken nicht dort waren, wo sie bei einem Auserwählten, wie er es war, zu sein hatten. Also hatte sie ihn befragt und erfahren, was mit Atles und den Freunden geschehen war. Seitdem schaute sie in den Himmel hinauf, während alle Anwesenden warteten. An diesem Tag der Feier und in der kommenden Nacht würde nichts geschehen, keine Entscheidung fallen. Doch bevor man sich zur inneren Ruhe zurückzog, erhob Talale sich, nahm ein Kreuz aus Eisen in die Hand und eine aus einem Stein des Berges gefertigte Eule, streckte die Arme aus und verkündete: »Wir werden die Feinde nicht durchkommen lassen. Einer von ihnen soll gefangen werden und sein Blut wird von der Mauer unserer Festung hinabfließen, um ihre Frevel zu sühnen. Mögen die Götter uns gewogen sein.«

Als Amadas aus dem Haus des Goldwäschers an den Fluss trat, um sich zu erfrischen, da lagen Nebelnester auf dem Wasser. Das Licht des frühen Tages war noch wie ein fadenscheiniger dünner Stoff. Er drehte sich um und sah die Mauern der Burg, auf der Talale die Seherin stand. Der Wind zauste an ihr und da er nicht wusste, was sie dort oben trieb, hatte sich Amadas über ihr Erscheinen gewundert. Dann fielen ihm die eifrigen Frauen und Männer auf, die sich bewaffnet hatten, und auch Matu erschien ausgerüstet und mit den Pferden.

»Niemand wird geschont«, sagte Matu.

Das war ein Signal, dachte Amadas, aber er zweifelte daran, dass sie noch etwas finden würden, denn die Spuren am Flussufer waren längst verwischt, auch hatten Wind und Wetter Fährten vernichtet. Zudem waren sie die letzten Tage mit der Sonnenwende beschäftigt gewesen. Er blickte zu den eintönigen Wäldern hinüber und hielt die Feinde für unauffindbar. Nun spürte er wieder einmal, wie fremd ihm die Kelten geblieben waren und er kam sich vor, als wäre er erst in diesem Moment an den Strand eines fernen Landes gespült worden.

Auf der westlichen Mauer erschien ein Mann und blies in ein goldenes Signalhorn. Amadas beschleunigte seine Schritte, stemmte sich hoch und setzte sich auf das Pferd, denn zurückbleiben wollte er nicht. Er beschloss, sich nach Kräften zu bemühen und an der Befreiung von Atles und seinen Freunden mitzuwirken. An der Wegbiegung zum Burgaufstieg stand ein zweirädriger Wagen, der von zwei Rössern gezogen wurde. In ihm stand Talale. Seitlich von ihr hatten sich Männer und Frauen auf ihre Pferde geschwungen. Vorreiter war Ekuos, der angaloppierte und in Richtung des kleinen Flusses verschwand. Matu bildete mit Amadas den Schluss des Trupps und Amadas fiel auf, dass der Bogen und die Pfeile fehlten.

»Es ist nicht unsere Art, den Feind aus der Distanz zu töten«, sprach er und hielt ein neues Schwert hoch in die Luft.

Der Weg war angenehm breit und man konnte in gutem Tempo vorankommen. Amadas schaute auf die Reiter vor ihm. Palmira war nicht dabei. Er überlegte, was mit ihr geschehen war, aber fragen würde er niemanden nach ihr. Er schaute zu Matu hinüber. Nein, ihn würde er auch nicht befragen.

Sie waren die Nacht durchgeritten und bevor die Sonne wie aus einer Glut geboren ihr Tagwerk begann, saßen sie im Gras und schauten demütig zum Himmel hinauf. Amadas war erschöpft und er fühlte sich sich selbst überlassen, als gäbe es ihn für die anderen gar nicht. Zudem konnte er an der Tatsache, dass er keinerlei Orientierung hatte und allein niemals zurückfinden würde, fast schon verzweifeln. Längst hatte er aufgehört, darüber nachzudenken, wie lange sie bereits auf Reisen waren. Wahrscheinlich, dachte er, war er auch enttäuscht darüber, dass es absolut keine Spur von den Feinden gegeben hatte.

Matu brachte ihm sein Pferd zurück. Es war mit Kräutern abgerieben worden und hatte sich in einem nahen Bach erfrischen können.

»Menosgada«, sagte Matu und wies in nordöstliche Richtung.

Für Amadas klang Menosgada wie ein Zauberwort. Er hatte von der Burg bereits am Flussufer der Danau reden hören. Also gab es doch ein Ziel der Reise und es schien so zu sein, dass sie es bald erreichen würden. Als er sich auf sein Pferd setzen wollte, schüttelte Matu den Kopf. Talale die Seherin stand am Waldrand und nickte Ekuos zu. Amadas verstand. Man würde also die Straße nicht mehr benutzen und die Pferde hier zurücklassen. Aber warum? Ohne weitere Verzögerung betraten die Frauen und Männer den Wald. Einige blieben zurück, um die Rückkehr zu sichern und auf die Pferde zu achten. Amadas sah Ekuos vor sich, an dessen Seite sich Matu befand, der bereits seine Doppelaxt mit beiden Händen hielt. Alle Männer hielten Schwerter in den Händen, während die Frauen mannshohe Spieße trugen.

Ein Bündel Sonnenstrahlen durchbrach den dichten Wald und erhellte die Szenerie. Amadas duckte sich ab. Gleich war der Wald zu Ende. Stille.

Etwas flatterte in der Sonne, als hätte es weite Flügel, wie ein Raubvogel, der eine Richtung zum Himmel suchte. Bewegte sich dort etwas vor dem Wald? Amadas schaute hinüber zu Matu, dessen Augen leuchteten. Von außerhalb des Waldes erklang ein kurzer, schriller Schrei, dann nichts mehr. Unversehens roch es nach Rauch. Amadas zog sein Schwert und näherte sich Matu an. Im Wald war es kühl und die Erde roch intensiv, als hätte sich der Morgentau noch nicht verflüchtigt. Matu entdeckte eine Lücke in einem dichten Buschwerk und spähte hindurch. Zwischen den hohen Bäumen gab es kaum Licht. Amadas schob sich noch dichter an Matu heran. Der hastete plötzlich los und schon war das tödliche Geräusch der niedersausenden Axt zu hören. Amadas hatte keine Gelegenheit, darüber Vermutungen anzustellen. Die Gestalt in der geschwärzten Kleidung stand im Licht der Sonne und hielt geblendet in der Bewegung inne. Er hielt eine Waffe hoch über dem Kopf. Amadas war im Vorteil, denn er trat aus dem Wald ins Licht und stieß dem Feind sein Schwert in den Bauch. Der ließ seine Waffe fallen, drückte seine Hände gegen die Wunde und die nackte Angst spiegelte sich in seinem Gesicht. Amadas sprang zurück zwischen die Bäume und hörte, wie der Feind umfiel und starb.

Matu war keinen Schritt zurückgewichen, streckte seine Axt vor und stampfte mit einem Fuß auf den Boden. Während neben ihm ein weiterer Feind im Todeskampf zitterte, zog Matu ein Messer aus dem Gürtel und schnitt dem Mann blitzschnell die Haare ab. Noch vor seinem Tod sollte er entmannt sein und er sollte es wissen, dass er als ein Nichts auf die lange Reise ging.

Schritt für Schritt näherten sich nun auch die anderen Kämpfer und als man die Toten zählte, da waren es gerade einmal acht Feinde. Wie viele versteckten sich noch? Im Sinne ihrer Mission war das nicht. Wahrscheinlich war das nur die Nachhut der Feinde gewesen und wenn die nicht mehr auftauchten, dann war das Gros der Entführer von Atles und den Freunden gewarnt. Es gab aber keine Vorwürfe, niemand sagte etwas.

Ekuos hatte Matu nur kurz angesehen und so wusste auch jeder ohne Worte, wer den zu schnellen Angriff verursacht hatte. Amadas fühlte sich mitschuldig, aber Matu wehrte seinen Versuch der Annäherung ab. Er hatte sich nicht getäuscht. Sie liefen weiter durch den Wald und der Geruch nach Rauch wurde immer intensiver. Amadas schlich sich an und sah sie. Die Feinde hatten es sich an einem Flussufer bequem gemacht. Die wenigen Häuser dort brannten noch lichterloh. Aber er sah weder Tote noch die Entführten.

Talale gab das Zeichen zum Rückzug. Die Frauen und Männer bildeten ein Oval und drehten dabei Talale und Ekuos die Rücken zu. Amadas reihte sich ein und so konnte er Talale sprechen hören.

»Sie beschmutzen die Erde unserer Großen Mutter. Keiner von ihnen darf in seine Hütte zurückkehren und darüber berichten, wie leicht es ist, uns zu berauben und zu töten. Wir werden einen von ihnen fangen.«

Man verteilte sich zwischen den Bäumen und beobachtete die Feinde. Gegen Abend erschienen unerwartet Leute aus der Siedlung, die von den Feinden niedergebrannt worden war. Es war den Bewohnern gelungen, sich rechtzeitig zu verstecken. Von Gefangenen konnten sie allerdings nicht berichten. Ekuos musste nun damit rechnen, dass Atles und die Freunde bereits tot waren. Amadas beobachtete Ekuos, der keinerlei Regung zeigte. Bevor die Große Mondin ihr Licht präsentierte, wählte Talale zwei jungen Mädchen und einen Knaben, die in der Nacht einen Gefangenen machen sollten. Amadas wunderte sich zunächst, aber als er sah, wie geschmeidig und kaum sichtbar die Erwählten hinter den Büschen verschwanden, verstand er die Wahl.

Matu musste sich tiefer in den Wald begeben. Sein massiger Körper war im Mondlicht gut sichtbar und sein Vorpreschen gegen den Feind war nicht vergessen. Er saß mit zwei Bewohnern der abgebrannten Siedlung an einem schmalen Wasserlauf, Amadas legte sich in ihrer Nähe auf den Boden, um ein wenig zu ruhen. Auch ihn hatte man nicht zur Beobachtung der Feinde eingeteilt. Die Leute erzählten Matu, dass sie Perlenmuscheln aus dem Fluss holten und in das Mondlicht legten, damit sie einen besonderen Glanz erhielten. Amadas wunderte sich darüber, dass sie nicht über den Verlust ihrer Häuser und Tiere sprachen. Immerhin hatten sie alles an Besitz verloren und die Feinde brieten ihre Tiere und ließen sie sich schmecken. Das schien sie nicht zu berühren. Sie erzählten Matu, dass im Fluss ein wunderschönes Mädchen lebe, halb Mensch, halb Fisch. Wenn sie sich einsam fühle, hole sie einen von ihnen zu sich in die Tiefe.

Amadas ruhte ein wenig und als er wieder erwachte, da flüsterten seine Nachbarn noch immer. Matu sprach von ihrer Reise und dass sie zwei Mondwochen unterwegs wären. Da die Mondwoche acht Tage hatte, waren sie also bereits seit sechzehn Tagen durch die Wälder geritten. Amadas war beeindruckt und es wunderte ihn nun nicht mehr, dass sein Rücken schmerzte. Er hatte den Lauf des Mondes nicht genau beobachtet. So lange hatte er noch nie auf einem Pferd gesessen. Als der Mond seine Reise fast beendet hatte, traten einige Frauen aus dem Wald und hockten sich neben einer Birke nieder. Amadas sah auf ihre Körbe. Er hatte schon häufiger beobachtet, dass Frauen, bevor der Mond seine volle Pracht entfaltete, in die Wälder gingen und etwas sammelten, das er auch jetzt wieder nicht erkennen konnte. Es musste etwas Besonderes sein, denn sie mieden die Nähe der Männer. Frauen hatten ihre Geheimnisse und sie verrieten sie nicht. Vielleicht war es sogar besser, manchmal die Augen zu verschließen. Über andere Menschen würde man nie alles erfahren, das war eine seiner Reiseerfahrungen.

Amadas hatte nichts gehört. Plötzlich riss Matu den Kopf herum und sprang auf. Amadas folgte ihm nach und entdeckte bei den Bäumen eines der Mädchen. Sie lief vor ihnen auf die Lichtung mit den toten Feinden. Talale und Ekuos standen vor einem Bündel. Als Amadas näherkam, erkannte er einen schmächtigen Burschen. Sie hatten also tatsächlich einen Gefangenen gemacht. Aber darum ging es ihm nicht. Mit den Schwertern in den Händen huschten sie zwischen den Bäumen umher und erreichten den Waldrand. Die Feinde hatten nur zwei Posten aufgestellt. Die anderen schliefen um ein Feuer, das das Flussufer hell erleuchtete. Die Griffe ihrer Waffen fest umklammernd, stürmten sie vor und Amadas zog sein Schwert aus dem Schädel eines Feindes, der tot vor ihm lag. Matu atmete schwer, taumelte etwas und fiel dumpf auf den Boden, direkt neben den von ihm getöteten Feind. Es war ein schnelles Töten geworden. Wer von den Feinden noch zuckte, dem stießen die Frauen ihre Speere in die Brust. Amadas ließ sein Schwert los und es fiel seitlich auf den Boden. Er ließ sich langsam auf die Knie sinken und starrte Matu an, der vor ihm lag. Er öffnete die Kleidung über der Brust, aber es gab dort keine Wunde. Es gelang ihm nicht, den schweren Körper auf die Seite zu drehen. Mit einem Mal kam vom Wasser eine Schlange auf ihn zu und verschwand unter einem Busch. Unerwartet für ihn zogen sich alle anderen zurück. Sie ließen ihn mit Matu allein. Da erinnerte er sich daran, dass sie die Schlange für ein Wesen hielten, das sich häutete, starb und wiedergeboren wurde. Ihr Vergehen und ihr Werden hatten sie offenbar auf Matu übertragen und ihn für tot gehalten. Die Schlange war wie der Regenbogen, die Verbindung zwischen Himmel und Erde, und sie wurde wegen ihrer Fruchtbarkeit verehrt. Die Kräuterfrauen und Heilerinnen trugen Schlangenamulette um den Hals. An all das dachte Amadas, aber es half ihm in seiner Lage nicht, denn Matu war nicht tot. Er lag mit offenen Augen am Boden und sein Gesicht zuckte. Jetzt sah Amadas die kleine Wunde direkt über der Schläfe. Er lief zu einem Strauch und pflückte einige Blätter, tauchte sie in das Flusswasser und presste sie auf die Wunde. Es dauerte einige Zeit, bis Matu sich regte. Als er vorsichtig hochkam, da schaute er um sich, als hätte er soeben einen häufig auftretenden Traum endlich zusammenfügen können und zu guter Letzt erkannt, was dieser ihm bedeuten sollte. Matu strich sich leicht über die Stirn. Er bewegte sich unruhig und gab merkwürdige Töne von sich. Amadas betrachtete ihn still und überlegte, was da nun vor ihm lag. Für ihn würde es unmöglich sein, diesen schweren Mann bis zu den Pferden zu tragen. Was würde er machen, wenn die anderen nicht warteten? Matu bewegte sich wieder und Amadas schenkte ihm ein Lächeln. Würde man sie hier zurücklassen, könnte er die Hütten mit aufbauen und nach der geheimnisvollen Frau tauchen, die tief unten auf dem Grund des Flusses lebte.

»Sind wir schon zurück?« Matu sprach wie ein aus dem Schlaf Gerissener.

Amadas schüttelte den Kopf.

»Und was ist geschehen?« Matu saß inzwischen und stützte sich mit den Händen ab.

Ein Trupp Männer trat aus dem Wald. Sie gingen auf die Getöteten zu, schlugen ihnen die Köpfe ab und warfen die Körper in den Fluss. Drei Köpfe nahmen sie mit sich. Matu wollte sich ihnen anschließen, aber seine Kräfte reichten nicht. Kurz darauf kamen Männer mit dem Pferd von Matu. Sie hoben ihn mit vereinten Kräften auf das Tier und banden ihn fest, damit er nicht hinunterfiel. Zwei Reiter blieben dicht neben Matu, um ihn abzufangen, falls er ins Rutschen geriet.

Amadas sah zu, wie der größere Teil ihrer Reiterschar in Bewegung geriet, sich zum Fluss aufmachte und bald darauf aus seinem Blickfeld verschwunden war. Einige der älteren Frauen und Männer sowie Talale und Ekuos standen bei dem Gefangenen. Vor ihm am Boden lag das Amulett von Atles. Da niemand die Worte des Gefangenen verstand, begann dieser mit den Händen zu schwenken, mit den Fingern zu deuten und mit der Zunge zu schnalzen. Trotz all seiner Bemühungen blieben seine Gesten den Umstehenden ein Rätsel. Offenbar hatte er auch das Amulett nicht erkannt. Schließlich fesselte Ekuos ihn so, wie sie es bei dem ertrunkenen Freund am Fluss hatten sehen müssen. Der Gefangene senkte den Kopf. Jetzt hatte er offenbar begriffen, worum es ging.

Als Talale dicht an den Gefangenen herantrat, da gingen alle anderen einige Schritte zurück. Sie blieb eine ganze Weile bei ihm und wartete. Ekuos forderte alle Anwesenden auf, sich noch weiter zurückzuziehen, und schließlich warteten sie am Flussufer ab. Amadas schaute zu, wie die Menschen am Wasser mit dem Wiederaufbau ihrer Hütten begannen. Er hatte bemerkt, dass man ihm nun näher kam und ihn mit Respekt behandelte. Er vermutete, dass sein Kampf gegen die Feinde nicht ohne Wirkung auf sie geblieben war und dass sie sich an seine Anwesenheit gewöhnt hatten.

Talale fuhr mit ihrem Wagen vor und folgte den Spuren der vor ihnen reitenden Truppe. Man holte den Gefangenen und schloss sich der Seherin an. Jemand sprach davon, dass Atles mit den Freunden auf ein Schiff gebracht worden war und sie die Danau flussabwärts gesegelt waren. Amadas musste nicht lange überlegen, um zu verstehen. Die Feinde hatten die Verschleppten verkauft und sich auf diese Weise die Flucht erleichtert. Seine Vermutung war, dass Atles und seine Freunde nun das Leben von Sklaven zu gewärtigen hatten und es nicht unwahrscheinlich war, wenn man sie in den Bergwerken im Gebirge vermuten würde, wo nach Salz und Erz gegraben wurde. Die schwere Arbeit dort forderte viele Tote und der Bedarf an kräftigen jungen Männern war groß.

Amadas sah zu Ekuos hinüber, aber der saß ernst und regungslos auf seinem Pferd. Eigentlich hatte Amadas vermutet, dass sie sofort umkehren würden, aber sie ritten weiter. Nun wollte er endlich nur noch irgendwo ankommen, um seinem strapazierten Rücken anschließend etwas Ruhe zu gönnen. Als es zu regnen begann, wurde auch Amadas so stumm, wie er es von seinen Begleitern gewöhnt war. Sie ritten an dem kleinen Fluss entlang und der stetige feine Regen, die Eintönigkeit und sein Hunger ermüdeten Amadas so sehr, dass er einige Male fast vom Pferd gefallen wäre. Und beinahe wäre er an der Mündung des kleinen Flusses in die Moin in das strömende Wasser gestürzt.

Die Göttin des größeren Flusses bewahrte ihn vor dem Übel, denn Amadas hörte gerade noch rechtzeitig das Rauschen des Wassers. Als der Regen vorbei war, da bemerkte Amadas dies zunächst gar nicht. Erst die plötzlich auftretende enorme Helligkeit weckte ihn auf und unverhofft sah er oben auf dem Berg dieses enorme Bauwerk. Sie hatten Menosgada erreicht und eine solche riesige Felsenburg hatte er bei den Kelten bisher noch nicht gesehen. Sie thronte auf dem Berg wie eine Göttin. Man hielt die Pferde an und wartete ab. Oben auf der Mauer erschienen Menschen. Talale fuhr vor und hielt direkt vor dem Weg, der zur Festung hinaufführte. Mit beiden Händen hob sie einen langen Stab in die Höhe, der einer Schlange nachgebildet war und auf dem Kopf einen Halbmond aus Silber trug. Erst danach verschwanden die Männer von den Mauern. Es dauerte eine Weile, bis man sie in Empfang nahm und hinauf in die Burg führte. Amadas sah sich dort um und stellte fest, dass es ein bewohnter Ort war. Man sah Handwerker und Schmiede vor den Häusern, Vorratsgebäude und einen großen Tempel. Amadas sah aber noch etwas. Matu lag neben dem Tempel am Boden. Er hielt die Augen geschlossen und rührte sich nicht. Als Talale neben ihn trat, hob man ihn hoch und trug ihn in das Gebäude. Ekuos folgte ihnen nach und dann wurden die Türen geschlossen.

Amadas empfand es als Privileg, gesund und frei atmend an der Mauer dieser Burg zu stehen und in die Weite zu schauen, die sogar am Ende des Himmels nie zu enden schien.

»Das Leben ist wie das Licht und das Alter wird ein Halbdunkel sein, bevor es um uns endgültig dunkel wird. Wenn wir in die andere Welt reisen werden, wird es keine Müdigkeit mehr geben.« Der das sagte, stand direkt neben Amadas. Der hatte die Annäherung nicht bemerkt. Es war Firne, einer der älteren Reiter, der ihm durch seinen grauen Bart und die hochgestellten Kopfhaare aufgefallen war. Firne war Schmied und hatte zwei mächtige Oberarme, die seinem Schwert eine ungewöhnliche Durchschlagskraft verliehen. Sie schauten gemeinsam in die schwindelerregende Tiefe und sahen den Fluss Moin, der sich wie eine riesige Schlange durch die Landschaft wand. Vor ihnen an der Mauer lagen Berge von schweren Steinen.

»Man wirft sie von hier oben hinab auf die Feinde, wenn sie sich denn einmal bis vor die Mauern dieser Festung wagen«, beantwortete Firne den fragenden Blick von Amadas. Der hob seinen rechten Arm und wies in eine Richtung.

»Norden.« Firne verzog wie bei einem plötzlich auftretenden Schmerz das Gesicht.

»Norden«, wiederholte Amadas. Diesen Begriff auszusprechen tat niemand ohne eine gewisse Überwindung. Norden, das bedeutete ewige Dunkelheit, das Böse an sich. Vom Osten her kam das Licht, die Sonne wanderte über den Süden hinüber zum Westen, dorthin wendeten sich am Abend aller Augen mit dem stillen Gebet, die Götter mögen das Licht nicht sterben lassen. Aber im Norden war nichts. Dieses Gebiet liebten die Götter nicht und freiwillig würde niemand dort hineingehen. Wer von dort aus den Wäldern kam, der war ein Feind und musste bekämpft werden. Die Nordmenschen waren mit schrecklichen Ungeheuern im Bunde. Amadas hatte darüber schon manche nächtliche Geschichte gehört.

»Ist Matu tot?« Amadas wechselte das Thema.

Sie gingen hinüber zu einer Wasserstelle. Der Brunnenmeister reichte ihnen ein kleines Gefäß und sie durften das kostbare Nass trinken. Man ging hier oben in der Burg sehr sorgsam um mit dem Wasser, deshalb mussten die Pferde im Ort am Fuße des Berges zurückbleiben. Von dort aus konnten sie leichter zum nahen Fluss geführt werden.

»Matu ruht still. Die weisen Frauen gaben ihm eines ihrer Getränke und dadurch schlief er schnell tief und fest«, sprach Firne und verneigte sich leicht.

Amadas wollte mehr wissen. »Aber wozu soll er so tief schlafen?«

Firne sah ihn tadelnd an. »Weil sie ihm den Kopf aufmachen müssen und dort mit einem sehr scharfen Messerchen etwas herausholen werden, was Matu sonst sterben lassen würde.«

Amadas bekam starke Zweifel an dieser Geschichte. Man konnte einem lebenden Menschen nicht den Schädel öffnen, davon hatte er noch nie etwas gehört. Gesehen hatte er geöffnete Schädel schon, aber nur bei erschlagenen Feinden. Aber was sollte er sagen? Zweifel seinerseits waren nicht angebracht, die würden Firne nur kränken. Deshalb zeigte er schnell auf eine Gruppe Tiere, die vor einem Stallgebäude standen.

»Worauf warten die?«, fragte er.

Firne hob lächelnd seinen Kopf. »Morgen ist das Erntedankfest. Wir feiern es, wenn die Sonne noch hoch steht und die Große Göttin Erde uns eine reiche Ernte geschenkt hat. Die Tiere werden von den heiligen Frauen und Männern zu Ehren der Großen Götter getötet und wir dürfen uns auf ein Festessen freuen.«

Amadas trennte sich von Firne und verließ die Burg. Er hatte für sich entschieden, sich lieber zu seinem Pferd zu begeben. Er lief durch das Tor und nicht erst dort fiel ihm auf, wie schwer bewaffnet diese Festungsleute waren. Offenbar rechneten sie immer wieder mit Angriffen der Nordmenschen. Denn so, wie es aussah, war Menosgada die letzte Befestigung der Kelten an der Grenze zu den Nordmenschen, die in den Wäldern nördlich des Flusses Moin lebten.

Amadas setzte sich neben sein Pferd, das unter einem

Dach aus Blättergirlanden stand. Er dachte an Matu und an Ekuos.

Ekuos schaute auf Matu, der endlich nicht mehr schrie. Die weise Frau hatte ihm einen Holzsplitter aus dem Kopf entfernt, eine zweite versuchte, die Blutung zu stillen, und ein weiser Mann bereitete aus Kräutern einen Brei, der auf die Wunde gelegt werden sollte. Gemeinsam versuchten sie, das Leben von Matu zu erhalten. Ob es ihnen gelingen würde, das mussten die Götter entscheiden.

Als Talale nach draußen ging, folgte Ekuos ihr dezent. Der dunkle Abend legte sich über das Land und mit der Nacht kamen die Geister und Dämonen.

Ekuos wusste, dass er in dieser Nacht keinen Schlaf finden würde. Er war sich sicher, dass er Atles und die Freunde befreien konnte, aber wie er Atles den Tod von Matu erklären sollte, das wusste er nicht. Würde Matu sterben, wäre das für Atles, als trage er am Tod des Freundes die Schuld.

Talale ging. Ekuos lehnte sich an ein Haus und blieb dort. Als er aufschreckte, merkte er, dass er doch eingeschlafen war. Nun war Talale wieder da und sie schaute nach Osten. Es war ein seltsames Licht zu sehen. Ekuos blickte zum Himmel und fand keine Erklärung.

»Der Götterhimmel wird uns etwas mitteilen«, sagte Talale, ohne Ekuos anzusehen. »Die Große Mutter Erde will ihre Kinder behalten, aber die Götter im Himmel können auch anders entscheiden. Die Pflanzen und Tiere würden es ohne die Menschen besser haben. Was geschehen soll, geschieht.«

Während Talale näher an die Mauer herantrat und über eine kleine Treppe nach oben stieg, blieb Ekuos an seinem Platz und schaute über die Wälder nach Osten. Wie ein riesiges Feuer, das sich immer weiter ausdehnte, kam ihm das Licht am fernen Himmel vor. Es schien ihm, als huschten die letzten Sterne schnell vom Firmament, um dem Feuer zu entgehen. Dichte Wolken aus brennender Luft, mit schwarzen Hüllen und gelben Lichtern, schwebten heran. Endlich brachen die Feuerwolken auseinander und das helle Auge des Großen Gottes beleuchtete Himmel und Erde. Das Licht im Osten wurde greller und nach wenigen Atemzügen begannen die Augen zu schmerzen. Bevor Ekuos den Kopf abwenden musste, sah er es erneut. Etwas öffnete den Himmel und wurde herausgeschleudert. Talale musste es ebenfalls gesehen haben, dachte Ekuos. Warum wiederholte sich dieses Ereignis regelmäßig? Er hatte keine Erklärung dafür. Talale hatte sich umgedreht und hob die Arme ins Licht. Ihre leuchtend weiße Kleidung und die hohe Gestalt ließen sie mit dem Licht des Himmels fast zu einer Einheit werden. Auch Ekuos wandte sich nun um. Links und rechts zur Mauer hin hatten sich die weisen Frauen und Männer aufgereiht. Aus allen Gebieten längs des Flusses waren sie nach Menosgada gekommen. Bewaffnete führten den Gefangenen vor Talale. Sie entschied über sein Leben. Dann schob man ihn auf die Mauer und Talale senkte die Arme.

»Der dunkle Teil des Lebens fordert Sühne und Opfer.«

Als sie schwieg, stieß man den Feind von der Mauer in die Tiefe. Alle verbeugten sich tief vor der großen Gottheit und baten sie um die Gnade der hellen Tage, denn das Opfer war dargebracht.

Vor dem Tor, das nach Südosten zeigte, wurde ein Opfertisch aufgebaut. Steine wurden dort aufeinandergestapelt und darauf kam eine glatt geschliffene Steinplatte, die den eigentlichen Altar bildete. Um ihn herum und auf ihn sollten die Menschen zur Feier des Erntefestes ihre Spende legen, die eine schmerzhafte Gabe zu sein hatte. Man sagte, die Götter werden sehen, was du zu geben bereit bist.

Amadas sah zu, wie die Menschen Werte zusammentrugen, um sie den Berg hinaufzutragen und auf den Altar zu legen. Wer nicht zum Verzicht bereit war, der schadete in den Augen der Menschen der Gemeinschaft, weil der Zorn der Götter sich gegen alle richten wird. Es wurden reichlich Haustiere dargebracht und die Ernte auf den Feldern war offensichtlich auch gut gewesen.

Plötzlich stand Firne neben Amadas und sah ihn ernst an. »Man bat mich darum, den Fremden von hier fortzubringen. Sie fürchten sich davor, der Fremde könnte ihre Ernte und ihre Tiere verzaubern.«

Firne nannte aus Respekt Amadas nicht beim Namen, er wollte ihn nicht kränken. Sie gingen den Weg zur Burg hinauf und Amadas erkundigte sich nach Matu.

»Er ruht«, antwortete Firne nur.

Sie schritten durch das nordwestliche Tor und Amadas blieb an der Nordmauer stehen. Zwei Beobachter standen auf ihr und blickten angestrengt hinüber in das Land der Bestien und Ungeheuer. Firne rückte eine Leiter zurecht und sie stiegen ebenfalls hinauf. Amadas verschlug es fast den Atem, so tief beeindruckten ihn sowohl der Fernblick als auch die Übersicht über das bebaute Gelände der Festung. Er sah Talale die Seherin mit Ekuos vor dem offenen Tor des Tempels stehen. Als er noch einmal hinübersah, waren sie beide verschwunden.

Das Tor nach Nordwesten hin hatte fast den gleichen Turm wie das Tor nach Südosten. Nur die Färbung des Holzes unterschied sie, und Amadas ging davon aus, dass das Nordwesttor älter war. Auch die Mauer nach Norden, wo sie sich befanden, war höher als die anderen und bereits fertiggebaut. Es hatte die Höhe von zwei gut gewachsenen Männern. Auf die Mauer aus Stein hatten sie noch eine Holzbalustrade gesetzt und sie mit Stufen versehen, damit man nach dem Aufstieg besser über das Land schauen konnte.

»Einmal werden sie kommen, um uns alle zu vernichten. Wir wissen nicht, wie viele sie sind. Der Norden kann unser Untergang werden, sagen die Weisen.« Firne sprach leise.

Amadas schaute nach Osten. Dort war die Mauer fast fertig und es schien ihm, als sei sie dort noch höher als die nach Norden. Nur die Mauer zum Süden hin befand sich noch in den baulichen Anfängen.

Firne führte Amadas an den kleinen Häusern vorbei zu einem der größeren Bauten. Sie traten ein und Amadas schaute auf die Prägestempel und sah die Handwerker bei den Vorbereitungen der neuen Münzen. Firne schenkte ihm eine aus Gold. Amadas bedankte sich.

»Es ist der Sonnengott. Sein Fest feiern wir heute und danken ihm für seine Güte, denn die Felder trugen reiche Frucht und die Haustiere werden den Menschen ein Überleben im kommenden Winter ermöglichen.« Firne drängte Amadas wieder hinaus, denn die Münzpräger wollten unter sich sein. Amadas betrachtete die Goldmünze und stellte fest, dass der Sonnengott und die Verehrung der Großen Sonne nicht identisch waren. Gerne hätte er dazu eine Frage gestellt, aber er wollte Firne nicht zu einer Antwort bringen, die eigentlich nur die weisen Frauen und Männer geben durften. Talale die Seherin würde ihm die Götterwelt der Kelten erklären können, aber sie zu fragen, würde er niemals wagen. Er hatte noch nicht einmal erlebt, dass sie von einem ihrer Begleiter oder gar einem Fremden angesprochen worden war. Nicht einmal Ekuos sprach man an und der war noch einer der jungen Weisen.

Talale saß im Tempel vor einer goldenen Scheibe, auf der das Sonnensystem zu erkennen war. Mit einem Finger zog sie eine Linie vom Mond zur Sonne. Es war das erste Mal, dass sie Ekuos direkt ansah. »Du hast es gesehen.«

Ekuos hob bejahend die Arme und blieb in dieser gebetsartigen Haltung.

»Hier vom Berg von Menosgada oder vorher schon?«

Ekuos hob die Arme noch etwas höher. Talale schaute auf seine Finger und Ekuos zeigte ihr, wie häufig er diese Erscheinung am Himmel bereits wahrgenommen hatte.

»Niemand sonst sieht es so, wie Talale und Ekuos es sehen. Die Weisen sehen es auch, aber sie wollen es nicht sehen und werden sehenden Auges auf ihr Ende warten. Die Menschen geben uns die Tempel, die Kleider und das Essen, dafür sollen wir ihnen gute Nachrichten geben. Sie werden uns nicht mehr vertrauen, wenn wir ihnen sagen, was wir gesehen haben. Der Himmel schickt uns etwas, das wir nicht kennen. Die Götter wollen uns warnen. Ich werde nun nach dem Fest zurückkehren und versuchen, jenen in Alkimoennis verstehen zu geben, dass wir alles aufgeben müssen, wenn wir überleben wollen. Die Große Sonne zeigt nach Süden, dorthin sollten wir aufbrechen. Ich werde den weisen Frauen und Männern eine Nachricht geben, damit sie in ihren Siedlungen berichten können. Ob sie aber hören, was ich zu sagen habe, das weiß ich nicht. Versuche du es bei deinen Leuten. Wenn der nächste Winter hinter uns liegen wird und der Frühling das Land wieder leben lässt, werden wir uns in der Salzstadt treffen, um unsere lange Reise in das Land des Lichts zu beginnen.« Talale endete und senkte den Kopf.

Ekuos durfte gehen. Er dachte darüber nach, was die Götter des Himmels den Menschen schicken werden. Aber wie sollte er darauf eine Antwort finden, wenn nicht einmal Talale die Seherin etwas dazu sagen konnte.

Ekuos hockte sich neben Matu, der weiterhin reglos auf einem Tisch neben dem Tempel lag.

Ekuos sah Firne mit Amadas. Es gefiel ihm nicht. Zu dem Besucher Amadas sollte Abstand gehalten werden. Man wusste nichts über ihn und auch nichts über den Ort, aus dem er kam. Ekuos trat unter den Apfelbaum, der im heiligen Hain des Tempels stand. Bald werden seine Früchte reif sein. Niemand durfte sich an diesem Apfelbaum vergreifen. Wer den Apfel von diesem Baum pflücken würde, der war des Todes. Ekuos war daran gewöhnt, dass man aus den Siedlungen seiner Heimat die Früchte der erlaubten Ernte vor ihm ausbreitete und er Äpfel auswählte und sie in der Mitte zerteilte. Er tat das mit der Kraft seiner Arme und Hände, niemals mit einer scharfen Klinge. In der Mitte der Äpfel befand sich das sternförmige Kerngehäuse. Der fünfstrahlige Stern war das Zeichen für die Unsterblichkeit. Wenn es die Götter wollten, sprach er zu seinen Leuten über Gesundheit und Wohlergehen. Für die jungen Liebenden galt, den Schwur gemeinsam unter einem Apfelbaum zu leisten. Neben dem Apfelbaum standen im heiligen Hain Erle, Birke, die Weide, Haselbaum, Steineiche und Eiche. Ihre Anzahl entsprach der heiligen Zahl. Nach jeder siebten Nacht veränderte die Große Mondin ihr Gesicht und hinter ihr gab es sieben Himmel. Sieben Planeten zählten sie und nach den sieben Himmeln folgte das Tor zum ewigen Licht.

In der Mitte des Hains gab es einen kleinen Brunnen, über dem ein Kreuz aus Eisen, Silber und Gold angebracht worden war. Ekuos hielt Ausschau nach Vögeln. Sie hielten Kontakt mit dem Himmel und brachten Nachrichten zu den Menschen.

Firne hatte an der Körperhaltung von Ekuos erkannt, dass er auf Abstand zu Amadas gehen sollte. Eigentlich wusste er das, denn so handhabten sie es im alltäglichen Leben, wenn Fremde zu ihnen kamen. Er hatte nicht mehr daran gedacht, auch deshalb, weil Amadas mit ihnen gekämpft hatte.

Vom Weg am Nordwesttor aus schaute Amadas auf den Weg hinab und sah von Norden her mehrere beladene Wagen in ihre Richtung kommen. Da es niemanden der Bewohner aufzuregen schien, handelte es sich offenbar um ihre Leute. Firne sah die staunende Miene von Amadas.

»Sie kommen von einer der letzten Befestigungen direkt vor dem Feindesland. Dort wird Ton gebrannt. Ihre Burg ist weniger massiv als diese Festung hier. Mutig ist, wer dort lebt.« Firne drehte sich um und wollte gehen. »Südöstlich von hier gibt es eine weitere Festung. Die Houbirg ist eine Befestigung mit Wällen und Mauern, die höher gebaut sind, als es acht Männer übereinander wären.«

Als Amadas sich mit einer Frage auf den Lippen umdrehte, war Firne verschwunden. Er versuchte, sich eine Linie vorzustellen, an denen die Burgen lagen, und die Höhe der Berge, auf denen sie angelegt worden waren. Ihm kam es nun so vor, als wären sie mehr nach Osten als nach Norden ausgerichtet worden. Für einen Moment irritierte ihn das Verschwinden Firnes. Schnell wurde er abgelenkt durch die vielen Menschen, die nun langsam mit wiegenden Schritten den Berg heraufkamen. An ihrer Spitze sah er zwei alte Menschen. Der Mann trug eine Schale mit Mehl und die Frau eine ebensolche mit Salz. Sie waren in sehr lange Kleider in der braunen Färbung der Muttergottheit Erde gehüllt. An ihren Hälsen, ihren Hand- und Fußgelenken entdeckte Amadas massive Goldspangen. Auch die anderen Menschen waren prächtig gekleidet und ihre kunstvoll gefertigten Ketten tönten bei jeder Bewegung den Berg hinauf. Geräuschvoll wurden die bösen Dämonen und Geister von den Menschen ferngehalten. Manche hüpften während des Gehens, um noch lauter zu sein und dadurch das Böse abzuschrecken. Hinter den zwei Alten trugen Kinder Kleintiere im Arm. Die Kinder waren sehr dunkel gekleidet, damit die bösen Mächte sie nicht sehen konnten.

Amadas schaute auf diesen endlosen Zug von Menschen und er konnte nicht umhin, sich einzugestehen, dass ihn diese Prozession bewegte. Dieses fröhliche Summen aus vielen Mündern, das rhythmische Springen und Tanzen, diese allgemeine Ausgelassenheit war durchaus ansteckend. Kurz bevor die ersten Menschen durch das Tor auf den Altar zuschritten, trat Talale die Seherin aus dem Tempel. Amadas betrachtete sie und dachte, man muss sie schön nennen, wie sie wie erleuchtet im Licht der Sonne dastand. Sie war eine hochgewachsene und beeindruckende Frau, die ein mit goldenen Fäden durchwirktes bodenlanges Kleid trug. Ihre Gürtelschnalle schmückte der Kopf einer Schlange.

Die anderen weisen Frauen und Männer blieben im Hintergrund. Amadas konnte Ekuos gar nicht entdecken. Dafür aber Matu, der nun erstmals wieder eine Regung zeigte und seinen Kopf leicht anhob, als die ersten Gaben am Altar abgelegt wurden.

Ekuos stand im Tempel und betrachtete die Menschen. Er konnte sie alle gut sehen, denn sie befanden sich im Licht, während er im Dunklen blieb. Es war seine Aufgabe, festzustellen, ob sich Feinde unter die Bewohner gemischt hatten. In dieser heiteren Stimmung passte niemand darauf auf, denn man freute sich schon auf das spätere Vergnügen. Ekuos sah Firne im Rücken von Amadas, wie er ihm etwas zuflüsterte.

»Wir werden noch vor dem ersten Lichtstrahl am Morgen Menosgada verlassen. Matu wird zumindest bis zum Fest der Großen Mutter bleiben müssen.«

Amadas überlegte, ob er sich anschließen sollte. Als er sich umdrehte, war Firne erneut verschwunden. Dann war seine Mitteilung gar keine Einladung zur Mitreise für ihn gewesen, dachte Amadas. Er würde also bleiben und auf das Fest der Großen Mutter warten. Noch aber befand er sich inmitten der Festlichkeiten der strahlenden Gottheit Lugh und des Herbstfestes. Amadas hörte das Wort Herbst so häufig, dass er jemanden nach der Bedeutung fragte. Als er genauer hinsah, da erkannte er die Frau vom Fluss, in deren Nachbarschaft die Pferde standen. Ihre Blicke trafen sich und sie lachte.

»Ernte«, sagte sie. Sie nickte ihm zu und verschwand in der tanzenden Masse.

»Mähen, pflücken und schneiden, auch die Zeit der Früchte, das bedeutet Herbst«, übersetzte er für sich. Jedenfalls verstand er ihre Sprache so.

Weise Frauen und Männer kamen durch das Tor des Tempels und sie trugen Hähne auf ihren ausgestreckten Armen. Der Hahn war das heilige Tier des leuchtenden Sonnengottes. Nun war Lugh bei ihnen. Die Menschen freuten sich, denn die Hähne symbolisierten Lebenslust und Fruchtbarkeit.

Was für ein sympathischer Gott, dachte Amadas. Er lief mit einer Gruppe Fischer den Berg hinab und hörte dabei, dass sie bereits seit vierzehn Tagen feierten und den Sonnengott Lugh noch einmal so lange begleiten werden, bis er die Große Erdmutter traf, deren Festtag noch einen weiteren Höhepunkt in ihrem Leben bildete. Danach bereiteten sie sich auf die kommende dunkle Zeit vor.

Amadas verbrachte die Nacht bei seinem Pferd. Laute Rufe weckten ihn und er trat vor den Stall, steckte seinen Kopf in das kühle Wasser des Flusses und lief hinter den Menschen her. Er stieg mit ihnen die kleine Anhöhe zu den Wäldern hinauf. Dort konnte er etwas Besonderes beobachten. Über dem Wald kreiste ein riesiger Adler, während ein zweiter in einem mächtigen Baum saß. Die Menschen jubilierten, denn die Adler bewiesen ihnen die Anwesenheit des Sonnengottes. Amadas hielt sich dezent im Hintergrund und beobachtete das Geschehen zwischen zwei Bäumen stehend. Da die Menschenmenge immer mehr anschwoll, zog er einen umgestürzten Baumstamm zu sich heran und stellte sich so darauf, dass er über alle Köpfe hinwegsehen konnte. Zwei der weisen Frauen und Männer erschienen und Ekuos war der Dritte im Bunde. Sofort teilte sich die Masse und ließ genug Raum. Die weise Frau ging auf einen Felsen zu, der aus dem Boden ragte, und legte eine bunte Decke über ihn. Der weise Mann folgte ihr nach, stellte einen Weidenkorb darauf und gemeinsam gingen sie zu Ekuos zurück. Amadas vermisste Talale die Seherin, aber dann fielen ihm die Worte Firnes wieder ein. Sie hatten den Festplatz bereits verlassen. Amadas schaute zum Weg hinüber, der zur Siedlung führte. Von dort kam eine junge Frau heran, an deren Seite sich zwei weise Frauen befanden. Sie trugen Stäbe, die mit einem goldenen Kreuz und Adlerköpfen verziert waren. Amadas sah gebannt auf die Prozession und erkannte, dass die junge Frau einen eingewickelten Säugling trug, den sie bei dem aufgestellten Weidenkorb an die wartende weise Frau übergab. Sie legte das Kind in den Korb und trat zurück. Auch alle anderen Menschen gingen bis an den Waldrand. Alle starrten nun auf den Korb und auf die Adler. Der mächtige Vogel am Himmel schwebte heran und schwang sich dann wieder weit hinauf, während der etwas kleinere Adler weiterhin im Baum saß. Je länger dieses Schauspiel dauerte, desto stiller wurde es. Amadas schaute auf den fliegenden Adler, der plötzlich seinen Flug unterbrach und wie ein rasender Pfeil vom

Himmel herabstieß, sich knapp über dem Weidenkorb abfing und schnell wieder an Höhe gewann. Amadas rieb sich staunend die Augen. So etwas hatte er noch nie gesehen. Was daraufhin folgte, allerdings auch nicht. Der kleinere Adler löste sich aus dem Baum, schwebte langsam heran, griff sich den Säugling und flog mit ihm unter dem Jubel der Masse davon. Amadas hörte, was sie riefen. Der Sonnengott hatte ihre Gabe angenommen. Nun würde er dafür sorgen, dass der Adler den Säugling an eine weiße Hirschkuh übergab, die das Kind säugen und aufwachsen lassen wird. Die Menschen gratulierten der jungen Frau, die etwas verlegen in ihrer Mitte stand.

Amadas hörte die Sänger und er sah die Geschichtenerzähler, wie sie sich bereit machten, um die Menschen zu unterhalten. Man nahm ihn auf eine Art zur Kenntnis, die ihn verwunderte. Zunächst hatte er es gar nicht bemerkt, aber er spürte körperlich, wie ihn die Menge immer weiter zur Seite drängte, bis er an der Straße stand, die direkt zur Burg hinaufführte. Da verstand er, dass man ihn nicht einmal in der Nähe der Siedlungen haben wollte. Amadas vermutete, sie wollten während ihres Festes unter sich bleiben und ohne die Blicke eines Fremden feiern.

Von der Höhe der Burgmauer sah er die Tänze und Spiele, die einen Hintergrund hatten, den er nicht kannte. Er erblickte außerdem eine lange Wagenkolonne, die zur Burg, die an der Grenze zu den Nordmenschen lag, unterwegs waren. Es waren sehr viele

Menschen und sie alle trugen schwere Waffen. Sollte das bedeuten, man hatte mit schweren Kämpfen zu rechnen oder war das nur eine allgemeine Vorsichtsmaßnahme? Wen sollte er danach fragen? Es gab hier niemanden, der mit ihm sprach. Ekuos saß vor dem Tempel. Links von ihm hockte eine weise Frau und rechts von ihm ein weiser Mann. Hinter vorgehaltener Hand flüsterten sie ihm unaufhörlich in die Ohren. Amadas kannte die keltische Eigenheit der Weisen, sich das Wissen der Ahnen einzuprägen und nichts davon anderen zur Kenntnis zu geben. Nur jene, die den Weg der Weisen mitgehen durften, bekamen Einblick in diese Welt. Amadas blieb auf Distanz, damit man ihn nicht verdächtigen konnte. Er lief an den Mauern entlang und schaute über die Wälder. Er hatte nichts zu tun und das befriedigte ihn absolut nicht.

Ekuos veranlasste, dass Amadas in der gleichen Hütte unterkam, in der Matu lag. Noch immer fiel Matu das Laufen schwer und Amadas konnte ihn unterstützen. Während der Vorbereitungen zum Fest der Großen Mutter wollten die Leute keine Fremden. Also war der Unterschlupf bei Matu die beste Lösung für Amadas. Insgesamt war Ekuos mit sich unzufrieden. Die weisen Frauen und Männer hatten ihn darauf aufmerksam gemacht, dass seine Gedanken zu stark mit sich und den Seinen beschäftigt waren und nicht mit dem Göttlichen zwischen Himmel und Erde. Das hatte er zugeben müssen. Zu oft dachte er an die Rettung von Atles und den Freunden und ärgerte sich über den langen Aufenthalt durch die Situation mit Matu. Er hatte Besserung gelobt und die Feierlichkeiten zu Ehren der Großen Mutter waren die beste Gelegenheit, sich zu beweisen. In Gruppen kamen die Leute aus den Orten am Fuße der Burg zu Ekuos, um sich auf das kommende Ereignis einstimmen zu lassen. Viele von ihnen hatten sich in dieser Sommerzeit verändert. Sie waren ängstlicher geworden, weil es ihnen gut ging und sie viel zu verlieren hatten. Die tiefen Wälder mit den vielen Tieren darin, die wechselnden Lichter am Himmel und die Bedrohung durch die Nordmenschen machten ihnen genauso zu schaffen wie das tägliche Leben und die damit verbundenen Pflichten gegenüber den Göttern.

Die Sippenältesten blieben kurz hinter dem Eingang des Tempels stehen und schauten auf die drei weisen Frauen, die sich im mittleren Teil befanden. Ekuos konnten sie nicht sehen, aber sie hörten, was er sprach.

»Das Leben ist hier und der Tod ist hier. Kein Mensch, kein Tier, nichts kann sein auf diesem Boden, wäre sie nicht da, die Große Erdenmutter. Sie ist die Gebärerin und die Nährerin. Geburt, Tod und Wiedergeburt, das ist sie und wir verehren sie als unsere Große Mutter. Wenn wir gehen, sterben wir nicht, wir erscheinen wieder und mit uns wird auch sie immer sein. Solange die Götter uns leben lassen, wird die Große Erdenmutter von den Menschen verehrt werden. Wir sehen sie nicht, aber wir wissen, sie trägt das neugeborene Kind in ihren Armen, hält die Ähre des Korns in der anderen Hand und um ihren Kopf leuchtet der goldene Sonnenkranz, während die Mondsichel uns weissagt, das Leben wird bei uns bleiben. Die Frauen gehen in die Wälder und warten unter den heiligen Bäumen auf die Frucht in ihren Leibern. Die Männer hüten das Feuer und beugen ihre Häupter vor der Unsterblichen. So war es und so wird es immer sein.«

Nachdem Ekuos schwieg, erhoben sich die drei weisen Frauen und führten die Prozession an, die den Burgweg hinab zu den Häusern führte. Von dort liefen sie über die alte Straße zu jener, die neu angelegt war und bisher nicht benutzt werden durfte. Ekuos war auf die Mauer neben das nordwestliche Tor gestiegen und sah hinunter. Die weisen Frauen zogen die Sperren aus Bruchholz an die Seite und zogen ein Tuch von einem behauenen Stein, der direkt an der Kreuzung der alten mit der neuen Straße stand. Eine Eule war in den Stein gehauen worden und so beschützte die Große Mutter von nun an die Reisenden und zeigte ihnen den richtigen Weg. Keine Kreuzung im Land kam ohne den Schutz der Erdenmutter aus. Von der Kreuzung aus ging man hinüber zu der Wiese, auf der einige Milchkühe standen. Dort hatten seit Wochen die kräftigsten Männer ihren Dienst getan und einen Brunnenschacht gegraben, der so tief war, dass zehn Männer übereinander darin Platz finden würden. Zur unbändigen Freude aller Bewohner hatte ihnen die Muttergöttin Wasser gespendet, das so rein war, wie sie es bisher nicht gekannt hatten. Die drei weisen Frauen ließen einen Eimer in die Tiefe, zogen ihn wieder hoch und verteilten das kühle Nass in dic Becher, die man ihnen hinhielt, nachdem sie selbst davon gekostet hatten. Ekuos nahm dieses Ereignis zufrieden zur Kenntnis und dachte, es kann kein Leben geben ohne die Große Mutter. Gleichzeitig aber entschied er sich, diese Nacht wieder an der Mauer zu bleiben und den Himmel zu beobachten.

Sie werden weiter auf Erden sein oder sie werden untergehen.

5. Die Tochter der Kij

Nach dem Ende der Feiern verließen die Gäste aus den umliegenden Dörfern und auch die Fuhrleute mit ihren schweren Wagen Menosgada.

Amadas hielt den Zustand von Matu für nicht geklärt, aber natürlich fragte ihn niemand nach seiner Meinung. Außerdem war er nicht sehr glücklich darüber gewesen, dass er acht Tage und Nächte lang das bescheidene Haus nicht verlassen durfte. Allerdings war ihm gleichwohl aufgefallen, dass dieses Fest wesentlich stiller verlief, als man zu Ehren des Sonnengottes gefeiert hatte.

Nun ritten sie mit einer Wagenkolonne, die an einer Kreuzung bereits den ganzen Tag wartete, und Amadas wusste keinen Grund für diesen Aufenthalt. Die kleine Statue am Wegesrand war mit einer Girlande geschmückt worden und Amadas erkannte auf dem Stein die Symbole der Großen Mutter. Während Matu, an einen Baum gelehnt, im Gras saß, die anderen Reisenden auf den Wagen lagen, blieb Ekuos überwiegend auf seinem Pferd sitzen. Nur auf dem Weg zur Tränke lief er neben dem Pferd, verschwand mehrmals kurz im Wald und blickte ansonsten starr nach Westen.

Lange schon bevor man sie sehen konnte, verkündeten Trompeten von den Fahrzeugen ihre Ankunft. Das war ein gewaltiger Wagenzug, der vom Ufer des Flusses herankam. An seiner Spitze konnte man einen

Reiter erkennen, dessen heller Umhang im Gegenwind wehte. Als er näherkam, sah man seine Waffen. Ein langes Schwert zur Rechten und eine Lanze zur Linken des Pferdes, das höher gewachsen war als die anderen Tiere. Als sich der erste Reiter näherte, war es nicht zu übersehen, dass es eine junge Frau war. Sie trug einen silbernen Reifen um die Stirn und ein leichtes Tuch lag auf ihren Haaren, die weit über die Schultern hingen. Ihr Körper war mit derber männlicher Kleidung kostümiert und an ihren Unterarmen konnte man lederne Manschetten erkennen. Hinter ihr ritten drei weitere junge Frauen, die ähnlich wie ihre Anführerin gekleidet waren. Ihnen folgte ein zweirädriger Wagen, in dem eine schmächtige Frau stand, mit einer Haut bleich wie der Mond an einem Nebelmorgen. Es folgte Wagen um Wagen. Das Ende bildete ein Trupp bewaffneter Männer. Es gab auch Verwundete, die verteilt auf mehreren Wagen saßen oder lagen.

Amadas war verwirrt angesichts dieser endlos scheinenden Kolonne. Deshalb schaute er fragend zu Ekuos hinüber, aber der war wie gebannt durch den Anblick der jungen Frau auf dem Pferd. Sie war anmutig und gleichzeitig stark, mit hellen Augen und kräftigen Lippen. Ekuos starrte sie wie von einem Zauber erfüllt an, während sie ihren Kopf auf die Brust absenkte, um ihren Respekt ihm gegenüber zu bezeugen. Nun hätte Amadas durch ein Geräusch Ekuos vielleicht aufrütteln können, doch er selbst war gefangen von der anderen jungen Frau in dem zweirädrigen Wagen. Ihr schmales Antlitz war lieblich und edel, aus dunklen Augen schaute sie erhaben in die Welt und ihr fließendes Gewand wies sie als weise Frau aus. Trotz ihrer Jugend schien sie diese Ausnahmestellung zu besitzen, denn die Menschen ihrer Umgebung hielten ehrerbietigen Abstand zu ihr. Amadas war tief berührt von ihr und so ging es ihm nicht anders als Ekuos, dessen Blick noch immer auf die bewaffnete junge Frau gerichtet war. Ein buckliger Zwerg veränderte die Erstarrtheit, denn er warf sich vor Ekuos auf den Weg.

»Wir wagen es, einige Worte an dich zu richten. Vom Tempel des Aqua Grannus kommen wir und zogen den Fluss hinab bis hierher. Feinde stellten sich uns in den Weg, deshalb verzögerte sich unsere Ankunft. Meine Herrin bittet dich deshalb um Verzeihung. Wir sind tief geehrt, dass uns erlaubt ist, dir auf dem Weg zum großen Fluss Danau zu folgen. Meine Herrin, die Tochter der Kij, und ihre Schwester, die weiße Frau mit Namen Rinna, bitten dich, den Weg zu bestimmen.«

Ekuos hob seine Arme, schwenkte um und ritt der Sonne entgegen. Matu hockte dumpf und geschwächt auf dem Pferd und Amadas folgten ihm, ohne sich noch einmal umzusehen.

Vom Fluss führte der Weg, der links und rechts vom Wald bestimmt wurde, durch eine hügelige Landschaft. Bald schon überkam Amadas die Langeweile der immer gleichen Natur um ihn herum und er hing seinen Gedanken nach, die sich ausschließlich mit diesen beiden ungewöhnlichen Frauen beschäftigten. Da niemand mit ihm sprach, blieben einige Fragen unbeantwortet. Beinahe hätte er sich nach ihnen umgewandt, aber das wäre mehr als unverschämt gewesen. Die Spuren durch den tiefgrünen und nicht enden wollenden Wald zeigten an, dass diese Straße viel befahren wurde. Hinter dem Wald führte der Weg in ein anmutiges Tal und endlich kam so etwas wie Fröhlichkeit in Amadas auf, die seine Fantasie beflügelte und ihn für allerlei Hirngespinste öffnete, die alle in Zusammenhang mit der schönen Rinna standen. Erst jetzt fiel ihm auf, dass der Zwerg der Tochter der Kij keinen Namen gegeben hatte und er vermutete, dass diese Unterlassung eine Bedeutung haben musste. Außerdem hätte er gerne erfahren, wer denn dieser Kij wohl sein mochte. Ein mächtiger Mann auf jeden Fall, das stand für Amadas fest, denn der Wagenzug war länger als alles, was er bisher gesehen hatte. Auch die edlen Waffen der Reiter sprachen dafür. Als es leicht zu regnen begann, da schniefte Matu hörbar und Ekuos zügelte sein Pferd, um es langsamer werden zu lassen. Der Weg wurde durch das Gefälle rutschig. In der Talsenke war zu erkennen, dass ein kleiner Bach über die Ufer getreten war und die Straße überschwemmt hatte. Um weiterzukommen, würden sie dieses Problem lösen müssen. Ekuos sah Matu an und der befahl den Männern auf den Wagen, dass sie Bruchholz sammeln sollten, um damit den Weg auszulegen. Schnell standen sie an der überfluteten Stelle, fanden aber keine Wassertiefe vor, die ihnen wirklich Probleme bereiten sollte. Allerdings dauerte es nach dem Überqueren, bis der Weg den nächsten Hügel hinauf so dicht mit Hölzern belegt war, dass der Aufstieg für die Wagen kein Hindernis mehr bedeuten würde.

Amadas war vom Pferd gestiegen und riskierte einen Blick zurück, indem er unter dem Bauch des Pferdes hindurchlugte. Doch die drei Reiterinnen hinter der Tochter der Kij versperrten ihm die Sicht auf den zweirädrigen Wagen von Rinna. Dass sie jetzt Helme trugen, verwirrte ihn. Rechneten sie im Wald mit Feinden?

Ekuos schaute durch den Regen auf Matu. Dessen Körperhaltung gefiel ihm nicht und so gab er ihm ein Zeichen, damit er hinüber zu der weißen Frau ritt, die eine Heilerin war und ihm helfen würde. Er selbst half ihm nicht zurück, denn das war seiner Stellung nicht gemäß. Hinter dem Regen sah er einen Lichtschein. Einen Moment glaubte er, einen Kopf zu sehen und die Flügel, die zu einer Fee gehörten. Doch schon war der Zauber des Augenblicks vergangen. Die Männer winkten und Ekuos ritt zu ihnen hinab, probierte den Weg den Hügel hinauf und als er oben angekommen war, folgten die Reiter und Wagen ihm nach. Am mühsamen Aufstieg waren viele Hände beteiligt, denn die beladenen Wagen mussten unterstützend geschoben werden. Bei einigen wurde es sogar nötig, dass weitere Pferde davorgespannt wurden. Während dieser mühevollen Arbeit war Ekuos ein Stück den Weg weitergeritten und am Anfang eines Waldstücks hatte er sich entschlossen, umzukehren.

Nun musste er mit sich zu Rate gehen, denn sie durften auf keinen Fall den Feenwald durchqueren. Ekuos stieg vom Pferd und blieb am Anfang des Waldes stehen. Er vermutete, dass sich in diesen Wäldern noch weitere Feen aufhalten könnten. Da sie direkt mit der Anderswelt in Berührung standen, könnten sie Mensch und Tier dorthin mitnehmen. Er brauchte einen Zauber oder etwas, das ihre Güte hervorbrachte. Ekuos hatte nicht bemerkt, dass Rinna den Hügel hinaufgekommen war. Sie ging einige Schritte an ihm vorbei und verharrte dann. Er sah sie an, weil sie nicht wie ein Mensch gegangen war, sondern zu schweben schien.

»Ist hier die Welt der Side? Wenn es ein Feenwald ist, können wir nicht hindurch«, sprach Rinna, ohne sich dabei Ekuos zuzuwenden. »Leben hier Feen und Elfen in den Hügeln, so werden wir warten auf das, was geschehen wird.«

Für Ekuos war das Sprechen so ungewöhnlich geworden, dass er fast kein Wort herausbrachte. »Es war eine Sie, kein Er. Und es war nur eine Fee. Mehrere habe ich nicht gesehen.« Ekuos stellte sich ebenfalls so hin, dass er Rinna nicht ansehen musste.

Sie war eine Kräuterfrau und Heilerin, also stand sie mit den Mächten der Erde und des Himmels in Verbindung. Er war nur ein Hirte und ungeübter Seher, der Dinge sehen konnte, die kein gewöhnlicher Sterblicher sah. Als sein Blick zurück auf die Straße ging, da sah er Matu dort stehen. Der hielt den Kopf gesenkt und schien permanent zu schwanken. Rinna winkte ihn zu sich und schob ihn, mehr als dass er selber ging, einen Weg in den Wald hinein.

»Die Fee wird ihn entdecken. Ist sie eine gute Fee, wird sie Matu gesund machen. Andernfalls wird er die lange Reise antreten und du wirst ihn eines Tages wiedersehen, so wie es die Götter bestimmen werden.«

Während Rinna, die ihn in den Wald hineingeführt hatte, bei Matu blieb, lief Ekuos zurück. Es war nicht zu überhören, dass die Leute über den Aufenthalt zu murren begannen. Ekuos hatte inzwischen begreifen müssen, dass die Menschen die Götter liebten, wenn es Feste zu feiern galt oder wenn es ihnen schlecht ging. Im täglichen Leben wollten sie ihren Tätigkeiten nachgehen und in ihrem Alltag nicht gestört werden. Deshalb veranlasste er, dass der bereits hilfreiche Knüppeldamm weiter ausgebaut und verstärkt wurde. Das verstanden sie als eine sinnvolle Arbeit und sofort machten sie sich daran zu schaffen.

Verließ der Reiter die Straße und ritt in den Wald, so erblickte er nichts als Bäume und Dunkelheit. Amadas kehrte schnell wieder um, denn es war kaum ein Durchkommen. Vor dem großen Meer in seiner Heimat hatte er sich immer gefürchtet, aber vor diesen dunklen Wäldern fürchtete er sich noch mehr. Dennoch war er der festen Überzeugung, dass sie die Gegend ausforschen sollten. Es roch nach dem frischen Wasser eines nahen Flusses, davon war er fest überzeugt. Aber mit wem sollte er darüber sprechen?

Ekuos achtete auf Rinna. Sie bewegte sich so leicht und schwebend, so etwas hatte er noch nie gesehen. Auch er hatte als Seher einen Schwur abgegeben, der ihm bei Nichteinhalten androhte, dass ihn die Sonne verbrennen, die Erde verschlingen und ihn der Atem verlassen würde. Wie das Leben auch, so war der Atem von den Göttern nur geliehen. Über das, was man ihm beibrachte, hatte er zu schweigen. Deshalb hielt er sich streng an die Regeln, die ein Hirte zu befolgen hatte. Dazu gehörte, sich einer weißen Frau nicht zu nähern. Rinna schien sich gedanklich nur mit Matu zu beschäftigen, der nicht mehr zu sehen war. Sie entschied, dass den Gestirnen Sonne und Mond Tribut zu zollen sei, also wurde eine Feuerstelle gesucht und Holz aufgestapelt. Gleichzeitig ließ sie ein tiefes Loch in den Boden graben, um die Erdkraft zu erhalten und die Mutter Erde für den Kampf gegen den Tod zu gewinnen. Rinna sprach dazu kein Wort. Man führte ihre Anweisungen aus, ohne dass sie sich bewegte.

Amadas bemerkte, wie sich die Augen der Tochter der Kij nicht mehr von Ekuos lösten. Es schien ihm, als hätte sie den Hirten erst soeben entdeckt. Nun war es Amadas bislang nicht unbemerkt geblieben, dass die jungen Frauen den gut gewachsenen und hehren Ekuos mit Blicken bedacht hatten, die ihnen nicht gut bekommen wären, wenn man sie entlarvt hätte. Natürlich durfte sich keine gewöhnliche Frau irgendetwas vorstellen, was mit Ekuos dem Hirten zu tun hatte. Sie aber tat es und sie tat es überdeutlich. Offenbar sah sie sich in einer Position und einem Rang, der ihr das erlaubte. Amadas wusste, dass sie sich, falls sie tatsächlich dieser Ansicht sein sollte, mächtig überhob, denn sie war und sie blieb eine Weltliche, die keinen Zugang zu Menschen wie Ekuos bekam. Selbst Rinna, die Schwester, würde ihr nicht helfen können. Amadas versuchte, sich unauffällig zu verhalten, damit sie seine Neugier nicht bemerkte.

Rinna war die Erste, die eine Bewegung am Boden bemerkte und die Schlange aus dem Unterholz des Waldes kommen sah. Sie folgte ihr über den Weg in den Wald zu einer kleinen Anhöhe. Dort angekommen, hob sie die Arme zum Himmel. Die Frauen schrien plötzlich und rannten zu ihr hinauf. Wie in einem Sog folgte Amadas in diese Richtung und er sah, dass in einer Höhle Wasser hervortrat und sich in ihr eine Quelle befand. Die Quellen waren Verbindungen des Menschen zur Anderswelt und die Frauen tranken ihr Wasser, denn im Quellwasser befand sich das Leben und dieses Leben wird in ihnen wachsen und Kinder hervorbringen.

Der Zwerg stand vor Amadas mit einem Messer in der Hand. Amadas verstand die Drohung und verließ die Quelle, die nur für die Frauen da war. Dann geschah etwas, das Amadas noch nicht erlebt hatte. Rinna stürzte fast den Hügel herab, denn sie hatte die Blicke ihrer Schwester entdeckt. Während Ekuos bei den Männern stand, die weiter in der Erde gruben, hatte sich die Tochter der Kij ihm mit ihrem Pferd angenähert. Dieses Näherkommen war gleich beendet, denn es gab eine unmissverständliche Armbewegung von Rinna, die sofort befolgt wurde. Sowohl ihre Schwester als auch ihre bewaffnete Begleitung und der Zwerg reihten sich ganz am Ende des Fahrzeugzuges ein. Von dort ritten bewaffnete Männer heran, die nun an der Spitze der Kolonne reiten würden. Amadas fand diese Entwicklung sehr verblüffend. Allerdings konnte er sich nicht vorstellen, dass die leidenschaftliche Schwester der Rinna sich lange an diese Degradierung halten würde. Am Gesicht von Ekuos konnte er ablesen, dass der von dem Grund des Konfliktes der Schwestern keine Ahnung hatte.

Rinna übergab der Erde eine silberne Sichel und eine Eulenskulptur aus Stein. Von der Quelle wurde Wasser herbeigeschafft und in das Erdloch geschüttet. Dann mussten sich alle, bis auf Rinna und Ekuos, zurückziehen. Amadas ging mit seinem Pferd ein Stück in den Wald hinein. Als er sich unbeobachtet glaubte, schlich er sich zu der Höhle, betrat sie und schaute auf die Quelle. In ihrem Wasser sah er reichlich Münzen liegen. Als er umkehrte, da war sein Pferd verschwunden. Gleich darauf sah er den Grund dafür. Neben dem Quellhügel, zwischen den Sträuchern und Bäumen, hatte sich ein Bär mächtig aufgerichtet. Amadas erstarrte. Sollte das die Strafe für seinen Frevel sein, weil er die Quelle der Frauen aufgesucht hatte?

Die Tiere waren so unruhig geworden, dass Rinna den Befehl zum Aufbruch geben musste, denn durchgehende Pferde konnten sie sich in ihrer Situation nicht erlauben. Sie würden den gesamten Wagenzug in Gefahr bringen. Die Ziegen und Kühe, die mit dazugehörten, gerieten in Panik. Kurz darauf konnten es auch die Menschen nicht mehr an diesem Ort aushalten, denn das Gebrüll des Bären war durchdringend und ließ alle erschauern.

Rinna entdeckte Matu, der fröhlich vor sich hin schaute und winkte, als der Zug auf ihn zukam. Er schien der Einzige zu sein, dem das Bärengebrüll offenbar nichts ausmachte. Rinna ließ ihn auf sein Pferd steigen und voranreiten. Hinter ihrem zweirädrigen Wagen folgte Ekuos und dahinter ihre bewaffnete Mannschaft. Dann schlossen sich Wagen um Wagen an und niemand sprach ein Wort während der Fahrt durch den Feenwald.

Ekuos beobachtete Matu, der sehr verändert zu sein schien. Seine Körperbewegung wirkte harmonischer, nicht mehr so eckig wie zuvor. Auch saß er wieder fester auf dem Pferd und gab ein gutes Tempo vor. Nur sein Gesicht war inzwischen starrer geworden und wirkte nicht mehr so freundlich. Aber er war wieder unter ihnen und dafür war Ekuos dankbar.

Der Wald lichtete sich nach Westen hin. Ekuos schaute in die Richtung des kommenden Sonnenuntergangs. Dort leuchtete es rot und es erschien ihm das Bild eines in Flammen stehenden Ortes. Ein größerer Ort, in dem die Feuer immer wieder aufloderten. Ekuos schaute zu Rinna hinüber, an der er aber keinerlei Reaktion ausmachen konnte. Allerdings fiel ihm auf, dass im gesamten Zug tiefstes Schweigen herrschte.

Doch das konnten noch Reaktionen auf den Bären und die Fahrt durch den Feenwald sein. Ekuos wollte nicht mehr an Feuer denken und ritt deshalb mit geschlossenen Augen weiter.

»Wenn du die Augen geschlossen hältst, werde ich dir etwas erklären.«

Ekuos erkannte die sanfte Stimme von Rinna.

»Voller Demut danken wir der großen Mutter für ihre Gnade und Geduld. Es geht nicht um den Fremden, der viele von uns stört, und mit dem du dich umgibst. Es geht nicht um deinen Begleiter, der mehr tot als lebend war und die Fahrt verlangsamt hat. Du stehst auf der anderen Seite des großen Flusses, also wird man dich vergeblich mit Zuneigung bedrängen, denn es gibt keinen Weg zu dir über das Wasser. Sollte jemand versuchen, deine Gefühle zu erzwingen, wird er das völlig umsonst tun. Verflucht wird jeder sein, der die Heiligkeit der Auserwählten missachtet. Sollte es dennoch geschehen, wird jene Person von allen verlassen werden und einen unsäglichen Tod sterben. Wir verehren die Große Mutter und werfen uns in den Staub.«

Ekuos verstand kein Wort dieser Ansprache. Als er die Augen wieder öffnete, da fuhr Rinna zügig hinter Matu her und ihre bewaffnete Mannschaft folgte im Galopp. Was hatte sie von ihm gewollt?

Sie gelangten zu einem Fluss, an dessen Ufer sie weiter nach Süden zogen. Ekuos beugte seine Lider wieder nach unten. Es gefiel ihm, auf diese Weise Distanz zwischen sich und die anderen zu bekommen. Er lauschte in die Ferne und hörte ein süßes, fast vergessenes Lied und er fragte sich, wem diese weiche Stimme wohl gehören könnte. Sicher war er nicht, ob es sich dabei um einen Menschen oder einen Geist handelte, der soeben für die kommende Nacht erwachte.

Es wurde Zeit, dass sie einen ordentlichen Lagerplatz fanden. Die Mächte der Finsternis würden sie nicht einfach so ungeschoren lassen, wenn sie die Gebote nicht einhielten. Kaum hatte er das zu Ende gedacht, da hob Rinna bereits ihren Arm und wies auf einen breiten Uferplatz am Fluss hin. Um ihn zu erreichen, mussten sie den festen Weg verlassen.

Amadas ritt am Ende des Wagenzuges. Hinter ihm gab es nur noch drei unfreundlich blickende Bewaffnete. Noch immer beherrschte das Grauen seinen Körper und alle Haare stellten sich ihm auf, wenn er nur an die Geschehnisse bei der Höhle dachte. Er hatte den Gestank, der aus dem Maul des Bären gekommen war, noch immer in der Nase. In dieser Situation hatte er mit seinem Leben abgeschlossen und darauf gewartet, dass ihn das Tier mit einem Tatzenhieb auf den Weg ins Reich der Ewigen brachte. Aber es war nicht geschehen. Vielmehr verharrte der Bär wie erstarrt, während sich der Boden geöffnet hatte und kleine Kobolde aus der Erde wuchsen. Diese Wesen waren nicht ungefährlich, denn man wusste nicht, ob sie gut oder böse waren. Erst als sie näher herankamen, erkannte Amadas, dass es keine Kobolde waren, sondern Waldkinder, die im Schoße der Großen Mutter Erde lebten. Manche wurden als Gabe im Säuglingsalter an Waldrändern abgelegt, andere von Tieren in den Wald geholt, oder sie wurden von Müttern im Wald geboren und blieben dort. Manche hatten Wolfsgesichter, andere riesige Köpfe oder sie ähnelten großen Hasen. Amadas war sehr langsam und Schritt für Schritt zurückgegangen, nachdem der Bär auf seine Vorderpfoten gefallen war und eilig davonrannte. Auch Amadas wollte mit diesen seltsamen Kindern nicht zusammentreffen, die langsam mit nach vorne gerichteten Armen auf ihn zukamen. Würden sie ihn tatsächlich berühren, könnte ein schlimmer Zauber über ihn kommen. Also hatte sich Amadas schnell umgedreht und war durch den Wald gerannt, bis er an der Straße auf das Ende der Wagenkolonne traf. Zu seiner Überraschung hatte er dort die Tochter der Kij reiten sehen, die ihn freundlich anlächelte und ihm sein Pferd übergeben ließ. Sie hatte nicht mit ihm gesprochen, aber an ihrem Gesichtsausdruck konnte er ablesen, dass er ihr nur aus einem einzigen Grund willkommen war. Er kam aus der direkten Nähe von Ekuos. Amadas wusste nicht, wie er sich verhalten sollte, würde sie ihn darauf ansprechen.

Allerdings wunderte er sich sehr darüber, dass sie sich so offensichtlich über alle Gebote hinwegsetzen wollte, um sich Ekuos zu nähern. Amadas hielt es für sehr wahrscheinlich, dass sie in ihrem bisherigen Leben tun und lassen durfte, was ihr gefiel. Da er durch seinen Waldlauf ziemlich verschmutzt aufgetaucht war, ließ sie ihm ein schneeweißes Hemd geben und noch einen dunkelblauen Umhang, der ihn sofort auf eigentümliche Weise wärmte. Amadas schaute auf die Pferde ihrer Begleitung, die goldene Geschirre trugen und prächtig geschmiedete Schwerter an den Seiten zeigten. Wahrscheinlich dürfte ihm eine gewisse Distanz zu ihr nutzen, damit sie sich nicht belästigt fühlte. Aber die konnte er sich nicht sichern, denn hinter ihren Reitern gab es nichts mehr und vielleicht würde sie eine solche Reaktion als Kränkung empfinden. Amadas blieb hilflos. Er schaute zum Himmel hinauf, der die kommende Nacht ankündigte.

Schmale Nebelfäden schwebten über dem Fluss. Einige Sterne leuchteten schon hell, der Mond zeigte sich bleich und müde. Ekuos schaute der Sonne nach, die langsam in eine andere Welt entschwunden war. Aber hinter ihr war eine besondere Helligkeit zurückgeblieben, wie er sie noch nie gesehen hatte, seit er vom Rat der weisen Frauen und Männer zum Hirten ernannt worden war und den Himmel beobachtete. Er schaute zu Rinna hinüber und bemerkte, dass auch sie sehr intensiv in diese Richtung blickte. Plötzlich leuchtete es feurig durch das Geäst der nahen Bäume und dann war es dunkel. Endlich hatten sie einen sicheren Ruheplatz gefunden. Rund um den Lagerplatz wurden sehr kleine Feuer eingerichtet, die den Menschen ein Gefühl der Sicherheit gaben. Die Pferde wurden ausgeschirrt und an den Fluss geführt. Matu reinigte ihre Tiere gründlich und Ekuos schaute ihm dabei zu, ohne wirklich aufmerksam bei ihm zu sein. Er beschäftigte sich mit den immer häufiger auftretenden Lichterscheinungen am Himmel und er wusste inzwischen, dass sie nicht nur ihm aufgefallen waren. Talale hatte er mit ernstem Gesichtsausdruck gesehen und hier war es nun Rinna, die noch immer unbewegt der verschwundenen Sonne und der versunkenen Helligkeit nachsann. Ekuos drehte den Kopf so, dass es nicht zu erkennen war, dass er sie beobachtete. Er wollte wissen, ob Rinna zu den Erdtöchtern gehörte, dann nämlich würde ihr in der Nacht unterhalb des Beckens ein Schlangenleib wachsen. Doch er konnte nichts erkennen, weil es zu dunkel war.

Am Ufer gab es einen schönen Weg, den Amadas gerne gegangen wäre. Kaum hatte er sich erhoben, standen zwei Männer am nahen Wasser und sahen ihn mit eindeutigen Mienen an. Frauen und Männer hatten einen vierrädrigen Wagen ausgeräumt und dort für die Tochter der Kij ein Nachtlager bereitet. Sie war zwar nicht mehr zu sehen, aber dennoch allseits präsent. Amadas blieb nichts anderes übrig, als sich in der Nähe seines Pferdes niederzulegen. Er hatte Hunger. Am Vortag hatte es die letzte Ration gegeben. Fleisch war vom Beginn der Reise an rar gewesen, der Fisch blieb einigen wenigen vorbehalten und nun gab es außerdem kein Mehl mehr. Bis zur großen Stadt würden sie nun alle nichts mehr bekommen. Er hörte seinem Pferd zu, wie es das kräftige Gras aus dem Boden riss und mahlend zerkaute. Am Morgen wollte er es seinem Pferd gleichtun. Er konnte ja schlecht den kleinen Kindern die Ziegenmilch stehlen oder eine der Kühe melken.

Das würde zu seinem sofortigen Ausschluss aus der Gemeinschaft führen.

Gegen Mittag des nächsten Tages verließ die Kolonne das Flussufer und fuhr hinüber zu der größeren Straße, die bis zum Ufer der Danau führte. Dort hatten sich so viele Transportwagen gesammelt, dass es kaum ein Weiterkommen gab. Nun lag es an Ekuos, eine Entscheidung zu treffen und er wies an, an den wartenden Wagen vorbei zum großen Wasser zu kommen. Natürlich war Matu an seiner Seite und Ekuos entschloss sich, den Fremden mitzunehmen. Amadas war erstaunt und erleichtert, als Ekuos und Matu erschienen, aber er wusste nicht, ob die Tochter der Kij ihn weiterhin dulden würde. Mit Amadas' Abschied würde ihre Verbindung zu Ekuos beendet sein, wenn es diese überhaupt gegeben hatte.

Doch sie reagierte nicht. Sie umrundeten die Ansammlung der Wagen und ritten bis in den frühen Abend hinein. Als sie einen Hügel überquert hatten, sahen sie den Fluss ruhig und stolz dahinfließen. Sie schauten in die Ebene hinüber und dort lag sie vor ihnen, die größte Stadt im Land der Kelten. Wie von einem riesigen Feuer erleuchtet brannte sie im roten Licht. Dichter schwarzer Qualm bedeckte den Himmel und zeigte an, dass viele Öfen zur Eisenschmelze in Betrieb waren. Ekuos blieb auf seinem Pferd sitzen und schaute zum Ufer der Danau. Viele Wagen warteten darauf, über das Wasser gebracht zu werden. Für Amadas war der Blick auf diese Stadt ein Ereignis. Nach den Tagen und Nächten in den

Wäldern verwirrten ihn die vielen Menschen. Rund um die Stadt wurde Korn angebaut und das Land war fast baumlos. Für ihn gab es das Land der Kelten bisher nur mit den vielen Flüssen und Seen, den hohen Bergen und den tiefen Wäldern. Man hatte offenbar für diese ewigen Feuer der Schmelzöfen das Land gerodet.

Hinter ihnen kam ein Trupp Bewaffneter heran und es erschreckte Amadas, weil die Tochter der Kij mit den sieben Männern, die sie begleiteten, einen sehr entschlossenen Eindruck machte. Ekuos reagierte nicht auf ihre Blicke. Für ihn war diese Stadt wie ein riesiges Ungeheuer, das alles um sich herum auffraß, bis eines Tages nichts mehr vorhanden war und es nicht mehr weiterleben konnte. Er wunderte sich darüber, dass die weisen Frauen und Männer das erlaubt hatten. Doch bevor er sich weitere Gedanken machen konnte, wurden sie über den Fluss gebracht und ritten mit enormem Tempo auf die Stadt zu.

Amadas bemerkte schnell, dass es die Autorität der Tochter der Kij war, die alle anderen zurückweichen ließ. Vor der Stadt gab es ein Wagenlager, einige Hütten und neben der Straße sogar gut gebaute Häuser. Dort musste Amadas zurückbleiben, während Ekuos und die anderen durch das Tor in die Stadt ritten. Zunächst war das eine Entscheidung, die ihn kränkte, aber dann gab es die Düfte der verschiedensten Art und er konnte endlich wieder etwas zu essen bekommen. Zu seiner freudigen Überraschung saß der Weinhändler Irscha zwischen den Wagen und plauderte angeregt. Man grüßte sich und Irscha kam zu ihm. Sie liefen gemeinsam zur Stadtmauer, wo sich Irscha misstrauisch umsah, ob man sie verfolgte.

»Du bist mit der Tochter der Kij angekommen. Ich war noch ganz mit meinen Angelegenheiten beschäftigt, als im Wagenlager geflüstert wurde, die Tochter der Kij stünde am anderen Ufer der Danau. Man redet über sie und auch wieder nicht. Es ist ein geheimnisvolles Geflüster. Das regte meine Neugier an und ich bat meinen Schiffsführer im Hafen, er brachte endlich den schon vermissten Wein, mir das Geheimnis der Tochter der Kij zu lüften. Zunächst weigerte er sich, aber die Stadt prägt wunderbare Münzen und davon ließ er sich schließlich überzeugen. Aber was rede ich. Amadas ist mit ihr gereist und wird alles über sie wissen, was es an Geheimnissen gibt.«

Der Angesprochene reagierte sofort. »Nichts habe ich erfahren. Mich wunderte schon, dass niemand ihren Namen aussprach und sie immer die Tochter der Kij genannt wurde.« Amadas hob die Arme, um seine Worte zu unterstreichen.

Sie steckten die Köpfe zusammen, während von der Straße ein zweirädriger Wagen heranbrauste, begleitet von einer Eskorte bewaffneter Männer, die ihre Schwerter in den Händen hielten.

»Das ist die andere Tochter der Kij. Rinna ist eine weiße Frau. Sie hat die Macht der Erdmutter in sich«, sprach Amadas respektvoll.

Irscha zupfte an seinem Umhang und rückte den Gürtel zurecht. »Es gibt in der Stadt drei mächtige

Familien. Die Sippen der Kij beherrschen ein ganzes Viertel mit Werkstätten, Schmelzöfen, Webereien und Kunstschmieden. Der Kij selbst sieht nur seine Macht und Herrlichkeit.«

Amadas wollte nun die Geschichte der Tochter der Kij erfahren. »Ich verrate dir etwas. Rinna hatte entdeckt, dass ihre Schwester ein Auge auf Ekuos geworfen hat. Eine unmögliche Situation, und sie schritt ein. Ihre Schwester hat sich nun erneut über das Verbot der Annäherung hinweggesetzt.«

Irscha flüsterte. »Dann liegt es an Ekuos, sie bestrafen zu lassen.«

»Er hat davon nichts bemerkt«, antwortete Amadas schnell. »Was ist nun mit ihrem Namen? Eröffne mir das Geheimnis.«

Irscha sprach nicht, er lief. Amadas folgte ihm und so entfernten sie sich immer weiter von den Mauern der Stadt. Ein Entenpaar flog heran und landete in ihrer Nähe auf einem Teich. Dort beendeten Irscha und Amadas ihre Wanderung. Sie saßen am Ufer des kleinen Sees und Irscha wischte sich über den Mund, um alles Böse von seinen Lippen fernzuhalten.

»Vor allem ist es eigentlich eine Angelegenheit, die mich nichts angeht. Ich erzähle sie also nicht selbst, sondern lasse sie erzählen. Wer auch immer nun meine Lippen bewegt, ich bin es nicht selbst. Komm näher heran, damit es leise passiert und die Feen nichts hören, die sonst alles und jedes vernehmen können. Nun denn. Zwischen dem Fluss Licca im Westen, dem Eon im

Osten und dem großen Danau gab es einen Reiter, der sich viel bewegte und den bald jeder in den Siedlungen und größeren Orten kannte. Er war von heftigem Gemüt und schon bald gab es Zwistigkeiten und offenen Streit in den Sippen, weil die Frauen sich zu sehr mit diesem Mann beschäftigen wollten. Als die ganze Begebenheit den Frieden im Land zu stören begann, da bat man die weisen Frauen und Männer um Rat. Eines Tages, der Reiter befand sich auf dem Weg zur großen Stadt, tauchte ein Zwerg am Wegesrand auf. Der Mann wollte ihn schnell wieder loswerden, weil er nicht wusste, was der Zwerg von ihm wollte. Doch egal, was er tat, der Zwerg war schon da. Zur Überraschung des Reiters geschah etwas, was ihm noch niemals passiert war. Er verirrte sich und kam an einen großen Hof, der am Rande eines Sees lag. Dort traf er die Tochter des Hauses und als er sie erblickte, da war es um ihn geschehen. Von nun an dachte er an keine andere mehr und er versprach ihr, sie nach seiner nächsten Reise wieder zu besuchen und für immer bei ihr zu bleiben. Damit hatte der Zwerg eigentlich seine Pflicht erfüllt, aber die großen Mächte trauten dem Reiter nicht und befahlen daher, den Aufenthalt des Zwerges an der Seite des Mannes weiter aufrechtzuerhalten. Eines Tages nun stand der Reiter vor den Toren der großen Stadt und dort sah ihn die Tochter der Kij. Kaum hatte sie ihn wahrgenommen, da war sie besessen davon, sich diesen herablassenden Mann zu ihrem Sklaven zu machen. Der ritt durch die Straßen und sah niemanden, weil er in seinen Gedanken stets bei seiner Geliebten war. Die Tochter der Kij hatte von diesem Reiter bereits reden hören und so kam es, dass sie sich immer mehr in ihr hemmungsloses Verlangen hineinsteigerte, bis sie wusste, nun hatte sie sich verguckt und deshalb wollte sie ihn als ihren Mann neben sich haben. Der Reiter dachte aber gar nicht daran und beachtete sie weiterhin nicht. Als er die Stadt verließ, da folgte sie ihm heimlich nach und so musste sie entdecken, dass da jemand war, für den sein Herz schlug.

Was sie auch versuchte und probierte, ihn auf sich aufmerksam zu machen, es misslang. Ihr Stolz erlaubte es ihr nicht, aufzugeben. Jetzt wollte sie ihn erst recht besitzen und er würde vor ihr im Sand kriechen und darum betteln, dass sie ihren Fuß auf seinen Leib stellte. Aber auch die schlimmsten Verwünschungen halfen ihr nicht. Sie hätte vor Wut in die Erde versinken können. Also sprach sie mit ihrer Schwester Rinna über diesen Mann, ohne dabei zu eröffnen, um was es ihr wirklich ging.

Um das Böse von sich abzuhalten, streute sie Salz auf ihren Weg, wenn sie ihm einmal mehr folgte. Doch die Tage und Nächte verrannen und nichts änderte sich. Da klopfte sie wieder bei Rinna an und erzählte, da gäbe es jemanden, der hinter ihren Rücken Flüche und Zaubersprüche gegen ihre Sippe schleudern würde und es wäre bereits so weit, dass sie sich ganz elend und krank fühlen wurde. Rinna kannte ihre hochnäsige Schwester und als der Reiter wieder einmal in die Stadt kam, da ließ sie ihn beobachten und das genügte ihr, um ihn für einen spottfreudigen und respektlosen Mann zu halten, der den Tag verhöhnte und die Ehrung der Götter missachtete. Sie ließ der Schwester einen Trank bringen, den diese aber nicht gegen den Reiter verwendete, sondern für den sie ein anderes Ziel ausgesucht hatte. Deshalb verließ sie die Stadt und fuhr über das Land bis zu dem Bauernhof der Angebeteten des Reiters. Die Leute waren mit ihren üblichen Arbeiten beschäftigt, nur das Mädchen saß am Ufer eines kleinen Baches und träumte vor sich hin. Da es ein warmer Tag war, legte sich die Tochter der Kij in das Gras und wartete. Die Sonne meinte es so gut mit den Menschen und dem Land, dass man sich wohlig streckte und an nichts Böses dachte. Die Tochter der Kij blieb ruhig liegen, als sich das Mädchen bewegte, nur ihr Messer nahm sie zur Hand. Sie konnte sich denken, wovon die junge Frau träumte und Wut stieg in ihr auf. Das Mädchen nahm sich eine Hand voll Wasser aus dem Bach und wischte sich über das Gesicht. Dann spürte es den Schatten in seinem Rücken und die fremde Bewegung im Gras. Die Tochter der Kij lächelte böse, denn sie ahnte, dass das Mädchen glaubte, sie sei soeben aus der Erde aufgestiegen oder vom Himmel gefallen.

»Du bist nicht bei dir und du siehst nichts mehr, wie es ist. Alle Mächte, die dir wohlgesonnen sind, befehlen dir, diesen Trank zu dir zu nehmen. Du wirst dich für die nächsten Tage nicht mehr aus dem Haus bewegen. Verrate niemandem, dass du Besuch hattest, denn niemand will es wissen und keiner wird es dir glauben. Trink nun oder willst du mich zornig machen?«

Mit diesen Worten riss sie das Mädchen an den Haaren nach hinten, damit sie Schmerzen erleiden musste, und kippte ihr die geheimnisvolle Flüssigkeit in den Mund. Das Mädchen trank, es zitterte am ganzen Körper und fiel mit dem Gesicht nach unten in das Gras. Dort blieb es liegen und hörte nicht, wie sich die Tochter der Kij entfernte und in den nahen Wäldern verschwand. Als der Reiter nach weiteren Tagen seine Geliebte besuchte, da fand er eine völlig veränderte Person vor. Ihre Zunge war so schwach und ihre Lippen so zusammengepresst, dass sie kaum zu verstehen war. Ihre Haut sah bleich aus, und ihre Augen hatten ihr Strahlen verloren. Mühsam schleppte sie sich durch den Raum und beim Trinken musste er ihr helfen. Der Reiter hatte für die Veränderungen keine Erklärung und er grübelte, lief über Felder und durch Wälder, bis er ein Licht sah und erkannte, er war der Schuldige. Sein bisheriges Leben war zu nichts nutze gewesen und hatte allein seinem Willen gefallen. Er wollte sich ändern und auf keinen Fall würde er das arme Mädchen, das nun wohl für immer in anderen geistigen Gefilden leben musste, alleine lassen. Die Leute ihrer Sippe schauten ihn verwundert an, denn sie verstanden nicht, wie er bei diesem unnützen Wesen bleiben konnte. Sie hätten sie lieber in den Wald gebracht und dort der Macht der Götter überlassen.

»Nur ein Dummkopf liebt das Lüsterne an einer Frau. Der Kluge versucht zu verstehen. Ich warne euch, wenn ihr etwas tut, wird die Nacht Schatten über eure Häuser werfen, bis ihr darin erfriert.«

Als die Tochter der Kij davon erfuhr, dass der Reiter trotz des Entschwindens des Geistes aus dem Körper seiner Geliebten beschlossen hatte, bei ihr zu bleiben, fühlte sie sich gekränkt und ein heftiger Zorn nahm von ihr Besitz. Der Reiter besuchte erneut ihre Stadt, diesmal aber, weil sein Misstrauen gewachsen war und er nicht ganz ohne Nachrichten blieb. Die Einwohner zischten und flüsterten. Bald schon wurde ihm bewusst, dass es da jemanden gab, der das Böse veranlasst hatte, seine Geliebte zu verwirren. In der Stadt konnte er nicht viel tun, dazu war die Sippe der Kij zu mächtig. Also musste er sich etwas ausdenken, womit er sie aus der Stadt locken könnte. Als er das nächste Mal zu seiner Geliebten kam, da war sie verschwunden. Niemand gab ihm Auskunft und keiner wollte mit ihm sprechen. Doch er sah, dass die Sippe neue Pflüge besaß und der Sippenälteste trug ein glänzendes Schwert am Gürtel.

In der Stadt hörte die Tochter der Kij indes davon, dass es im Land ein Pferd geben sollte, welches schneller war als jedes noch so ungestüm gesprochene Wort und dessen Schönheit jedes andere Tier hässlich erscheinen ließ. Es gab nicht viele Dinge, die sie unbedacht handeln ließen, aber bei Pferden war das etwas anderes. Kaum hatte sie sich dafür entschieden, sich auf den Weg zu machen, da trug man ihr zu, dass ein Zwerg über dieses besondere Pferd berichtet hatte und damit war die Vorfreude aus ihr gewichen. Sie ließ den Zwerg einfangen und der ließ sich nicht lange prügeln. Bald darauf ritt die Tochter der Kij über das Land und sie fand die vom Zwerg beschriebene Stelle. Natürlich gab es kein herrliches Pferd an diesem Platz, stattdessen lag der Reiter mitten in einem Wald, umgeben von hohen Bäumen. Die Sonne leuchtete golden durch das Geäst. Als die Tochter der Kij erschien, kam er hervor und begann sofort mit seiner Beschimpfung. Übelste Worte kamen ihm über die Lippen und er drohte ihr. Sie blieb auf ihrem ruhigen Pferd sitzen und nahm Hohn und Spott nicht wahr. Die Tochter der Kij dachte an etwas anderes. Sie hatte bereits in ihrem Haus eine Entscheidung getroffen und daran wollte sie festhalten. In diesem Moment kam die Gelegenheit. Der Reiter hatte sich dermaßen in Rage gebracht, dass er völlig unaufmerksam wurde. Das nutzte sie aus. Eine winzige Bewegung ihrer Füße reichte aus, um ihr Pferd vorwärtszutreiben, sich selbst abzuducken, ihr Schwert aus dem Umhang zu ziehen und dem elenden Spötter den Kopf abzuschlagen. Da lag er vor ihr, der einstmals bewunderte Reiter, und war tot. Aber nicht alle Wälder sind einsam und ohne Menschen. Man hatte das Geschehene beobachtet und so machte die Geschichte in der Stadt die Runde, aus dem Mund des abgeschlagenen Kopfes wäre der Name der Tochter der Kij für immer verflucht worden. Deshalb wagt seitdem niemand mehr, den Namen auszusprechen, denn dann würden Zunge, Rachen und das Gehirn auf der Stelle verfaulen. Für diese Tat gab es kein böses Wort. Die Tochter der Kij lebte weiter wie zuvor. Nur zwei

Dinge änderten sich. Von da an war sie häufig die Führerin des Begleitschutzes der Lastenwagen ihrer Sippe und damit weit fort aus der Stadt, denn auch ihre Leute fanden sie nun unheimlich und gefährlich. Vor allem aber hatte sie ihr Verhältnis zu Rinna zerstört, denn sie hatte sie und ihre Fähigkeiten missbraucht.«

Amadas und Irscha saßen ruhig und in sich selbst versunken nebeneinander am Wasser. Amadas war sich nicht absolut sicher, ob ihm die Geschichte mehr als Tatsache oder als eine der vielen kursierenden Geschichten vorkam. Immerhin gab es den Zwerg in der Nähe der Tochter der Kij. Mit den Namen war das so eine Sache. Viele Menschen gaben sich Tarnnamen. Wenn ein böser Feind seinen Fluch gegen den ihm bekannten Namen aussprach, blieb die Verwünschung folgenlos. Eigentlich hatten nur wirklich wichtige Personen richtige Namen. Das einfache Volk besaß solche nicht. Andererseits traute Amadas der Tochter der Kij eine solche Reaktion durchaus zu, was seine Gedanken in Richtung Ekuos lenkte. Deshalb beschloss er, die Erzählung von Irscha an Matu weiterzugeben, und zwar genau dann, wenn Ekuos in der Nähe war und zuhören musste.

Sie liefen gemächlich zurück und verabredeten sich für den nächsten Tag. Während Irscha zum Hafen ging, spazierte Amadas zur großen Mauer. Er wollte in die Stadt, um etwas richtig Gutes zu essen. Erstaunlich für ihn war, dass es am Tor keine Schwierigkeiten für ihn gab. Er sah die Blicke der Leute. Sie sahen nicht ihn an, sondern sein Hemd, das von der Sippe der Kij stammte.

Das war die Erklärung dafür, dass sich ihm niemand in den Weg stellte. Aber der Andrang, in die Stadt zu kommen, war unerschöpflich und so betrachtete Amadas den Torbogen und die Mauer linkerhand, an der eifrig gearbeitet wurde. Neben ihm wartete ein Mann mit einem Wagen voller Roggenfladen. Schweine und Ziegen wurden in die Stadt gebracht. Amadas überlegte, bei wem er ein schmackhaftes Mahl bekommen könnte und da er niemanden sonst kannte, würde er Matu suchen müssen. Zur Tochter der Kij würde er sicher nicht gehen. Mit der angebrachten Muße und Geduld während der Wartezeit blickte er auf das Tor. Anders als bei den Burgen, die er bisher gesehen hatte, war das Stadttor ein Durchlass in einer mächtigen Mauer. Es gab zwei Zugänge. Linkerseits ging man in die Stadt hinein, während die Wagen und Menschen auf der rechten Seite den Ort verließen. Dadurch kam man sich nicht in die Quere. Von der Straße aus wurde der Zugang durch zwei Mauern begrenzt, die geschickt vor dem eigentlichen Tor angebaut worden waren, was eine absolute Kontrolle der Zugangswilligen ermöglichte. Auf den Mauern standen bewaffnete Männer, die von oben jeden Wagen und jede Person kontrollieren konnten. Auch im Tor selbst, mitten in der Durchfahrt, wurden die Wagen und Personen inspiziert. So versuchte die Stadt, das Eindringen von Feinden oder anderen üblen Personen zu verhindern. Als sich die Wagenkolonne endlich durch das Nadelöhr des Stadttors gezwängt hatte, lief auch Amadas völlig unbehelligt in den Ort hinein. Er ging die lange und breite Straße hinunter und kannte sich absolut nicht aus. Wohin sollte er sich wenden? Es gab so viele Häuser in den verschiedensten Größen, diverse Handwerker und Arbeiter waren in ihre Tätigkeiten vertieft, Reiter und Wagen passierten ihn, dass ihm davon ganz schwindelig wurde. Stank es nicht nach dem verbrannten Holz der Schmelzöfen, dann kamen die Gerüche von den vielen Kochstellen in den Häusern. Sein Hunger wurde dadurch nicht gestillt, denn allein vom Duft des Essens wurde niemand satt. Amadas beschloss, nach einem Tempel Ausschau zu halten, denn wo Ekuos war, konnte Matu nicht weit sein. Die Tochter der Kij hatte er dabei ganz aus seinen Gedanken verloren. Zwei Männer stellten sich ihm plötzlich in den Weg und es gab für ihn keine Möglichkeit, sich anders zu entscheiden und ihnen nicht zu folgen. Sie führten ihn über die Straße und zunächst glaubte Amadas, sie würden ihn zum Stadttor hinauswerfen. Unvermittelt stand er in einem Innenhof und die Pracht des Gebäudes machte ihm schnell klar, dass hier niemand von den dunkelhäutig gewordenen Erzschmelzern wohnte. Es gab ein lang gestrecktes Gebäude direkt an der Straße, wenn man aber um diese Behausung herumging, dann fand der Besucher ein schönes Haus vor, hinzu kamen ein weiteres für die Vorräte und noch eins für die Tiere. Entlang der Mauer des schönen Hauses wuchsen Pflanzen, die Amadas nicht kannte. Die leichten Bodenwellen im Innenhof hatte man durch das Aufschütten von Sand geebnet und eine niedrige Mauer umfasste eine

Feuerstelle, an der eine Frau einen Braten zubereitete. Der Duft ließ Amadas an nichts anderes mehr denken als an seinen Hunger, der alsbald durch ein Stück Fleisch und eine Suppe mit dicken Bohnen gestillt wurde. Dazu hatte man ihn aber nicht in das Haus geführt, sondern ließ ihn gleich neben der Feuerstelle essen. Er hockte auf einem niedrigen Stuhl und musste dort nicht lange nachdenken, was man von ihm wollte. Die ältere Frau am Feuer fragte ihn direkt, wohin sein Weg führen wird, und er schüttelte den Kopf, weil er es selbst noch nicht wusste. Zu seinem Erstaunen ließ man ihn nach der Speisung wieder gehen. Doch kaum hatte er die breite Straße wieder erreicht, da spürte er die beiden Männer erneut in seiner Nähe. Man wollte ihn also nicht mehr aus den Augen verlieren. Amadas bog in eine kleinere Straße ab und lief bis zu ihrem Ende, wo sie in eine große Straße einmündete, die Ausmaße eines Platzes hatte. Dort standen in ihrer Mitte eine ganze Reihe bescheidener Häuser, vor denen Lastenwagen ab- und beladen wurden. Es roch nach Schmieden und Erzen, nach Holzkohle und verbranntem Stoff. Neben einem der Häuser hockten zwei Männer mit schwersten Verbrennungen, die von einer Heilerin behandelt wurden. Schräg gegenüber von diesen Häusern befand sich ein Gebäude, um das ein Zaun errichtet worden war, an diesem Zaun stand Matu und striegelte die Pferde. Als Amadas näherkam, erkannte er einen schlichten Tempel und beim Baum des ewigen Lebens sah er Ekuos und Rinna stehen. Nun hatte er zu warten, bis man ihm erlaubte, sich zu nähern. Um ihn herum fuhren Wagen, riefen Reiter Warnungen, wurde geschmiedet, gehämmert und gesägt. Amadas war diese Stadt einfach zu umtriebig und unübersichtlich. Er sehnte sich danach, wieder durch die Wälder und Fluren zu reiten. An der Straßenseite quietschte ein Blasebalg und ein Mann schrie auf, der sich gerade am glühenden Eisen verbrannt hatte. Amadas sah die sich wölbende Narbe am Kopf von Matu und staunte noch immer darüber, dass er den Eingriff überlebt hatte. Der Tempel stand etwas erhöht und wenn er den Blick wie mit einer Linie zog, sah er einen weiteren dieser kleinen Tempel und dahinter noch einen. Wenn er sich nicht täuschte, standen sie alle auf leichten Erhebungen und waren nach dem Licht des Ostens und dem Lauf der Sonne nach Westen ausgerichtet.

Matu trat an Amadas heran, sah ihn aber nicht an. »Du kannst hier nicht stehen. Hier ist Temenos.«

Da Amadas die Bedeutung dieses Begriffs nicht kannte, schaute er fragend. »Temenos?«

Matu streckte seinen massigen Körper und drehte sich um. »Temenos ist der heilige Bezirk, du musst jetzt gehen. Wir reisen morgen nach Bojodurum, dort, wo der Eon in die Danau fließt. Von dort werden wir in das Salzland gehen. Im Hafen liegt ein Kahn, der Tonerde von Bojodurum hergebracht hat. Er kann dich mitnehmen, wenn du es willst.«

Amadas lief weiter und überlegte, ob das der Abschied von Ekuos und Matu war, denn offensichtlich wollten sie ihn nicht mehr in ihrer Nähe haben. Andererseits hat Matu ihm ihr Reiseziel offenbart. Oder war das eine Ausflucht?

Er wusste es nicht und musste sich entscheiden. Als er wieder aufblickte, stand er vor der Stadtmauer, an der weiterhin heftig gearbeitet wurde. Sie war noch nicht sehr hoch gebaut und er konnte noch über Land schauen. Nun wusste er gar nicht mehr, wo er sich befand. Langsam lief er zurück in eine schmale Gasse und wurde neugierig zur Kenntnis genommen. Dann überraschte ihn eine Frau, die direkt auf ihn zusteuerte. Sie war gewöhnlich gekleidet. Über dem langärmeligen Unterkleid trug sie ein langes, ärmelloses Kleid, das auf der Brust von einer Brosche zusammengehalten wurde. Um die Taille trug sie einen breiten Ledergürtel mit zwei Fibeln. Da sie keine Haube trug, war sie noch ohne Mann. Ihr Gesicht war unnatürlich weiß eingefärbt und sie trug sehr viel Schmuck. Deshalb schaute Amadas näher hin und erkannte die Tochter der Kij. Erst in diesem Moment sah er auch die bewaffneten Männer, die ihr folgten. Was hatte ihre Kostümierung zu bedeuten?

»Wohin des Wegs?«

Angesichts der missvergnügt schauenden Männer und seiner ambivalenten Situation sah Amadas keinen Grund, zu schweigen. »Ich werde mich mit dem Schiff nach Bojodurum aufmachen.«

Kaum hatte er ausgesprochen, da war die Tochter der Kij mit ihrer Begleitung schon wieder verschwunden. Amadas war sicher, dass sie häufiger in dieser einfachen Kleidung und mit einer Gesichtsmaske durch die Straßen lief. Verraten hatte er Ekuos nicht, denn er konnte nur ahnen, dass sein Reiseziel auch dessen Weg bestimmen würde.

Er erreichte eine zweite breite Straße. Gegenüber standen neun weitere rechteckige Gebäude in verschiedenen Größen. Dort lief er hinüber, dann durch zwei weitere Gassen, bis er an der anderen breiten Straße angekommen war. Von dort konnte er das Stadttor sehen, durch das er eingetreten war. Amadas wollte hinaus und zum Hafen gehen, um sich nach dem Tonschiff zu erkundigen. Wenn er es recht bedachte, war eine Reise auf dem großen Fluss keine so schlechte Entscheidung. Dennoch blieben seine Gedanken bei Ekuos und er fragte sich, warum der ihn von sich gestoßen hatte.

Die Erscheinungen am Himmel zwischen den fernen Wolkeninseln hatten etwas sehr Ungewöhnliches. Ekuos empfand das Licht verändert, heller und fast schmerzhaft für die Augen, wenn er zu lange hinaufschaute. Der Wind wehte von Westen heran und die Wolken schienen zu schaukeln wie Kähne auf bewegtem Wasser.

»Das Land dort in der Ferne, wie sehr ich mich danach sehne«, sprach Rinna und legte die Arme über die Brust.

»Siehst du irgendeine Veränderung des Lichts? Hörst du etwas? Wir nennen keine Namen mehr, damit uns das Böse nicht finden kann.« Ekuos veränderte seine

Haltung und schaute auf die Blätter des Lebensbaumes, die bald zur Erde fallen werden. Dann würde die Große Muttergöttin sie zu sich nehmen, um sie zu bewahren und zu glätten, damit sie im kommenden Frühjahr wieder an den Ästen angebracht werden konnten.

»Du bist der Hirte mit dem zweiten Gesicht. Du kannst hellsehen und die Wahrheit sagen. Ob die Götter uns gewogen sind oder nicht mehr, das ist so ungewiss, wie es gewiss ist.«

Rinna betrat den Tempel und ließ Ekuos zurück. Der schaute hinüber zu Matu, der soeben die Pferde an einen Wassertrog führte. Was auch immer im Himmel geschah und auf Erden geschehen wird, er wollte Atles und die Freunde finden, und wenn die Feinde sie auf einem Boot fortgebracht hatten, könnte Amadas darüber vielleicht etwas erfahren. Mit ihm, Ekuos dem Hirten, würden die Flussleute nicht sprechen. Es war noch Zeit genug vor dem Aufbruch. Ekuos setzte sich unter den Lebensbaum und versenkte sich in sich. Er wartete, ob der Himmel zu ihm sprechen würde.

Die Tochter der Kij saß auf einem Lastenwagen, der mit Salz beladen war, und schaute aus einem deutlichen Abstand auf Ekuos. Er war ein großer Herr und sie begehrte ihn sehr. Wozu lebte sie, wenn nicht für ihn? Sie würde Rinna im Tempel auf irgendeine Art festhalten müssen, damit sie ihre Abreise nicht verhindern konnte. Wie sie das erreichen konnte, darüber dachte sie ständig nach, ohne zu einer Entscheidung gekommen zu sein. Sollte Rinna in der Sippe bestimmen, dass sie bleiben musste, würde sie Ekuos nicht folgen können. Der Rat der Alten würde Rinna niemals widersprechen und gegen die Entscheidungen der Alten war kein Kraut gewachsen. Aber auf keinen Fall wollte sie diesen Amadas aus den Augen verlieren, denn sein Reiseziel war ihm so schnell über die Lippen gekommen, dass es genauso gut eine Lüge sein konnte.

Amadas stolperte und fiel fast zu Boden. Die Gesichter der beiden Kerle, die ihn begleiteten, kannte er bereits. Er war nicht mehr jung genug und ein tapferes Herz hatte er auch schon lange nicht mehr, um es mit ihnen aufzunehmen. Sie stießen ihn in eines der quadratischen Häuser, in dessen Mitte ein Feuer brannte. Menschen saßen auf Matten am Boden und achteten nicht weiter auf die Besucher. Zwei Männer standen vor dem Feuer und brieten Fische. Die übergaben sie an eine Frau, die die Fische in Teile zerschnitt, die an die Wartenden verteilt wurden. Jemand sagte, sie sei nicht gerecht im Verteilen, woraufhin die Frau auf ihn zutrat, um ihm ins Gesicht zu schlagen. Kaum saß Amadas auf einer Matte, da hatte er schon ein heißes Fischteil in den Händen. Es schmeckte vorzüglich. Amadas schaute zu einem Fenster hinüber und erschrak. Neben dem Fenster steckte eine Lanze im Boden und auf ihrer Spitze ruhte der abgeschlagene Kopf eines Mannes. Lieber starrte er in das Feuer und dachte an nichts. Aus den kurzen Zurufen der Anwesenden schloss er, dass hier Bootsleute auf den kommenden Tag warteten, um mit ihren Schiffen auf die Reise zu gehen. Viel sprachen die Menschen nicht. Manchmal war ein Summen zu hören oder eine Frau sang ein Lied voller Sehnsucht und Furcht. Amadas dachte, vielleicht sind viele von ihnen schon in den Flüssen geblieben. Aber er wollte nicht über die Gefahren einer Fahrt auf dem Wasser grübeln. Er musste diese Reise antreten, dafür würden schon die zwei Kerle sorgen, die in seinem Rücken warteten. Eine Frau sang ein Lied über den Tod und die Reise zum Regenbogen, von wo aus es direkt in den Himmel und zum ewigen Leben ging. Vielleicht war es ein Lied, das die Menschen trösten sollte, aber Amadas machte es endlos traurig. Jetzt bemerkte er die Frau, die neben ihm saß, weil sie gierig nach einem einzelnen Stück Fleisch griff und es schnell hinunterschlang. Fleisch gab es nicht so häufig, vielleicht war das der Grund für ihre Gier. Ein Mann lief durch die Reihen und schenkte frisches Wasser aus. Amadas trank. Er fühlte sich müde, aber etwas hielt ihn davon ab, einfach so einzuschlafen. An den Wänden huschten Ratten entlang. Sie mieden das Feuer und die Menschen, aber Amadas konnte diese Nager nicht in seiner Nähe ertragen. Anscheinend hatten sie den Kopf des Toten entdeckt und überlegten sich, wie sie an ihn herankommen konnten.

Draußen ging ein Platzregen nieder und es tropfte durch die Decke. Einige Tropfen fielen in das Feuer und zischten. Amadas wollte sich nach einem Rattenfänger erkundigen, unterließ es aber. Wer sollte das hier sein können? Draußen schrie ein Vogel so laut, dass sich alle zu dem Rufenden umdrehten, obwohl die Mauer des Gebäudes keinen Blick hinaus zuließ. Was war das? Amadas schaute sich um und sah in lauter erschreckte Gesichter. Jemand flüsterte: »Der Vogel des Todes.« Dann wieherten Pferde beunruhigt, wie man es hören kann, wenn ein Bär in ihre Nähe kommt.

»Die Nacht geht immer dem Tag voraus«, sagte die Frau hinter dem Feuer, das Fischmesser noch in der Hand. »Man erzählt sich, dass mancher sich schon locken ließ vom Ruf des Vogels und den Weg in die Anderswelt antrat, ohne gerufen worden zu sein.«

Die Leute wollten von solchen Reden nichts hören und manche warfen Steinchen nach der Frau. Sie lachte darüber. »Nur die Götter wissen, wie mühsam es ist, mit solchen Ochsen leben zu müssen, wie ihr es seid«, sagte sie.

Amadas spürte, wie sich die Frau neben ihm, die gerade erst ein Stück Fleisch verschlungen hatte, mit dem Rücken an ihn lehnte, um gemütlich in den Schlaf zu sinken. Daraufhin konnte er nicht anders, als sich ruhig zu verhalten. Er träumte einen schrecklichen Traum davon, zu verhungern. Alles Unbehagliche und Unverträgliche, auch alle Ratten und Mäuse in diesem Haus, schienen ihm um vieles besser zu sein, als langsam am Hunger zu sterben. Amadas erwachte und Tränen liefen ihm über das Gesicht. Er hatte während des Traumes geweint.

Sie war eine wahre Schönheit.

Amadas sah die Tochter der Kij und lief auf das Stadttor zu. Sie stand vor vier kleinen und wendigen Wagen, die noch beladen wurden. Über die Schultern trug sie einen Überwurf aus dunklem Stoff und um den Kopf ein helles Tuch. Die aufflammende Sonne verhieß den Reisenden einen schönen Tag. Nur der Boden war vom Regen noch aufgeweicht und unangenehm zu begehen. Aber er duftete intensiv und warm. Seine zwei Aufpasser liefen zu den Wagen hinüber und schwangen sich auf die bereitgehaltenen Pferde. Noch ging es nicht hinaus, denn das Tor blieb geschlossen, doch immer mehr Wagen sammelten sich und bald begann ein unüberhörbares Grummeln. Die Meute wollte sich eilig auf den langen Weg machen. Amadas bemerkte, dass die Frau vom Feuer und den gebratenen Fischen, die nur sich das Fleisch gönnte, direkt neben ihm stand.

»Vor nicht allzu langer Zeit fuhr ich über den Fluss und ein Mann stürzte hinein. Wir überließen ihn der Flussgöttin. Von da ab hatten wir nur noch eine sanft treibende Strömung und kamen völlig unbehelligt an unser Ziel. Ich kann dir nur sagen, wenn du auf dem Schiff bist, rührst du dich besser nicht vom Fleck. Wir haben Waren der Kij zu befördern, deshalb müssen wir dich mitnehmen.«

Amadas hörte die Worte und empfand sie wie eine Drohung. Seine Fantasie reichte aus, um sich eine Szenerie vorzustellen, in der er die Fluten der Danau kennenlernen würde, also wollte er sich keiner Träumerei hingeben, wenn er auf dem Schiff war. Das Tor wurde endlich geöffnet und die Wagen fuhren hindurch, ihnen folgten die Reiter und erst dann durfte das Fußvolk die Stadt verlassen.

»Siehst du den Schiffsmann an der Anlegestelle? Er trägt das geschmiedete Eisenstück in der Hand. Sein Boot ist nun für einige Zeit dein Zuhause.« Die Frau schob ihn über den Weg und Amadas hatte ein ungutes Gefühl. »Wenn du bei uns bleiben willst, sprich kein Wort über die Tochter der Kij. In unseren Kreisen mag man sie nicht.«

Die Frau sprang mit einem Satz auf das Schiff und Amadas konnte seine Freude kaum unterdrücken, als er Quintus Tessius auf den Planken entdeckte.

»Sieh an, der edle Herr Irscha«, sagte Amadas.

Der Angesprochene lächelte kurz und sortierte weiter in seinen Körben herum. »Die Schmiede haben mich um mein ganzes Geld gebracht«, stöhnte er. »Aber ihre Waren sind bis weit hinter den Bergen sehr begehrt. Vielleicht wird es so sein, dass ich mir in der Zukunft einen Überwurf, ein Bett und einen Becher Wein werde leisten können. Sie fertigen höchst präzise Schmuck an und ihre Gürtel sind von nicht zu überbietender Qualität. Diesmal habe ich auch einiges an Schmiedewerk gekauft, wahrscheinlich wird mich das ruinieren.«

So jammerte Irscha noch eine Weile vor sich hin, während Amadas die Schiffer genau betrachtete und sich an den schwankenden Untergrund zu gewöhnen versuchte. Dann setzte er sich auf den Boden und schaute zur Mauer der Stadt hinüber.

Genau das tat auch Ekuos, allerdings stand er vor dem Tempel innerhalb der Stadt. Die ganze Nacht über war es nicht ruhig geworden in der Siedlung und kaum kam das Licht über den Himmel, da begann das Lärmen in den Straßen wieder. Selbst im heiligen Bezirk blieb man davon nicht verschont.

»Wir werden noch nicht für würdig erachtet, die Botschaft des Himmels zu verstehen. Du bist ein noch junger Wissender, doch nichts hält dich davon ab, ein großer weiser Mann zu werden. Es sei denn, du lässt dich von jenen blenden, die sich ihre Säckchen voller Goldmünzen auf den nackten Leib binden, weil ihre Gier etwas anderes nicht mehr zulässt. Du weißt, dass die Götter nur noch begrenzte Geduld zeigen werden. Das Licht hat es uns verraten, aber nicht, was geschehen wird.«

Rinna verbeugte sich leicht vor Ekuos, was ihn überraschte. So viele Worte und so viel Nähe hatte es zwischen ihnen bisher nicht gegeben. Er bestieg das von Matu bereitgehaltene Pferd und sie machten sich auf den Weg. Ekuos hatte mit Rinna die Nacht über den Himmel beobachtet. Es war ihm so vorgekommen, als würden sich die Sterne anders verhalten, als sie es sonst getan hatten. Auch das neugeborene Licht am Morgen schien anders zwischen die aufgestellten Stäbe, als es an den früheren Morgen der Fall gewesen war. Ebenso hatten alle erbrachten Opfer nicht zu einer Antwort der Götter geführt. Nur eins hatte Ekuos gelernt, es war etwas zu erwarten und zwar die Antwort auf das von den Menschen gelebte Leben. Er hatte einen Blick in die Sippe der Kij werfen dürfen, weil es Rinna ihm erlaubt hatte und da sah er eine Fülle und einen Prunk, wie er es noch nie gesehen hatte. Sie hatten die Demut verloren und ihre Gedanken waren ausschließlich von immer mehr Besitz besudelt. Aber so war es fast in der ganzen Stadt. Vielleicht sprach deshalb niemand den Namen des Ortes aus, weil man sich vor dem Zorn der Götter fürchtete? Angeekelt hatte Ekuos sich abgewandt und war in den Tempel geflüchtet. Seit der Rückkehr aus dem Norden hatte er daran gedacht, sich von Siedlungen für immer fernzuhalten, wie es einem Hirten anstand. Warum suchte er sich nicht einen anmutigen Ort in der Nähe einer Quelle, um sich den Göttern und dem Himmel, der Erde und dem Sein zu widmen? Warum tat er es nicht? Vor seinem inneren Auge entstand das Gesicht seines Bruders Atles. Wenn wir nicht mehr füreinander einstehen werden, gibt es keinen Grund für unsere Existenz. Es gab keine andere Antwort. Aber er war mit sich unzufrieden. Er durfte nicht mehr reden und tat es noch viel zu häufig. Er sollte seine innere Ruhe finden und seine Unruhe konnte er noch immer nicht besänftigen. Er war unvollkommen. Ekuos schaute zum Himmel hinauf. Ihm erschien die große Göttin wie eine hell leuchtende Blume. Hinter ihr lagen die weiträumigen Gärten der Anderswelt. Ihr Anblick dämpfte das Getöse des Alltags. Ein weiterer Blick zur Sonne. Die hatte sich verändert. Nun trug sie einen riesigen Löwenkopf und schlug mit ihrer Tatze in Richtung der Erde. Sie warf einen flammend roten Umhang über den Himmel und ließ ein paar Wolken entstehen, die mit golden leuchtenden Rändern versehen waren. Ekuos schmerzten die Augen und er musste sich abwenden.

Sie hatten den Weg am Fluss erreicht und ritten hinüber zum Seitenarm der Danau. Jemand auf einem der vielen Kähne hob den Arm in die Luft.

»Amadas«, sagte Matu und legte sich die Kapuze seines Umhangs über den Kopf.

Ekuos parierte sein Pferd und ritt zum Wasser hinüber. Dort blieb er schauend und ohne Reaktion, bis der Kahn langsam an ihm vorbei in die Mitte des Flusses trieb. Die Frau am Ruder senkte die Augen und der Mann am Bug erschrak. Was wollte der Seher von ihnen? Aber sie bemerkten an der Reaktion von Armadas, dass er gemeint war, weil auch Irscha erstaunt zum Ufer blickte. Nun würden sie dem Fremden in ihrem Boot anders begegnen müssen, weil sie nicht wollten, dass etwas Böses über sie kam. Als Ekuos davonritt, da wallte sein weißes Gewand, sodass es für einen Moment aussah, als würde er sich gleich in den Himmel erheben. Die Frau hatte das Stirnband gesehen, wie es die Seher trugen, wenn die weisen Frauen und Männer sie geweiht hatten. Schnell musste sie sich wieder der Fahrt widmen, damit sie nicht mit einem der anderen Kähne zusammenstießen, die sich vor der Mündung in die Danau formierten, um von der heftigen Strömung des großen Flusses nicht fortgerissen zu werden.

Ekuos und Matu erreichten schnell den Wagenzug, der sich inzwischen auf standfester Straße bewegte. An der Reaktion der Fuhrleute erkannte Ekuos, dass sie froh waren, jemanden wie ihn an ihrer Seite zu wissen, denn ohne den Beistand eines Wissenden fühlten sie sich den unheimlichen und bösen Mächten nackt und hilflos ausgeliefert.

Ekuos konnte und durfte ihnen seine Begleitung nicht verwehren, obwohl er mit Matu lieber in schnellem Tempo davongeritten wäre. Matu knurrte wie ein alter Bär, als er die Tochter der Kij an der Spitze der langen Wagenkolonne entdeckte, und sie ließ keineswegs die Eile vermissen, die einzuhalten ihr mit den kleinen Wagen auch nicht schwerfiel. Ekuos hob nur leicht den Kopf an und Matu wusste, er hatte keinerlei Äußerungen zu tätigen, es stand ihm nicht zu. Sie passierten die Wagen und ritten vorneweg. Es war das erste Mal, dass Ekuos die Tochter der Kij als Frau wahrnahm.

Sie durchquerten eine kleine Fischersiedlung. Junge Mädchen beugten sich über das Wasser, um ihre Wäsche zu waschen. Auf dem Fluss befanden sich schmale Boote mit Fischern, die angestrengt in das Wasser starrten. Hinter einem Wäldchen und einer Au, in der niedrige Bäume wuchsen, machte der Fluss einen Bogen und verschwand aus dem Blickfeld, um kurz darauf wieder zu erscheinen.

Der Zug hatte abrupt angehalten und alle starrten wie gebannt auf das Ufer. Niemand atmete. Ein Bär stand im Wasser und schlug genau in diesem Moment nach einem Fisch, den er mit einer Tatze festhielt, um gleich darauf mitten auf der Straße sein Mahl zu vollziehen. Es war ein mächtiges Tier, das allen Leuten Respekt abverlangte. Ekuos war am nächsten bei dem Bären, der ihn nur kurz zur Kenntnis nahm, was sich an der Bewegung der Ohren erkennen ließ. Es gab für Ekuos keinen Grund, den Bären behelligen zu lassen. Der Seher gab Matu ein Zeichen. Dieser sollte die Leute überwachen, damit keiner von ihnen aus dummem Tatendrang seine Lanze benutzte. Der Bär würde speisen und dann wieder seinen Weg finden. So geschah es auch. Die Hunde stürzten sich auf die Fischreste, denn der Bär hatte nur seine Leibspeise verzehrt und den Rest liegengelassen. Für Ekuos, der Tiere genau beobachtete, zeigte das, dass der Bär nicht nur reichlich Futter fand, sondern sich außerdem sicher und wohl fühlte. Die Tiere offenbarten, was die Götter entschieden hatten. Ging es den Tieren gut, mussten sich die Menschen nicht sorgen. Das war für ihre weitere Reise ein gutes Zeichen.

Ekuos hörte sehr wohl, dass man in seinem Rücken über den langen Aufenthalt murrte und lieber eine andere Entscheidung getroffen hätte, aber das ging ihn nichts an. Diese einfachen Leute beherrschten die

Kunst, einen beladenen Wagen zu führen, mehr nicht. Ansonsten hatten sie sich zu fügen.

Die Tochter der Kij war in jedem Moment des Geschehens voller Konzentration gewesen und beobachtete Ekuos sehr genau. Sie war ein wenig neidisch geworden, weil Ekuos ohne jede Reaktion auf dem Pferd saß und still abwarten konnte, bis der Bär ging. Er hatte also genau gewusst, dass das Tier für sie keine Gefahr bedeutete. Sie gestand sich diesbezüglich ihre Unterlegenheit ein, was ihr sehr schwerfiel. Ihrer Neigung gemäß wäre die Lanze zum Einsatz gekommen, weil sie der Versuchung, einen Bären zu besiegen, nicht hätte widerstehen können. Ihre Überlegungen beeinträchtigten nicht die aggressive Art, mit der sie ihre Fuhrleute zum Schweigen brachte. Aus ihren Reihen würde es kein Murren mehr gegen Ekuos geben. Aber sie fragte sich, wie man leben konnte, ohne je etwas zu sagen. Matu sprach ab und an, aber Ekuos sagte nie ein Wort. Sie fuhren an und die Tochter der Kij ließ die Wagen etwas langsamer fahren, denn sie würden bald die kleine Anhöhe vor Alkimoennis erreichen.

Inzwischen hatte sich Ekuos von der Wagenkolonne entfernt und ritt zum Flussufer, das der Burg genau gegenüberlag. Dort gab es eine Anlegestelle und es näherten sich bereits Kähne. Man hatte die Wagenkolonne von den Mauern der Festung ankommen sehen und war nun auf dem Wasser, um am Ufer Waren auszutauschen. Ekuos schaute nicht hin. Er wollte sich die Uferseite genauer ansehen und vor allem beobachten, ob einer der Kähne ohne Aufenthalt weiter den Strom hinabfuhr und an einer unübersichtlichen Stelle Entführte aufnahm. Für ihn war es wahrscheinlich, dass mit Atles und den Freunden nicht die ersten Burschen entführt worden waren und er befürchtete, dass sich auch Leute aus ihren Orten oder Städten daran beteiligten. Er fand eine ihm verdächtige Spur und verfolgte sie zurück in die Wälder hinter der Straße. Ein schmaler Pfad führte immer tiefer in den Wald hinein und es war deutlich zu sehen, dass dort kürzlich noch jemand gegangen war. Der Ritt endete bei einem Meiler, vor dem eine Gruppe Menschen stand und ein alter Köhler einen schweren Strick durch die Luft schwang. Matu legte seine Doppelaxt zurück, denn das waren friedliche Menschen, die dort im Kreis standen. Sie warfen vor Freude die Arme hoch, als sie Ekuos erblickten. Der alte Köhler reichte Ekuos den Strick, damit er vor das junge Paar trat, das sich im Mittelpunkt des Kreises befand, um es aneinanderzubinden. Eigentlich war das nicht seine Aufgabe, aber er wollte den einfachen Menschen eine Freude machen. So trat er an das junge Paar heran, um sie zu binden, damit jeder sehen konnte, von nun an waren sie eins. Die Leute hatten einen großen Spaß daran, denn die Braut war vollständig in Tücher gehüllt und konnte nicht sehen, wohin sie trat. Sie trug einen Kranz um den Kopf, damit ihr Leib fruchtbar sein möge und einen Schleier, um sie vor bösen Gedanken und lüsternen Blicken zu schützen. Aneinandergebunden traten sie an die Feuerstelle und dort setzte man sich nieder, denn erst mit der gemeinsamen Einnahme des Mahls waren sie vermählt. Das Paar bekam ein großes Stück vom Schwein als symbolische Speise für das ewige Leben, und mit der Aufnahme des Fleisches in den eigenen Körper bekam dieser die Kraft des gegessenen Tieres. Anschließend stellten alle ihre Teller an den Rand des Waldes, denn man hatte auf jedem etwas übriggelassen für die Besänftigung der Geister und Dämonen. Dann wurde zum Tanz aufgespielt und die Bewegungen der Tanzenden ließen an Eindeutigkeit nichts zu wünschen übrig. Sehr bald schon verschwanden einige Tanzpaare zwischen den Bäumen. Das Paar und der alte Köhler schlossen sich Ekuos und Matu an. Sie verließen gemeinsam den Wald und liefen zum Fluss hinunter. Der alte Köhler öffnete seine Faust, die er den ganzen Weg über fest geschlossen gehalten hatte, und ein leuchtend goldener Ring wurde sichtbar. Den übergab er an seine Tochter und sie ihn in die heiligen Fluten der Danau. Das Wasser reinigte die Seele und es war der Ort der Geburt. Der alte Köhler lachte und Ekuos schaute auf seinen Mund, in dem kein einziger Zahn mehr zu sehen war. Er konnte sich gar nicht daran erinnern, dass er je einen Köhler mit Zähnen gesehen hatte.

Ekuos ließ Matu voranreiten. Die Wagenkolonne war inzwischen verschwunden, aber es gab nur eine Straße, also würden sie nicht lange benötigen, um sie wieder zu erreichen. Während der Fluss einen Bogen nach Norden schlug, ritten sie weiter und verloren das Wasser bald aus den Augen.

Amadas starrte über den Fluss, aber er konnte in der Wagenkolonne am Ufer keinen Ekuos entdecken. Das Boot gehörte zu denen, die nicht die Anlegestelle ansteuerten, sondern die Burg passierten und weiterfuhren. Amadas blickte hinauf zu der Burgmauer von Alkimoennis, hinter der Palmira lebte. Aber natürlich war sie nicht zu sehen. Niemand war dort oben zu sehen, nur ein ewiges Feuer brannte neben einem der Türme. Er schlüpfte quasi in das Boot zurück, versuchte, sich festzuhalten, und griff sich ein Seil, das in trübem Wasser gelegen war und nicht eben angenehm roch. Er fragte sich, was sie an Schutz hatten, wenn es zu regnen beginnen würde? Das Boot besaß keinerlei Deckung gegen mögliche Himmelsfluten. Und mit jedem Gedanken wurde seine Laune trüber und er erkannte, wie sehr er Ekuos und Matu vermisste. Irscha stützte seinen Körper an einem Sack ab und schlief. Wie kann man nur dermaßen vertrauensselig sein, dachte sich Amadas. Zwei Griffe und die Sache war für alle Ewigkeit erledigt. Der erste Griff würde dem am Körper getragenen Geldbeutel gelten und der zweite würde dazu dienen, den Bestohlenen über die Kante des Bootes im Wasser verschwinden zu lassen. Auf keinen Fall wollte er einschlafen, denn er traute den Bootsleuten nicht. Wurde das Boot immer schneller? Er richtete sich auf und schaute auf das Wasser, das sich gurgelnd und reißend gegen das Schiff wendete. Er hatte nicht das Gefühl, dieser kleine Kahn böte ihm genügend Schutz. Aus dem Wald des nahen Ufers hörten sie den langgezogenen Ruf eines

Wolfes. Nun war auch Irscha wach und riss vor Schreck die Augen auf.

Ekuos ritt quer durch den dichten Wald und erreichte eine Lichtung. Aber dort entdeckte er nichts. Also ritt er weiter und fand Kida die Wölfin vor einer Höhle an einem Berghang, der zur Flussniederung leicht abfiel. Er musste sich nicht davon überzeugen, dass in dieser Höhle die Feinde mit Atles und den Freunden ein Versteck gefunden hatten. Ekuos schaute auf Kida und bemerkte ihre Unruhe. Immer wieder stellten sich ihre Haare auf und sie hielt die Nase in den Wind. Er führte sein Pferd in den Wald zurück und lief zu einem Stein, auf den er sich setzte. Dann hob er die Hände zum Licht und legte sie auf seine Lider.

»Hüte dich davor, den Dingen mit aufwallender Hitze hinterherzujagen. Das Licht des Tages kommt und wenn es wieder geht, ist es einerlei, ob du dich vorher abgehetzt hast. Nur einen hellen Gedanken hast du dabei sicher nicht gefunden. Woher willst du wissen, warum du an dem Ort bist, wo du dich befindest? Wer weiß, warum am Abend die Wiesen duften und die Vögel schweigen? Ihr redet, aber ihr sagt nichts. Ihr handelt, aber ihr denkt nicht. Eure Augen starren und sie sehen nichts. Doch du musst wissen, die Große Sonne erwartet von dir, dass du eintauchst in das Wissen und sich deine Blicke an das Licht des Himmels gewöhnen, denn was bist du sonst? Suche nichts, und du wirst finden, weil die Götter dich lenken werden.«

Als Ekuos die Augen wieder öffnete, war Kida die

Wölfin verschwunden. Hatten die Götter durch Kida zu ihm gesprochen? Er ging zur Höhle hinüber und fand eine erloschene Feuerstelle in ihrem Inneren. Er ritt langsam aus dem Wald hinaus und fand Matu, der an der Straße gewartet hatte. Ekuos fragte sich, ob er dem Wagenzug folgen oder für sich bleiben sollte. Er hatte keine Antwort. Als Seher durfte er nicht so dicht bei den Menschen sein. Aber hatte er nicht auch die Pflicht, dass er den Bruder und die Freunde suchte und fand? Wenn die Götter und die Große Mutter zu ihm gesprochen hatten, würde dann etwas geschehen?

Ekuos blieb die Nacht über am Wasser und ließ Matu am Ende des Wagenzuges schlafen, damit ihm niemand zu nahe kam. Vorsichtig atmend, um die Nacht nicht zu stören, hockte er auf einer Matte und schaute hinüber, über die vorderen Wälder hinweg, zu einem Hügel, der sich in der Nähe auftürmte und mit einem spitzen Felsstück als Krönung versehen war. Dort oben erkannte er im Mondlicht Kida die Wölfin. Wie eingehüllt vom Licht der Göttin der Nacht stand sie da und warf ihren Kopf in den Nacken. Hören konnte er sie nicht, aber er vermutete, dass sie die Klagen der wissenden Menschen hinauf in den Himmel schickte und um Antwort bat.

Gegen Morgen sah Ekuos ein lächelndes Kindergesicht am Himmel aufscheinen, wie durch einen Türspalt spähend, kurz bevor das reine Schimmern zum Licht wurde. Ein erster Sonnenfleck tanzte auf dem Wasser der Danau. Er musste sich zunächst an den Himmel gewöhnen. Das Licht irritierte ihn noch. Es folgte der

Sonnenaufgang über den bewaldeten Hügeln. Er griff in das feuchte Gras und schaute in die Luft. Die ersten Wolken wanderten langsam durch den beginnenden Tag. Ekuos lief zu Matu, griff sich sein Pferd und ritt davon. Ruhig floss der Fluss, Vögel schwebten heran und Fische sprangen aus den Fluten. Ein heftiger Wind setzte ein.

Als sie die ersten Häuser auf der anderen Flussseite sahen, verließen sie die breitere Straße und bogen in einen Weg ein, der wieder direkt an das Wasser heranführte. Ekuos sah Menschen am Ufer stehen und sie schauten auf vier tote Körper, die vor einem kleinen Haus auf Tischen lagen. Sie wollten die Toten über den Fluss, hinüber nach Radasbona, bringen, wie sie Matu mitteilten. Ekuos ließ die Wagenkolonne stoppen. Bevor die Toten nicht in der Erde ruhten, durften keinerlei Tätigkeiten ausgeübt werden. Ekuos legte seinen weißen Umhang über die Schultern, die Farbe der Trauer. Er nahm zwei Eimer, lief an das Wasser und füllte sie. Er spülte das Haus aus, denn Seelen können Wasser nicht überqueren. Um die Toten stellten die Leute gefüllte Wassereimer auf. Die Tür des Hauses wurde fest verschlossen. Feuer wurden angezündet, damit die toten Seelen sich wärmen konnten, bevor sie ihre lange Reise antraten. Als die Kähne von Radasbona herüberkamen, wurden die Leichen hineingelegt und über den Fluss gerudert. Dort drüben wurden ihre Körper in die Erde gelegt. Gebannt schauten die Menschen am Ufer hinüber, bis ein Mann vom Grabhügel hinunterkam und ihnen das Zeichen gab. Die Körper waren an den dafür vorgesehenen Ort gebracht worden. Nun wurden die Tische, auf denen zuvor die Leichen gelegen hatten, umgestoßen, damit die Seelen endgültig auf die Reise gehen konnten. Ekuos sah zu, wie die Sippe der Toten das Festmahl zubereitete und er erkannte, dass es keine sehr begünstigten Menschen gewesen waren. Deshalb umkreiste er die Feuerstelle so lange, bis sich innerhalb der Wagenlenker und ihrer Begleitung etwas regte. Tatsächlich war es die Tochter der Kij, die Ekuos Geste als Erste verstand und Mehl, Fische und Bohnen an die Feuerstelle bringen ließ. So entstand ein richtiges Festmahl zu Ehren der Verstorbenen, denn wenn das Essen sehr lange dauerte, verwehrte es den bösen Geistern den Zugang zu den Menschen. Niemand darf den Toten ihr Abschiedsfest verwehren, will er nicht für ewig das Glück verlieren. So wurde gegessen und getrunken und den Mächten der Dunkelheit gezeigt, wie man sich stärkte und das Leben weiterleben wollte.

Ekuos blieb am Wasser. Er wusste, die Leute würden kommen und ihn nach dem Lauf des Mondes befragen, da die Göttin der Nacht über die zukünftige Ernte und die Gesundheit des Viehs bestimmen wird. So war es üblich nach dem Tod von einem der ihren. Aber zunächst musste er mit dem aufgefangenen Blut der geschlachteten Tiere des Festmahls an die Schwelle des Hauses der Toten treten und den Eintritt mit dem Saft des Lebens bestreichen. Die Götter verlangen ein Blutopfer, damit der Tod die Siedlung verlassen konnte und nicht weitere Menschen auf die lange Reise schickte.

Ekuos hatte das zweite Mal zur Tochter der Kij hinübergeschaut, als sie die Ausgabe der Nahrungsmittel befahl. Für sie war das der erste Gruß von ihm, auch wenn da nicht mehr war als ein überraschter Blick. Wenn sie seine Aufmerksamkeit erregen wollte, wusste sie nun, wie sie sich geben musste. Das konnte sie gleich, denn nun wurde in den Reihen der Fuhrleute wieder gemurrt, weil es nicht weiterging.

Ekuos wartete die Nacht ab und schaute auf den Mond, der unerwartet rot leuchtend den Himmel betrat und ihn deshalb den gesamten Verlauf der Dunkelheit beschäftigte. Schon beim ersten Erscheinen des roten Mondes verloschen die Widerworte der Leute und man verkroch sich unter Decken und Tüchern. Ekuos schaute hinauf und je länger er sich auf das Bild am nächtlichen Himmel konzentrierte, desto intensiver erschien es ihm, als würde dem Himmel das Herz herausgerissen und das Blut verströmte zu allen Seiten, so wie er es bei der Jagd gesehen hatte, wenn die großen Tiere mit dem Messer geöffnet wurden und man ihnen die inneren Organe entnommen hatte. Wenn die Sonne stirbt, dann wird die Dunkelheit alles Leben erfrieren lassen, wenn der Mond stirbt, dann blieben alle Wasser stehen und auch das Blut in den Menschen würde aufhören zu fließen.

»Acht Nächte«, sagte Ekuos leise. »Acht Nächte.«

Unbemerkt und mit beachtlichem Geschick hatte sich die Tochter der Kij angeschlichen und sich zwischen Gesträuch verborgen. Sie hörte, wie Ekuos das

Wort ›Woche‹ sagte und es wiederholte. Was meinte er damit? Was sollte in den acht Tagen und Nächten geschehen?

Als der Wind aufkam, verloschen die Sterne. Der graue Morgen schloss Ekuos die Augen. Einer der Hunde aus der Wagenkolonne strich durch das Gelände und gab der Tochter der Kij so die Gelegenheit, sich hinter ihm herzumachen und so zu tun, als wollte sie ihn von Ekuos fernhalten. Der bemerkte nichts. Weder den Hund noch die Tochter der Kij. Sie war die Nacht über wach geblieben und in ihr war eine Wandlung geschehen, die sich sofort in ihrem äußeren Bild zeigte. Ihre Kleidung unterschied sich nun nicht mehr von den einfachen Frauen und außer dem Schmuck gegen das Böse trug sie keinerlei Pracht und Luxus mehr.

Ekuos lief vor der Helligkeit zu einem nahen Hang. Still floss das Wasser des Flusses und einige Vögel schwebten sanfter als sonst durch die Lüfte. Der Himmel öffnete sich. Mit jedem Blick wurde das weiße Licht greller. Es wurde blendend weiß. In diesem schrillen Licht sah er alles um sich nur noch verschwommen. Plötzlich fühlte er sich schrecklich allein. Weil er ein Seher war, durfte niemand ihn berühren. Er wusste nichts von den Dingen, die eine Frau und einen Mann binden. Er spürte nur, wie sich alles in ihm zu drehen begann, wenn er daran dachte. Dann war es so, als wäre er körperlos und schwebend. Mit tränenden Augen blinzelnd, erkannte er Baumwipfel und den nahen Waldrand, auch die graue und schmutzige Straße vor ihm.

Endlich war sie da, die Sonne. Ekuos öffnete sich wieder und sah in ängstlich erstaunte Gesichter, die ihn anstarrten. Wo war er gewesen?

Matu brachte ein schneeweißes Pferd heran. Die Tochter der Kij ritt es nicht mehr. Nur einer wie Ekuos sollte ein weißes Pferd reiten dürfen. Alle spürten, dass mit ihr etwas geschehen war, aber niemand hatte eine Antwort darauf. Viele schworen, sie hätten am Himmel einen grünen Wolkenstreifen gesehen, auf dem Verstorbene wandelten, an die sie sich schon lange nicht mehr erinnert hätten. Das Wort ›Woche‹ wurde beständig wiederholt, aber niemand konnte etwas anderes damit anfangen, als was seine Bedeutung sagte. Acht Tage! Und dann?

Das Land beugte sich, erhob sich wieder, und die Gruppen bei den Wagen erlebten ein Auf und Ab, bevor der Regen begann. Schnell waren die Wege durch das Wasser fast unpassierbar und sie mussten den Wagen mit den Knüppeln vorausschicken, damit die Straße mit ihnen belegt und befahrbar gemacht wurde. Dann schien es so zu sein, als würde es sich nicht mehr ändern. Das Wasser schwappte nur so über die Wege und bald schon geriet die Wagenkolonne immer mehr in Schwierigkeiten. Er ist schuld, wurde hinter dichten Mundtüchern geflüstert, und jeder wusste, wer damit gemeint war. Er hat gegen uns das Böse aus dem Himmel gelockt und die Große Mondin hinter der Sonne herjagen lassen, wie man es mit einem Hund macht, der einen Hirsch angreifen soll. Er ist unser Unglück.

Matu erkannte im Gegensatz zu Ekuos die Gefahr. Die lange Fahrt stand bisher unter ungünstigen Sternen und zuletzt hatten sie es mit Toten zu tun gehabt, von denen niemand wusste, warum und woran sie gestorben waren. Sollten sich die Fuhrleute und ihre bewaffneten Begleiter zusammenrotten, war eine Gegenwehr sicher nicht erfolgreich. Matu bedrängte das Pferd von Ekuos und sofort nahm es ein so hohes Tempo auf, dass er selbst kaum folgen konnte. Ekuos reagierte zwar auf die neue Situation, aber mit seinen Gedanken war er nicht anwesend.

Sie musste sich entscheiden. Die Tochter der Kij brauchte nicht lange, um diese Entscheidung zu treffen, die ihr Leben endgültig und völlig verändern würde. Sie suchte drei ihrer verlässlichsten und treuesten Begleiter aus und folgte Ekuos nach.

Als sie Sorviodurum erreichten, hatte der Regen aufgehört. Der Ort lag dicht am Fluss und viele der Häuser waren erst kürzlich erbaut worden. Amadas saß am Ufer und lauschte den Wellen. Inzwischen dachte er, die Danau sprach mit den Menschen, aber niemand konnte sie verstehen. Die Strömung lief sanft über den Ufersand und Amadas rieb sich die lädierte Schulter. Man hatte ihn nicht eben fein am Ufer ausgeladen. Die Schiffsleute hatten auf diese rüde Weise seine Fragen zu den Entführten beendet, die er auf zwei Kähnen entdeckt hatte. Es waren junge Burschen, die ihn sofort an Atles und seine Freunde denken ließen. Doch hier in Sorviodurum gab es keinen Platz, an dem diese Gefangenen untergebracht worden waren. Als er seinen Kopf hob, sah er Ekuos und Matu in den Ort reiten. Ihnen folgten eine Frau und drei weitere Männer mit langen Schwertern.

»Aus roten Wolken stürzt es hinab und die Erde wird sich öffnen.«

Amadas sah Ekuos überrascht an, aber der hatte gar nicht zu ihm gesprochen. Ekuos lief zu einem alten Baum und setzte sich dort nieder. Matu betrachtete Amadas und die vielen Menschen, die arbeitsam durcheinanderliefen.

»Sie bauen eine neue Stadt«, sagte Amadas, der endlich wieder zu einem Gespräch kommen wollte. Zuletzt hatte er es auf dem Schiff nicht einmal mehr gewagt, mit Irscha zu reden. Der war beileibe nicht sehr gesprächig gewesen, als er die entmenschte Reaktion der Schiffsleute gegen andere bemerkt hatte.

»Sorviodurum«, antwortete Matu, der einen Nachbarn aus einer ihrer heimatlichen Siedlungen entdeckt hatte und ihn begrüßte. Der Mann wiederholte den Namen des Ortes ohne Unterlass, so als hätte er ein Wunder erlebt. Aber er erzählte ihm, wie er an diesen Ort gekommen war und das interessierte Matu, denn der Mann war von einem Boot in das Wasser gesprungen und von Siedlern gerettet worden. Seine Arme waren auf dem Rücken gefesselt gewesen, weil man ihn entführt hatte.

Die Tochter der Kij nahm eine Schüssel mit Bohnensuppe, ging zu Ekuos hinüber und stellte sie vor ihn hin.

Sie sah ihn dabei nicht an und wollte sich sofort wieder zurückziehen.

»Wie ruhig und friedlich die Danau ihr Wasser trägt. Die Nacht kennt keine Schmerzen, auch die Göttin im Mond kennt sie nicht. Was fehlt uns Menschen, dass wir nichts sind. Die Leute hier glauben, sie haben ihre Häuser fest im Boden gesichert. Sie könnten es besser wissen, aber sie wollen nicht. Die Götter erlauben ihnen, die Köpfe zu heben und zu sehen, aber sie heben die Köpfe nicht und sie sehen nicht. Ich bin der Bote, der es ihnen sagen wird, aber sie werden mich verjagen.« Dann schwieg Ekuos und legte seine Hände vor den Mund. Er hatte zu schweigen und auf die Worte der Götter zu warten.

Die Tochter der Kij wankte zurück und lehnte sich an einen Baumstamm, um sich zu finden. Ekuos hatte zu ihr gesprochen, weil sie nun eine andere geworden war. Sie zog die Kapuze ihres Umhangs über den Kopf, damit niemand ihr Gesicht sehen konnte.

Matu war die Begegnung von Ekuos und der Tochter der Kij nicht entgangen. Aufmerksam nahm er sie zur Kenntnis. Von nun an konnte er ihren Männern und ihr freundlich begegnen, weil Ekuos es ihm so gezeigt hatte. Ganz sicher war er sich zwar nicht, aber sein Misstrauen wich einer freundlichen Vorsicht.

Wie Amadas, so blieb auch Matu in Kontakt mit den Leuten, die zumeist aus den östlichen Gebieten stammten, von der Grenze zu den Gebieten der Feinde.

»Sie haben große Flächen gerodet und viel Korn angebaut«, stellte Amadas fest.

Matu wollte nicht mit dem Fremden reden. »Am Rande haben sie Pflanzen für die Geister stehenlassen«, sagte er nur.

Amadas streifte herum und betrachtete die hergestellte Keramik. Sie müssen einen Hafen bauen, dachte er, aber das ging ihn nichts an. Als Matu sich Ekuos näherte, versuchte er zu lauschen, doch er kam zu spät.

Matu hatte von dem Entführten berichtet, das Schicksal von Amadas erwähnt und deshalb wollte Ekuos sofort wieder aufbrechen.

»Es geht nach Boiodurum«, sagte Matu.

Aber was sollte mit dem Fremden geschehen? Amadas hatte sich direkt vor ihm aufgebaut.

»Ich habe kein Pferd und keine Waffen«, rief er.

Matu hatte das nicht zu entscheiden und Ekuos überließ es der Tochter der Kij, Amadas ein Pferd zu geben. Auch eine Waffe wurde ihm gereicht und so ritten sie unter den staunenden Blicken der Siedler davon. Nun war Ekuos unwiderruflich gewillt, sich auf die Spur von Atles und den Freunden zu machen. Endlich musste er sie erreichen, damit er seine Gedanken nur noch auf das Feld tragen konnte, mit dem er sich nun schon so lange beschäftigte, ohne eine Antwort zu bekommen. Er schaute zum Himmel hinauf. Es war das Blut der Feinde, das die Götter vielleicht noch besänftigen konnte.

In dem grauen Himmel hatte es erst kein Anzeichen dafür gegeben, aber mit einem Mal hatte er erspäht, wie ein heller Strahl aus dem Himmel genau den höchsten Punkt eines Hügels getroffen hatte. Das musste ein Zeichen der Götter sein. Ekuos hielt an, drehte sein Pferd und ritt zurück. Oberhalb der Siedlung am Fluss hatte er einen Hügel entdeckt. Kurz entschlossen entschied er, dass Sorviodurum dort einen Tempel bekommen sollte. Ekuos ging allein durch den dicht bewachsenen Anstieg hinauf, um die Stelle zu suchen, an der er den Lichtstrahl gesehen hatte. Der Tag war nun wieder grau, wo man auch hinschaute. Während seines Anstiegs traf er auf die Hütte einer weisen Frau, die rund um die Wände ihrer Behausung Körbe mit gepflückten Kräutern aufgehängt hatte.

Die Kräuterfrauen durften die Pflanzen nur brechen, niemals etwas mit einer scharfen Klinge schneiden, sonst verloren sie ihre Kräfte. Sie lächelte, als sie Ekuos sah und führte ihn auf einem nur ihr bekannten Weg auf die Höhe.

Matu suchte einen geeigneten Lagerplatz und Amadas dachte an den Tempelbezirk in der großen Stadt und die Pferdestatue, die dort aufgestellt worden war. Sie diente der Verehrung der Fruchtbarkeitsgöttin Epona. Er versuchte sich vorzustellen, welchen Tempel Ekuos auf diesem Hügel errichten wollte.

Die Tochter der Kij saß ab und war mit ihren Männern zu einem Fischer gegangen, um etwas für den Abend einzuhandeln, als ein Bote ihrer Fuhrleute eintraf und berichtete, dass sämtliche Wagen im Schlamm feststecken würden. Noch einmal war sie zu einer Entscheidung aufgefordert und sie entschied schnell, indem sie sich wortlos abwandte und den Überbringer der Nachricht stehenließ. Sie hatte mit dieser Sache nichts mehr zu tun, ihr Leben war nun endgültig ein anderes.

Die Arbeit begann nicht vor dem nächsten Tag. Noch starr vor Müdigkeit, schleppten sich die Männer der Siedlung an den Hang und arbeiteten sich langsam den Hügel hinauf. Ein begehbarer Weg würde zunächst genügen und anschließend musste Platz für den Tempel geschaffen werden, der aus dem geschlagenen Holz errichtet werden sollte.

»Wer einen Tempel erbaut, dem ist es erlaubt, seinen Kopf zum Himmel zu erheben. Jeder Hügel, der zum Himmel zeigt, erlaubt den Menschen, den Göttern näher zu sein.« Ekuos sprach es und lief zu einem Schmied, um ein Kreuz anfertigen zu lassen. Dann kehrte er zurück und trat vor die Tochter der Kij.

»Wir werden den Tempel mit dem Wasser der Danau reinigen und die Götter bitten, ihr Licht in ihm leuchten zu lassen. Die weise Frau wird ihre Kräuter im Tempel wirken lassen und das ewige Feuer bewachen, du aber wirst dort einen Namen bekommen und ihn für alle Zeiten tragen dürfen.«

Die gesamte Siedlung nahm Anteil an dem Bau und als die Sonne plötzlich am Himmel erschien und sich dieses leuchtende Blau am Firmament ausbreitete, da gab es keine Zweifler mehr. Der Tempel wurde am rechten Ort errichtet und dort würde er stehenbleiben, solange Menschen an diesem Platz lebten. Selbst kleine Kinder liefen zusammen und türmten Äste und Laub zu einem Haufen auf. Die Leute lachten, während sie arbeiteten und nickten sich freundlich zu. Es wurde ein Vergnügen, gemeinsam den Hügel einzuebnen und die Pfähle in den Boden zu rammen. Dann wurde es still. Nur Ekuos blieb zurück und die Kräuterfrau, die in einem Kessel das ewige Feuer vorbereitete. Aber das war nicht alles, denn Ekuos ließ durch Matu die Tochter der Kij auf den Hügel bringen. So saßen sie die Nacht über schweigend zusammen und sie sah auf Ekuos, der ihr den Rücken zuwandte, und dann wieder zum Himmel hinauf.

Als der Tag sich zu öffnen begann, verharrten sie reglos. Die treibenden Wolken hatten ihren Sinn, denn sie lenkten das Licht fast genau in die Mitte des Tempels, wo Ekuos die Feuerstelle einrichtete. Sie schauten gemeinsam hinauf und sahen, wie eine Wolke sich veränderte und es den Anschein hatte, als würde sie über einen Balken balancieren. Also würde er nur einen Balken über den Tempel legen lassen. Die weise Frau verstreute Kräuter über den Boden und sofort stieg ein intensiver Geruch in die Luft. Dort, wo sich das Licht aus dem Himmel besonders deutlich mit der Erde vereinte, grub die weise Frau ein Loch und legte die abgerissenen Wurzeln der Pflanzen hinein.

»Am Morgen strömt das Licht der Götter in die Erde wie Blut.« Nach diesen Worten schnitt Ekuos der Tochter der Kij mit dem Messer in die linke Hand und ließ ihr Blut in das Erdloch tropfen.

»Amanda ist nun ins Licht getreten und hat das Böse und die Finsternis hinter sich gelassen.«

Die weise Frau hielt die Hand des Mädchens mit der Wunde über das Feuer und legte einen Verband aus Blättern darauf. Die Tochter der Kij, die nun Amanda war, spürte keinerlei Schmerzen. Von nun an gab es das alte Leben für sie nicht mehr.

Die Menschen aus der Siedlung gingen ehrfurchtsvoll an der blutgetränkten Grube vorbei und sahen das brennende Feuer, das Kreuz im Einfall des Lichts, und waren ganz benommen, als sie den Hügel wieder hinabstiegen. Den Tempel mussten sie ohne Ekuos fertigstellen, denn der war bereits auf dem Weg nach Boiodurum, das an der Mündung des Eon in die Danau lag, so viel hatte der inzwischen erfahren.

Als sie einige Zeit einen kleineren Berg hinaufritten und gemächlicher unterwegs waren, wollte Amadas eine Frage stellen. Da Ekuos voranritt und Amanda ihm mit ihren Männern folgte, blieb Amadas am Ende mit Matu zurück.

»Warum der Rufname Amanda?« Amadas sprach es so aus, als würde er sich die Frage selbst stellen. Dadurch vermied er es, Matu in eine unangenehme Lage zu bringen, denn würde der nicht antworten, konnten sie so tun, als sei es keine Frage an ihn gewesen. Man sprach Namen nicht gerne laut aus, damit das Böse sie nicht hören und ihre Besitzer erkennen konnte. Aber Matu dachte nicht weiter nach.

»Die Liebenswerte zu sein ist ihre Aufgabe.«

Amanda bedeutete die Liebenswerte, also wird sie von nun an ständig daran erinnert, was Ekuos von ihr erwartete. Das war eine Bestimmung. Amadas hörte zu. Er war einmal mehr überrascht und stellte sich vor, wie sich Namen durch gewisse Verhaltensweisen und Aufgabenstellungen verändern ließen.

Ekuos ritt einige Pferdelängen vor den anderen. Er wusste nicht, ob sie die Anwesenheit von Kida der Wölfin bemerkt hatten. Sie lief seitlich am Waldrand und sah sich nicht einmal nach ihm um. Kurz bevor er den Strand der Isara, dem Wasser der Flussgöttin Isa, erreichte, verschwand sie in den Fluten und legte sich auf der anderen Uferseite hinter einen Strauch, der zwischen zwei Bäumen stand.

Amanda sah Ekuos am Wasser hocken und ließ anhalten. Auch Matu und Amadas mussten absitzen. Der hielt diesen Aufenthalt für nicht günstig, denn sie hatten kaum noch etwas zu essen und er wünschte sich daher, so schnell es ging nach Boiodurum zu kommen.

Wenn die Mondgöttin ihr Licht über die Erde ausbreitete, war er an diesem Platz vor Angreifern nicht mehr sicher. Er musste sich nun ganz genau überlegen, was er unternehmen wollte, damit er dieser Situation gewachsen blieb. Nicht, dass Ekuos Angst vor den Feinden hatte, das war es nicht. Er hatte sich dem Willen der Götter zu fügen, auch wenn ihm bisher dieser Wille nicht verständlich geworden war. Aber er musste daran denken, dass die Entführer Atles und die Freunde töten könnten, bevor sie befreit worden waren. Natürlich hegte er keinen Zweifel daran, dass Kida die Wölfin ihm den Weg zeigen wollte. Weshalb sollte sie sonst den langen Weg bis hierher gekommen sein? Ekuos glitt in seinen Gedanken weit zurück. Du wirst nun bald ein Hirte sein, hatten die Weisen gesagt und der Vater hatte sich ein wenig verbeugt, auf eine Art, wie man es vor seinen Nachkommen niemals tat. Danach hatte er nie mehr das Wort an seinen Sohn gerichtet, weil er nun unter ihm stand. Alle im Dorf traten zur Seite, wenn er des Wegs kam. Niemand sprach mehr mit ihm. Er ging oft in das Haus der Weisen, weil er darüber traurig war und es nicht verstehen konnte. Er war es doch, Ekuos, den alle kannten, die meisten aus der Sippe seit seiner Geburt. Damals hatte er die winzige Kida in der Nähe einer Bärenhöhle gefunden und sie mit der Milch einer Ziege vor dem Verhungern gerettet. Mit ihr hatte er gesprochen, bis sie eines Tages verschwunden war.

Ekuos legte die Hände auf den Boden. Mutter Erde sprach mit ihm. Sie sprach direkt durch seine Handflächen, über die Arme, den Körper, in den Kopf. In panischer Flucht wollte in der Nähe ein Hase entkommen und floh über den harten Boden. Warum tat das Tier das, wer hatte es aufgescheucht? Vor der still liegenden Kida würde es so nicht davonlaufen. Ekuos versuchte, sich sehr gerade zu halten und senkte etwas den Kopf ab. Der Hase floh vom Waldrand zur Senke hinab, Richtung des Flusses. Ekuos brauchte nicht hinzuschauen, um das zu wissen.

Der fliehende Hase veränderte sich. Sein gestreckter

Körper wandelte sich zum Körper eines kleinen Jungen, der sich als sein Bruder herausstellte. Ekuos dachte an seinen kleinen Bruder, der rennen konnte wie ein Hase. Er hatte seine Geschwister nie vergessen, so wie es die Weisen von ihm gefordert hatten. Warum erinnerte er sich jetzt? Iss niemals eine Frucht, die dir ein Mensch reicht. Die Götter werden dir zeigen, wo ein Hirte die Früchte der Mutter Erde findet. Schweig von nun an, denn dann kommt dir nichts über die Zunge, was besser ungesagt geblieben wäre. Schweig, denn die Götter geben dir die Wörter im rechten Moment.

Ekuos seufzte. Er hätte gerne weiter an seine Eltern und die Geschwister gedacht, aber das war ihm nicht erlaubt. Einmal lag außerhalb der Herde ein Eber am Boden und hielt seine Nase in den leichten Abendwind. Nachdem Ekuos bei den Weisen gewesen war, hatte sich der Eber bei ihm eingefunden. Eines Tages war er da gewesen und niemand hatte darüber ein Wort verloren. Auch die Weisen verzogen keine Miene und so hatte Ekuos es bald als selbstverständlich genommen, dass der Eber bei ihm war. Ekuos hatte darüber gelacht, wie selbst die größten Hunde zur Seite wichen, wenn der Eber mit seinen Hauern und Kida mit heraushängender Zunge hinter ihm herliefen. Jedes Lebewesen, so hatte ihn der Vater gelehrt, braucht den Schutz der Gemeinschaft vor den Gefahren, die man sieht und vor allem vor jenen, die man nicht sieht. Trage deinen Namen zum Schutz gegen das Böse. Ein Name wie Ekuos schützt seinen Träger. Er ist wie ein Helm, den der Krieger auf dem Kopf trägt. Merkwürdigerweise hatte sich der Eber bei der Namensfindung verweigert. So viel Ekuos auch überlegt hatte, ein Name für das borstige Tier war ihm nicht in den Sinn gekommen.

Ekuos atmete leise aus und schon trug sein Atem, durch die kühle Witterung sichtbar geworden, seine Gedanken hinauf zu den Göttern. Im Wald, der Boden hatte es ihm durch die Mutter Erde mitteilen lassen, befand sich etwas Bedrohliches. Da Kida weiter ruhig an ihrem Platz lag, blieb Ekuos ebenfalls gelassen. Vorsichtig zog er sein Messer unter dem Umhang hervor und legte es hinter sich auf den Boden. Matu sah es und erkannte das Signal. Die anderen saßen im Halbkreis auf der Erde und legten ihre Umhänge über die bereitgelegten Klingen.

Die Nacht trug keine Verantwortung. Die Dunkelheit ist die Zeit der anderen Welt, der anderen Wesen, die ihre Leben anders leben müssen. Nicht so, wie sie selbst es taten, die aus Furcht vor der Dunkelheit schliefen. Ekuos ließ kein Feuer zu. Er dachte an die Wesen der Nacht. Ohne die Nacht würde es keinen Tag geben. Es wäre also nicht recht, wenn er mit seinen Leuten an dieser Stelle blieb, nicht weit vor einem Baum, unter dem der Tod sein Lager aufgeschlagen hatte. Dort drüben war ein Mensch gestorben. Ekuos war sich sicher, dass es so war. Es war an der Zeit, zu gehen und einen anderen Platz für die Nacht zu suchen, dachte Ekuos.

Du bist noch ein Knabe, wies ihn einmal der Weise aus seinem Dorf zurecht, also höre genau auf das, was dir die Natur sagt. Sie wird dich im Auftrag der Götter schützen. Wenn ein Baum zu dir spricht, bleibe stehen und höre ihn an. Sprich selbst nichts, und bedanke dich, wenn er seine Rede beendet hat. Lerne von den Vögeln am Himmel, denn sie sind näher bei den Göttern. Lerne von den Tieren am Boden. Vergiss nie, die Bäume wachsen direkt aus dem Leib der Großen Göttin Erde, so wie die Wasser der Flüsse direkt aus dem Himmel der Götter fließen.

Ekuos öffnete die Augen. Ich werde aufstehen, langsam in einem Halbkreis um den Baum des Todes gehen, und am Abhang dort hinten bei der beginnenden Senke eine kleine Höhle finden. Ich werde nichts tun, was meinen Leuten schadet und den Toten nicht weiter beachten, wenn ich ihn entdecke.

Die Nacht wob bereits dunkle Fäden in den östlichen Himmel. Für einen Moment glaubte Ekuos, den Geruch von Schnee zu spüren. Dafür war es zu früh. Im Land waren die Früchte des Herbstes noch nicht geerntet. Ekuos hatte bereits beschlossen, sich doch auf den Weg zu dem Baum zu machen, als ein Geräusch vom Fluss seine Aufmerksamkeit erregte. Er erhob sich langsam zu seiner vollen Größe, ohne dabei den Blick von dem Baum mit dem Toten zu lassen. Zwischen den Ästen hing mindestens ein Toter, da war er sich absolut sicher, auch wenn er ihn nur im fahlen Licht des dämmernden Abends und aus gehöriger Entfernung gesehen hatte. Er griff nach seinem Messer, nahm seinen schweren Knüppel aus dem nahen Wald mit und ging vorsichtig in die vorher beschlossene Richtung. Was würde er machen, käme ihm der Tod entgegen? Ein Hirte hatte die Fähigkeit, sich in der anderen Welt aufzuhalten, ohne tot zu sein. Als Seher konnte er den Tod erkennen. Bevor der Tod nahe war, sollte man an seine Geburt erinnert sein. Ekuos konnte sich daran erinnern, wie seine Mutter ihm gesagt hatte, dass er zum Fest des Beginns der dunklen Jahreszeit geboren worden war. Da lag das Land bereits in stiller Erwartung der nahenden Kälte und die Menschen flehten die Götter an, sie das helle Licht im kommenden Frühjahr erleben zu lassen.

Ekuos dachte nach. Du kannst sehen, hatten die Weisen der Sippe zu ihm gesagt. Du siehst, was die gewöhnlichen Menschen nur ahnen können. Aber was sah er? Ohne diese Fähigkeit des Sehens wäre die Begegnung mit dem Tod sein Ende.

Das Land vor der Senke hüllte sich in die gleitende Dunkelheit und in den weißen Nebel, der vom Fluss den Hügel hinaufstieg. Eine kleine Quelle zeigte sich unterhalb zweier starker Büsche, an deren rechter Seite jemand einen starken Zweig abgeschnitten hatte. Die Schnittstelle war noch frisch. Da das Rinnsal zu dünn war, um die Pferde zu tränken, sammelte Ekuos Steine und baute mit ihnen ein topfgroßes Becken. Schnell lief es voll und die Tiere nahmen die Tränke gerne an. Ekuos beobachtete genau das Spiel ihrer Ohren, während Matu hinter einem Baum wartete, um die Pferde wieder an ihren Ruheplatz in den Wald zu führen.

Ekuos lief an dem Bach entlang bis zu der Stelle,

an der er in die Isara mündete. Es gab nirgendwo eine Höhle, er hatte sich geirrt. Ein überhängender Stein, fast wie ein riesiger Pilz, der direkt aus dem Hügel gewachsen war, hatte ihn optisch getäuscht. Er legte sein Fell unter das angebotene Steindach und setzte sich. Ein wenig Schutz bot ihm diese Unterkunft, aber an eine kalte Nacht wollte er dennoch lieber nicht denken. Die würde ihm arg zusetzen. Er griff nach seinem Beutel, entnahm ein Stück getrocknetes Fleisch und aß. Obwohl der Tag fast vorüber war, hatte er gar keinen richtigen Hunger. Als er etwas Verdächtiges dort liegen sah, war auch sein geringer Appetit vergangen. Was war das? Beim Einrichten des Ruheplatzes für die Nacht hatte er Ausschau gehalten, ob er sich zu nahe an dem Nachtlager eines wilden Tieres befand. Ein Bär wäre verhängnisvoll. Er hatte aber nichts entdecken können. Der Bachlauf hatte ihn stark abgelenkt, sodass ihm das glitzernde Ding nicht gleich aufgefallen war. Es lag leicht vom Gras getarnt unterhalb der ersten Biegung, die das Wasser kurz vor der Mündung machte, nachdem es das neu gebaute Auffangbecken verlassen hatte. Sollte es ihn verführen zuzugreifen? Ich werde jetzt nicht aufstehen und es mir ansehen, dachte Ekuos, wer weiß, mit welchem Zauber es verflucht ist. Zweifelsfrei war es von Menschenhand geformt worden, und so wird es ein Mensch auch dort abgelegt haben, direkt in der Nähe der Quelle. Ekuos atmete tief ein und stand schließlich doch von seinem Ruheplatz auf. Er ließ seine Leute enger zusammenrücken, legte faustgroße Steine um sie herum und schloss so den magischen Kreis, in den Niemand eintreten konnte, ohne Schaden zu nehmen. Etwas wühlte sich in der Nähe von Ekuos in die Erde, während sich der Seher auf seinem Fell aufrichtete und auf die Nacht wartete. Mehr konnte er nicht tun. Aber seine Gedanken wanderten immer wieder zu dem Gegenstand bei der Quelle, obwohl er es vermied, seine Augen dort hinzuwenden. Vielleicht hatte es jemand verloren? Das wäre eine Möglichkeit. Eine andere war, dass es jemandem im Kampf abgerissen worden war und dort liegengeblieben ist. Oder die Quelle war eine heilige Quelle und jemand hatte den Quellgöttinnen ein Geschenk gemacht. Diese Erwägung war Ekuos unangenehm. Ein männliches Wesen hatte an den heiligen Quellen der Frauen nichts zu suchen, das war ihr geschütztes Gebiet. Aber er war sich eben nicht sicher. Eher war er der Meinung, dass es keine heilige Quelle sein konnte. Das Gebiet hier bot nichts an dafür. Weshalb sollten es die Göttinnen also ausgewählt haben? So sehr Ekuos sich auch konzentrierte, er spürte keine göttliche Antwort auf seine Fragen. Nur eines wusste er genau. Der tote Mann im Baum war durch Menschenhand gestorben und der oder die Täter könnten sich noch in der Nähe aufhalten.

Die Nacht kam in einem großen schwarzen Wagen, gezogen von schwarzen Pferden, über den Himmel. Die Dunkelheit legte sich wie eine schwere Decke über das Firmament. Es würde so dunkel werden, dass Ekuos nichts mehr sehen würde. Die Nacht wird ihn blind machen. Also kam die Zeit, in der die Wesen der Nacht erwachten und umgingen. Ekuos begann zu frösteln. Er zog seinen Umhang enger an den Körper. Er schaute in die Ferne seines Inneren, dort, wo die Götter die Seele leben ließen, aber er verspürte keine Regung. Ekuos lauschte gespannt in die Nacht. Was wartete dort im Finstern? Wind kam auf. Wind wäscht uns nicht rein, wie es das Wasser kann. Er bringt Nachrichten von den Göttern vom Himmel herab. Hörst du, wie er spricht? In der Nacht kehren wir zurück zu unseren Anfängen. Bilder zeigen uns die Erinnerung. Gerüche gehören gleichermaßen zum Erinnern. Ekuos roch die atmende Mutter Erde.

Der Wind brachte ihm die Wärme des Körpers von Amanda. Sie hatte ihren Platz verlassen und war ganz in seiner Nähe, das spürte er. In der weitesten Ferne hatte sich das Licht gesammelt, um über das Land zu kommen. Die Erde duftete süßlich. Aber auch der Tod roch süß. Zwischen lang gezogenen dunkelblauen Wolken gab es hellrote Streifen. Dazwischen weiße Flecken wie Teiche, die den Rössern der Nacht zur Tränke dienen könnten. Davor und über ihm beherrschten bereits die dunkelgrauen Schichten aus Wolken, die als Boten der Nacht dem Menschen davon Nachricht gaben, dass er nun alsbald Ruhe finden sollte, das Licht.

Kein Feuer!

Wer hatte zu ihm gesprochen? Ekuos schaute hinter sich, neben sich, blickte zu Kida hinüber, schaute noch einmal herum, konnte aber sonst nichts und niemanden entdecken. Aber ein länglicher heller Streifen raste über den Himmel.

Er hatte noch keinen seiner Gedanken in die Tat umgesetzt, nicht einmal bewegt hatte er sich, geschweige denn Anstalten gemacht, sich zu erheben. Nur gedacht hatte er, dass ein Feuer für die Nacht nicht sein durfte und er das dazu notwendige Holz nicht würde sammeln lassen. Bevor die Dunkelheit das Land zur Gänze versteckte, hatte er die Augen geschlossen. Ich kann nicht in vollständiger Dunkelheit bleiben, auch wird die Kälte nicht lange auf sich warten lassen.

Kein Feuer!

Es war wieder die Stimme, die klar und eindeutig Befehl gab, und das in einem Ton, der keine Widerworte duldete. Ekuos blieb in seinen Umhang gehüllt und bewegte sich nicht. Er würde frieren. Er würde frierend in der tiefen Dunkelheit dieser Einsamkeit hocken und sich fürchten. Wer wollte das, wer verlangte das von ihm?

Kein Feuer!

Er entschied, das zu tun, was die Weisen ihm auf die Frage geantwortet hatten, was er tun solle, wenn er nicht mehr laufen, gehen, stehen, sitzen könne. Wenn er, der Hirte und Seher, seinem Körper, seiner Schwäche, nachgeben wollte.

Dann, so hatten die Weisen geantwortet, denke darüber nach, für wen die Winde geschaffen sind. Und immer, wenn deine Herde dich über den Tag hinaus arg strapaziert hat und du vor Müdigkeit einfach nur noch niedersinken willst, bevor du die Herde für die Nacht versorgt hast, denke über die Frage nach, für wen die Winde geschaffen sind.

Aus der Ferne reisten die ersten Streifen Helligkeit aus der Ewigkeit der anderen Welt heran. Dort, wohin alle Menschen einmal ihre letzte Reise machen werden, ist das Leben. Wann wird es für ihn so weit sein? Das war ein unerlaubter Gedanke. Ekuos griff nach seinem Stock und führte ihn kreisförmig um sich herum, sodass er am Boden eine Spur hinterließ. Jetzt war er unverletzlich. Die Herde der Wolken stand ruhig, einige Tiere im Wald bewegten sich. Der riesige Schatten am Boden dort, war das der Herr der Nacht? Ekuos merkte, dass er alle Überlegungen aus der Nacht vergessen hatte. Nur diese nicht.

Kein Feuer!

Hatte er die Worte selbst gesprochen?

Während der Zeit des Übergangs von der Nacht zum Tag war es so still, als würden alle Lebewesen in diesem Moment den Atem anhalten. Kein Mensch wusste, ob er die Sonne am kommenden Tag sehen würde. In der Nacht waren viele geschwätzig, weil sie glaubten, die Götter könnten sie in der Dunkelheit nicht sehen. Ekuos glaubte das nicht. Wer sinnlos Wörter von sich gab, den würden die Götter entdecken, gleichgültig, wo oder wie er sich versteckte. Vielleicht zogen sie deshalb ihre Decken über die Köpfe. Ekuos schreckte auf. Für einen Moment war sein Kinn auf die

Brust gefallen und schon hatte sich etwas ereignet. Die Pferde waren unruhig, hielten aber stand. Die Bäume flüsterten. Am unteren Rand zur Senke blitzten kurz zwei Augen auf, dann folgte ein kurzer Tierschrei, dem sich eine bedrohliche Stille anschloss. Ekuos versuchte, in der aufkommenden Helligkeit die Nuancen in seiner Umgebung zu unterscheiden. Selbst in der tiefsten Dunkelheit konnte er spüren, wenn sich etwas bewegte. Und dort, vielleicht fünfzig Schritte vor ihm, da bewegte sich etwas. Es bewegte sich, wie ein Mensch sich bewegt, der sich vorsichtig sichernd durch die Nacht schleichen will.

Ekuos atmete kurz, um keine erkennbare Bewegung zu verursachen. Er wusste, dass in seinem Rücken der Fels und darüber der Stein ihm Deckung gaben, ihn für den Fremden unsichtbar machten, wenn er sich nicht selber verriet. Die Bewegungen des Wesens wurden langsamer, schließlich blieb es stehen. Fast hörte man, wie es Witterung aufnahm. Die Tiere, dachte Ekuos, das Wesen riecht die Pferde. Hatte es sich umgedreht, sich mit dem Gesicht zu den Tieren umgewandt?

Ekuos schärfte seine Sinne, um etwas zu spüren, aber seine Anstrengung war vergebens. Er sah unter sich Amanda, die flach auf die Erde gepresst im Flusskies lag und sich mit einer Decke zu tarnen versuchte. Da war etwas. Über ihm bewegte sich ein Körper in ihre Richtung. Ekuos drehte den Kopf und nun konnte er ihn erkennen. Langsam kam das Wesen wankend aus seiner Deckung hervor. War es ein unheimliches

Wesen der Nacht, würde ihm sein magischer Kreis nichts nützen.

Plötzlich, wie durch einen Blitz herausgeschleudert, brach Kida aus ihrer Kuhle hervor und stürmte auf den Fremden zu. Der stieß einen Schrei aus und versuchte, in den Wald zu fliehen. Ekuos schnaufte ein wenig, denn er hatte nicht gehört, wie Kida in der Nacht das Wasser durchquert hatte. Aber er wusste, das Wesen würde den kleinen Abhang hinter der Quelle hinabstürzen. Noch hielt er seinen schweren Stock fest im Griff und winzige Kälteschauer liefen über seine Haut, da lag Kida wieder an ihrem Platz, als habe sie sich nur ein wenig bewegen wollen.

Für wen sind die Winde da?

Ekuos starrte noch immer auf die Stelle, wo dieses Wesen gestanden hatte, bis es verschwand. Mit steifen Fingern holte er das Messer unter seinem Hemd hervor und legte es vor sich hin, damit er es schneller greifen konnte. Oh ja, er wusste, dass er das nicht tun durfte. Es gehörte nicht zum Charakter eines Sehers, sich eines Messers zu bedienen, aber er fürchtete sich. Und wer sagte ihm denn, dass dieses Wesen nicht wiederkam? Der Schrei allerdings, das war der Schrei eines wirklichen Menschen gewesen, dachte Ekuos.

Amanda ging wie in Trance auf das Waldstück zu. Sie lief vom Wasser aus direkt an Ekuos vorbei und hielt das Schwert in der Hand. Als sie auf seiner Höhe war, sprach er.

»Im Meer der Nacht flog ein kleiner Kahn mit schwarzem Segel über den Himmel. Wenn die Geister, die sich längst geheime Wörter im entfernten Wald zuriefen, ihre Verstecke verlassen, wird es nicht viel helfen, darüber zu grübeln, wem die Winde nutzen.«

In Ekuos begann ein Summen und aus den Tönen entstand ein Lied. In Ekuos sang etwas und er wusste gleich, dass es die Stimme seiner Mutter war, die gerade vom Haus hinüber zu den Ställen ging, um seine Tiere zu füttern. Mutter sang in seiner Brust und es tröstete ihn. Er war froh, dass er nun nicht mehr allein in der Kälte ausharren musste. Er schämte sich ein wenig dafür, dass er Amanda alleine gehen ließ, aber er musste ausharren. Auch als Hirte hatte er häufig ausharren müssen. Er dachte daran, wie es ihm wohl ergehen würde, wenn die Zeit kam, in deren Nächten sich die Toten aus der Erde erhoben, um zu ihren Familien zu wandern und nachzuschauen, ob die Ehre der Sippen gewahrt wurden. Sie aßen und tranken und verließen ihre Leute wieder, bevor der Morgen seine Helligkeit über das Land schüttete. Wie würde Ekuos sich benehmen, wenn er in einer solchen Nacht an einem solchen Platz wie diesem hockte, und vor ihm die Scharen der Toten vorbeiwandern würden? Gar nicht, dachte Ekuos, denn das hatte er nicht zu empfinden. Er hatte zu warten, bis die Götter entschieden. Er wusste natürlich, dass Amanda drüben an der Quelle sterben könnte, aber das war keine wahrhaftige Antwort. Wenn er nur darüber nachdenken könnte, wem die Winde nützten, würde das den Göttern gefallen. Aber er tat es nicht. Er dachte an Amanda und an sein Messer.

Ein feiner Regen kam vom Himmel herab und Ekuos drückte sich fester gegen den Felsen in seinem Rücken. Es wurde noch kälter. Er hockte auf dem Boden und wartete. Über seinem Kopf hing der Himmel und reiste nicht, stand still wie in einer gedankenlosen Leere und schaute auf die Erde hinab. Eine Wolke stieg auf. Dann stand eine weiße Frau über dem Flussbett.

Ekuos hatte genug. Jetzt wollte er am hellen Morgen die Möglichkeit nutzen, das Gelände zu untersuchen, um nachzusehen, wer oder was da in der Nacht herumgelaufen war. Die Götter sind dir wohlgesinnt und werden dich auf deinen Reisen begleiten, hatten ihm die Weisen gesagt. Daran durfte Ekuos nicht zweifeln. Zweifelte er denn? Das durfte er gar nicht erst in seinen Kopf lassen.

Für wen sind die Winde da?

Ekuos starrte in den Morgen und er hatte das Gefühl, als starrte die Nacht noch immer mit ihren unheimlichen Wesen zurück. Warum hatte er denn kein Feuer machen dürfen? Hätte ihn das Wesen aus der Dunkelheit überraschen und töten können? Aber er konnte doch gar nicht sterben. Niemand starb wirklich. Man veränderte sich, wurde anders, ging herum und konnte ungesehen seinen Schabernack treiben. Wenn der tote Großvater sich an die Familie erinnerte und in das Haus zurückkam, warf er einen Krug zu Boden. Niemand konnte ihn sehen, aber es geschah. Immer, wenn ein Krug zu Boden fiel, hatte die Mutter gesagt, der Großvater ist da. Ekuos hatte ihr geglaubt und nach ihm gegriffen, aber nie etwas in den Händen gehalten. Häufig war er dann zum Grab des Großvaters gelaufen, hatte es aber immer unberührt vorgefunden. Vielleicht, hatte Ekuos damals gedacht, ist der Großvater gar nicht dort, vielleicht ist er längst woanders? Die Mutter hatte einmal gesagt, manchmal spricht er zu mir im Schlaf.

Ekuos fixierte die Bäume. Er spürte, wie er immer schläfriger wurde, obwohl er doch fror. Auf einmal sah er, wie die Bäume sich vom Waldrand her zu der Senke hin bewegten. Böse Geister gehorchen nicht einmal den Göttern. Ekuos ballte die Fäuste. Wenn er doch bloß nicht so müde wäre. Was er sah, das waren schwarze Bäume, die im Gleichschritt die Ebene querten, mit buschigen Helmen auf den Köpfen und langen Speeren in den Händen, Schwertern, die an Gürteln hingen, mit starrem Blick und zu allem entschlossen. Hinter den sperrigen Bäumen kamen zwei schwarze Stämme zu Pferde daher. Ein gespensterhafter Wald war das, der da direkt auf ihn zukam und schon die Senke berührte, danach würden sie den kurzen Hügel hinaufklettern und ihn erreichen. Der Wald bewegte sich in gleichem Schritt und Tritt, in absoluter Ruhe und Disziplin. Er strömte über das weite Land, so, wie das Flusswasser zur Schneeschmelze das Land überflutete. Die Waldgestalten setzen sich fest in diesem Land, das ihnen nicht gehörte und sie werden alles niederreißen, was sich ihnen in den Weg stellt. Was waren das nur für Bäume? Unaufhaltsam rückten sie vor und die Götter schwiegen still und scheinbar wehrlos. Sie kamen den Hügel herauf und trugen eiserne Gesichter. Es gab keine Bäume, die auf Pferden ritten und die Speere sind auf mich gerichtet, dachte Ekuos. Es wäre ein Frevel, den Hirten und Seher Ekuos zu töten, aber es interessiert die Waldgestalten nicht. Die schwarzen Bäume nahmen das Ziel auf und sie warfen die Speere. Ekuos dachte, dass er nun mit erstauntem, offenem Mund in die andere Welt gehen wird. Was sind das nur für mächtige schwarze Bäume? Ein Speer durchbohrte sein Herz.

Ein Schrei durchfuhr die Welt, der Himmel riss auf, die Erde erzitterte, ein Beben fuhr durch alles Leben, bis er endgültig einstürzte, der Himmel, auf die Erde stürzte, alles brennend dahinging, keine Leben mehr, nie mehr, und ich, Ekuos, hatte es gesehen, ich hatte gesehen, wie die Erde unterging.

Nein, sagte die Stimme, das hast du nicht gesehen.

Ich sah, sagte Ekuos, die Erde und uns untergehen.

Nein, sagte die Stimme, deine Reise ist noch nicht zu Ende.

Über der Erde schwebte ein riesiger schwarzer Vogel. Er war die Nacht, die vor der aufkommenden Helligkeit floh und dabei schreiend schreckliche Flüche ausstieß. Es wurde wieder Tag und das Leben konnte erneut beginnen. Ekuos blickte zum Himmel und dankte den Göttern dafür. Fliehe, schwarze Nacht, ich werde dich nicht vermissen. Trotz der Kälte schwitzte Ekuos. War noch Nacht oder schon Tag? Hatte er geträumt oder hatte er das alles gesehen? Eine unbesiegbare Streitmacht war in das Land eingefallen und alles war im Feuer untergegangen.

Kida die Wölfin stand knurrend in einer Kuhle und starrte zur Quelle. Der frühe Tag zeigte sich mit kleinen Feen, die über der Quelle tanzten und dabei ständig ihre Körperhaltung veränderten. Dazu lachten muntere Vögel vom Himmel herab. Jetzt weiß ich, was die Götter mir sagen wollten, dachte Ekuos. Ich muss zu einem Tempel und mit den weisen Frauen und Männern darüber sprechen. Es droht uns Gefahr und die Menschen sehen sie nicht.

Warum knurrte Kida? Ekuos öffnete die Augen und konzentrierte seinen Blick auf das Bündel, das sich gleich unterhalb des springenden Wassers befand. Es waren Kleider. Jemand hatte dort seine Kleider abgelegt. Ein Vogel änderte abrupt die Flugbahn. Nein, der Kleiderhaufen bewegte sich. Es ragte ein Kopf aus ihm hervor. Daneben war eine Hand am Boden zu erkennen und diese Hand trug eine Axt, hatte sie fausthart im Griff. Dort am Boden lag ein Mensch, was hatte er vor?

Ekuos, der den hellen Morgen sehnlichst erwartet hatte, befürchtete nun, einem Tag entgegenzublicken, der nichts Gutes brachte. War da ein menschliches Wesen? Wer war das? Sein Blick ging zurück in die Nacht und zu jenem Schatten, der zwischen die Bäume gelaufen war, oder rücklings hinuntergestoßen wurde. Ekuos nahm sich Zeit. Er wollte keinen Fehler machen. Langsam schob er seine Hände unter dem Umhang hervor und zog die Kapuze über den Kopf. Er trug sein Haar länger, als es unter den weisen Männern die Regel war und so würde er schon von seinem

Äußeren her dem Fremden zu erkennen geben, dass er jemand Besonderes war. Deshalb legte er sein Stirnband an und ging langsam zu der Wölfin hinüber. Für das unbekannte Wesen wäre ein Angriff ein Risiko, zumal es Kida in diesem Fall direkt ansehen musste. Das Wesen war ein Mensch, hob den Kopf und schloss sogleich die Augen wieder. Offenbar glaubte es nicht, was es sah. Oder es wusste sich nicht zu fassen. Aber warum war es nach seinem nächtlichen Sturz zurückgekehrt? Immerhin hatte es sich nicht unerheblich im Gesicht verletzt, wie Ekuos unschwer erkennen konnte. Plötzlich begann das Wesen zu brüllen. Es brüllte nicht gegen den Wind oder gegen einen Feind oder sonst wohin, es brüllte gegen die Erde. Es schien, als brüllte es die Mutter Erde an und sein Brüllen war das eines armen und verzweifelten Menschen. Ekuos glaubte nicht mehr an eine Gefahr und lief langsam, ohne jede Hast, fast wie ein gebrechlicher Mann, dessen Knie eine schnellere Bewegung nicht zuließen, zu dem Wesen hinüber. Ekuos stand da und stützte sich auf seinen Knüppel, während das Wesen nur einen kurzen Blick wagte und sofort wieder seine Augen gegen die Erde senkte. Dann brüllte es erneut. Diesmal verstand Ekuos die Worte. Er hörte sie und es war seine Sprache, in der das Wesen brüllte.

»Töte mich!«

Ekuos war überrascht über die unbeherrschte Wut, mit der das Wesen diese Worte ausstieß. Wieso glaubte es, dass Ekuos die Kraft und den Willen dazu hatte? Die Haltung des Mannes gab ihm die Antwort. Ekuos vergaß noch zu häufig, dass er ein Hirte und Seher war, den die anderen für ein von den Göttern beschützten Menschen hielten. Einer, der von den Göttern bevorzugt wurde. Der Mann meinte das genaue Gegenteil von dem, was er schrie. Ekuos war mit den Attributen seiner Kaste ausgestattet. Sein wallendes Haar und sein langes Gewand mit der Kapuze zeigten dies. Er hielt einen Knüppel in der Hand, womit jeder Angriff bösartiger Wesen aus der finsteren Nacht abgewehrt werden konnte. Hinzu kam Kida. Die Menschen in seinem Volk glaubten, dass er von göttlicher Unsterblichkeit war, auch weil an seiner Seite eine Wölfin stand. Der Mann war sich dessen wohl auch bewusst und behandelte ihn mit entsprechender Ehrfurcht. Oder er hatte einfach Angst, fürchtete sich vor der schrecklichen Rache der Götter, wenn er einem Hirten und Seher etwas antun wollte.

»Sage mir deinen Namen«, sprach Ekuos leise, als wollte er die Natur nicht stören.

Der Mann schlug sich mit beiden Händen gegen den Kopf und schaute Ekuos aus unglücklichen Augen verzweifelt an. »Töte mich«, hechelte er und legte sich wieder flach auf den Boden.

Ekuos wollte sich durch das Gehabe des Mannes nicht täuschen lassen. Noch immer hielt der die Axt fest in der Hand und er könnte, kräftig wie er war, jederzeit überraschend aufspringen und zum Angriff übergehen.

»Wie rufen dich deine Leute?«, fragte er noch einmal.

Der Fremde sprach, aber er sprach direkt gegen den Boden, so als wollte er nur der Mutter Erde seinen Namen offenbaren.

»Sprich zu mir«, sagte Ekuos. »Hebe deinen Kopf und sprich nicht hinter vorgehaltener Hand. Sprich mit offenem Mund und sage die Wahrheit, sonst werden böse Geister in deinen offenen Mund fliegen und dich von innen vernichten. Ich bin Ekuos der Hirte.«

Der Fremde begann zu zetern und sein Körper wurde wie von einem schweren Fieber geschüttelt.

»Palmira«, hörte Ekuos ihn rufen, immer wieder: »Palmira! Palmira!Palmira!« Er schrie nach ihr und es klang nach wahrhaftiger Verzweiflung.

»Steh auf«, sagte Ekuos, »und zeige dich.«

Der Mann legte die Axt vor sich hin und erhob sich, um gleich wieder auf die Knie zu sinken. Mit der Faust schlug er gegen seine Brust. »Atto. Atto hat Palmira nicht beschützt vor diesen …« Er konnte nicht weitersprechen, Tränen liefen ihm über das verkrustete Gesicht.

Ekuos trat zurück und lehnte sich an einen Baum. Er musste nachdenken und überlegen, wie er sich verhalten sollte. Jetzt sah er die Blutkruste an der Stirn von Atto. Amanda stand an der Quelle und hielt das von ihr benutzte Schwert noch in den Händen. Ekuos wollte zu Palmira nichts sagen. Vielleicht war sie eine andere mit gleichem Namen?

»Öffne deine Gedanken und sprich«, sagte Ekuos.

Der Mann gehorchte und sah nur einmal kurz zu

Ekuos hinüber. Atto drehte den Kopf und schaute in die Baumkronen. »Ein Hirte, ein Seher, ein Zauberer gehüllt in die Felle einer Wölfin. Das war nicht recht geheuer. Konnte es sein, dass ich gar nicht mehr lebte und längst hinübergereist war in die andere Welt? Ich hatte davon reden hören, dass es Menschen gab, die von Wölfinnen aufgezogen wurden und wie die Wölfe lebten. Wenn der Hirte dort von einer Wölfin gesäugt worden war, würde sie nicht fern sein, nebst ihrem Rudel. Ich dachte an meine Suche nach Palmira und fürchtete mich gleichzeitig vor diesem mächtigen Menschen, der so geheimnisvoll an einem Felsen lehnte. Da dachte ich aber auch, ich lebe noch. Also wollte ich schnell in den Wald fliehen und dann wurde es dunkel um mich.«

Sein Weg musste durch die Waldsenke zum Fluss geführt haben, denn es war anders nicht möglich. Ekuos blieb vorsichtig.

»Sind Fremde in der Nähe? Wer ist Palmira? Sprich«, forderte er den Mann auf.

Atto tat nichts. Er versank in einer schwarzen Höhle der Scham. Es beherrschte ihn nur ein Wunsch, für niemanden mehr sichtbar zu sein oder zu sterben. Der Himmel hatte kein Einsehen mit ihm, der Himmel ließ die Wolken verwehen und gab helles Licht zur Erde, so hell, dass Atto von aller Welt gesehen werden konnte. Die Frauen aus dem Tempel hatten ihm Palmira übergeben, damit er sie mit seinem Leben beschützte. Atto hatte seine heilige Pflicht verletzt und er war nichts mehr wert.

»Atto sollte Palmira von der Burg zu den Bergen führen. Palmira war auserwählt, in der Sippe des Glenn als Heilerin zu wirken«, sagte Atto. »Fremde Krieger kamen und ich kämpfte nicht bis zu meinem Tod. Schande über mich.«

Ekuos dachte, dieser Glenn musste ein gebieterischer und mächtiger Mann sein, denn Atto sprach seinen Namen voller Ehrfurcht aus. Vielleicht war Glenn der Führer einer mächtigen Sippe und Atto hatte Palmira beschützen sollen auf allen ihren Wegen. War es so, dann hatte er unauslöschliche Schmach auf sich geladen.

»Was ist geschehen?«

Atto blieb auf den Knien und zeigte starrend auf das glänzende Ding, das bei der Quelle lag. Nun ging Ekuos nahe bis an die Quelle heran und hob den goldenen Armreif von Palmira auf. Er erkannte ihn wieder. Das war es also, was ihn erschreckt hatte.

Ekuos betrat den Wald und suchte sich eine einsame Stelle. Wenn er innerlich Ruhe finden wollte, dachte er an seine frühere Zeit als Hirte, als er die Herde ins Dorf zu bringen hatte. Ging er mit der Herde hinab zum Berghang, war er für jeden auch aus der Entfernung sichtbar. Waren damals Feinde aus dem Norden in der Nähe gewesen? Ekuos trug die Verantwortung für die kleine Herde und sein Dorf brauchte das Vieh für den kommenden Winter als Nahrung. Immerhin kam es vor, dass aus Dörfern, die ihre Herden schlecht hielten oder sie durch falsches Verhalten verloren hatten, Menschen sich aufmachten, um in anderen Dörfern für die dunkle Zeit Vieh zu stehlen. Vorsicht ist die Tugend der Klugen. Aber da war noch etwas. Wieder einmal hatte er sich auf einen Menschen eingelassen. Die Lehre befahl ihm, sich aus den ungeweihten und alltäglichen Dingen herauszuhalten. Ekuos ging zurück. Amanda hatte den Mann nicht aus den Augen gelassen.

Ekuos sprach nun nicht mehr, nur der Fremde.

»Sie griffen nach ihr, als wäre sie ein Stück Vieh. An dieser Stelle dort drüben, gleich bei der Flussniederung, hatte ich ein bescheidenes Lager aufgeschlagen, nur eine kurze Rast sollte es werden. Palmiras Pferd lahmte ein wenig und wir kühlten die Fesseln mit dem Wasser der Flussgöttin Isa. Ich wollte doch nur zu der Wiese hinüber, um in die Senke zu schauen, wie lange wir bis zur Mündung noch brauchen werden, da stürzten sie aus dem Wald, straften mich und griffen nach Palmira. Ich habe es zugelassen.« Atto schlug die Hände vor sein Gesicht und rieb so heftig, dass die wunde Stelle an der Stirn erneut zu bluten anfing. »Wer weiß, was für Wesen es waren? Sie hatten fremde Stimmen. Leute aus der Welt hinter dem Regenbogen oder der unheimlichen Nächte. Vielleicht haben Wesen aus der Anderswelt Palmira geholt, dann wird sie wohl lange nicht mehr zurückkehren.« Atto schüttelte sich heftig. »Einen von ihnen«, sagte er, »habe ich Gott Esus geopfert.«

Der Baum. Ekuos machte eine leichte Drehung und schaute in die Richtung des Baumes, den er aber nicht sehen konnte. Atto dachte, dass Ekuos durch die Bäume hindurch bis dorthin blicken konnte. »Du siehst ihn?«, fragte er und senkte erneut seinen Blick zu Boden. »Esus soll mir den Weg weisen. Ich muss Palmira finden. Götter weisen uns Menschen den Weg. Die fremden Krieger müssen über den großen Fluss gekommen sein, wenn es nicht die Mächte der Finsternis waren.« Atto sah sich um. »Ist es an mir, Palmira zu finden?«

Mit diesen Worten unterschied Atto zwischen Ekuos und den Menschen. Er dachte offensichtlich, Ekuos der Hirte und Seher könnte die Männer mit der Entführten entdecken und entlarven. Er sprach es nur nicht aus. Aber Ekuos dachte dasselbe. Langsam begriff Ekuos, warum Atto ihm begegnen musste, obwohl der in der Nacht keine guten Erfahrungen gemacht hatte.

Atto warf sich erneut der Länge nach zu Boden und schluchzte. »Wenn wir Palmira finden, töte mich. Opfere mich den Göttern.«

Ekuos überließ Atto Amanda und den anderen, die inzwischen in bewaffneter Reihe am Waldrand Aufstellung genommen hatten. Amanda war der Schatten in der Nacht gewesen, sie hatte Atto mit dem Schwert am Kopf verletzt.

Ekuos ging zur Quelle. Vielleicht löste das reine Wasser seine wirren Gedanken auf. Prüften die Götter ihn durch Atto?

»Aber du musst wissen, wo Palmira ist«, schluchzte Atto, »sonst werde ich in Schande leben müssen.«

Ekuos schnalzte mit der Zunge, damit sein Pferd zu ihm kam und er sich in Bewegung setzen konnte. Atto hatte ihn überrumpelt. Wegen der Kälte und der Aufregung während der Nacht hatte er sich zum Reden verführen lassen. Noch war er längst kein Weiser, nicht einmal ein Herr.

»Wir werden zum Baum gehen und uns den Toten ansehen«, sagte Matu, weil Ekuos dort hinüberritt.

Ich bin ein Hirte und Seher, dachte Ekuos, ich darf mich nicht mehr in die alltäglichen Belange der Menschen einmischen. War er davon wirklich überzeugt? Er schaute auf Amanda, die ihm folgte. Ihre Männer nahmen Atto in ihre Mitte und schoben ihn voran. Amadas blieb bei den Pferden, während Matu den rückwärtigen Wald beobachtete.

Der Himmel über Ekuos war nun hell und voller Licht. Der Tod war gegangen. Jetzt schwebte der Geruch des Toten unter dem Baum. Ekuos drehte sich um und winkte Atto zu sich. Woher kam dieses Geräusch? Atto war es nicht. Drüben am Wald war ein Vogel auf einem Baum niedergegangen. Ganz ruhig, wie von Menschenhand aus Holz geschnitzt, saß er auf dem höchsten Ast. Ein Kranich, dachte Ekuos. Das war nicht möglich zu diesem Augenblick des Herbstes. Er schaute zu Atto hin, aber der sah den Vogel nicht, stand nur da und blickte zu Boden. Ein irdisches Feuer sollte bis zum Himmel reichen, um den Göttern zu sagen, hier steht Ekuos und bittet um eine Antwort. Ekuos wollte ein Feuer ohne Rauch anzünden lassen, mit sauberen Flammen, die seine reine Gesinnung bewiesen. Nicht für mich will ich eine Antwort, für die Leute in meiner Umgebung und für Palmira, die ich kenne, die Feinde wie gestohlenes Vieh verschleppt haben. Es würde einige Zeit dauern, zu dieser frühen Stunde genügend trockenes Holz zu sammeln. Ekuos wollte schon ein Zeichen geben, als er den Ruf des Kranichs hörte: Gehe fort!

Waren noch Feinde in der Nähe? Einer der ihren hing in einem Baum, sie mussten ihn beerdigen. Vielleicht taten sie das nicht und waren verschwunden?

Aus seiner Bewegung heraus sah Ekuos nach Osten. Die Helligkeit kam aus einer fernen Welt. Dort, wo die Sonne ruhte und die Mondgöttin über die Toten wachte, dorthin gingen seine Betrachtungen. Seine Pflicht wäre es gewesen, sich zu entfernen und seiner Bestimmung nachzukommen. Auch hatte er den Weisen von der kommenden Gefahr zu erzählen. Feinde fielen in das Land ein. Ein durchsichtiges Licht kam auf ihn zu, das seine Gedanken endgültig hell werden ließ. Es war noch früher Tag, feucht und dampfend wie ein neugeborenes Kind. Er würde die Suche nach Atles und den Freunden nicht vor ihrem Auffinden beenden, danach aber würde er in die Berge gehen und nur noch den Himmel beobachten. Ekuos wollte für sich sein, um nachzudenken. Wenn es die Feinde waren, die Palmira entführt hatten, dann musste er wissen, woher sie gekommen waren und wie viele sie waren. Feinde waren ebenfalls eine Bedrohung für seine Sippe. War es das, was die Nacht ihm erzählt hatte? Hatte er nicht die vielen Krieger gesehen? Atto hatte ihre Sprache auch nicht verstanden, also mussten sie von weither gekommen sein, denn die Sprache von Ekuos und Atto wurde überall gesprochen. Ekuos blieb in sich selbst zurückgezogen, bis die Wölfin sich erhob und Atto erschreckt zurückwich, denn jetzt erkannte er, dass Kida kein getarnter Mensch war und Ekuos keine Wölfin.

Ekuos ritt unter den Baum mit dem Toten darin. Da war sie also, die freie Fläche mit dem Baum, und in dem Baum der von Atto geopferte Feind. Die Augen fehlten bereits und am offenen Schädel hatten sich längst schwarze Vögel eingefunden.

Nein, dachte Ekuos, das dort ist kein Opferplatz für Gott Esus. Atto hatte es sich in seiner Verzweiflung nur gewünscht. Ekuos ließ nur Kida in seine Nähe und schritt auf den Baum zu. Er wartete darauf, dass er ein Zeichen der Götter bekam. Wenn die Götter unendlich zürnen und die elenden Menschen nicht mehr ertragen werden, wird ohne jede Warnung der Himmel einstürzen, hatten die Weisen Ekuos gelehrt. Nun musste er noch Palmira aus den Fängen der Feinde befreien, doch das war etwas anderes, denn sie wird inzwischen eine weise Frau geworden sein. Ihre Rettung würde die Götter milde stimmen, nicht dieser im Baum hängende Kadaver. Ekuos gab Matu ein Zeichen.

»Wir werden den Baum von seiner unerwünschten Last befreien«, rief Matu. »Gott Esus wohnt dort nicht. Atto, du nimmst deine Axt und schlägst dem Feind den Kopf ab. Wenn du Glenn begegnest, wirst du ihm den Kopf des Feindes zu Füßen legen.«

Atto nickte und schritt kräftig aus. Voller Zorn hieb Atto dem Toten den Kopf ab, kaum dass er ihn aus dem Baum gelöst hatte. Er wickelte den Schädel in das Hemd des Feindes und steckte die Trophäe in einen Sack, den er über seinen Rücken warf.

Ekuos hatte das Gesicht des Toten aufmerksam betrachtet. Atto hatte ihm das Haar geschoren, nachdem er ihn erschlug. Blut war nicht zu sehen. Die Kopfform war anders. Er sah anders aus als unsere Menschen, dachte Ekuos.

Der Kranich hatte noch einmal gerufen, war danach gleich in die Luft gestiegen und davongeflogen. Ekuos rieb sich die Ohren. Der Ruf war sehr laut und unüberhörbar gewesen: Geh fort!

Ekuos stieg wieder auf das Pferd. Seine Entscheidung war gefallen.

Atto stand da wie ein erschöpftes Tier und rührte sich nicht. Also war der Kranich nur für ihn, Ekuos, da gewesen, um die Nachricht zu überbringen. Mit der Geste seiner Demut gab er den Göttern seinen Dank und ein Zeichen, ich habe es verstanden. Ekuos schaute zu dem Kranich hinauf, der noch einmal hoch über die Wälder flog und ihm so die Richtung wies. Dort hinüberzureiten wäre ihm niemals in den Sinn gekommen, denn hinter dem Fluss befand sich tiefster dunkler Wald.

Langsam schritt er auf Atto zu, der sein Gesicht nun gesäubert hatte und eine schlimme Wunde zeigte, die sich vom Kinn hinauf bis zur Schläfe zog. Am Hinterkopf zeigte er mit dem Finger auf eine massive Beule, die von einem Schlag herrührte. Ekuos war sich sicher, dass Amanda Atto hatte töten wollen, als sie ihr Schwert gegen ihn richtete. Er begriff, dass sie ihn mit ihrem Leben schützen wollte. Durfte er das erlauben?

Kida die Wölfin verschwand in dem dunklen Wald und wies die Richtung.

Nicht nur Atto zuckte zusammen, denn sie alle sahen nur noch Bäume und Wald. Wie sollte sich jemand in diesem Dickicht zurechtfinden? Matu ritt voran, gefolgt von Amadas. Die Männer von Amanda nahmen Atto in ihre Mitte, der zu Fuß laufen musste. Ekuos ließ sich etwas zurückfallen und Amanda vor sich herreiten.

Am Himmel erschien der Herbst in gelbbraunen Farben und ließ einen kühlen Wind über die Erde wehen. Für alle Menschen sichtbar, war nun die Pflückzeit angebrochen. Bäume und Sträucher waren voller Beeren und Nüsse. Jeder konnte es sehen und sich entsprechend verhalten. Klar und einsam war das Wasser des Flusses, an den Ufern klebten noch einzelne Nebelnester über den grünen Fluten. Die Sonne stand still und reifte. Es würde ein Tag sein, das genügte Ekuos. Er schaute Amanda auf den Rücken, bis sie es bemerkte und langsamer wurde.

»Da hat sich etwas in aller Stille ereignet. Du hast eine neue Seele bekommen, denn die Seele ist ein göttliches Licht. Sie wird dich von nun an begleiten. Wenn du sie kränkst, wird sie dich wieder verlassen und du kehrst als die Tochter der Kij zurück. Ekuos wird seinen Weg gehen und danach in den Bergen auf die letzte und alles entscheidende Antwort der Götter warten. Es wird so sein, dass Amanda neben ihm leben wird als seine Anam Cara.«

Als Ekuos schwieg, wurde es Amanda heiß und kalt. Einerseits würde sie nun für immer bei ihm sein dürfen. Andererseits bedeutete sein Seelenfreund zu sein, dass sie ihm nie näherkommen wird, als sie es schon bisher gewesen war. Aber die Tochter der Kij wollte sie nie wieder werden. Wenn eine Frau wartet, ist sie noch wie ein kleines Mädchen, deren Körper sie überrascht. Frauen gehen im Mondlicht in den Wald und der Himmel entscheidet, ob sie ein Kind gebären werden oder nicht. Amanda weiß, sie wird nie tanzen und sie wird Ekuos nie umarmen, aber es wird ihr guttun, sich irgendwo an einen Felsen zu lehnen und er wird da sein.

Der zu durchdringende Wald wuchs dicht und die Bäume waren so hoch, dass es den ganzen Tag über dunkel blieb. Als sich die Ebene vor ihnen öffnete, waren sie alle durch das plötzliche Licht wie geblendet. In einiger Entfernung, also bald erreichbar, lag die Stadt Boiodurum an den drei Flüssen.

Als sie einen Hang hinunterritten, rannte Atto über das freie Feld und zeigte mit ausgestrecktem Arm auf die Toten, die weit verstreut auf der Erde lagen. Es war nicht zu übersehen, dass sie gewaltsam zu Tode gebracht worden waren. Immer wieder zeigte Atto auf die Leichen und nickte heftig dazu. Wortlos erklärte er so den anderen, dass sie die Entführer Palmiras waren.

Ekuos hielt sich bei den toten Feinden nicht auf. Er übernahm die Spitze. Amanda und Amadas folgten ihm. Wenn die Toten zu den Entführern von Palmira gehörten, war sie nun in den Händen anderer Leute. Die Nähe von Boiodurum ließ ihn vermuten, dass man sie dorthin gebracht hatte. Ekuos schaute nur noch nach vorne.

Der windige Tag wehte den Gestank der Leichen weit über die Ebene. Aasfresser lauerten ruhig und mit wachen Augen am Waldrand. Aber nicht nur sie warteten. Hinter den Büschen lauerten Leichenfledderer, die sich an den nun überflüssigen Kleidern der Kadaver gütlich tun wollten. Es dauerte einige Zeit, bis die Gruppe wieder den Duft der durchfeuchteten Erde riechen konnte. Matu hatte ein frei laufendes Pferd entdeckt, das wahrscheinlich einem der Getöteten gehört hatte. Er bot es Atto an, doch der lehnte ab, lief lieber weiter zu Fuß.

»Atto hat eine Strafe erwartet«, sagte er, »aber ihr habt Atto die Haare gelassen. Atto ist ungeschoren davongekommen. Atto hat die ganze Nacht die Götter angefleht.« Er stampfte auf und hielt seine Hände vor das Gesicht, als würde er nachdenken. Er konnte die Frage, warum er nicht im Kampf in den Tod gegangen war, nicht beantworten.

Matu wies auf einen kleinen Bach hin. »Reinige dich, Atto. Wir werden den Weg nun ohne dich gehen, also folge uns nur langsam«, sagte Matu.

»Ich denke, Glenn wird mich töten? Atto ist nicht dumm. Ich darf nicht in den Bezirk der Götter«, sagte Atto. »Nur das Licht meiner Seele darf es.«

Ekuos war längst davongeritten und hielt erst an, als die Mauern der Stadt zum Greifen nahe zu sein schienen. Er ließ den Trupp zwischen Bäumen absitzen.

Es war für sie besser, wenn er sich zuerst einen Überblick verschaffte, bevor sie sich dem Ort näherten. Auch wenn sie alle zu einem Volk gehörten, so waren sie hier am Platz Fremde.

7. Palmira, die Steine, das Licht

Fast unbemerkt zog sich der Tag zurück und ein weicher Abend legte seine ersten grauen Wolken über den Himmel. Das Kreischen der Räder vieler Wagen, die noch den Ort erreichen wollten, klang von den Straßen zu ihnen herüber. Erste Fuhrleute zündeten Fackeln an und befestigten sie neben sich. Die Frachtkähne auf den Flüssen bewegten sich auf den Hafen zu. Die meisten der flach auf dem Wasser liegenden Schiffe waren aus Eichenholz gebaut worden. Die Segel waren aus mit Salz gegerbtem Leder gefertigt.

Ekuos entschied, an der Danau entlang zum Hafen zu reiten, um von dort in die Stadt zu gelangen. Nach der langen Zeit in der Einsamkeit der Wälder erschraken sie fast vor dem Lärm und der Betriebsamkeit am Hafen. Es war kaum ein Durchkommen. Auf den Kais wurden Eisen, Felle und Salz verladen und von anderen Schiffen kamen Gefäße, Geschirr, Möbel und vor allem Wein in die Stadt. Zwei voll beladene Wagen mit Feldfrüchten und Körben mit Bohnen und Nüssen kamen aus einer Nebenstraße. Niemand schien die Ankommenden zu beachten.

Jetzt erst fiel Ekuos auf, mit welch verlangendem Ausdruck seine Begleiter auf die Esswaren starrten. Wie immer bei langen Reisen war es der Hunger, der die meisten Menschen sehr veränderte. Viele vermieden lieber große Fahrten und längere Entfernungen, weil es häufig passierte, dass Menschen dabei verhungerten. Er suchte einen Weg und fand eine schmale Gasse. Bis auf Ekuos stiegen sie alle von den Pferden und führten sie, weil die Gassen zu eng wurden. So viele verschiedene Gesichter und Kleider hatten sie noch nie gesehen, bis auf Amadas, der sich an die Märkte rund um das große Meer erinnert fühlte. Der Ort, in den sie hineinkamen, wirkte wie ein lang gestrecktes Schiff in gefährlicher Strömung. Ekuos ritt auf einen geräumigen Platz zu, dessen Mitte von zwei großen Tempeln bestimmt wurde. Um sie herum waren heilige Haine angelegt und die prallen Früchte des Apfelbaums leuchteten in dem von zwei Feuern erhellten Abendlicht. Der eine Tempel war der Großen Mutter gewidmet und der andere der goldenen Sonne. Ekuos betrat das erste Gebäude und spürte den saftigen Geruch der Erde. Zwei weise Frauen traten auf ihn zu und führten ihn in den hinteren Teil des Gebäudes, wo ein tief gegrabenes Erdloch von zwei im Halbkreis stehenden Gruppen von Frauen und Männern umringt war. Niemand rührte sich und keiner sprach ein Wort.

Amanda blieb vor dem heiligen Hain stehen und zwei ihrer Männer machten sich auf den Weg, um etwas zu essen zu besorgen. Amadas hatte sich inzwischen an das neue Bild, das Amanda ihnen bot, gewöhnt und er wollte sich hier, wie er es immer in einer neuen Umgebung tat, ein wenig umsehen. Zu seiner Überraschung schloss sich ihm Matu an. Sie liefen bis an die Spitze der Landzunge, wo der Ort endete und der Eon in die Danau mündete. Auf der gegenüberliegenden Seite strömte ein weiterer Fluss in den großen Strom, aber von ihm wussten sie beide den Namen nicht. Boiodurum war ein verwunderlicher Ort. Auch an der Landspitze stand ein kleiner Tempel und neben den beiden großen Gebäuden hatten sie Ehrenplätze der verschiedensten Götter gesehen. Selbst in der zurückgelassenen großen Stadt war Amadas eigentlich nur die Pferdeskulptur aus Eisen, die der Göttin Epona geweiht war, in Erinnerung geblieben. Ihn verwunderte nach wie vor, dass dieser Ort keinen Namen trug. Jedenfalls war ihm keiner zu Ohren gekommen. Überall in den Burgen und Orten hatte es eine Ehrfurcht vor den heiligen Plätzen und Gebäuden gegeben. In Boiodurum schien ihm das nicht der Fall zu sein. Die Menschen rannten herum und hatten offenbar nur ihre Geschäfte im Sinn. Allerdings war ihm eine solche Vielfalt an verschiedensten Waren im Keltenland auch noch nicht untergekommen. Selbst Körbe mit großartigen Bernsteinstücken sah er am Uferweg stehen, von bewaffneten Männern beschützt.

Matu wies auf die Lagerplätze am Ufer des Eon. Dort wurde auch noch zu dieser Zeit Salz aus den Kähnen geladen und auf bereitstehende Wagen gehoben. Das war es aber nicht, worauf es Matu ankam. Am Ufer knieten in einer Reihe Menschen am Boden, denen die Arme am Rücken festgebunden worden waren und die eine Haube über dem Kopf trugen. Matu fragte vor beilaufende Leute danach, aber die schüttelten nur die Köpfe. Erst ein alter Mann, tief vorgebeugt von seinem krummen Rücken, gab Auskunft. Dort drüben brachten die Männer des Glenn ihre Schiffe aus dem Salzland an Land und fuhren mit Sklaven für die Bergwerke wieder zurück.

Hall. Dieses Wort hörte Amadas immer wieder und er verstand, dass es Salz bedeutete.

»Die Salzgruben fressen Menschen«, sprach der alte Mann und verschwand in einem Haus.

Viele Boote hatten inzwischen zur Nacht an den Ufern angelegt. Plötzlich lagen die Flüsse wie ausgestorben vor ihnen. In der Dunkelheit fuhren keine Frachtkähne mehr über das Wasser. An den Liegeplätzen befestigten die Schiffsleute Fackeln im Sand. Feuerfunken tanzten über das Wasser. An den gegenüberliegenden Ufern gingen die Lichter an. Amadas suchte sich ein Haus, um dort zu übernachten. Man saß um den in der Mitte der Hütte gebauten Herd und aß gebratene Fische mit Bohnen. Erst als Amadas die Sprache auf das Salzland und diesen Glenn brachte, erstarb das Gespräch abrupt und es gelang ihm nicht, es durch Erzählungen von seiner bisherigen Reise wieder zu beleben.

Matu kehrte zu den Pferden zurück und fand einen Unterstand am Ende des Ortes für sie. Es war zwar feucht und kühl so direkt am Wasser, aber das störte ihn nicht. Er nahm sich eine Decke, lehnte sich an die Wand und ließ den Tempel nicht aus den Augen, in dem Ekuos sich aufhielt.

Wenn das ewige Schweigen in die Welt käme, wo wäre dann noch das Leben möglich? Bevor die Bäume verstummten, schwieg auch der Fluss. Kein Vogel, der mit seinem Ruf nicht enthaltsam umging, wenn er dadurch überleben könnte. Außer am frühen Morgen, wenn die Vögel mit ihrem lauten Schwatzen die Erdmutter aufweckten. Wer sonst sollte es schaffen, den Himmel und die Erde zu verbinden, wenn es nicht die Vögel tun? Wenn alles in der Welt endgültig schweigen würde, wäre es nicht mehr da, das Leben.

Ekuos hatte sich auf das Dach begeben und stand mit der Ältesten der weisen Frauen am Rande des Gebäudes. Seine Gedanken beschäftigten ihn, weil er sich so hilflos fühlte. Wenn das Tageslicht sein Gesicht berühren würde, wird er kein Hirte mehr sein. Der Rat der weisen Frauen und Männer hatte es ihm bereits gesagt, dass er sich vom kommenden Tag auch an diesem Ort Ekuos der Seher nennen durfte. Ekuos der Hirte musste zurückbleiben.

Der Tempel wurde durch hohe Fackeln erleuchtet und goldene Schalen glänzten im Licht. Ekuos starrte auf die Hand Palmiras. Sie war im Haus gewesen, als er es betrat. Wie es ihr gelungen war, in den Tempel zu gelangen, darüber erfuhr er nichts. Hatte er bisher nicht genug getan? Die Feinde waren nicht mehr und er musste seinen Bruder und die Freunde ins Dorf zurückbringen. Trotzdem war ihm, als sei seine Mission eine andere und noch lange nicht zu Ende. Was sollte er tun, wenn sie am Boden liegenblieb und nie mehr aufstehen würde? Er dachte an Amanda, die sicher von ihrem Platz aus das Ufer einsehen konnte und die Leute des Glenn beobachtete. Palmira würde, wenn es denn so nicht gewollt war, von sich aus nicht in das Salz hinabsteigen. Aber woran zweifelte er? Hatte er nicht vorher noch an Palmiras Leben, an ihr Weiterleben gedacht, war er nicht vollständig davon überzeugt gewesen? Er schaute auf ihre schmale, ein wenig ovale Hand mit den sehr schlanken, allerdings nicht übermäßig langen Fingern. Sie wirkten wie tot. Lag es daran, dass sie kaum Zeichen trugen? Die meisten Hände, die er gesehen hatte, trugen Wundnarben, tiefe Kerben von der schweren Arbeit, zumindest aber starke Falten. Palmiras Hand zeigte nichts davon. Fast makellos lag sie auf den runden Flusskieseln, die zu ihrer Heilung unter ihren Arm gelegt worden waren. Man hatte sie heraufgebracht, damit ihr das frühe Licht des kommenden Tages heilend helfen konnte. Ekuos hatte erfahren, dass die weise Frau Palmira von ihren Fesseln befreit hatte. Aber man konnte an Palmiras Handgelenken keinerlei Spuren entdecken. Nur ihre Hände sah er, denn ihr gesamter Körper war zugedeckt worden.

Ekuos sprach mit sich. Er kniete nieder und befreite die Liegende von den Fliegen, die sich auf ihrem Arm niederlassen wollten. Dabei sprach er mit sich selbst. Ekuos hörte seine Stimme, aber nicht seine Worte. Er bekam das Gefühl, er war das nicht, der aus ihm sprach. Vielleicht setzte Ekuos gar keine Wörter aneinander, sondern sprach einen Liedtext oder etwas Vergleichbares zu seiner eigenen Beruhigung? Ekuos hätte fragen können, aber er sah ja, wie schwer es Palmira fiel zu atmen. Er hätte sie in dieser Lage berühren müssen. In seiner Nähe standen Körbe mit Äpfeln, den Früchten des Lebens.

Er durchschnitt mit einem Messer die Apfelhälften in noch kleinere Teile und legte sie auf ihre Stirn. So befreite er den Körper von der Anwesenheit der Schmerzen, mit denen die Feinde Palmira bedeckt hatten. Als Sinnbild der Unsterblichkeit würde er Palmira im Leben lassen. Ekuos schälte das Kernhaus aus dem Fleisch und legte es Palmira auf die Hand. Er entfernte das auf ihr liegende Tuch. Nun lag sie da, ein fußlanges Unterkleid war zu sehen und ein fast ebenso langer Mantel. Umhüllt von Stoff blieben nur die unbedeckten Hände zu sehen. Auf ihr Gesicht legte er nun wieder ein helles Tuch. Ekuos schaute auf ihre Schuhe. Es war kein Schuhwerk, wie es im Land gefertigt wurde. Palmira stammte aus keinem reichen Haus, das hatte Ekuos gewusst. Nun sah er sich fragend um, weil sie Schuhe aus einer Gegend trug, die er nicht kannte. Die weise Frau gab ihm zu verstehen, dass er sich an ihre Seite zu begeben hatte. Was der Glenn mit Palmira gemacht hatte, das durfte nicht ohne Strafe bleiben. Ekuos erhob sich.

»Nichts ist, wie es scheint. Wir alle hier warten auf ein Zeichen. Einer der Weisen sagte, es wird so sein, dass wir an einem großen Meer beheimatet sein werden. Diese Sippen, die viel besaßen, die von Tellern aßen, die Händler von weither lieferten, die Wein aus fernen Landen tranken und sich mit fremden Stoffen kleideten, auch sie werden wieder arm sein.«

Ekuos erinnerte sich an diese Worte seines weisen Ratgebers und Lehrers, der sich die Entwicklung der Menschen nur ungern angesehen hatte und häufig gegen sie wetterte.

Eine der weisen Frauen führte ihn an den goldenen Kessel, der das Licht des frühen Morgens auffing.

»Die reichen Herren fahren in ihren Wagen einfach an den Kranken und Alten vorbei und lassen sie, vom hoch geworfenen Schmutz ihrer Räder verunstaltet, hinter sich. Sie lachen nur deshalb darüber, weil sie seinen Fluch fürchten. Palmira war ausgewählt worden und Atto hieß ihr Beschützer, auch wenn er kein wirklicher Kämpfer war. Vielleicht war seine Familie verschuldet und Atto war eine Geisel, die so lange dem Glenn dienen muss, bis die Schulden zurückgezahlt sind.«

Ekuos hörte zu und schaute wieder zum Himmel hinauf. Er stand nun direkt unter der Öffnung im Dach des Tempels.

»Es muss so sein, dass wir den Glenn nicht mehr schalten und walten lassen, wie er es will. Seine Macht im Salzland ist so groß, dass er sich bereits höhergestellt sieht als die weisen Frauen und Männer. Palmira werden wir nicht gehen lassen können, aber Amanda wird zu ihm gehen und die Kräuterfrau sein, die er für seine geschundenen Salzleute haben will. Sie wird bereits unterrichtet und wir werden ihr im Salzland Hilfe zukommen lassen, damit dem Glenn der Tausch nicht auffällt. Er kennt Palmira nicht, also wird er Amanda glauben. Ekuos wird ihre Begleitung sein. Sie werden einem Seher nichts antun, das werden sie nicht wagen. Noch nicht. Wenn es keine Änderung gibt, werdet ihr den Glenn töten. Wir müssen den Göttern zeigen, dass die Menschen gläubig und in Demut auf ihr Schicksal warten.«

Ekuos war überrascht. Man erwartete, dass er sich bereithielt. Aber Amanda war keine Heilerin, das musste doch auffallen.

Das Licht leuchtete abermals anders als in den Wochen zuvor. Ekuos sah erneute Feuerspuren und auch diese grelle Helligkeit erkannte er wieder. Danach blieb der Himmel grau in grau, von der Sonne kamen keine wärmenden Strahlen. Amanda und er wurden eingekleidet und verabschiedet. Nun trug Ekuos den langen Rock des Sehers und Amanda das dunkelbraune Gewand der Kräuterfrau. Man brachte sie mit einem Kahn hinüber zum Ufer am Eon, wo ein Lastenkahn des Glenn auf sie wartete. Sofort tauchten die Ruderblätter in das Wasser und die Fahrt den Fluss hinauf begann.

Weil sie schon sehr früh durch den dicht befahrenen Ort liefen, verschwanden Ekuos und Amanda fast unbemerkt von Matu. Der große Kerl stand fassungslos am Ufer und schaute ihnen nach. Ekuos bemerkte, wie schwer es Matu fiel, mit seinem Alleinsein fertigzuwerden. Aber es war nicht zu ändern. Ekuos drehte sich und schaute nach vorne, zu den misstrauischen Schergen des Glenn, die ihm ganz offen ihre Abneigung zeigten.

Matu rannte zu Amadas und berichtete ihm mit Armen und Händen von dem Ereignis, das ihn völlig fassungslos gemacht hatte. Waren Ekuos und Amanda als Geiseln an Bord gegangen? Matu beschwor Amadas, ihn nun nicht allein zu lassen und mit ihm den Eon hinaufzureiten. Mit Furcht ritten sie durch den ihnen feindlich scheinenden schwarzen Wald. Amadas zweifelte keinen Augenblick an der Richtung, auch wenn es eigentlich keinen ordentlichen Weg gab. Matu aber, der ständig hinter jedem Busch die Leichen von Ekuos und Amanda vermutete, und selbst Eber oder frei laufende Herden mit der Seele von Ekuos in Verbindung brachte, schien verzweifelt und fast orientierungslos. Letztlich blieb Amadas nichts anderes übrig, als das Heft des Handelns in die Hand zu nehmen. Sie mussten lange im Gänsemarsch laufend, vorsichtig einen Fuß vor den anderen setzend, durch ein Moorgebiet waten. Aber sie erreichten den Fluss wieder und schauten wachsam aus dem Wald über den Eon, auf dem viele Kähne verkehrten. Amadas sah sehr große Vögel, die über dem Fluss kreisten. Er sah aber den Kranich nicht, der nun genau über diesem Wald kreiste und dann im endlosen Himmel zu verschwinden versuchte.

Auch Ekuos sah dieses Zeichen, und er konnte es nicht ignorieren. Er sah den Kranich und nahm ihn als gutes Zeichen. Als Hirte war ihm die Herde gefolgt, weil sein Wille stark gewesen war. Nun musste er den Menschen seinen Willen aufzwingen. Er befahl, das Boot anzuhalten. Sie warteten. Als nichts geschah, kam ein Murren von den Ruderern. Dann geschah etwas. Ein Eber tat sich am Ufer gütlich, denn er hatte einen Platz voller köstlicher Pilze gefunden. Sein Schmatzen zog durch den Wald wie das Lachen der Götter. Der Respekt vor diesen Tieren war groß, denn bei der Jagd auf den Eber hatte bereits jede Sippe einige Männer verloren. Dieses Exemplar hatte besonders ausgeprägte Hauer und als es zum Boot hinübersah, da glaubten die Ruderer, eine magische Verbindung zu Ekuos zu erkennen. Ekuos dankte dem Kranich für den erschienenen Eber und hob die Hände zum Himmel. In diesem Moment flog eine Eule mit kräftigen Flügelschlägen über den Fluss. Während der Eber sich in den Wald zurückzog, suchte sich die Eule einen starken Ast und schaute zum Boot hinüber, als hätte sie schon sehr lange auf den Trupp gewartet. Da es niemanden unter den Menschen gab, der nicht an seine Vorbestimmung glaubte, war das Geschehene für sie kein Zufall. Nun fürchteten die Ruderer die beiden. Für Ekuos und Amanda bedeutete diese Situation zunächst einmal eine gewisse Sicherheit vor Übergriffen des Glenn. Es war immerhin möglich, dass seine Spione in Boiodurum den Weg der wirklichen Palmira verfolgt hatten und sie damit rechnen mussten, dass es zu Problemen kam. Glenn‹s Männer im Boot würden die anderen schon in Kenntnis darüber setzen, über welche Kräfte Ekuos verfügte und sich nicht so ohne Weiteres an Attentaten auf ihn oder Amanda beteiligen. Das könnte sich allerdings schnell ändern, falls Atles und die Freunde in den Bergwerken schuften mussten und sie eine Befreiungsaktion durchführen würden. Ekuos ließ seine Blicke schweifen. Es sah ja niemand zu ihm hin. Das heißt, jemand sah es schon, nämlich die Eule, die still und großäugig auf dem Ast saß. Er ließ das Boot zum Ufer steuern, stieg aus und verschwand im Wald. Ekuos wollte einen Moment für sich sein, um über die Lage nachzudenken. Er hatte außerdem mehr als nur die Vermutung, dass Matu ihnen gefolgt war. Das Boot war gegen die Strömung sicher langsamer vorangekommen, als es einem geübten Reiter möglich gewesen war. Er täuschte sich nicht. Von der Flussseite aus sah er, wie Matu und Amadas davonritten. Sie waren bereits ein ganzes Wegstück weiter vorangekommen als das Boot. Ekuos schlug mit einem Stock gegen das Boot. Die Eule erschrak und flog daraufhin schimpfend davon. Dieser minimale Aufruhr genügte, um die Aufmerksamkeit von Matu zu erregen, der seine Doppelaxt zur Hand nahm und den Weg zurückritt. Ekuos flocht mehrere Zweige so ineinander, dass sie die Rautenform der Eulenaugen bekamen. Er kehrte zum Boot zurück und gab Amanda ein Zeichen.

»Hier wollen wir ruhen und uns die Nacht über aufhalten«, sagte sie zu dem Ruderführer und der wunderte sich über diese Entscheidung, denn über dem Fluss stand noch der helle Himmel, auch wenn er dazu den Kopf schon sehr weit in den Nacken legen musste.

Unvermittelt sah er die Wölfin am Ufer und dachte an nichts mehr.

Amanda schaute zu Ekuos, der sich schon auf seine Decken gelegt und die Augen geschlossen hatte. Sie glaubte, Ekuos sei wohl mit den Dingen zwischen Himmel und Erde beschäftigt und so wollte sie ihn nicht stören. Doch Ekuos hatte bereits im Wald den Geruch der Wölfin aufgenommen. Amanda beobachtete die Ruderer, die in einiger Entfernung am Ufer hockten.

»Kida«, rief Ekuos plötzlich laut und sie begann, ihr Wolfsgeheul anzustimmen.

Die Ruderer hielten inne und warteten angespannt auf das, was nun geschehen würde. Einige von ihnen befürchteten, dass die Wölfin zu ihnen hinüberschwimmen könnte.

»Aus der Nacht kehrt zurück die schlafende Göttin. Sie tastet mit kalten Händen unsere Körper ab, um sich zu wärmen. Die Muttergottheit wird von der Sonne berührt. Die Hitze der Mutter Erde wärmt unser Blut. Aus ihrem schwarzen Blut nehmen wir den Atem, um zu leben. Die Haut der Großen Mutter Erde ist schwarz wie der Boden, auf dem sie uns wandeln lässt. Die Süße der Erde wird uns über den langen Winter retten. Nichts ist, nichts wird sein. Das Ende ist nah und die Wasser werden verbrennen.« Ekuos hielt eine kleine, aus Eisen geschmiedete Eule in den Händen.

Kida zog sich in den Wald zurück und die Männer schwiegen. Sie wagten es nicht einmal mehr, ihren gesalzenen Fisch zu essen. Als die Nacht kam, lag das Boot an

Land, aber die Männer waren wegen Kida hineingesprungen und hatten sich geweigert, es zu verlassen. Nur selten lugten sie über den Bootsrand in die Dunkelheit. Dann sahen sie es. Ganz langsam kam ein brennendes Etwas stromabwärts auf sie zu. Ein Boot hatte Feuer gefangen und die Männer an Bord hatten sich vielleicht bereits mit einem Sprung in das Wasser retten können. Niemand wusste es. Knisternd und stöhnend schwamm das sterbende Schiff an ihnen vorbei. Jeder im Boot dachte, dass es eine Warnung ist, aber keiner sprach es aus. Sie schauten zum Wald, in den Ekuos mit Amanda, die sie für Palmira hielten, so überraschend verschwunden war.

Matu war nicht sehr klug, aber er fürchtete die Götter und respektierte sie. Seine ganze Verehrung galt der Großen Mutter, der Schöpferin des Lebens, ohne sie würde nichts sein auf dieser Welt. Und nun, in diesem Wald der ewigen Nacht, sah er sie, die Große Mutter, als Eule, wie sie sich nur auserwählten Menschen zeigte. Matu legte sein zerrissenes Hemd ab und seine Hemdbrust kam zum Vorschein, die ihm die Mutter genäht hatte. Das Hemd war mit blauweißen Rauten verziert und bewies seine Verehrung für die Große Mutter, denn die Rauten waren das Symbol für die Augen der Eule. Matu war berührt durch die Erinnerung an seine Sippe. Er zeigte der Großen Mutter seine geschmückte Brust und bat so still um ihren Schutz und ihre Hilfe bei der Befreiung von Atles und den Freunden. Er senkte seine Lider, wie Ekuos es tat, um die Große Mutter nicht mit seinen Blicken zu beschmutzen.

Sie warteten, bis die Finsternis sie blind machte. In der Dunkelheit des Waldes klang jedes Geräusch gefährlich. Was verbarg sich hinter einem tiefen Seufzer? Oder war es ein Stöhnen? Wie konnte etwas von einem Blatt fallen, das man nicht sehen konnte und wo er dennoch das Gefühl hatte, von etwas berührt worden zu sein? Fiel ein Blatt wie von selbst zu Boden, atmete es weiter, dass man den Atem am Bein spüren konnte? Unterhalten Bäume sich, bevor es Nacht wird? Wenn unter einem Strauch ein Leuchtpunkt glühte, war es ein Tier oder nur ein fliegendes Auge? Matu hörte auf, sich Fragen zu stellen, die er niemals würde beantworten können. Er wollte seine Augen nicht mehr öffnen, erst wieder zu Tagesbeginn, wenn sein müder Kopf frisch war wie die Quelle, die er zu finden hoffte. Die Pferde sollten heiliges Wasser trinken. Einmal hatte sich ein weiser Mann über ihn gebeugt und ihn direkt angeschaut.

»Klug ist jener, der am Ende sein Ziel erreicht, nicht der, der zu Beginn allen davonläuft«, hatte der weise Mann gesagt. Matu wiederholte diese Worte leise und Amadas, der in einiger Entfernung hoch über dem Flussufer hockte, wunderte sich.

»Wenn der Sonnengott am Himmel die Nacht verfolgt und der Mondgöttin nachjagt, warum erreicht er sie nie, wenn er doch der Mächtigste aller Mächtigen ist?« Matu schlug sich auf den Mund. Wer sprach da aus ihm? Was erlaubte er sich für Fragen zu stellen.

Ekuos hatte sich umgewandt und war an die äußeren Äste eines Baumes gegangen, wohin das nun erschienene Mondlicht ihn lenkte. Von dort aus fixierte er Matu.

»Ohne die letzte Frage zu stellen, können wir leben. Wenn wir Menschen alles wissen, werden wir sterben. Wähle das, was du bevorzugen würdest. Nicht für dich, Matu, für die anderen in deinem Dorf. Beantwortest du die Frage aller Fragen, wirst du damit deine Sippe töten. Ist es das, was du anstreben möchtest? Wirst du den goldenen Apfel pflücken, um die Antwort zu bekommen?« Amanda hatte scharf gesprochen und sie sah dabei Ekuos an.

Matu musste sich rechtfertigen. »Niemand ist so klug, die letzte Frage beantworten zu können«, sagte er.

Für Ekuos war genug gesprochen worden. Er dachte an Glenn und dessen Leute, die sich über solche Fragen schon lange keine Gedanken mehr machten. Sie würden jeden goldenen Apfel pflücken, wenn sie dadurch neue Salzadern in den Bergen finden würden. Er machte sich Sorgen um Amanda, denn ihr Leben war von allen hier das gefährdetste, wenn sie im Land des Glenn ankam. Und Ekuos wusste, diese Sorge durfte er als Seher nicht haben, denn Amanda war lediglich seine Begleiterin, nicht mehr. Noch einmal setzte er sich über das auferlegte Schweigen hinweg. Er sprach leise, denn er wollte nicht unverschämt klingen.

»Klug sind nicht nur die Weisen. Klug ist auch jener, der sein Vieh an der flachsten Stelle durch den Fluss führt, auch wenn er die Furt Tag und Nacht suchen muss. Wir sind nicht klug, wenn wir nicht hören und sehen, was um uns herum geschieht. Wir lernen zu hören. Wir hören die Stimmen, die uns lehren, das zu tun, was zu tun richtig ist. Das Licht lehrt uns zu sehen, was zu sehen notwendig ist. Der Mensch isst, wenn er es für richtig hält. Wir essen, wenn es notwendig ist. Wir sprechen, wenn es etwas zu sagen gibt. Lernen wir also, was unumgänglich ist. Matu wird mit Amadas voranreiten und das Boot mit Amanda und Ekuos im Auge behalten.« Ekuos trat aus dem Wald hinaus und suchte sich eine Anhöhe, von der aus er den hoffentlich erscheinenden Tag kommen sehen konnte. Ich werde, dachte Ekuos, alles in meinem Kopf festhalten, wie ich es früher als Hirte tun musste. Sprich mit ihnen also nicht über Dinge, die sie nur verwirren müssen. Die Menschen sind sanft, wenn sie aber etwas nicht verstehen, können sie sehr hart werden. Halte den Mund, wenn du sprichst, hatte eine weise Frau ihm geraten. Die, die dich hören sollen, hören dich. Ein Weiser will lernen, ein Leben lang. Reden sie, waren sie dumm. Sterben sie, waren sie nicht klug genug. Ekuos sah seinen weisen Ratgeber vor sich und dachte daran, wie schwer es ihm gefallen war, all die vielen Dinge auswendig zu lernen, ohne sie aussprechen zu dürfen. Was sich in deinem Kopf befindet, hatte der Priester gesagt, wird sich nie mehr von dort fortbewegen. Die verschiedenen Gedanken in deinem Kopf werden sich irgendwann einmal treffen und miteinander spazierengehen, so wie wir am Waldesrand spazieren, und sie werden sich austauschen, so wie wir uns austauschen. Gedanken bringen sich gegenseitig auf Ideen. So entsteht das Neue. Das verstehe ich nicht, hatte Ekuos geantwortet. Das macht gar nichts, sagte der weise Mann. Morgen gibst du mir eine Antwort auf folgende Frage. Menschen trinken Wasser und Bäume trinken Wasser. Warum sind Menschen dann nicht grün wie die Bäume? Darauf hatte Ekuos keine Antwort gewusst. Ekuos lehnte sich an einen Stamm und stellte die Frage dem Baum, ohne den Mund zu öffnen. Der Wald ist voller grüner Bäume. Die dunkle Jahreszeit beginnt aber mit bunten Bäumen. Der Winter kennt nur wenige grüne Bäume. Der Mensch ist nicht grün, weil er nicht nur Wasser trinkt. Es gefiel den Göttern nicht. Das war die Antwort.

Sobald Ekuos seinen Kopf nicht mehr beschäftigte, hörte er wieder die seltsamen Geräusche des Waldes. In dieser Situation sehnte er sich den hellen Tag herbei. Dachte er an die Feinde, die Palmira entführt hatten und von denen wahrscheinlich noch einige hier irgendwo in der Nähe waren, wünschte er sich zum Schutz die Nacht. Über ihm am Himmel glomm etwas wie ein verglühender Holzscheit. Er war unsicher, denn es gab zu vieles, das er sich nicht erklären konnte. Dazu gehörten auch die Tiere, einschließlich Kida die Wölfin. So weit war sie ihm noch nie gefolgt. Besonders über das Erscheinen der Eule sorgte er sich, aber das führte zu nichts. Er versuchte, an nichts zu denken, doch das gelang ihm nicht. So entschied er, zum Boot zu gehen und sich die Decken über den Kopf zu legen. Amanda hatte sich mit zwei Körben voller Nüsse und einigen

Zweigen eingefunden. Gemeinsam liefen sie zum Ufer des Eon, während Matu und Amadas ihre Pferde am Rande des Waldes entlang führten, damit sie vom Fluss aus nicht gehört und entdeckt werden konnten.

Die Dunkelheit hatte nun das Land unter ihre Fittiche genommen, sodass Ekuos sich schwertat, das Boot zu erreichen, ohne völlig durchnässt zu werden. Ihn schmerzten seine Augen. Nichts war mehr zu sehen. Nur noch hören konnte man, wie unruhig die Tiere im Wald waren. Amanda war angespannt und rutschte auf dem Uferboden aus.

Der Morgen wurde von einem Schwarm Gänse begleitet. Ekuos blieb unter den Decken liegen. Jede Siedlung hatte ihre Gänse, weil sie die Menschen warnten, wenn Feinde in die Nähe kamen. Ekuos dachte an die Gänse in seinem Dorf. Jedes Dorf hatte nach der Warnung noch Gelegenheit, sich auf einen möglichen Angriff von Feinden einzustellen. Nicht alle Gänse besaßen diese Gabe, aber die Rufe über dem Fluss erkannte Ekuos. Er fragte nicht, wem die Stimme gehörte und woher sie kam, denn die Gänse führten aus, was ihnen die Götter befahlen. Gänse waren besondere Tiere, auch wenn jene in seinen Dörfern nicht mehr fliegen konnten. Gänse brachten Botschaften aus dem Himmel, sie waren Götterboten. Es war, wie es war. Über ihm flogen Gänse, die zur rechten Zeit Warnungen ausstießen. Ekuos glaubte das, denn der Gänserich seiner Sippe hatte seine Warnungen ausgestoßen, lange bevor die Menschen die Gefahr erkannten. Er hatte es selbst erlebt, wie ihr Gänserich aufgeregt um das Haus lief, und erst später entdeckten sie das Feuer ihres Dorfes, gelegt von Feinden, die sie aus ihren Häusern locken wollten, um so leichter an die Beute zu kommen. Das war lange her und er hatte es nie vergessen können. Jetzt wollte Ekuos nicht an die Warnung der Gänse denken. Auch an die Feinde nicht, oder das Böse allgemein, was sich auf der Erde ausbreitete und ihre Leben gefährdete. Jeder lebte und wollte weiterleben, so war das Leben eingerichtet. Niemand durfte dem anderen sein Leben streitig machen, aber es geschah. Es geschah jeden Tag und in völlig unerwarteten Momenten. Auch der Kampf mit Waffen hatte sich verändert. Inzwischen griffen die Feinde in der Dunkelheit an. Sie kamen wie das Böse zur Nacht. Die Dunkelheit nahm dem Kampf die Ehre. Schau dem Gegner ins Auge und du weißt, wie er sterben wird. Unbewaffnete anzugreifen war ehrlos, aber genau das taten die Feinde.

Ekuos befreite sich erst von den Decken, als das Boot längst den Eon verlassen und die Igonta erreicht hatte. Lange bevor sie im Hafen der Stadt am Ufer des Flusses anlandeten, sah Ekuos auf den Bergen die starken Befestigungen. Auf einem dieser Berge sollte er sich einfinden, um den Himmel zu beobachten, während Amanda weiter flussaufwärts in das Salzland reisen würde. Plötzlich kam ein großer Vogel vom Himmel herab und griff sich ein Lamm. Ekuos sah sich um. Hatte außer ihm jemand das Ereignis gesehen? Das schien ihm nicht so zu sein. Ihr Boot schwamm auch nicht mehr allein zu der Stadt hinüber. Vor und hinter ihnen gab es Kähne mit bewaffneten Männern, die offensichtlich zu Glenn gehörten. Man ließ ihn am Ufer der Stadt aussteigen und ruderte sofort weiter. Ekuos sah Amanda hinterher und er spürte, dass er sie anders ansah, als er es sonst getan hatte. Als sie sich zu ihm umdrehte, da schaute er in ihr Gesicht und er wusste, dass ihm das nicht erlaubt war. Dann war sie hinter der nächsten Flussbiegung verschwunden und ihm blieb nichts anderes übrig, als die Götter um Beistand zu bitten für die andere Palmira.

In einer Gasse mit vielen Wagen voller Getreide warteten Matu und Amadas. Sie hatten sich mit der Beobachtung der Anlegestelle abgewechselt und Matu stand seinen Mann, indem er mit Getreide beladene Körbe in die Lagerhäuser getragen hatte. Dafür bekam er Essen und eine Unterkunft, um die sich Amadas noch kümmern musste. Sie sahen, dass Ekuos erwartet worden war. Damit er über ihre Anwesenheit informiert wurde, ritten sie langsam am Hafen vorbei. Aufmerksamkeit erregten sie dadurch nicht, denn es gab einige Kähne auszuladen und Pferdewagen fuhren hin und her. Ekuos nahm sie zur Kenntnis, ohne eine Reaktion zu zeigen. Bei ihm standen ein Junge und eine alte Kräuterfrau.

»Wenn du nach Hall kommst, frage nach Rosmerta«, sagte die Frau und ließ sich von dem Jungen in ein Boot helfen.

Ekuos stieg mit dem Jungen den Berg hinauf und als sie fast oben angekommen waren, musste der Knabe umkehren. Dieser Platz war für gewöhnliche Menschen nicht vorgesehen. Ekuos war froh, dass Amanda mit Rosmerta nun eine erfahrene weise Frau an ihrer Seite haben würde, die sie vor Fehlern bewahren konnte. Von einem Ort, der Salz hieß, hatte er noch nicht gehört. Aber er wollte bei passender Gelegenheit nach Hall hinüber, um sich nach Atles und den Freunden zu erkundigen. Auch ein Glenn würde ihm die Freiheit des Bruders nicht verwehren können, falls man Atles gezwungen hatte, im Salzstock zu arbeiten.

Der Wind kam direkt von vorne und war kalt. Wenn der Eiswind früher vom großen See des Bedaius durch ihre Siedlungen fegte, waren ihm Menschen und Tiere zum Opfer gefallen. Aber dieser Wind hier war anders kalt. Ekuos hatte das Gefühl, er würde nach ihm greifen und ihn durchrütteln. Deshalb drehte er sich etwas zur Seite und blickte dabei hinab in das Flusstal der Igonta. Die Ufer des Flusses lagen lang ausgestreckt unter ihm. Er hielt mit seinen Gedanken inne und horchte gespannt in den Wind. Ekuos hoffte, der Wind der Götter würde ihm etwas erzählen. Hier oben war der Geruch des Ortes verweht. Die Bergspitzen im Hinterland glitzerten im Eis. Jetzt war er dem Himmel nah, aber er hörte ihn nicht sprechen.

Die Bergkuppe war abgeflacht worden und trug nun zwei lang gestreckte Gebäude, die von Osten nach Westen hin ausgerichtet worden waren. Seitlich davon stand eine quadratische Hütte und daneben mehrere Auffangbecken für das Regenwasser. Das vordere Gebäude war zu einem Teil ohne ein Dach. Zwischen den Gebäuden lagen diverse Steine in verschiedenen Größen, ausgerichtet nach dem Lauf von Mond und Sonne.

Ekuos stand noch immer im kalten Wind und wartete. Diese heilige Stätte konnte er nicht einfach betreten. Jemand musste ihm entgegenkommen, aber es war kein Mensch zu sehen.

Viele Boote verkehrten auf dem Fluss, kamen aus Richtung des Eon oder aus jener Gegend des Salzlandes, in der dieser Glenn die Macht in Händen hielt, vor dem sich offenbar viele Menschen fürchteten. Ekuos fragte sich, warum man ihn gewähren ließ. Ein langer Wagenzug mit Getreide kam in die Stadt. Ekuos vermutete, dass es Getreide war, denn genau erkennen konnte er es nicht. Da die Zeit gekommen war, die Lager für den langen Winter zu füllen, ging er davon aus, dass die Leute auch in dieser Stadt klug genug waren, für die dunklen Monate vorzusorgen. Wenn er es genau überlegte, würde es sogar möglich sein, dass seine Reise für die Winterzeit eben in dieser Stadt unterbrochen werden musste, von der er noch nicht einmal den Namen wusste.

Die beiden Türen des vorderen Gebäudes öffneten sich. Ekuos sah hinüber. Galt das ihm? Vorsichtig setzte er sich in Bewegung und stemmte sich dabei gegen den kalten Wind, der durch seine Kleidung hindurchblies, als wäre sie gar nicht vorhanden. Vor der geöffneten Doppeltür verharrte er und blickte in das Innere des Gebäudes. Genau in der Mitte befanden sich in einer Linie in den Boden eingelassene Tongefäße, in denen kleine Feuer brannten. Diese brennende Linie lief durch den Tempel und wurde mitten durch die außen befindlichen Steinkreise bis in das zweite Gebäude fortgesetzt und endete erst vor einer breiten Schüssel aus leuchtend geschliffenem Silber, die auf einem Altar so aufgebaut war, dass das Licht durch die Öffnung am Dach in sie einfallen konnte. Ekuos war beeindruckt. So etwas hatte er noch nicht gesehen.

Ein alter Weiser mit roten Wangen trat so plötzlich neben ihn, dass er erschrak. Der Mann stand gebückt und an seiner Haltung erkannte Ekuos, dass er bereits sehr viele Mondaufgänge und Sonnendämmerungen gesehen haben musste. Im Gegensatz zum alten Körper wirkte sein Gesicht fast jugendlich. Nicht einmal die im Wind wehenden Haare waren ergraut. Gemeinsam gingen sie an den Feuern vorbei durch die Halle in den Steingarten. Die Steinkreise waren in verschiedenen Anordnungen gelegt worden, deren Sinn Ekuos nicht verstand. Der weise Mann bückte sich und hob einen der Steine auf.

»Dieser Kreis hier besteht nur aus Steinen, die für uns vom Himmel gefallen sind. Wir haben sie in der ganzen Gegend gefunden. Sie sind anders als die Steine bei uns hier auf dem Boden der Großen Mutter. Warum die Götter sie uns auf die Erde geworfen haben, wissen wir nicht. Wir kennen auch nicht die Kraft, die in ihnen ruht. Mancher der unseren meint, die Götter lassen sie auf die Erde, um durch sie etwas über uns zu erfahren.«

Der weise Mann führte Ekuos an den Rand des Plateaus, wo sich ein aufgerichteter Stein befand, der ihm bis an die Hüfte reichte.

»Hier haben wir den Gründer dieser heiligen Stätte in die felsige Erde gelegt und ihn mit diesem Grabstein geehrt. Es ist ein besonderer Stein, dessen Kräfte sich mit der Großen Mutter und den Gestirnen verbinden. Sämtliche Gebäude und Steinkreise dienen uns zur Beobachtung der Himmelskörper. Du wirst in der kommenden dunklen Zeit so viel darüber lernen, dass du das Wissen für jene bereithalten kannst, die nach uns kommen werden.«

Ekuos verbeugte sich vor den weisen Frauen und Männern, die in zwei Halbkreisen unter der Öffnung im Dach um die glänzende Schüssel standen. Dort blieb Ekuos, bis die Dunkelheit über den Himmel zog und er wie jeden Abend nach Osten blickte, um das Herankommen des Mondes sehen zu können. Doch der weise Alte schob ihn hinaus und führte ihn zu einer Plattform, von der aus er nach Westen sehen konnte. Dort zeigte sich ein Bild, das beeindruckender nicht sein konnte. Der gesamte Himmel schien in einem riesig lodernden Feuer zu brennen. Niemand, der sich in dieser Region aufhalten würde, konnte eine solche Feuersbrunst überleben. Ekuos wusste nicht, wie weit entfernt von seinem Standpunkt aus das Firmament in feuerroten Flammen stand. Wo war die Welt zu Ende? Vielleicht brannte sie immer ein weiteres Stück ab, bis sie eines Tages direkt vor ihren Füßen zu Ende war? Niemand wusste das. Wenn er den Kopf drehte, blickte er in die aufkommende Finsternis der Nacht. Würde er diese Dinge jemals verstehen können?

»Die meisten von uns gehen hinab in den Ort, wenn es Schlafenszeit wird. Nur wenige schlafen dort in der kleinen Hütte. Auch du wirst dort unterkommen.«

Ekuos hatte das zu akzeptieren und lief mit dem weisen Mann hinüber. »Dort unten fließt die Igonta, aber wie heißt die Siedlung?«

Der weise Mann lächelte. »Wir gehen davon aus, dass Namen keine besondere Bedeutung haben. Aber wenn du es unbedingt wissen willst, diesen Ort nennen die Leute Iuvavum.«

Hinter ihnen saß ein Sänger, der in den Abendwind lauschte. Vielleicht war er einer der Auserwählten, die durch den Wind den Gesang der Götter hören konnten, um ihn zu den Menschen zu bringen, dachte Ekuos. Er bat darum, noch ein wenig über das Land schauen zu dürfen. Diese Bitte wurde ihm gewährt und so sah er hinab auf den Hafen, in dem noch einzelne Fackeln flackerten.

Dort stand Matu. Er blickte hinauf zu dem Berg, wo sich Ekuos befand und mit dem Himmel sprechen durfte. Er war mit Amadas zu einem gemeinsamen Mahl bei Irscha eingeladen gewesen, der in diesem Ort ein Haus besaß und sich hier wieder Quintus Tessius nennen ließ. Dort hatte Amadas eine Bleibe gefunden. Matu war ein schlichter Mann und ihm hatten die diversen Gerichte nicht gefallen. Man aß Fisch mit Bohnen und dann war man satt. Mehr brauchte er nicht. Eigentlich hatte er den Weg mit Amadas nur gemacht, weil dieser nun einen Schlafplatz bekam und sie für ihre Pferde einen richtigen Unterstand hatten. Er selbst hatte sich einen Sack mit getrocknetem Heu zurechtgelegt, auf dem er sicher gut schlafen würde. Allein der Geruch des Heus garantierte ihm einen sanften Schlummer. Doch gegen Morgen wurde Matu durch heftiges Geschrei geweckt und lief hinaus und hinüber zum Hafen. Die Mitglieder einer Sippe standen am Wasser und gestikulierten wild. Ein Junge dieser Familien von Fischern war verschwunden. Sein Netz lag am Ufer, aber sein kleines Boot war ebenso verschwunden wie er. In der Frühe war es noch sehr kalt und niemand wollte auf das Wasser hinaus. Gestern Abend hatte der Himmel gebrannt und die Götter werden ihn zu sich geholt haben, sagten einige Leute. Doch das wollten die Mitglieder der Sippe nicht gelten lassen. Sie fluchten in die vorgehaltenen Hände, damit die Götter es nicht hörten, und beschuldigten die Männer des Glenn, den Jungen entführt zu haben, um ihn in die Salzbergwerke zu schicken. Da niemand der Anwesenden widersprach, dachte sich Matu, sie sind sicher, dass es so gewesen ist, denn gestern Abend waren noch zwei Boote des Glenn im Hafen gewesen und heute Morgen waren sie nicht mehr da.

Als Amadas erschien, um am Hafen Futter für die Pferde zu besorgen, da hatten sich die Gemüter noch immer nicht beruhigt. Für Amadas war es ein offenes Geheimnis, dass man in den Salzstollen nicht sehr lange arbeiten konnte, ohne sich eine schwere Erkrankung zuzuziehen. Nicht ohne Grund hatte der Glenn sich eine Kräuterfrau und Heilerin wie Palmira besorgen wollen, denn wie man hörte, waren es besonders die Augen, die unter dieser schweren Arbeit in Mitleidenschaft gezogen wurden. Einige der Anwesenden wollten sogleich aufbrechen, um in Hall den Jungen zu suchen.

»Es wäre besser, sie würden einen kleinen und unauffälligen Suchtrupp schicken«, sagte Amadas zu Matu. »Irscha hat eine Lieferung Wein für den Glenn. Vielleicht kann er die Vasen schneller liefern, als er es eigentlich wollte. Wir könnten ihn begleiten.«

Matu verstand. Er ging zu der Sippe und machte ihnen diesen Vorschlag. Hätte Amadas laut ausgesprochen, was Matu nun für ihn sagte, wäre die Ablehnung sofort ausgesprochen worden, denn er war ein Fremder. Bei Matu war das etwas anderes. Er gehörte zwar einer anderen Sippe an, aber eigentlich war er doch einer der ihren. Matu suchte sich drei kräftige Kerle aus. Aber sie hatten keine Pferde. Also würden sie auf dem Wagen von Irscha mitfahren müssen. Zunächst aber liefen Amadas und Matu zum Haus von Quintus Tessius und ließen die Männer der betroffenen Sippe am Hafen zurück. Sie mussten sich Waffen beschaffen, die sie auch nicht besaßen. Irscha, von Amadas angesprochen, war alles andere als begeistert über diese Idee. Immerhin war Glenn ein guter Kunde, den er nicht verlieren wollte. Auf keinen Fall wollte er bei dieser Geschichte persönlich anwesend sein müssen. Also bekam Amadas eine Vollmacht und einen Fuhrmann, den die Leute des Glenn kannten. Matu hatte inzwischen bereits begonnen, den Wein aufzuladen und er wunderte sich darüber, wie viel dieser Glenn trank. Matu war im Reden nicht geübt und hoffte, dass Amadas etwas über den Verbleib von Atles und den Freunden in Erfahrung bringen würde, falls sie tatsächlich an den Glenn verkauft worden waren. Inzwischen hatte er gehört, dass es weit oben in den Bergen ebenfalls tiefe Löcher geben sollte, in denen Männer nach Erzen gruben. Man wird sehen, dachte Matu und bestieg sein Pferd, als der Fuhrmann sich auf den Bock setzte, während Amadas noch mit Quintus Tessius sprach. Am Hafen sprangen die Männer der Sippe auf den Wagen und bei der Fahrt durch den Ort Iuvavum fiel Matu auf, wie viele fremde Gesichter es hier zu sehen gab. Es sollen sich Menschen hier einfinden, die von der anderen Seite der großen Berge kamen. Matu hatte immer geglaubt, die Berge wären die riesige Wand, die von den Göttern eingerichtet worden war, damit niemand über sie hinwegkonnte, weil man hinter den Bergen von der Erde in das dunkle Nichts fallen würde. Als der Wald begann, war Matu froh. Im Wald war das Leben etwas anderes.

Ekuos registrierte auch die unauffälligste Veränderung von Geräuschen. Da war kein Scharren mehr, kein Kriechen, kein Schaben, kein Knacken, nichts, was ihm nicht Gedanken machte. In Matu sah das anders aus. Seine innere Unruhe war nun doch wieder da und seine Konzentration galt den Nichtgeräuschen. Ekuos hatte ihn gelehrt, dass nicht das gefährlich ist, was man hören kann, sondern das, was man nicht hörte. Matu hatte sehr lange gebraucht, bis er das verstanden hatte. Und jetzt hier? Die Bäume, die Tiere, alles und jedes im Wald hielten inne. Was geschah da? Matu verspürte einen Luftzug, er konnte fühlen, wie ein leichter Wind um die Baumstämme wehte. Das war alles. Er riss die Augen auf und versuchte, die Veränderungen im Wald mit den Händen zu greifen. Brach unter irgendeiner Last irgendwo ein Ast entzwei? Hörte er, was wirklich geschah, oder sprachen die Dinge nur in seinem Kopf? Was da so laut klopfte, war das wirklich nur sein Herz? Matu hob den Arm und ließ anhalten. Amadas ritt heran und schaute sich um.

»Wenn die ferne Große Göttin die Dunkelheit zerreißt und heranschwebt in einer silbernen Pracht, hört man das auch nicht. Am Himmel kommt danach endlich die Mondgöttin aus ihrem Haus und betritt den Hof ihres Palastes. Die Wolken beugen sich tief, damit sie wie auf einem moosigen Grund reisen konnte. Schwarze Blumen weben sich zu einem grandiosen Teppich, beleuchtet von Tausenden von göttlichen Lichtern. Alles das hört man nicht. Aber die Lebewesen der Erde, die hört man immer.« Matu hatte geflüstert und strich sich über die Lippen, damit keines seiner Worte daran hängenblieb. Er hatte sich diese Worte von Ekuos sehr genau gemerkt, denn sie hatten auf ihn eine magische Wirkung gehabt.

»Es wird ein Tier sein«, antwortete Amadas. »Bleib du bei dem Wagen, ich werde mich einmal weiter vorn am Weg umschauen.«

Matu nahm seine Doppelaxt in die Hände. »Es sind die Tiere, die jede Veränderung sofort bemerken«, antwortete er und wünschte sich Ekuos an seine Seite.

Ekuos hob die Hände zum Himmel und dankte für das Licht und das Leben und die Nacht und den Tag, die sich zu einem herrlichen Bild zusammengefügt hatten und er bat die Götter, der Nacht erneut einen Tag folgen zu lassen. Was hatte sich nicht alles verändert, seit er erst Hirte und dann Seher geworden war. Er hatte nicht alles verstehen können und als er einmal einem Eber das Zeichen zum Aufbruch gab und der tatsächlich aufsprang und davonlief, da hatten die Sippen aus den Dörfern unten am Hügel gestanden und schweigend die Köpfe gesenkt. Schweigend würde er von nun an mit einer Herde zu tun haben, die durch das Leben zog, als würde es ihnen gehören. Im Lichte der fernen Göttin und im Angesicht der Großen Mutter Erde wollte er darum bitten, dass niemand Schaden nahm. Auch nicht Atto, der sein Leben nun verpasst hatte und sich nun nicht mehr wundern konnte, warum das so geschehen war. Er würde nun in der tiefsten Nacht die andere Reise beginnen können, weil die auf der Erde Lebenden nie in der Nacht reisen würden. Nur ein Hirte und Seher, in seinen Umhang gehüllt, stand plötzlich vom Boden auf und grüßte die Göttin dort oben am Himmel. Atto war tot, dachte Ekuos, weil er es gerade gespürt hatte.

Er dachte an Amanda und Palmira und deshalb war ihm alles recht, wenn er sie nur beschützen konnte. Langsam ging er voran und er sah die letzten Tiere einer Herde direkt vor sich, wie er sie damals verlassen musste. Er stand über der Klippe und schaute nicht zum Ort hinab. Er sah hinüber in die Berge und wünschte sich, ihnen noch näher zu sein.

Matu spürte, wie die Luft um ihn herum aufpasste, dass ihm nichts geschah. Ekuos hatte die Götter gebeten, ihm nichts geschehen zu lassen, dessen war er sich sicher. Er würde den Wald durchschreiten, sich dabei keines Frevels schuldig machen und am Ende des Weges den Bäumen für ihre Güte danken. Er war davon überzeugt, dass er am Ausgang des Waldes die Entführer mit ihrer Beute erreichen würde. Dann wird noch genügend Licht bleiben, sich um sie zu kümmern, bevor er sich weitere Gedanken über die wahren Feinde machen musste. Hier war es der Glenn mit seinen Leuten und nicht die Nordmänner. Kurz entschlossen nahm er sein Pferd am Zügel und ritt quer in den Wald hinein. Hinter einem kleinen Teich blieb er stehen und orientierte sich am Licht des Himmels. Ein Eber rannte kreuz und quer durch den Wald, als hätte er vollständig die Orientierung verloren. Er fraß nicht, obwohl es an manchen Stellen stark nach Pilzen roch. Mit seiner Unruhe machte das Tier Matu nervös und sein Pferd ließ sich ebenfalls davon anstecken. Er hatte sich gleich gedacht, dass hier alleine zu sein nicht gut sein konnte, aber nun war er einmal da und musste den Weg weitergehen. Man durfte die Geister der Nacht, die tagsüber in den Wäldern ruhten, nicht herausfordern und einfach durch ihre Welt spazieren. Er sah die zwei Männer seitlich in einer Mulde, wie sie sich ein Stück gesalzenes Trockenfleisch schmecken ließen. An ihren Hemden erkannte er, dass es Männer des Glenn waren. Matu stieg vom Pferd und schaute sich den weichen Boden genau an, damit er keine Geräusche machte. Als er näherkam und sich hinter einem Felsvorsprung verbergen konnte, da sah er, wie sie sich auf etwas konzentrierten. Hinter den Bäumen wartete Amadas wie erstarrt neben seinem Pferd und rührte sich nicht. Matu war froh, als er Amadas sah.

Die feindlichen Männer nahmen ihre Lanzen und schlichen tief geduckt auf Amadas zu. Matu lief seitlich von ihnen und da sie einen Felsen umlaufen mussten, konnte er sich bereithalten, als sie neben ihm zwischen den Bäumen erschienen. Sie hatten ihn nur noch mit erschreckten Augen anstarren können, bevor er sie mit seiner Doppelaxt erschlug.

Amadas kam aus der Deckung und schob sein Schwert zurück in die Scheide. Er zeigte nur kurz mit dem Finger auf etwas und Matu sah, was sie mit Atto gemacht hatten. Sein Kopf steckte auf einem Ast an einem Baum, während der in zwei Teile geschlagene Körper mit Seilen verbunden über dem Weg hing. Da das Blut am Boden noch frisch war, konnte die Tat noch nicht sehr lange her sein und daher ging Matu davon aus, dass die beiden von ihm Getöteten die Mörder waren.

»Männer des Glenn?«, fragte Amadas und Matu nickte.

Während Matu noch ganz von dem Ereignis gefangen war, dachte Amadas über die zu erwartenden Konsequenzen nach, wenn sie in Hall ankommen würden und bald darauf die Nachricht die Runde machte, dass zwei Männer des Glenn an der Straße zwischen Iuvavum und Hall getötet worden waren. Auf keinen Fall durften sie dort als Fremde zuerst ankommen. Also ritten sie den Weg zurück und warteten im Wald auf ankommende Wagen, die den schmalen Weg in Richtung der Igonta fahren wollten. Sie ließen eine Wagenkolonne vorbei und folgten etwas später. Dann warteten sie, bis entsetzte Schreie und Rufe laut wurden, als die Kolonne den zerstückelten Atto erreicht hatte.

Atto war gestorben, davon hatte Ekuos sehr schnell erfahren und er hatte das nicht anders erwartet bei einem Mann, wie es dieser Glenn wohl war. Die andere Frage war erneut jene nach der Tarnung von Amanda. Ekuos blickte hinunter auf die Stadt und dachte an Amandas Gesicht. Es war so rein und schön, seit sie es nicht mehr hinter Masken versteckte. Er drehte sich um, denn das waren verbotene Bilder. So durfte er nicht an sie denken.

Der weise Mann trat an ihn heran und teilte ihm mit, dass der Rat der Weisen erklärt habe, seine Anwesenheit bis zum Reinigungsfest zu Beginn des Frühjahrs sei nun beschlossene Sache. Zunächst gelte es also, das Fest Samhain vorzubereiten und sich auf die Begegnung mit den Toten einzustellen. Danach folgten fast zeitgleich das Gedenken und der Ehrentag der toten Seelen. Ekuos brachte die Erinnerung an die Nacht mit bestimmenden Bildern zur Sprache, die ihm beständig erschienen. Plötzlich sah er immer wieder Bäume auf sich zumarschieren, die ihre Waffen schwangen und die Hügel heraufstürmten. Er musste den weisen Alten einfach fragen, was es damit auf sich hatte.

»Nichts an diesen Bildern hat mich an irgendetwas erinnert, das ich kannte oder von dem ich schon einmal gehört hatte. Es machte mich wehrlos. Ich habe dann das Gefühl, dass man sich gegen dieses anstürmende Heer nicht wehren kann. Was hat das nur zu bedeuten?«

Das Licht blieb einen Moment im Himmel zurück, damit die Götter zurücktreten konnten, ohne von Menschenaugen entdeckt zu werden. Nicht alles, was die Götter bereithielten, sollte den Menschen sichtbar gemacht werden.

Der weise Alte sagte nichts und ging einfach davon.

Ekuos hob die Nase und dachte zunächst an einen Irrtum. Es duftete nach würzigen Pflanzen, wie er sie zuletzt mit dem Weisen auf der langen Reise gepflückt hatte, um sie zu trocknen und gegen Krankheiten bereitzuhalten. Aber wie konnte das zu dieser Jahreszeit noch sein? Er ließ seine Gedanken anhalten und schaute auf die grüne Wiese seiner Kindheit, die sich zwischen den hohen Bäumen des Waldes und den Bergen offenbarte. Die Tiere begannen sofort zu fressen und nichts hielt sie mehr in der Reihe. Ekuos schaute auf einen Eber, der inmitten von Wacholderdüften die Augen geschlossen hielt. Ekuos drehte sich zu Matu um, der die Lippen spitzte und tonlos vor sich hinpfiff. Mit dem Pfeifen wollte er die bösen Geister fernhalten, aber ohne Ton nutzte das gar nichts. Schon wollte Ekuos Matu diesbezüglich belehren, womit er ihn durchaus nicht kränken würde, da stellte sich die Mondgöttin strahlend an den Himmel und beleuchtete das Feld der Mysterien, sodass Ekuos und Matu auf der Stelle stehenblieben, um sich ins Grün zu setzen und zu ruhen. Die Ruhe bedeutete, den Strahlen der Götter die Gelegenheit zu geben, in sie einzudringen. Jetzt durften sie nicht mehr weitergehen, wollten sie die Götter nicht beleidigen, auch wenn sie vielleicht dadurch ein Tier oder etwas anderes verlieren würden.

Er durfte nicht mehr so heftig an früher denken. Ekuos wollte sich mit dem Samhainfest befassen, zu dem er sich Palmira und Amanda an seine Seite wünschte. Ekuos sprach seinen Gedanken aus und begann am ganzen Körper zu zittern. An Samhain ist Ekuos geboren, hatte seine Sippe gesagt. Ekuos schwieg. Was würde er tun, wenn Amadas und Matu versagen würden?

»Es ist ein Geruch von Blut hier«, sprach eine Stimme. »Seid ihr das? Wer von euch verschüttet sein Blut an diesem heiligen Platz?« Direkt aus dem Mondlicht kommend, schritt eine weise Frau auf die Fuhrleute zu, die völlig gebannt und ängstlich schauten, denn es war noch heller Tag. Das musste ein Irrtum sein. Die Männer duckten sich. Die Frau trug einen bodenlangen weißen Umhang, vorne von mehreren Fibeln geschlossen gehalten, und ihr offenes silbernes Haar reichte weit über die Schultern hinab, wie es die Frauen im Dorf nicht zu tragen wagen würden. In ihrer rechten Hand hielt sie ein Messer. Einer der Fuhrleute riss sein Hemd hoch und zog es über den Kopf. Er versteckte sich. Matu blieb ruhig und schaute auf den Hund an ihrer Seite, dessen erste Unruhe völligem Gleichmut gewichen war.

»Die Zauberin ist aus dem Mond gestiegen und wird uns töten«, stammelte jemand.

»Still!«, befahl die Frau.

Amadas erinnerte sich. Er hatte die Frau im Vorbeireiten bei Ekuos stehen sehen. Sie hatten miteinander geredet.

Die weise Frau blieb genau in der Mitte der Wiese stehen und richtete ihren Blick hinauf zur Mondgöttin. »Der ist es«, sagte sie und wies auf Matu.

Amadas schaute auf die Messerspitze, die direkt auf Matu wies, der unter seinem dicken Hemd zitterte.

»Wer hat den Mann getötet?«, fragte sie. »Hast du es getan?«

Matu schüttelte entschieden den Kopf, obwohl er auch an die zwei anderen Toten denken musste.

Die Mondgöttin schaute streng vom Himmel herab und ließ die Bäume wispern. Ein Fuchs verirrte sich ins Licht und machte sich sogleich wieder davon. Wer jetzt log, der wurde seines Lebens nicht mehr froh. Matu wusste sich nicht recht zu äußern. Was sollte er denn sagen? Der Fuhrmann des Quintus Tessius hielt sein zerrissenes Hemd vor sein Gesicht und machte seltsame Geräusche. Die weise Frau kam näher heran.

»Zeig mir dein Gesicht«, sagte sie zu Matu.

Matu sah keinen Grund, dies nicht zu tun. In ihm stieg eine ungewöhnliche Hitze hoch und er wunderte sich darüber. Es war nicht die Jahreszeit dafür. Er fürchtete sich nun nicht mehr. Gegen Morgen, bevor sich die Mondgöttin in ihre Gemächer zurückzog und ihre Milch über das Land ausgoss, wie die Tautropfen im Gras bewiesen, wurde es merkbar kühler. Wer sich am frühen Morgen in das frische Tau legte, der bekam seine Jugend zurück. So fühlte er sich und blinzelte in das Licht.

»Ich kenne dein Gesicht«, sagte die weise Frau. »Du bist einer, der seine Augen ausrichtet, um Dinge zu sehen, die er nicht sehen sollte. Deine Mutter schickte einst nach mir, weil du so widerspenstig warst und das Licht des Tages nicht sehen wolltest. Es wurde Nacht und ich sagte deiner Mutter, dass du nicht auf Erden bleiben wirst. Nun bist du also ein Reiter geworden. Ist dein Name noch immer Matu der Treiber? Ich habe dich aus dem Leib deiner Mutter geholt.«

»Ich bin Matu.«

»Gut«, sagte die weise Frau, »aber das erlaubt dir nicht, den heiligen Hain zu betreten. Ich hoffe für dich, dass du für deinen Frevel eine gute Begründung hast.«

Matu stöhnte, denn er hatte nicht geahnt, dass er verbotenen Boden betreten hatte, als er die zwei Männer entdeckte. Amadas wurde die Situation langsam unangenehm, zumal sich die anderen Fuhrleute längst auf die Seite der weisen Frau geschlagen hatten. Er erlaubte sich einen Blick in das Gesicht der weisen Frau und er sah die Züge eines jungen Mädchens. Gab es die Möglichkeit, dass sie ein Spiel spielte?

»Nun? Ich warte«, sagte die weise Frau.

»Matu war in Not«, antwortete Matu. Was sollte er sonst entgegnen? Er konnte doch nicht von Palmira und Amanda sprechen oder zugeben, dass er den toten Atto gekannt hatte.

»Ich war es, der ein Licht sah und deshalb den Weg durch den Wald einschlug.« Er log nicht, auch wenn das nicht die ganze Wahrheit war.

Die weise Frau trat noch näher an Matu heran und hob seinen rechten Arm, an dessen Handgelenk eine schmale Kette befestigt war. »Weißt du, was es mit deinem Amulett auf sich hat?«, fragte sie.

»Oh ja«, rief Matu, »für jede Perle steht ein Fest zu Samhain. Die Mutter gab für jedes Fest, das ich bisher an Samhain begehen durfte, eine Flussperle. Nun sind es bereits so viele geworden, wie vier Hände Finger haben. Bald kommt die nächste Perle dazu.«

Die weise Frau lächelte und schaute Matu direkt an, bis ihm die Augen brannten und er sie schließen musste. Da ahnte er, dass seine Mutter die Muscheln von dieser weisen Frau erhielt, damit er ihre Perlen tragen konnte. Sie war es also, von der seine Mutter immer gesprochen hatte, wenn sie von einer fernen Frau sprach, die sich der Göttin Rosmerta geweiht hatte.

»Du wirst«, sagte die weise Frau, »deinen Weg gehen, wenn die Götter es so wollen, aber dann wird für dich ein anderes Leben beginnen. Wenn du es erleben willst, vergiss nicht, deinem Gott Grannus zu danken. Nicht weit von hier findest du einen Ort, der ihm geweiht ist. Nun sage noch, weshalb du dich einer unwägbaren Gefahr aussetzt. Du weißt, dass du die Götter niemals in Verlegenheit bringen darfst, indem du dich ungeschickt verhältst.«

Matu nickte, denn die weise Frau hatte recht. Ekuos hatte ihm immer wieder eingeschärft, niemals die Herde zu gefährden und sich selbst auch nicht.

»Es ist in meinem Kopf«, sagte Matu. »Mir wird es schwindelig oder er schmerzt sehr stark, dann bin ich nicht Matu und unterschätze die Gefahr.«

Sie sah sich seine Narbe am Kopf an und nahm ihn mit in ihre Hütte. Sie gab ihm einen Trank aus gekochter Weidenbaumrinde gegen die Schmerzen. Dazu noch etwas vom Drüsensekret des Bibers. Als Matu die Augen wieder öffnen konnte, da war die weise Frau verschwunden und seine Schmerzen im Kopf ebenso.

Matu eilte zurück und noch immer hatte sich nichts bewegt. Er hörte die Fuhrleute sagen, die Kräuterfrau sei in die Erde gefahren und sie hätten das genau gesehen, aber für Matu, der es ja besser wusste, gab es eine andere Frage. Sollte er sich im Salzland wirklich in Gefahr bringen? Dann schaute er auf die Männer, die für Atto ein Grab im Felsen fanden und es mit Steinen bedeckten, nachdem sie den geschundenen Körper hineingelegt hatten.

Amadas erreichte, dass sie die Fahrt fortsetzen konnten und dadurch schafften sie es noch bei Tageslicht bis Hall. Er ließ den Wagen kreuz und quer durch den Ort fahren, so als suchte er nach dem Abladeplatz für seine Ware. In Wahrheit galt diese Fahrt allein der Orientierung auf das, was sie in diesen Ort gebracht hatte. Allerdings kamen sie nicht bis zu den Salzschächten. Dort wurde ihnen die Zufahrt verwehrt. Ihre vermeintliche Irrfahrt war nicht unbeobachtet geblieben und so bekamen sie eine berittene Begleitung, die sie zum Anwesen des Glenn führte. Mehrere Häuser bildeten einen großen Hof, dessen Mittelbau besonders auffällig war. Nicht nur wegen seiner Größe, vor allem deshalb, weil es fast vollständig aus Stein gemauert worden war. Bis dorthin durften sie allerdings nicht vordringen. Der Wein wurde in einem der Vordergebäude ausgeladen und Amadas trug die Verantwortung dafür, dass die Männer dies in gebotener Ruhe und Umsicht taten. Amadas schlenderte mit Matu ein wenig herum und der erzählte ihm von seiner Tat im heiligen Wald.

»Es war so stark in mir, dass ich es tun musste. Mir war, als würden die Männer unser Dorf gefährden können. Niemand bei uns rechnet damit, dass Feinde in der Nähe sind. Aber wenn es so war, müssen sie getötet werden. Ich habe viele getötet und ich muss es tun. Immer wieder.«

Amadas wechselte geschickt die Gassen und gelangte zu einem Platz, auf dem ein riesiger Salzberg aufgerichtet worden war. Männer schütteten das Salz in große Körbe, mit denen es auf bereitstehende Wagen verladen wurde.

»Es ist höchste Zeit, dass man überall im Land das Fleisch in Salz einlegt, sonst überleben wir den Winter nicht«, sagte Matu.

Amadas wurde abgelenkt. Ein kleiner Tempel zog seinen Blick an und neben ihm saß die weise Frau auf einem Hocker und zerkleinerte Kräuter.

»Weiß er, woher die hier sind?« Die weise Frau zeigte auf die vielen Arbeiter bei den Salzbergen.

Matu schüttelte den Kopf.

»Rosmerta wartet in der Dunkelheit mit einem Kranken auf euch. Palmira muss ihn behandeln, weil das Salz seine Wunden nicht heilen lässt. Jetzt geht, damit euch niemand von den Leuten des Glenn bei mir sieht.«

Amadas zog Matu schnell hinter ein Haus und von dort liefen sie zu ihrem Wagen zurück. Sie aßen zusammen mit den Männern dicke Bohnen und geräucherten Fisch. Ihr Schlafplatz war ein Stall für Pferde, wo mit einer Leiter ein oberer Platz erreicht wurde, der eigentlich für das Futter der Tiere vorgesehen war. Es war sehr eng, aber das war für Amadas nicht das Problem. Der Stall befand sich mitten in den Häusern des Glenn und er hatte ständig das Gefühl, beobachtet zu werden. Als die Dunkelheit zu Hilfe kam, stiegen Amadas und Matu hinab, liefen an den Pferden vorbei zu ihrem Wagen, der direkt vor dem Stall stand, und krochen auf die leere Ladefläche, wo sie sich unter Decken versteckten und warteten. Der Bereich um das große Gebäude wurde von Fackeln beleuchtet, die im Boden steckten. Sie würden den direkten Weg zu Rosmerta auf keinen Fall gehen können. Doch Amadas erinnerte sich an den Bach, den er hinter den Siedlungen am Salzberg gesehen hatte. Wenn er sich konzentrierte, hörte er von seinem Versteck aus ein rieselndes Wasser hinter dem Pferdestall. Sie schafften den Weg ohne größere Hindernisse, wurden aber nicht in das Haus gelassen. Rosmerta ließ sie auf der Bachseite in der tiefen Finsternis zurück und kam mit einem gebeugt gehenden Mann zurück, der bei Amanda im Haus gewartet hatte. Als sie in einem kleinen Stall um ein Feuer saßen, sahen Amadas und Matu, dass er ein breites Band aus Tuch über den Augen trug, auf dem ein nasser Brei aus grünen Blättern lag. Matu erkannte ihn. Es war ein junger Mann aus einer Nachbarsiedlung, der schon seit dem letzten Fest zu Samhain vermisst wurde. Kaum hatte Matu genickt, führte Rosmerta den Salzarbeiter wieder hinaus. Nun hatten sie die Bestätigung, dass in den Bergwerken des Glenn entführte Männer aus dem Land am See des Bedaius arbeiten mussten. Kurz darauf erschien Amanda bei ihnen.

»Viele sind schon tot«, sagte Amanda. »Das Salz frisst sie auf. Ihre Wunden heilen nicht mehr. Ich habe erfahren, dass Atles in die Berge geflüchtet sein soll. Sie warten, bis der Winter da ist, weil er dann entweder verhungern oder wieder ins Tal hinabsteigen wird. Bleibt hier, bis es hell wird, die Wachen des Glenn streifen mit Hunden durch das Gelände.«

Zur Tarnung legte sie einen Heilverband auf die Narbe am Kopf von Matu und lief wieder hinaus. Amadas blieb mit offenem Mund zurück. Er sah die Bilder der früheren Amanda vor sich, als sie nur die Tochter der Kij war. Es schien ihm unmöglich zu sein, dass ein Mensch sich dermaßen leidenschaftlich verändern konnte. Den Grund für ihre Veränderung sah er, als er neben der Feuerstelle einen leuchtenden Stein fand, den Amanda zurückgelassen hatte. Er musste nicht nachdenken, für wen dieser Stein gedacht war und steckte ihn ein. Auf ihrer Reise hatte er gesehen, mit welchen Blicken sie Ekuos bedacht hatte.

Als sie an der Igonta entlang nach Iuvavum hineinfuhren, hatten sie kaum miteinander gesprochen, denn Leute des Glenn waren mit ihren Wagen vor und hinter ihnen gewesen. Matu zog sich schnell zurück und Amadas vermutete, dass ihn die Lage der armen Kerle in den Bergwerken tief erschüttert hatte. Er selbst blieb nicht unbeeindruckt und ihn ärgerte, wie gleichgültig die Menschen im Ort offenbar mit dem Schicksal der Salzleute umgingen. Sie bereiteten das kommende Fest vor und kümmerten sich um nichts anderes mehr. Amadas fand Quintus Tessius nicht und seine Leute sagten, er sei Hals über Kopf abgereist. Einer von ihnen brachte Holzkohle auf den Berg und ihm gab Amadas den Stein von Amanda für Ekuos mit.

»Es ist der Stein einer weisen Frau, die Ekuos sehr gut kennt«, gab er dem Mann mit auf den Weg.

In der Ferne zeigte sich ein heller Streifen am Horizont. Ekuos schüttelte den Kopf. Er schaute von seiner Position aus direkt nach Osten. Woher kam diese Himmelserscheinung? Ekuos merkte sich die Richtung. Plötzlich zeigte das Gewölbe am Firmament eine hellweiße Durchsichtigkeit. Eine merkwürdige Blässe war zu sehen, doch für den aufkommenden Tag war es noch zu früh. Am Rande dieses Bildes zeigte sich ein goldener Saum. Ekuos ging ganz nahe an das Plateau heran und schaute in das Tal hinab. Ihn überkam eine unendliche Schwermut und voller Trauer stand er gebeugt da, als ihm der weise Alte den Stein von Amanda übergab.

»Was tust du hier so nahe am Abgrund? Noch sind die Sterne zu sehen und der Mondwagen steht zwischen dichten Wolken.« Der weise Alte sah Ekuos an.

Der drehte sich nur sehr langsam um, was ein wenig unhöflich war. »Die Stille ist es. Der Himmel war soeben wie ein großes Meer, auf dem einige Inseln schwammen. Dann floss das Wasser ab und es blieb eine Blässe zurück, die nichts Gutes verheißt. Die Götter schickten eine Warnung.«

Bei der morgendlichen Zusammenkunft im Tempel schauten alle auf die Silberschüssel. Das Licht fiel nicht mehr zielgenau in sie hinein. Die Linie hatte sich zwar kaum, aber doch ein wenig verändert. Plötzlich geschah etwas Ungeheuerliches. Die weisen Frauen und Männer sprachen durcheinander und ihre Stimmen wurden immer lauter. Ekuos war verwirrt und blieb als Einziger still, denn er merkte, dass sie über ihn sprachen. Als sie fort waren, blieb der weise Alte zurück und legte seine Hand auf den Arm von Ekuos.

»Sie sagen, du hast keine Befugnis, über das Licht zu urteilen. Niemand hat das von dir beschriebene Licht gesehen. Eine Mehrheit wünscht, dass du den Berg wieder verlässt. Sie wollen nicht, dass die Menschen verwirrt werden und ihnen nicht mehr vertrauen. Also wirst du schweigen. Den Winter über darfst du hier in Iuvavum bleiben, doch dann musst du gehen. Du hast zu schweigen, aber das weißt du ja.«

Ekuos sah es im Gesicht vom alten Weisen, dass er die Entscheidung der Leute bedauerte. Er stieg den Berg hinab und lief an den Fluss, um seine Gedanken zu ordnen. Er nahm den Stein von Amanda in beide Hände, er strahlte Wärme aus. Sie wollen es nicht sehen, dachte er, sie wollen es einfach nicht wahrhaben. Der Seher sieht und er wird davongejagt.

Wie immer wurden vor dem Fest zu Samhain die Tiere geschlachtet, die man über den Winter nicht würde ernähren können. Es war für die Menschen sehr schwierig, genug Vorrat zu horten, um bis zum Frühjahr überleben zu können. Überall standen Salzwagen, damit das frische Fleisch gleich haltbar gemacht werden konnte. Das Tierblut wurde in Bottichen aufgefangen.

Ekuos verließ diesen Ort wieder. Die brüllenden Tiere störten seine Versuche, sich zu konzentrieren. Als er an einem kleinen Tempel ankam und hineinwollte, wurde ihm der Zugang verweigert. So schnell ging das also, dachte er. Als er sich umwandte, stand Matu hinter ihm. Der führte ihn zum Haus von Irscha. Amadas freute sich über den Besuch, denn er hatte noch nichts von der neuen Situation erfahren. Nach drei Abenden erschien Quintus Tessius wieder. Er hatte versucht, durch das Tal und über den Berg nach Süden zu gelangen, aber bereits der Anstieg war wegen des Schneefalls misslungen. Nun würde auch er den Winter über bleiben müssen in der Hoffnung, dass Glenn gegen ihn keine Verdächtigungen ausstoßen würde, denn dann wollte sicher niemand mehr mit ihm Geschäfte machen. Eigentlich fand er es ganz im Sinne der kommenden Zeit, dass er mit Ekuos einen Seher in seinem Haus hatte. Man wusste ja nie, ob das Schicksal es gut oder böse mit einem meinte. Er hatte im Süden Gottheiten verehrt, im Osten wieder andere gesehen und hier war es ebenso, wie es immer gewesen war. Das Jahr war wie ein Kreis und man feierte seine Feste. Irscha, der sich wieder Quintus Tessius nannte, war da ganz schlicht in seiner Meinung. Was ihm nicht schadete, das war gut.

Ekuos stieg fast jeden Tag auf den Berg gegenüber dem Tempelberg. Er wollte das Licht finden und es deuten. Noch war er sich nicht sicher, ob es ein Irrtum gewesen war und er seine Meinung tatsächlich zu früh geäußert hatte. Aber der Himmel blieb stumm. Beim Abstieg blieb er wie immer ein wenig länger bei einer Quelle stehen. Matu sah auf seinen Arm und löste seine zwei Hemden von einer Wunde, die leicht blutete. Es war eine Schnittverletzung, wie Ekuos erkannte, und die Matu sich nicht erklären konnte. Matu hatte wohl beim Abstieg eine scharfe Felskante gestreift und diese Verletzung davongetragen, vermutete Ekuos. Während Matu seine Augen vorsichtig öffnete, näherte sich eine weise Frau. Dann stand sie direkt vor ihnen und zeigte auf die Wunde.

»Er soll nicht auf die Erde bluten«, sagte sie, griff in das sehr kalte Bachwasser und strich ein wenig Schlamm über die Wunde.

Ekuos trat einen Schritt zurück und verbeugte sich. Er hatte Talale die Seherin nicht gleich erkannt.

»Es war die Sippe der Kij, die nach dem Verschwinden der Tochter und der Rückkehr ihrer Begleitung meinen Verbleib unmöglich machten«, sagte sie. »Es gibt Sippen, die sich als so mächtig empfinden, dass sie jedes Maß verloren haben. Die Götter werden ihnen ihre Antwort geben.«

Ekuos nahm Talale mit zu Irscha, dem die Situation über den Kopf wuchs. Er wusste nicht, wie er sich anstellen sollte. Ein normales Leben schien ihm immer unmöglicher zu werden. Mit Ekuos konnte er auskommen, aber Talale die Seherin war ihm unheimlich. Gleich nach dem Samhainfest wollte er ihnen ein kleines Haus am Rande des Ortes bereitstellen, damit er wieder sein altes Leben führen konnte.

»Ich sage, einer muss dem Feind den Kopf abschlagen«, meinte Matu.

Irscha erschrak. Man saß im Haus um das in der Mitte

des Raumes brennende Feuer. Amadas genoss einen Becher Wein, während Irscha seinen Gedanken nachhing.

»Er wird es dem Glenn zeigen. Seine Gegenwehr wird nicht ausreichen, um alle seine Gegner abzuwehren. Nur so wird er besiegt.« Matu endete.

Irscha gefiel dieses Gespräch ganz und gar nicht. Ob es nun der Glenn oder ein anderer war, irgendwer musste sich schließlich um den Salzabbau kümmern. Viele Menschen im Salzland lebten sehr gut mit und von den Bergwerken und niemand würde darauf verzichten wollen. Er selbst auch nicht, denn die Waren aus dem römischen Reich waren kostbar und die Leute hier zeigten sie gerne, weil sie es sich leisten konnten. Üble Gesellen wie den Glenn gab es schließlich überall. Man konnte sie nicht allesamt umbringen. Irscha behielt seine Gedanken für sich.

Die weise Frau bewegte ihren Kopf hin und her. Irscha sah sie unter halb geschlossenen Lidern hervor an, weil er um sein Augenlicht fürchtete, wenn sie ihn dabei ertappen würde, wie er sie anblickte. Talale und Ekuos hockten in einem dunklen Winkel und schwiegen.

»Sage ihm, er soll mir folgen, damit ich seine Wunde versorgen kann, sonst wird er nicht mehr weit kommen. Das hatte Amanda gesagt und man hatte es erlaubt. Es zeigte sich, dass es einer aus unseren Dörfern war, der wunde Augen hatte und so erfuhren sie, wie Atles in die Berge geflohen war. Und wenn wir ihn finden, soll ich ihm sagen, er muss auf schnellstem Weg diesen heiligen Ort verlassen und sich am Ende des Waldes an einer Quelle waschen. Er soll den Tag und die folgende Nacht ruhig abwarten und sich nicht bewegen, denn er hat als Sterblicher den verwunschenen Berg betreten und dazu noch mit Waffen.«

Matu stand nicht auf. Er blieb sitzen und zitterte. Lieber wollte er auf der Stelle sterben, als zu diesem Berg hinüberzugehen, aber wer sonst sollte Atles von dort holen? Jeder im Raum wusste, von welchem Berg die Rede war. Ekuos musste handeln, denn Amanda konnte Hall nicht verlassen. Würde er nichts tun, hatte Atles sein Leben verwirkt. Seine Verpflichtung in Iuvavum war aufgehoben und er könnte hinüberreisen, aber so einfach war das nicht. Während der drei Tage der Feier zu Samhain konnte er selbstverständlich nicht gehen.

»Atles wird nur dann sterben, wenn er nicht auf Rosmertas Rat gehört hat. Das Leben wird dann ganz langsam aus ihm heraustreten und er wird die lange Reise in die andere Welt antreten. Du bringst Schande über die deinen, wenn du Palmira in den Fängen des Glenn lässt.« Talale sprach unmissverständlich und eine andere Meinung dazu gab es auch nicht.

Ekuos hatte schon vermutet, dass Atles ohne die Hilfe von Rosmerta nicht in die Berge gekommen war. Deshalb glaubte er, dass sie ihm ein Versteck angewiesen hatte und man sich nur erzählte, er wäre in den verwunschenen Berg geflohen, damit man nicht nach ihm suchen würde. Niemand der Häscher des Glenn würde in diesen Berg steigen. Ekuos blieb unentschlossen. Matu dachte an den Riesen vom Berge, von dem es so viele Geschichten gab, dass er sie gar nicht alle behalten hatte.

»Was willst du auf dich nehmen?«, fragte Talale.

Ekuos schwieg. Er wusste es nicht. Denn selbst wenn er Atles finden würde, wohin sollten sie sich dann wenden? Er würde ihn nicht nach Iuvavum bringen können, ohne dass man sie verriet. Also gab es nur den Weg über die Berge, die er nicht kannte.

Gegen Abend betrat der weise Alte vom Bergtempel das Haus und teilte Ekuos mit, dass er an den Zeremonien des Festes zu Samhain teilnehmen dürfe. Die weisen Frauen und Männer hatten sich darauf verständigt, dass Ekuos ein Seher bleiben durfte, nur den Berg des Lichts hatte er nicht mehr zu betreten. Trotz dieser Einschränkung war das eine Auszeichnung und Ehre für ihn.

Talale war es, die zwischen den Häusern ihre Steinkreise auslegte. Irscha, Amadas und Matu blieben auf Distanz zu ihr, während der weise Alte und Ekuos durch die Häuser schritten und die Feuerstellen löschten. Nirgendwo durfte mehr ein Feuer brennen, so verlangte es das Fest.

Amadas war sehr neugierig und musste von Matu immer wieder zurückgehalten werden, damit er nicht zu nahe an die weisen Frauen und Männer heranrückte. Ihm war nicht bekannt, weshalb es genau drei Feiertage waren, aber er vermutete, es könnte mit Sonne, Mond und Erde zusammenhängen. Diese Trinität war ihm bei den Kelten bereits häufiger aufgefallen. In einem stillen Moment wollte er Quintus Tessius fragen. Nun liefen sie um das Haus und schauten, wie sich andere Sippen auf die kommenden Tage vorbereiteten. Quintus Tessius war nicht sehr gesprächig. Seine Frau Jantumara, die mit den Kindern in einem anderen Haus lebte, hatte ihn ausgeschimpft, weil er sich nicht das erste neue Feuer gesichert hatte. Denn das Feuer starb, wurde aber gleich wieder geboren und von den Weisen in die Häuser gebracht, wo es die Herdstellen frisch entzündete. Amadas zog ihn zur Seite und stellte seine Frage.

»Alles hat mit der Drei zu tun. Denk an Geburt, Leben und den Tod. Der Himmel ist hell, im Dämmerlicht oder dunkel. Alle guten Dinge sind eben drei.«

Amadas schaute sich um. Kaum waren die Feuer in den Häusern wieder angezündet, waren die Leute von den Wegen verschwunden. Gab es bei den Sippen keine eigenen Geschichtenerzähler, konnten sie sich einen solchen bestellen. Die dunkle Jahreszeit wurde an den Hausfeuern gerne mit Geschichtenerzählen überbrückt, denn es gab nicht viel zu tun. Zum Erstaunen von Amadas war im Haus von Irscha seine Frau Jantumara die Erzählerin. Was ihn noch mehr verwirrte war, dass sie eine Geschichte erzählte, in deren Mittelpunkt Ekuos stand.

»Ekuos der Hirte lief los und ein Eber und die Herde folgten ihm. Er hörte, wie eine Wolke am Himmel laut stöhnend ihren Rastplatz verließ und der Herde nicht mehr folgen konnte. Am Rand des Waldes öffnete sich ein flacher Platz, auf dem nur noch einige wenige Bäume standen. Ekuos schaute hinüber, wo er nach der Ebene den Fluss vermutete. Doch er erblickte nichts als dichten grauen Feennebel, in dem sich jedes normale Lebewesen für alle Zeiten verirren musste. Neben einer jungen Eiche sah er eine mannshohe Felswand, aus deren Mitte Wasser quoll. Noch war die Gelegenheit da, umzukehren. Ekuos stand mit bloßem Oberkörper vor der Quelle und versuchte, das eiskalte Wasser an seinen Körper zu bringen. Sein Rücken war übersät von blauen Striemen und faustgroßen Blutergüssen. Die Feinde hatten ihn böse zugerichtet. Er schaute sich um. Wo war Rosmerta? Weit und breit war von ihr nichts zu sehen und zu hören, bis sie plötzlich direkt aus der Wand neben der Quelle trat und den halb nackten Ekuos betrachtete. Wenn Rosmerta hier im Berg zu leben schien, konnte sein Dorf doch nicht mehr weit entfernt sein, dachte Ekuos. Viele Frauen gingen in die Nähe des Waldes, um Rosmerta zu treffen. Er hatte davon reden hören. Sie taten es heimlich, weil es die Weisen nicht wollten. Die Männer auch nicht, denn viele Frauen kamen zurück und trugen nach einiger Zeit Kinder unter ihren Herzen. Auch Ekuos Mutter hatte sich schon Rat bei Rosmerta geholt, allerdings nicht für sich, sondern für die Tiere, wenn sie von einem Zauber befallen waren oder keine Milch mehr gaben. Da Ekuos nun Rosmerta gesehen hatte, musste er sein Bild von sich verändern. Aus den Reden der Frauen hatte er immer geschlossen, dass es sich um eine weise Frau handelte, die schon immer hier gelebt hatte, länger als es seine Sippe gab. Deshalb musste er erkennen, dass die Götter etwas vorhatten mit ihm, denn sonst hätte er Rosmerta nicht aus dem Berg kommen sehen. Die weisen Frauen werden nicht alt, denn sie essen von der Götterspeise aus den Wäldern und trinken von der Milch der Erkenntnis. Eines Morgens stürzte Ekuos von einem Felsen und blieb zerschmettert auf einem Wiesenstück liegen. Da kam Kida die Wölfin, deren Leben Ekuos einst gerettet hatte, und sie trug ihn zu Rosmerta. Jeder hätte sehen können, wie seine Haut alterte und seine Haare grau wurden, also würde er bald sterben müssen und so erzählte er Kida von seiner bevorstehenden langen Reise. Da begann die Wölfin zu heulen. Aber Rosmerta war keine Weise, die sich einfach rufen ließ. Ekuos lag da wie ein erschlagener Ochse und hielt die Hände schützend vor sein Gesicht. Er war nass und ihn fror. Unterhalb des Rippenbogens sah man die Wunde, die wieder zu bluten begonnen hatte. Offenbar war dort ein spitzer Felsen entlanggeglitten, ohne in den Körper einzudringen. Der Schnitt in die Haut war aber so stark, dass sich die Wunde von allein nicht mehr schließen würde. Ekuos begriff, dass auch die kleinste Wunde nicht ewig bluten durfte. Aber Rosmerta kam.

›Ekuos hat Schmerzen‹, sagte Ekuos.

›Weißt du, wie lange das Blut schon aus ihm herausrinnt?‹, fragte Rosmerta und griff tief in einen Beutel, den sie sich umgehängt hatte. ›Dein Körper soll das trinken. Es ist Lavendel, vermengt mit ein wenig Bilsenkraut, das wird ihn ruhig werden lassen. Die Wunde muss anders behandelt werden.‹

Sie zog ihn über die Mooswiese und legte seinen Kopf nach Osten.

›Wann seid ihr auf die Feinde gestoßen?‹, fragte Ekuos, weil die Wolke über ihm nicht mit der weisen Frau sprechen konnte. Die Zunge lag ihm schwer wie ein Stein im Mund und kein einziges Wort kam ihm in den Kopf. Er hörte, wie die Wolke zu ihm sprach, aber nicht, was sie ihn fragte. Bei Rosmertas Worten konnte er nicht mehr antworten.

›Noch zwei, drei Nächte‹, antwortete die Wolke und Ekuos dachte, dann wäre sein Leben zu Ende.

Rosmerta drückte ein befeuchtetes Tuch, in dem sich etwas Weiches befand, fest auf die Blutung. ›Es ist Wundklee, von meiner Hand gepflückt und von der Göttin zu diesem Zweck zur Heilung von Verletzungen bestimmt.‹

Ekuos nickte.

›Und du‹, sie sah Ekuos wieder direkt in die Augen, ›wirst mit niemandem von mir sprechen.‹

Wieder nickte Ekuos nur.

›Ich werde bei der Quelle hier wachen und dich nicht unbeobachtet lassen. Was mit dir geschieht, werden die Götter wissen und bestimmen. Dein Körper kann sterben, Ekuos nicht.‹

Dann setzte sie sich auf eine breite Moosflechte und zeigte mit dem Finger in den Nebel. ›Du wirst nun diesen Ort verlassen und niemals zurückkehren.‹

Ekuos wusste nicht, mit wem Rosmerta sprach. Vielleicht mit den Feen vom unheimlichen Berg? Sie griff in die Luft und legte Ekuos einen flachen Stein auf die Brust. Sofort wurde sein Körper gewärmt wie an einer heißen Herdstelle. Endlich schlief er ein und als er wieder erwachte, da waren seine Wunden nicht mehr der Rede wert und er konnte wieder jener sein, der er damals war: Ekuos der Hirte. Doch was mit ihm geschehen war, das hatte er vergessen.«

Jantumara endete und griff mit einer Zange nach Steinen, die im Feuer lagen, legte sie auf eine Decke, die sie mehrfach ineinanderfaltete, und setzte sich auf das wärmende Stoffpaket.

Amadas hatte aufmerksam zugehört und er fragte sich, ob von dem anwesenden Ekuos die Rede war. Es hätte auch möglich sein können, dass diese Geschichte von einem anderen Ekuos und einer weiteren Rosmerta handelte, deren Namen man auf die ihm bekannten Personen übertragen hatte. Er sah zu Ekuos hinüber, der sich nicht regte.

Ein Junge sprang herein und flüsterte Quintus Tessius etwas ins Ohr. Der machte eine ernste Miene und sah in die Runde. »Männer des Glenn haben Palmira aus Boiodurum hierhergeführt und sie soll nach Hall gebracht werden.«

Jedem der Anwesenden war sofort klar, was das für Amanda bedeuten musste, wenn die wahre Palmira zu Glenn gebracht wurde. Während Irscha, Matu und Amadas erwarteten, dass sofort etwas dagegen unternommen wurde, blieben Talale und Ekuos vollkommen ruhig. Wie kann man unter diesen Umständen nur dermaßen gleichgültig sein? Amadas dachte es, aber er sprach es nicht aus.

Während Talale zu dem kleinen Tempel am Fuß des Berges hinüberging, wanderte Ekuos zu dem von Irscha angebotenen Haus hinüber. Es lag neben anderen Häusern, die den Vorrat für die Wintermonate beherbergten, nur zwei alte Männer lebten in der Nähe. Sie zogen sich sofort in ihre Hütten zurück, als sie Ekuos sahen. Ihr Verhalten entsprach dem der meisten Menschen, die sich lieber aus der unmittelbaren Nähe eines Sehers entfernten, denn Männer und Frauen mit einem zweiten Gesicht konnten auch das Kommende sehen, was sie selbst betraf. Besser war, man erfuhr nichts über das eigene Schicksal, so dachten die Leute und senkten den Blick oder verschwanden lieber, wenn eine Seherin oder ein Seher in ihre Nähe kam. Ekuos hatte sich daran gewöhnt und bemerkte es nicht mehr. Das Haus war geräumig. Es roch zwar nach altem Wein und vergorenem Obst, aber das ließ sich sehr schnell ändern. Matu ritt zu Irscha zurück, ließ sich einige Männer geben und ein Eisengestell mit einem steinernen Einsatz, damit das Gebäude beheizt werden konnte. Es dauerte nicht lange und Ekuos war wieder allein. Talale blieb in dem Tempel, Matu und Amadas wohnten weiterhin bei Jantumara und Quintus Tessius, wo sie beobachteten, wie die Kähne des Glenn im Hafen lagen und nicht bewegt wurden. Es war nicht mehr die Zeit des Schiffsverkehrs auf den Flüssen, denn der Herbst brachte viele böse Gespenster über das Land und die Schiffer fürchteten sich vor den nassen Händen der Flussgeister.

Als sie auf die Stadt zuritt, war ihr der Ruf der göttlichen Frau bereits vorausgeeilt. In den Gassen war nur noch von ihr die Rede, denn Jäger und Bauern, die ihre Waren auf den Markt von Iuvavum brachten, erzählten, sie hätten etwas Unheimliches gesehen, was sie gar nicht glauben konnten. Es war ein sehr früher Morgen gewesen, starker Nebel lag auf dem Land und über den Wäldern, als sie aus einer dunklen Baumgruppe das Röhren eines Hirschs vernahmen. Die Jäger legten sich sofort auf die Lauer, denn aus der Tiefe des Brusttones und der Länge des Röhrens schlossen sie auf ein mächtiges Tier. So war es dann auch, als der Hirsch zwischen den Bäumen erschien und über den Fluss auf das andere Ufer sah. Doch als die Jäger sich zum Sturm auf das Tier bereit machten, da zerrissen die Nebel und die Sonne erschien über den Bergen. Sie war so nah, dass man glaubte, sie greifen zu können. Und als die Jäger sich wieder dem vermeintlich leichten Opfer zuwenden wollten, da stand an seiner statt ein mächtiger weißer Hirsch. Durch sein verzweigtes Geweih schien brennend die Sonne, sodass die Männer sich zu Boden warfen, um nicht zu erblinden. Die Große Sonne schickte ihre Strahlen genau zwischen den Stangen des Geweihs hindurch auf die Erde. Niemand von ihnen hatte zuvor ein solches Tier gesehen, aber alle wussten um die Bedeutung eines weißen Hirsches. Sie war es selbst, die Große Mutter, die sich ihnen auf diese Weise zeigte. Warum sie es tat, konnten sie nicht einmal ahnen. Aber jede ihrer Reaktionen könnte dazu führen, dass der weiße Hirsch zur Zeit der Aussaat im Frühling sein Geweih nicht abwarf, was die Reifung aller Frucht verhindern würde. Sollte die Große Mutter Erde sie damit strafen, wäre es das Ende aller Lebewesen.

An eine Jagd an den Ufern der Igonta war selbstverständlich nicht mehr zu denken. Jeder hätte mit einem solchen Frevel ewiges Unglück über seine Sippe gebracht. Sie zogen sich von der Jagd hinter Büsche zurück und erzählten den vorbeikommenden Bauern von dem, was sie soeben erlebt hatten. Die Bauern nahmen ihre Amulette in die Hände und blieben wie angewurzelt stehen. Wohin hätten sie jetzt noch so ohne Weiteres gehen können? Vielleicht wartete im nächsten Wäldchen etwas Böses auf sie, das ihre Tiere unfruchtbar machen und auch sie selbst schädigen würde.

Dann bewegten sich die Blätter eines Baumes. Da es völlig windstill blieb, schauten die Männer entsetzt auf den Baum, dessen Äste und Blätter sich bewegten wie zur schönsten Sommerzeit. Büsche blühten und Vögel sangen, als wären die Sterne am Himmel eine köstliche Speise, die leicht zu fangen war wie ein Käfer. Unerwartet fegte ein Eiswind durch das Flusstal, der den Männern das Blut in den Adern gefrieren ließ und sie zogen sich tiefer in eine Erdmulde zurück, um sich gegenseitig zu wärmen. Sie nahmen es als eine Warnung der Großen Mutter wahr.

Sie schien von den Bergen her zu kommen und ritt auf einem kleinen weißen Pferd. Auf ihrem Kopf lag ein Schleier und sie trug einen erdfarbenen weiten Umhang. Die Männer konnten die Augen nicht von ihrem Gesicht lassen, so schön war es. Ihre Haut war so weiß wie die des Hirsches und neben ihr lief eine weiße Kuh mit roten Ohren. Solche Tiere gab es nur im Feenland. Am Hals der gottgleichen Frau lag ein goldener Sonnenreifen und an ihren Kleidern prangten Sterne aus purem Silber. Über sie hinweg flog ein Schwarm Gänse und die Männer begannen zu zittern. Die Gänse brachten Nachrichten von den Göttern. Erst als die schöne Frau vorübergeritten war, kamen die Männer wieder aus ihrer Erdmulde hervor. Jeder von ihnen wischte sich über die Lider und das Gesicht, um dem Bösen zu entgehen.

»Sie war der weiße Hirsch und dann wurde sie zur gottgleichen Frau«, rief ein Bauer.

»Ein weißes Reh wird ihre Mutter gewesen sein«, fügte ein Jäger hinzu.

»Aber so bedenkt doch, die gottgleiche Frau hatte die Große Mutter Erde in Form der weißen Kuh bei sich. Was wird mit uns Unglücklichen passieren, die wir das gesehen haben«, weinte ein Bauer laut.

Als Amanda Iuvavum erreichte, wichen alle Menschen sogleich zur Seite aus. Man sah mit geweiteten Augen, dass sie ohne Zügel ritt und der Sattel, auf dem sie saß, aus Silber und Gold geschlagen war. Amanda ritt durch die Straßen und unmittelbar auf Ekuos zu, der neben einem Feuer stand, welches vor dem Haus entzündet worden war. Rosmertas Plan war gelungen. Als die ersten Gerüchte durch Hall schwirrten, man habe die wahre Palmira krank und verwundet in Boiodurum ausfindig gemacht, da war Rosmerta sofort in ihr Versteck in den verwunschenen Wald geeilt und hatte von dort die Kuh und das kleine Pferd mitgebracht. In diesem Versteck lebte eine Gruppe von Kräutermenschen und Heilern, die nur in Verbindung mit der Natur und dem Wechsel von Licht und Schatten ihre Rezepturen entwickeln konnten.

Ekuos hatte Amanda nur kurz angesehen. Sie hatte sich noch einmal verändert. Ihr wallendes Haar war nun weiß wie das Salz aus dem Land, aus dem sie geflüchtet war. Aber ihr Gesicht war so schön, dass er keinen Moment mehr an es denken durfte, ohne dass in ihm ein Beben geschah. Er ritt zu der Stelle, an der Matu stand und darauf achtete, dass niemand in die Nähe des Hauses geriet. Aber die Menschen dachten mit keinem Gedanken daran, dort hinüberzugehen.

»Sie denken, es ist Rosmerta, die im Feenwald einem Jungbrunnen entstiegen ist«, erzählte Matu.

Ekuos gab ihm keine Antwort.

In der Nacht stiegen Amanda und Ekuos in den Berg hinter dem Haus. Die Sterne erblühten auf einem mattschwarzen bis dunkelblauen Himmelsgewölbe und die große Mondin leuchtete gelbweiß und freundlich.

Sie suchten Steine, die vom nächtlichen Licht beschienen wurden und orientierten sich an einem kleinen Bach, der vom Berg hinabfloss und in der Nähe des

Hafens in den Fluss mündete. Es war sehr kalt geworden und die schmächtigen Öllampen in ihren Händen wärmten kaum. Sie mussten sich vorsehen, denn sie konnten leicht auf den ersten Eisnestern ausrutschen und hinabstürzen.

Sie waren beide abrupt stehen geblieben. Was war dort oben? Da war nichts. Zwischen dem Bach und den Felsen schien sich ein großer Stein bewegt zu haben. Sollte der sich vom Berg lösen, würde er sie unweigerlich mit in die Tiefe reißen. Amanda versuchte, mit ihrem Lämpchen den Berg auszuleuchten, aber das musste mit ihrem bescheidenen Licht scheitern. War es der Gott des Berges, der sich dort befand und sie beobachtete?

»Wenn ich vom Berg springe, werde ich nie mehr zurückkommen. Wenn ich meine Arme ausbreite, wird mich ein Vogel retten und in das Tal tragen. Es wird so sein, dass ich am Tage des Sterbens und der Wiedergeburt der großen Sonne auf den Gipfel steige und ein Opfer bringen werde. Wir werden uns nun umwenden und dich verlassen.«

Ekuos hatte gesprochen und Amanda blieb dicht bei ihm stehen. Nichts geschah. Sie traten einige Schritte zurück, immer mit der Gefahr auszugleiten und abzustürzen. Aber sie durften dem Gott des Berges auf keinen Fall ihren Rücken zeigen. Wer kein Gesicht zeigt, der ist keine Person. Nur ein kopfloser Rumpf, wie ein geschlachtetes Tier. Dann bewegte sich der Stein. Er wuchs nach oben, erhob sich aus dem Felsen und aus ihm stieg ein Wesen heraus. Ekuos schloss in Erwartung seiner Endlichkeit die Augen. Amanda löschte ihr Licht aus.

»Hier ist Palmira«, sagte eine dünne Stimme. »Ich bin vom Schiff geflohen.«

Ekuos trat näher an sie heran und hob seine Öllampe hoch. Es war Palmira. Niemals würde er dieses Gesicht vergessen, weil er sein Messer an ihren Hals gelegt hatte und sie doch nicht sterben musste.

Sie stiegen den Hang hinab. Palmira blieb im Haus, während Amanda und Ekuos im Sternenlicht ihre Steinkreise so legten, dass sie den Sternenbildern glichen. Dann erst beschäftigten sie sich mit der Geflohenen. Amanda sprach mit Palmira, sie erzählte ihr von der Brutalität des Lebens in den Salzbergen und der bestialischen Behandlung durch Glenn und seine Leute. Palmira antwortete und berichtete, wie sich ihre unentdeckbare Schutzfee dem Boot genähert hatte und ihr sagte, sie müsse sofort aus dem Machtgebiet des Glenn fliehen.

Ekuos saß beim Feuer und dachte nach. Palmira musste sich wandeln, um den Häschern des Glenn entkommen zu können. Deshalb durfte sie ihren Namen nicht behalten. Sie war in den Berg gegangen und der Berggott hatte sie leben lassen. Die große Göttin lebte auf den Spitzen der Berge und so entschied Ekuos. »Wir werden dich von nun an Werena nennen. Du bist wie eine Frucht des Berges und dieser Name wird dich beschützen.«

Gemeinsam lasen sie am Morgen im aufkommenden Licht die Botschaft, dass sie sich nun auf das Fest der Wintersonnenwende vorbereiten sollten und es noch nicht entschieden war, ob die Götter nach dem Tod der Sonne ihre Wiedergeburt erlauben werden. Ekuos dachte an seine letzte Wintersonnenwende und ihm kam es so vor, als wäre sie erst vor wenigen Tagen begangen worden.

Ekuos fand Matu am Weg zum Ort hinab und gab ihm zu verstehen, dass einer wie der Glenn nicht weiterleben durfte. Die Gefahr, dass er den Göttern nicht gefiel, sie erzürnte und mit seinem Leben den Boden der Großen Mutter beschmutzte, war zu gegenwärtig.

»Ich werde ihn töten«, antwortete Matu und beugte sein Haupt.

Ekuos blieb an einer schräg abfallenden Wiese stehen und beobachtete die Menschen, wie sie die letzten Handgriffe an einigen neuen Häusern verrichteten, bevor der Winter jede Regung unterbinden würde. Der Ort wuchs mächtig nach allen Seiten und die Lagerhallen waren gut gefüllt. Er wollte in den kleinen Tempel zu Talale gehen und sie bitten, die weisen Frauen und Männer vom Tempelberg zur Wintersonnenwende für eine gemeinsame Vorbereitung des Festes zu gewinnen.

Es waren die Tiere, die als Erste den Winter fühlen und sich wärmende Höhlen suchen. Da lag einer wie schlafend im Graben. In der Nähe hatten Leute ein Kind in den Frost gelegt. Der Tote liegt auf dem Bauch und wird die Sonne nicht mehr sehen. Sein Gesicht ist an der Erde festgefroren. Nun wird es im Land noch kälter werden. Die Herumstehenden kehrten in die Häuser zurück, als Ekuos erschien. Das gestorbene Kind war noch sehr jung. Es kamen die ersten Opfer des Winters. Jeden Winter gibt es viele Tote, sodass die Menschen anfangen zu glauben, es wird niemand von ihnen übrigbleiben. Wenn die Verzweiflung am größten wurde, nahm gleichzeitig die Verehrung der weisen Frauen und Männer immer mehr zu. Aber auch sie konnten nur darum bitten, das Sonnenlicht möge die Erde wärmen, damit sie erwachte und den Menschen Essen gab. Im Winter galt es, dem Tod zu entkommen. Die Mühsal der Arbeit auf den Feldern und in den Orten war nichts gegen den Hunger.

Ekuos klatschte in die Hände und die Leute traten wieder vor ihre Häuser. Alle schauten wie Schafe in einer freudlosen Herde. Ohne zu reden, sagte ihnen Ekuos, was sie mit den Toten zu tun hatten. Die Große Mutter Erde nahm sie alle auf.

8. Das goldene Kind

Talale die Seherin hatte sich in einen dunklen Winkel des kleinen Tempels zurückgezogen und lauschte zum Himmel hinauf. Sie aß nichts mehr. Nachdem sie das Hungergefühl überwunden hatte, störte der Körper nicht mehr ihre Konzentration. Aber sie kam kaum über das hinaus, was sie bereits zum Totenfest gesehen hatte. Die Nächte waren dunkler und die Tage heller geworden. Als sie mit den Menschen zum Fest der Toten bei den Gräbern gewesen war, verließen sie die geschmückten Begräbnisstätten erst wieder, nachdem man die Verstorbenen gebeten hatte, sich vor ihrem Erscheinen in den Häusern der Lebenden körperlich und akustisch bemerkbar zu machen. Dabei war ihr aufgefallen, wie wenig die Menschen sich mit den Dingen zwischen Himmel und Erde noch wahrhaftig beschäftigten. Der Tag gab ihnen das Licht, um in den Wäldern nach Essbarem zu suchen, die Pflanzen wachsen zu lassen und die Tiere zu mästen. Für die Nacht gab es für sie den Schlaf, mehr galt für sie nicht. Sie spürten nicht mehr dem nach, was ihnen die weisen Frauen und Männer über die Götter und das Leben sagten. Die Menschen hatten die Verbindung zum allumfassenden Leben verloren. Oh ja, zum Totenfest streuten sie wie immer Mehl und Salz in den Wind, und Speisen für die Verstorbenen und die Geister wurden gestiftet, aber in Wahrheit waren die Gaben geringer ausgefallen, als es in früheren Wintern der Fall gewesen war. Talale lehnte sich ein wenig an die Wand. Manchmal überkam sie eine kleine körperliche Schwäche. Als sie während der Feier zum Totenfest Mehl und Salz in das Feuer geworfen hatte, da kam aus der Menschenmenge leichter Unmut über diese Verschwendung von Wintervorräten auf. Sie hatte das Gemurmel geflissentlich überhört und versucht, den Menschen klarzumachen, dass die Toten in Unfrieden aus den Gräbern kommen werden, wenn man sie nicht respektvoll behandelte. Aber richtig geholfen hatte das nicht. Die Leute beschäftigten sich lieber mit der alltäglichen Welt und den Späßen, die ihnen Geschichtenerzähler darstellten. Erst als Talale von den Seelen der Toten gesprochen hatte, war es doch ganz still geworden. Der Leib ist wie eine starke Mauer, in der die Seele wie gefangen und gefesselt existieren muss, hatte sie gesagt. Erst mit dem Tod des Körpers kann sie sich befreien und gleitet wie ein Luftwesen davon. Sie ist wie eine weiße Taube, die aus dem Mund des Toten hinüberschwebt in die Anderswelt. Und am Abend der toten Seelen erlauben ihnen die Götter eine Rückkehr, weil sie damit den Menschen mitteilen, dass nun der Herbst sie verlässt und der Winter Einzug halten wird. Seht deshalb zu, dass ihr an den Feuerstellen Platz lasst für die Toten, damit sie sich nach der langen Reise wärmen können. Dann hatte Talale die Seherin die Arme gehoben und die Götter um Beistand gebeten, denn in dieser Nacht waren nicht nur die guten Seelen unterwegs, sondern auch die bösen Geister.

Talale veränderte ihre Haltung und lauschte wieder hinauf. Aber sie hörte nichts und hing schnell wieder ihren Gedanken nach.

Am Tag nach dem Totenfest hatte sie aus der Asche vieler Feuerstellen die Zukunft für die Sippen gelesen und dabei war ihr nicht entgangen, wie sehr sich die Leute mit Geschenken an sie gute Nachrichten einhandeln wollten. Geschwiegen hatte sie aber aus einem anderen Grund. Bei vielen Feuern hatte die Glut noch geleuchtet, so als wolle sie nicht verlöschen. Es war der Tag, an dem aller Seelen Freiheit geschah und Talale hatte das Feuer am Himmel gesehen, es aber nicht deuten können. Zehn Nächte danach gab es das Gänsefest. Die jungen Menschen liefen verkleidet durch den Ort, über die Felder und in die Wälder, um überall laut und vernehmlich die bösen Geister zu vertreiben. Sie trugen dazu geschnitzte Masken, damit die Geister sie nicht erkennen konnten, denn sonst würden sie in ihre Häuser kommen, um sich an ihnen zu rächen. Talale war auf den großen Platz geführt worden und man hatte vor sie eine Gans gelegt, die ein präziser Werfer mit einer Steinschleuder vom Himmel geholt hatte. Ein Feuer wurde entfacht, in das Birkenzweige und Wacholder geworfen wurden. Die ungebratene Gans wurde Talale auf einer geschliffenen Steinscheibe vorgelegt und sie hatte mit einem kleinen Messer sofort damit begonnen, den Vogel aus dem Götterhimmel zu öffnen. Die Menschen hatten sich an sie herangedrängt, weil die immer wiederkehrende Frage war, ob es weißes Fleisch und viel Fett zu sehen geben würde oder die Gans dunkel im Fleisch war. Ein weißes Fleisch sagte einen schneereichen und harten Winter voraus, dunkles Fleisch bedeutete zwar Schneefall, aber einen verträglichen Winter. Aus den Innereien wurden die Prophezeiung und die Zukunft gelesen und dabei war kein fröhliches Lachen bei den Leuten entstanden, denn die Seherin hatte geschwiegen. Talale erhob sich und lief zur Tür. Ein Knabe kam und brachte ihr frisches Trinkwasser. Sie sah Ekuos an der Tür stehen und schüttelte leicht den Kopf. Sie wartete auf die Antwort des Himmels auf ihre Frage: Was wird mit uns geschehen?

Ekuos blieb. Er stand an der Tür zum Tempel und blickte sich um. Die Wege im Ort waren menschenleer. In den Gassen tummelten sich nur einige Hunde. Vom Hafen her klangen einige Stimmen herüber. Das Gesicht der Welt blieb unbewegt. Gab es keine Antwort, weil sie schon ausgesprochen worden war und sie nur nicht gehört wurde? In ihm wuchs die Verzweiflung. Er biss sich auf die Lippe, bis er den Geschmack des Blutes spürte. Aber war das ein Beweis dafür, dass er lebte? Was war das Leben, woher kam er und wohin würde er gehen müssen?

Dann krachte es, als würden getrocknete Baumstämme über den Felsen stürzen und unter mächtigem Getöse zerbrechen. Blitze zuckten über den Himmel und erhellten das Gebirge bis weit hinauf zu den Gipfeln. Danach kam Wind auf und es begann ein Schneesturm, wie Ekuos ihn noch nicht erlebt hatte. Innerhalb weniger Augenblicke lag der Ort unter einer Schneedecke verborgen und einige Dächer hielten dem Druck nicht mehr stand und brachen ein. Schreiend flohen die Menschen und fielen in den aufgetürmten Schnee. Auf einmal schien der ganze Ort zu schreien. Von überall her liefen die Leute zusammen und begannen nach Verschütteten zu graben. Einige von ihnen sahen zu Ekuos hinüber und ihre Blicke bedeuteten nichts Gutes. Ekuos glaubte zu erkennen, dass sie den Sehern die Schuld an dem Unglück gaben, weil sie während des Gänseorakels geschwiegen hatten. Talale öffnete die Tür und ließ Ekuos hinein. Reglos blieb er an der Feuerstelle stehen und sah zu, wie der Schnee durch eine Öffnung im Dach in ein eisernes Gefäß fiel, das über dem Feuer hing, und dort sofort zu schmelzen begann. Vor sich im Dunkeln sah er nichts. Er schaute und erblickte nichts. Ekuos schloss die Augen und er sah in eine zerstörte Welt. Jetzt ahnte er, dass es Talale so ging wie ihm selbst. Etwas würde geschehen und sie mussten es geschehen lassen. Würden sie zu den Menschen sprechen, sie würden ihnen nicht zuhören. Alle warteten auf den Frühling und zunächst auf die Auferstehung der Sonne. Es gab keinen Grund mehr für ihn zu bleiben, aber er wollte Talale wissen lassen, dass auch er ein von den Göttern geweihter Seher war.

»Leere Fenster verraten nichts. Einmal wird der blaue Himmel ausgetrunken sein. Frei strömend wird der Atem der Götter über uns kommen und es wird nur noch eine Erinnerung geben, die an tote Gesichter.«

Ekuos sah, wie Talale nach einem Stück Brot griff und es aß. Anschließend schöpfte sie den geschmolzenen Schnee in ein Gefäß. Sie hatte verstanden. In Erwartung der Wiedergeburt des Goldkindes stärkte sie sich.

Der Schnee blieb sehr lange liegen, bis es zu regnen begann. Erst rochen die Berge nach Regen, dann der Wind und schließlich ergoss sich das Wasser über das Land. Die Menschen mussten den Schlamm von den Wegen schieben, keine Karren schafften es durch den Morast und selbst die Pferde verweigerten sich. Männer schlugen mit Hacken den Boden auf, damit das Schneewasser abfließen konnte. Ekuos betraf der Wetterumschwung nicht, denn er wohnte auf einem Berganstieg. Dort war der betörende Geruch der Mutter Erde so intensiv, dass er dachte, es sei sein eigener Atem. Die Menschen sehnten sich nach der Sonne, aber sie kam nicht hervor. Es blieb dunkel. Manchmal lachten die Menschen, wenn sie eine helle Wolke erblickten. Atem und Blut stockten ihnen, wenn es von den Bergen herab grollend tönte und dort die Gefährten des Todes ihre Karren bereithielten. Abends am Feuer sprachen die Geschichtenerzähler von den Regenbögen. Es machte den Menschen Freude, von grünen Wiesen und blühenden Apfelbäumen zu hören.

Ekuos verließ das Haus kaum noch. Denn als der Frost über das Land kam, fror der Boden, sodass fast kein Brunnen mehr benutzt werden konnte. Was half es da noch den Menschen, sich vorzustellen, wie es im Frühling sein würde? Auch die Dunkelheit blieb und die Leute wurden immer stiller. Es wurde so dunkel, dass einige Menschen hinausgingen und die Götter um Hilfe anriefen. Mit den frostigen Tagen brachten immer weniger Leute etwas zu essen zur Hütte. Amanda und Werena hatten genug damit zu tun, das Feuer am Leben zu halten, denn es wurde noch schwieriger, etwas Brennbares zu finden. Trotz aller Gefahren versuchte Ekuos, in den Berg zu gehen. Kaum hatte er einen einigermaßen begehbaren Pfad gefunden, da spürte er Amanda in seinem Rücken.

»Es tröstet mein Herz, wenn wir gemeinsam sterben«, sagte sie.

Am Himmel standen Wolken wie Bäume. Bis nach ganz oben wollte er gelangen, um dem Leben der Menschen zu entkommen. Der Himmel ist nie ein leeres Fenster. Der Blick wurde klar und ihr gemeinsamer Atem wehte mit dem Wind hinüber zu den Göttern. Verwundert blickte das Licht über die Gipfel und Ekuos verwirrte die Vögel, als er höher und immer höher den Berg erklomm. Die Menschen erwarteten, dass sich einer der Auserwählten für sie opfert. Dafür würden sie ihn verehren. Sein Blut sollte die Götter versöhnlich stimmen. Sie mussten entscheiden, wann er ausglitt und zwischen die Felsen in den Tod stürzte. Von dort wird ein göttlicher Adler seine Seele in die Anderswelt tragen. Auf halber Höhe hielt Ekuos erschöpft inne und blickte zurück. Amanda hielt sich angestrengt an einem Felsvorsprung fest. Ihre Hände und ihr Gesicht waren blau angelaufen. Sie schauten auf einen breiten Nebelschleier.

Unter ihnen war die Erde verschwunden. Der Himmel war klar und eine einsame Wolke stand direkt über ihnen. Hinter diesem Himmel wartete die Lautlosigkeit der Sterne. Ekuos sah in das Gesicht von Amanda und erkannte die Schöpfung der Mutter Erde darin. Voller Wärme sah sie ihn an. Als die Wolke sich aufgelöst hatte, machten sie sich auf den Rückweg. Ekuos schaute sich um, denn es gab keinen Nebel. Es hatte keinen Sinn, darüber nachzudenken, was er zuvor gesehen hatte. Ihn beschäftigte etwas anderes. Die Menschen müssen wieder lernen, dass ihre Vergänglichkeit nichts ist, was den Tag dunkler und die Nacht finsterer werden lässt. Sie wollen bestimmen, wie der Himmel leuchtet und die Nacht sich zeigt. Wenn die Götter wollen, dass sie frieren, dann frieren sie. Und wenn die Große Mutter Erde sie nähren will, dann wird es keinen Hunger mehr geben. Nur einen winzigen Moment dachte er daran, dass die Götter zur Anwesenheit Amandas so eng neben ihm geschwiegen hatten.

Ekuos betrat das Haus nicht mehr, sondern er lief mit zornigem Ausdruck durch den Ort und machte den Menschen dadurch klar, dass die Entscheidung über Leben oder Tod unmittelbar bevorstand. Die Winterwende würde die Bestimmung für das weitere Leben bringen. Auf dem großen Platz bei den drei Tempeln, wo während der normalen Zeit Markt gehalten wurde, stellten die Weisen vom Berge eine Krippe auf. Dann begann die Nacht vor dem Unheil oder der Geburt des Sonnenkindes. Alle weisen Frauen und Männer, auch

Ekuos, Talale, Amanda und Werena, harrten in beißender Kälte bei der Wiege aus. Doch es geschah nichts. Sie warteten und warteten, aber die Wiedergeburt der Sonne passierte nicht. Lange Tage und Nächte war die alte Sonne gestorben und sie hatte mit ihrem Sterben Hunger und Elend über die Menschen gebracht. Ohne das Sonnenkind am Himmel würde das Leben auf der Erde vorbei sein. Es war Amanda, die einen goldenen Halsring in ein Feuer legte und ihn mit Hammer und Zange so formte, dass sie ihn wie einen goldenen Sonnenkranz um den Kopf der Puppe drapieren konnte.

Ekuos legte seine Handflächen auf die Lider und bat die Götter still um die Heimkehr des Sonnenkindes. Alle richteten die Blicke nach Osten und endlich wurde es grau, dann heller und heller, schließlich ließ ein Bündel Strahlen aus dem Himmel die Krone des Sonnenkindes in der Wiege erstrahlen. Der Bann war gebrochen. Die Wintersonnenwende war da und die Menschen fielen sich jubelnd in die Arme. Der neue Sonnengott war geboren und das Leben durfte weitergehen. Der Strahlenkranz um den Kopf der Puppe wurde nicht mehr entfernt.

Für Amadas waren die Reaktionen der Leute mehr als irritierend gewesen. Im Haus von Irscha hatte es keinen Mangel gegeben, aber der beschwor jeden, von seinem Überfluss nur ja niemandem zu berichten. Besonders war ihm aufgefallen, wie schnell die Menschen an den Fähigkeiten ihrer weisen Männer und Frauen zu zweifeln begannen. Nach dem Erscheinen der Sonne und der Feier zur Geburt des Sonnenkindes wurde plötzlich alles wieder anders. Man jubelte und die Leute waren in die Wälder gelaufen, um Tannenzweige zu sammeln, die später geschmückt in den Häusern standen. Mit dem ausgepressten Saft der Tannennadeln hatte man sich und alle Tiere eingerieben, um die Fruchtbarkeit zu gewährleisten und die Verbindung zum Leben wiederherzustellen. Auch die Türen, aber vor allem die Brunnen, waren mit grünen Zweigen geschmückt worden.

Amadas blickte um sich. Man saß im Haus von Irscha an der Tafel und speiste. Das gemeinsame Essen, auch die Tiere hatten etwas bekommen, gehörte zu den Feierlichkeiten dazu. Große Brote waren gebacken worden, dazu wurde eine Vielzahl getrockneter Früchte gereicht. Irscha hatte sich großzügig gezeigt und Wein spendiert, der sonst nicht sehr häufig auf den Tisch kam. Jantumara nahm nach dem Essen die Reste vom Tisch und legte sie in einen Korb. So bestückt ging sie zu den Obstbäumen hinaus und alle folgten ihr nach. Mit sichtbarer Kraftanstrengung gruben Irscha und Matu ein Loch in den gefrorenen Boden, wohinein die Essensreste gegeben wurden. Dazu bat man die Götter um Fruchtbarkeit für Mensch, Tier und das Land.

Amadas lief hinüber zu Matu, der nicht wieder in das Haus zurückgegangen war. Seit einiger Zeit schon beobachtete Amadas, wie er Steine mit einer Schleuder auf Ziele in deutlicher Entfernung losließ und wollte ihn danach fragen, aber Matu wich ihm aus. Deshalb entschloss sich Amadas, Ekuos direkt anzusprechen, auch wenn das gegen die Regeln verstieß. Er befürchtete ernsthaft, dass man ihn einfach zurücklassen könnte, wenn die Reise weitergehen würde.

Ekuos wanderte durch Iuvavum und er erreichte den Fluss. Da war kein Tag mehr, der leuchtete und das Wasser glänzen ließ. Iuvavum war eine schöne Stadt, umgeben von Bergen, Hügeln, Wäldern und Wiesen. Aber das alles verschwamm hinter seinen Gedanken an den Nebel, den es gar nicht gegeben hatte. Ihm war, als bebte die Erde manchmal. Götter legen keine Schatten, lehrte ihn sein weiser Lehrer. Einige Frauen liefen mit Fischen in den Körben nach Hause. Sie schauten zu Boden, als sie Ekuos passierten.

Alle Wege, die vielen Häuser in den Gassen, der Tempel auf dem Berg, das erzählte von der Angst der Menschen, in Bewegung zu bleiben. Die Furcht vor dem Ungewissen ließ sie Häuser bauen und siedeln, aber das Beben der Erde wird sie überall erreichen. Wie wird er sein, der letzte Atemzug, bevor der Himmel einstürzt? Sie leben alle den Augenblick und halten das für ihre Bestimmung. Auch das mächtigste Pferd mit der größten Sprungkraft wird sie nicht retten, wenn die Erde sich öffnet und alles hinabstürzt, was eben noch das pralle Leben hieß und mit ihm die Dinge, die sie für unentbehrlich hielten.

»Vergiss dein Leben und trinke das Licht.«

Amadas schaute sich um. Außer ihm war niemand da. Ekuos stand dicht am Wasser und er war es nicht, der mit ihm gesprochen hatte.

»Nun ist der Tag da, ein junger Gott kam aus dem Himmel mit dem Lächeln der Ewigkeit. Aber wissen wir, ob die Götter sich morgen noch an uns erinnern werden? Die Farben der Erde sind nicht verändert und das Gebirge ist weiterhin das Gebirge. Doch der Himmel ist weit und ein hochgeworfener Kiesel fällt auf uns zurück. Auf den Bergspitzen rasten die Götter während ihrer Reisen, weil sie dort Atem schöpfen können. Der Geruch von Menschen widert sie an. Ein Sturm wird den Mund der Mutter Erde öffnen, aber sie lächelt nicht mehr.«

Ekuos drehte sich um und ging davon.

In diesem Moment hatte Amadas eine heftige Sehnsucht, sich einfach zu entfernen und das Gebirge hinter sich zu lassen. War es nicht längst an dem, dass er endlich heimkehren und die Schönheit des Meeres wiedersehen sollte? Doch wie sollte ihm das gelingen? Der Winter hielt ihn fest.

Ein Teil der Weisen vom Berge ärgerte sich darüber, dass Ekuos die Nächte in den Häusern verbrachte, um die schweren Holzscheite in den Feuerstellen zu beobachten. Jeder Funkenschlag wurde genau zur Kenntnis genommen und die Sippen redeten darüber, an welche Stelle im Haus sie das abgekühlte Holzscheit legen mussten. Denn das am Tage der Geburt des Sonnenkindes gebrannte Scheit sollte das Haus vor Unbill schützen. Auf dem Tempelberg war ein Streit darüber entbrannt, ob die Fähigkeiten von Ekuos den Regeln entsprachen oder ob er ein Vertreter des Bösen war, der die Menschen schlecht beeinflusste. Besonders der Einfluss der Frauen um ihn auf die Bewohner von Iuvavum blieb ihnen nicht verborgen. Während Talale noch weitgehend den Ansichten der Weisen vom Berge entsprach und keinen Mann in ihr Leben ließ, verhielt es sich mit Amanda schon anders. Es ging das Gerücht, sie sei keineswegs nur eine weise Kräuterfrau, sondern weit mehr im Leben von Ekuos. Besonders aber die ihnen völlig unbekannte Werena ließ die Bewohner nicht ruhen, weil sie im Ort wie eine fleischgewordene Göttin gesehen wurde, der man bereits Opfer darbrachte. Es war noch kein Frevel, zu glauben, dass etwas Besonderes in manchen Frauen verborgen war und man sie wie ein Orakel befragen konnte. Anders verhielt es sich da mit den aus Holz geschnitzten Darstellungen einer gottgleichen Frau, die einen Säugling an der Brust hielt und zu deren Füßen ein Füllhorn lag, aus dem die prächtigsten Esswaren hervorquollen. Obwohl die Holzschnitzer es abstritten, war eine Verbindung zur Großen Mutter Erde und dem Sonnenkind unverkennbar. Man wollte von Ekuos ein Zeichen seiner Kräfte erleben und daher machten sich sieben weise Frauen und Männer auf den Weg vom Tempelberg hinunter zur Stadt. Drei weise Frauen, denn die Drei war die Zahl des Mondes. Vier weise Männer, denn die Vier war die Zahl der Sonne. Zusammen bildeten sie die Sieben, die vom Himmel bestimmte magische Zahl. Sie wollten Ekuos veranlassen, sie zu Werena zu bringen.

Für Ekuos kam der Besuch vom Tempelberg sehr überraschend und er spürte sogleich die starken Vorbehalte gegen ihn. Aus ihren Reaktionen erkannte er aber schnell, dass sie keine Beweise seiner übernatürlichen Fähigkeiten erwarteten, sondern lediglich klarmachen wollten, dass Talale, Amanda, Werena und er selbst als Fremde hier nicht mehr willkommen waren. Die Leute aus den Häusern, die unterhalb seiner Wohnstatt lebten, hatten ihn bereits vor der Geburt des Sonnenkindes gebeten, ihnen einen neuen Brunnen mit gesundem Wasser herzustellen, da sie ihre Wasserstelle für verflucht hielten. Bisher hatten das die Tage und Nächte des Eises und der Kälte verhindert. Nun waren die Tage wieder länger und die Sonne hatte das Eis gefügiger gemacht. Genau zum Sonnenwendfeuer im vergangenen Sommer hatte sich Ekuos aus einem Haselnussstrauch eine Wünschelrute geschnitten, die ihm nun zu Diensten sein sollte. Er hielt sie mit den Händen gestreckt vor sich und ging langsam den Anstieg seitlich seines Hauses hinauf, bis die Rute reagierte. Für ihn war das keine Anstrengung, die viel Kraft kostete. Wer auf lange Reisen ging und keinen guten Rutengänger bei sich hatte, der würde schnell am schlechten Wasser erkranken und vielleicht sogar sterben müssen. Matu und zwei weitere Männer gruben und unter dem Felsen, kaum eine Armlänge tief, sprudelte das Wasser fröhlich hervor. Aus den Reihen der Weisen vom Berge trat eine Wasserprüferin hinzu und ließ ein wenig Nass in ihre linke Hand fließen. Mit spitzer Zunge kostete sie und es gab nichts zu beanstanden. Auch nach dieser bestandenen Prüfung blieben die Weisen kühl. Ekuos ließ den Brunnen tiefer graben und dachte gar nicht daran, die Tür zu seinem Haus zu öffnen. Erst als er ihnen zusagte, nach den ersten milderen Tagen die Stadt zu verlassen, gingen sie zurück auf den Berg. Bei den Kornspeichern hielt ihn eine Sippe auf und führte ihn zu einem Knaben, der voller Stolz ein gefundenes Hufeisen hochhielt. Ekuos nagelte es über die Eingangstür ihres Wohnhauses. So schützte sie von nun an die Göttin Epona und ließ keine bösen Geister durch diese Tür. Obwohl es keinen Grund zu geben schien, wuchs in Ekuos eine Unruhe, die ihn immer stärker umtrieb. Er schlief in allen möglichen Unterkünften, nur nicht im eigenen Haus, und jagte den ganzen Tag umher, als würde er von bösen Blicken getrieben. Am Tage der Frau Percht, gut vierzehn Nächte waren seit der Geburt des Sonnenkindes vergangen, wurde Ekuos um seine Hilfe bei der Zeremonie zu ihren Ehren gebeten. An Brunnen und Wasserstellen wurde die Frau Percht um das nasse Gold gebeten, um die Felder und das Vieh fruchtbar zu machen. Ihre Verehrung band Ekuos sehr stark ein, denn die Menschen fürchteten sich vor ihren Strafen, weil sie Albträume verbreiten und ihr Atem vergiften konnte. Besonders schlimm war ihr Zorn, wenn sie durch die Lüfte fuhr. Ekuos bekam es auch noch mit einer Sippe zu tun, die ausgerechnet an diesem Tag ihre letzte Ziege schlachten wollte. Er machte ihnen bewusst, dass sie kein Tier mehr haben würden, wenn sie das Muttertier schlachteten, dass ihnen also etwas Unersetzbares verlorengehen würde. Mit dieser Handlung war es für die Weisen vom Berge genug. Sie ließen Ekuos wieder zu sich hinauf und behielten ihn von nun an unter Kontrolle. Er sollte nicht mehr länger das tun, was stets ihre Aufgabe gewesen war.

Ekuos wurde zwar ruhiger, aber er blieb unstet und sein Geist bebte und schickte ihm heftigste Träume. Der Winter kehrte zurück und mit ihm starker Frost. Er blieb allein. Zwar hörte er die Weisen reden, aber sie sprachen nicht mit ihm. Die Stimmung der Menschen im Ort war schlecht, die Freude über die Geburt des Sonnenkindes verflogen. Auch die Weisen wussten keinen Rat, wie sie gegen die allgemeine Lethargie angehen sollten. Sie sprachen darüber, dass der Glenn sehr viel Holz für die Bergwerke schlagen ließ und Wild aus den Wäldern holte, um seine üppige Tafel bewahren zu können. Er war ein böser Frevler, der die Götter zornig machte, darüber war man sich einig. Gegen Mittag jeden Tages lief Ekuos an die Klippe und schaute zu seinem Wohnhaus hinab, weil Amanda vor der Tür stand und zu ihm sah. Immer dann musste er daran denken, dass es für Seher keine Verbindung zu einem Menschen geben durfte, denn er hatte sich den Göttern geweiht. Aber er konnte sie nicht ignorieren.

Dann kam der Tag, an dem der Nebel über dem Fluss lag und die Welt unsichtbar machte. Ekuos sah auf die vereisten Wiesen und die schneebedeckten Berge. Ihm fehlten die fröhlichen Farben des Frühlings. Er sah die Schatten der Götter auf den Bergspitzen. Sie berieten sich und lachten nicht.

An einem Morgen hörte er die Weisen reden, aber sein Schweigen hatte ihm die Zunge gelähmt. Er brachte kein Wort mehr heraus. Er wusste, nun wird diese Stadt bald hinter ihm liegen. Die gedämpften Stimmen der Weisen verrieten, dass es schlimmen Hunger im Ort gab. Mit jedem seiner Atemzüge entfernte er sich. Er schaute zum Himmel hinauf und spürte, wie sich das Sein veränderte. Ekuos hatte keine Angst. Die Menschen hungerten und fürchteten sich vor dem Tod. Warum vertrauten sie nicht auf das Leben danach, die Herrlichkeiten in der Anderswelt? Was war an diesem Leben hier so herrlich? Bestand es nicht zumeist aus Elend und Tod? Sie verrieten ihren Glauben und flehten nur zu den Göttern, wenn sie etwas haben wollten. Sie waren traurig, wenn jemand starb. Mussten sie nicht Freude zeigen, wenn einer die Reise in die Anderswelt antrat, um einmal wieder von dort in das Leben zurückzukehren?

Der Nebel blieb über dem Fluss. Von oben hatte die Erde keine Mauern. Er kehrte in seinen stillen Winkel zurück und versuchte, das wenige Licht zu trinken. Es war gut. Der Winter würde bald sterben und er würde sich wieder auf die Reise machen. Und dann wird der Tag kommen, da die Götter genug von Menschen haben werden. Aber diese Gedanken brachten ihm keinen Kummer. Er hatte den Willen der Götter nicht verstanden, aber das war eben die Erkenntnis. Im Leben ging es nicht darum, zu verstehen. Es genügte, zu erwachen und seinen Weg zu finden. In seinen Ohren begann ein Brausen. Wie würde sie sein, diese Welt, wenn die Götter nicht mehr atmeten? Nachdenklich trat er hinaus und schaute auf eine prächtige Sonne. Das goldene Kind war aus der Wiege an den Himmel gestiegen. Nun reichte das Gebirge wieder nahe an sie heran. Es war der Geruch, der ihn fesselte. Von der Erde stieg der Duft bis hinauf zu den Göttern. Amanda stand vor dem Haus und Ekuos hob die Arme zum Himmel. Er sah sie und es ging ihm gut. Er schaute in den Himmel und es ging ihm noch besser. Wie lange hatte er schon nicht mehr gelächelt?

Bevor die Tage der Reinigung und die Nächte der inneren Einkehr begannen, fing Ekuos zu hungern an. Entweder man erwachte danach gereinigt oder man war tot. Er hockte in seinem dunklen Raum in einer Ecke und lauschte. Irgendwo war er gewesen, zwischen der Erde und dem anderen Leben? Einen Tag oder eine Nacht, bisweilen wie abwesend, dann wieder war er nie fort. Manchmal war ihm, als sähe er etwas, das bald kommen würde, eine endlose Bläue, gefrorenes Eis an den Wolken, aufbrausende Winde und erdwarme Stille. In seiner dunklen Höhle beunruhigte ihn nichts. Die Ankunft der Geister zur Nacht, die schwarze Gegend, blaugraue Vögel und dahinter ein einsames Licht. Er träumte von den Furchen in der Erde und den keimenden Pflanzen. Als sich die Sonne in den Regenpfützen spiegelte, erwachte er. Kaum spürte er die kalte Eisluft am Morgen im Gesicht und an seinen Händen, da griffen sie nach ihm und trugen ihn hinaus. War er wieder zum Kind geworden, das man auf Armen tragen konnte? Ekuos versuchte, zu riechen und etwas zu sagen, aber das gelang ihm nicht. Deshalb hielt er die Augen geschlossen und schwieg. Erst als die wärmenden Steine von seinem Lager zu Boden fielen, erwachte er und öffnete die Augen wieder. Er schaute in ein Feuer. Über ihn beugte sich Amanda und tröpfelte Wasser in seinen Mund. Er hatte den Wind, der heftig rauschte, in seinen Ohren. Sie hatte ihn vom Berg geholt. Mühsam begann Ekuos, sich wieder zu bewegen. Die Frauen hockten an der anderen Seite der Wand und beobachteten ihn. Die Weisen vom Berge hatten gesagt, Ekuos wäre auf die Reise in die Anderswelt gegangen und die Götter hätten ihm den Zugang verwehrt. Nur deshalb musste er weiterleben. Sie fragten sich, warum er nicht sprechen konnte. Ekuos hatte keine Erinnerung. Er wusste nicht einmal, dass er nichts mehr gegessen hatte.

Matu brachte einen Beutel mit Esswaren und gute Wünsche von Irscha, aber das Essen bekam Ekuos nicht. Er wollte in die Berge, hinaus und hinauf ans Licht, doch er war zu schwach.

Ein leises Wimmern und der Geruch eines Baches erregten seine Aufmerksamkeit. Ekuos hob den Kopf. Die Bilder in seinem Gehirn und die düsteren Ahnungen lähmten ihn. Vor dem Imbolcfest kamen drei der Weisen vom Berg an die Tür und wollten mit ihm sprechen, aber Ekuos war geistig nicht anwesend. Sie sagten Amanda, er dürfe sich nicht mehr betätigen. Von nun an wäre er wieder Ekuos der Hirte. Amanda tat es ihm kund, als die Weisen fort waren, aber Ekuos starrte nur in das Feuer. Nichts anderes schien ihn zu interessieren. Er hatte die Weisen nicht einmal bemerkt. Während Werena sich sorgenvoll zeigte, blieb Amanda kühl und versuchte Ekuos dazu zu bewegen, etwas zu essen. Als er es nicht tat, da umarmte sie ihn heftig.

Am Gesicht von Matu las Amadas, dass etwas nicht stimmte. Da auch Irscha ungeduldig darauf wartete, nach dem Süden aufbrechen zu können, versuchte er, sich im Ort umzuhören. Dort war man allerdings nur mit den Vorbereitungen auf das anstehende Fest beschäftigt. Die Menschen warteten auf die Geburt der ersten Lämmer, die das zurückkehrende Leben symbolisierten. Männer strichen durch die Wälder und beobachteten die Bärenhöhlen, denn zum Fest würden auch die Bären wieder erscheinen. Auf dem geräumigen Platz beim Fluss wurde ein großes Feuer vorbereitet, das mit seinen Flammen die Sonne erreichen und sie aus dem Winterschlaf in die wärmere Zeit herüberholen sollte. Die Frauen schritten durch die Baumreihen und rüttelten die Obstbäume wach, damit sie ihre Säfte wieder steigen ließen. Als alles vorbereitet war, warteten die Leute auf das Erscheinen der Lichtgöttin. Sie wird auf einem weißen Hirsch reiten und ihr Licht wird so hell erstrahlen, dass sich die Mutter Erde wieder mit der Sonne vereinen wird. Das erste Lämmchen wurde geboren. Amanda und Werena, verhüllt unter weißen Schleiern, legten das Lämmchen an das Gesäuge des Muttertieres an.

»Imbolc«, riefen beide laut und der Ruf wurde von vielen Mündern wiederholt.

Imbolc bedeutete nichts anderes als das Anlegen des Lammes und das Säugen. Das Feuer wurde entzündet und es würde endlich wieder die warmen Strahlen der Sonne auf die Erde bringen. Endlich war es da, das neue Licht, die weiße Göttin. Und über allem herrschte das goldene Kind. Amadas lief durch die fröhlichen Menschengruppen, die sich singend und tanzend um das Feuer bewegten. Die Göttin wird die Lebenssäfte erwecken und die Freude zurückbringen, die der Winter bisher festgehalten hatte. Später wird die Fasnacht beginnen, während der die Menschen lärmend und ausschweifend herumziehen, um die Fruchtbarkeit zu beschwören und die Felder aufzuwecken. Die Kraft des Winters war gebrochen. Die weiße Göttin verschoss ihre brennenden Pfeile und erweckte Gewässer und das Land zu neuem Leben. Manchmal traf ihr Pfeil die Menschen, denen danach das Herz aufging und die von Sehnsucht nach einem Partner erfüllt wurden. Amadas schaute sich das wilde Treiben eine Weile an und er ahnte, was durch die fröhlichen Trinkgelage entstehen würde. Das war nichts für ihn. Er suchte Matu in dem Getümmel, fand ihn aber zunächst nicht. Also machte er sich auf den Weg zu dem einsamen Haus von Ekuos, Amanda und Werena. Tatsächlich sah er sie alle vor dem Haus. Matu mit der gewohnten Distanz. Ekuos hockte am Boden und die Frauen standen neben ihm. Ekuos hatte genau neunzehn Steine gesetzt. Das entsprach dem kosmischen Fest und der Verbindung von Mond und Sonne. Als er sich erhob, begrüßten sie die weiße Göttin des Lichts.

»Unsere Tage und Nächte in Iuvavum sind beendet. Die Götter wollen, dass wir warten, bis ein stiller Tag mit warmem Licht uns rufen wird. Wir werden erwachen wie aus einem letzten Schlaf. Wir werden Stimmen hören und die toten Gesichter verlassen. Wir werden der Flamme folgen, die uns das goldene Kind senden wird.«

9. Das Schweigen vom verwunschenen Berg

Während Ekuos mit den Frauen im Haus verschwand, gab Matu Amadas ein Zeichen. Er wollte die Pferde bereithalten. Amadas lief zu Irscha und Jantumara hinüber und stellte zu seinem Erstaunen fest, dass sie bereits abgereist waren.

»Quintus Tessius hörte, dass der Weg durch die Berge frei wäre«, sagte ein Nachbar zu Amadas.

Amadas blieb nichts anderes übrig, als sich an Matu zu halten. Eigentlich war er tief enttäuscht. Irscha hatte doch gewusst, dass er gerne mit ihm in den Süden gereist wäre und nun war er verschwunden, ohne ein Wort zu sagen. Er blickte in den milden Sonnenschein und blieb auf der Schwelle zu den Pferdeställen stehen. Er sah hinüber zum kleinen Tempel und erblickte Talale die Seherin, wie sie einen Zweispänner bestieg und in Begleitung von zwei ihm unbekannten Frauen Iuvavum verließ. Ekuos kam aus der Hütte und lief die Gasse hinab. Er schritt ruhig und zielgerichtet auf den Fluss zu, bog vor dem Hafen ab und ging zu Matu hinüber, der bereits vor der Stadt auf ihn wartete. Amadas verstand auch das nicht. Hinter dem hochgewachsenen, schmalen und wenig beeindruckend gekleideten Ekuos schritt unerwartet eine Gruppe der Weisen vom Berge einher, die sich in gute Stoffe gehüllt hatten. Amadas zügelte sein Pferd und ritt durch die Stadt und am Fluss entlang. Als er die letzten Häuser hinter sich gelassen hatte, kamen ihm die weisen Frauen und Männer bereits wieder entgegen. Kurz danach erreichte er Matu. Der hob leicht den Arm und ließ ihn anhalten. Matu schaute zurück auf die Stadt und wartete. Amadas blieb geduldig auf seinem Pferd sitzen und fasste sich. Offenbar hatte man Ekuos der Stadt verwiesen. Als sich niemand in der Nähe der Straße zeigte, ritt Matu an und ließ sein Tier in scharfem Galopp am Ufer entlangpreschen. Dann bog er in einen kleinen Wald ab und ließ sein schwitzendes Pferd verschnaufen. Amadas verstand den Zusammenhang erst, als er einen Menschen seitlich vom Wald auf einem schmalen Pfad sah und erkannte, dass der zu den Männern des Glenn gehörte. Als er sich unvorsichtigerweise dem Wäldchen näherte, stand Matu hinter einer dicken Eiche und begann seine Steinschleuder zu drehen, bis sie einen scharfen Pfiff von sich gab. Der Stein schnellte heraus und traf den Mann direkt an der Schläfe. Gemeinsam zogen sie den Toten zwischen die Bäume und trugen ihn zum Fluss, wo der Leichnam langsam in den Fluten verschwand. Amadas blieb stumm, obwohl ihm Matu eine Erklärung schuldete. Als Ekuos mit Amanda und Werena aus einem Wald auf sie zugeritten kam, glaubte Amadas, den Grund dafür zu kennen. Der Mann des Glenn war ihnen direkt auf den Fersen gewesen. War es so, dass Glenn von Palmiras Verwandlung wusste und die Leute von Iuvavum bedroht hatte, wenn sie Ekuos weiter beherbergen würden? Da er keine Antwort auf diese Frage bekommen würde, schwieg er weiter. Nun waren sie alle in Gefahr. Amadas hatte Ekuos lange nicht so nahe gesehen und ihm schien, als wäre aus dem jungen Mann nun ein ausgereifter Herr geworden.

Der einsame Seher steht auf, wenn der Himmel am dunkelsten ist. Ekuos ritt hinter der Gruppe her und er suchte einen Platz, wo sie bis zum Anbruch der Dämmerung bleiben konnten. Im gesamten Land war es nicht zu übersehen, wie heftig die Äxte des Glenn gewütet hatten. Niemandem war es erlaubt, in den Wäldern zu plündern und die Bäume einfach zu schlagen, ohne sich mit der großen Mutter Erde besprochen zu haben. Wenn du die Mutter verwundest, werden dir die Götter eine noch größere Wunde zufügen. So dachte Ekuos und er nahm die Beleidigung der Mutter Erde und der Götter persönlich, von der Entführung Atles' einmal abgesehen. Aber der Tod des Glenn war lange schon beschlossene Sache. Es war nur die Frage, wie es geschehen sollte. Dass die andere Seite auch ans Töten dachte, konnten sie an den Berittenen erkennen, die sich am Ufer formierten.

Ein milder Nebel legte sich zwischen das Ufer und den Wald, der hinüberreichte bis zum verwunschenen Berg. Er bot eine gute Tarnung und Ekuos war nun davon überzeugt, dass ihnen nichts geschehen konnte. Bald darauf fand sich eine passende Höhle und sie saßen ab, um sich ein wenig umzusehen. Als Matu ein kleines Feuer machen wollte, verbot Ekuos das. Er wollte keine Flammen sehen. Immer wieder kamen Bilder eines großen Feuers in seinen Kopf und er konnte sie kaum noch ertragen, weil er dafür keine Erklärung hatte. Die Menschen denken, es geschieht nichts, weil sie es nicht sehen, aber Ekuos spürte jede Nacht, wenn er auf dem Boden lag, wie die Erde arbeitete, und wenn er zum Himmel blickte, dann verlor er fast das Bewusstsein.

Auch in der folgenden Nacht blieb Ekuos außerhalb der Höhle und schritt langsam zwischen den Bäumen hindurch zu einer leichten Anhöhe, von wo aus er gut nach oben sehen konnte. Eine Lichterscheinung beanspruchte seine ganze Aufmerksamkeit. Ein greller Streifen Helligkeit zog über den nächtlichen Himmel und verschwand nach einem sehr langen Blick wieder. Ekuos dachte darüber nach, ob die Götter ein Auge über den Himmel geschickt hatten, um die Erde zu beobachten. Wussten sie, dass er es gesehen hatte? Er legte die Hände ineinander. Als er sich umwandte, da sah er Amanda zwischen Bäumen stehen. Er näherte sich ihr. Es war das erste Mal in ihrem Leben, dass Ekuos Amanda umarmte.

Nichts war für Ekuos schrecklicher als ein Morgen, an dem er wieder keine Antwort fand. Wozu war er eigentlich nützlich? Er schaute hinauf in den grauen Morgenhimmel und hinter den bleichen Wolkenfahnen winkte ihm der Mond noch einmal zu, bevor er seine Reise in die Unendlichkeit begann. Nichts geschah. Plötzlich überkam Ekuos eine Müdigkeit wie vor einer Ohnmacht und er musste sich schnell niederlegen, um nicht zu stürzen. Die Höhle war feucht und kalt, aber der Schlaf packte ihn und ließ ihn nicht mehr los.

Matu stand hinter den Bäumen und schaute hinüber nach Hall. Amadas war an seiner Seite. Sie beobachteten das Haus des Glenn. Viel war aus der Distanz nicht zu erkennen, aber sie sahen die Bewegungen der Menschen bei dem Gehöft und dann einen Hirsch, der von dort über den Fluss auf ihre Seite wechselte und sofort in den Wäldern unterhalb des verwunschenen Berges verschwand. Das war nicht weiter von Bedeutung. Anders verhielt es sich da schon mit den Raben, die ihren Flug über die Gebäude des Glenn ansetzten, tief hinunterfielen, um sich gleich wieder hinaufzuschwingen. Ihre krächzenden Laute klangen furchterregend. Kinder waren es, die sie mit Rasseln und Schreien zu verscheuchen versuchten, aber die Raben waren klug und ließen sich nicht so einfach vertreiben.

»Der Herr Tod schickt Glenn seine schwarzen Vögel«, sagte Matu. »Glenn wird wissen, was das bedeutet.«

Amadas sah etwas anderes. Eine Gruppe Salzarbeiter schöpfte Wasser aus dem Fluss in große Behälter und wuchtete sie dann auf zwei vierrädrige Karren. Wächter beobachteten sie. Hier werden Matu und er warten müssen, bis Glenn den Fluss überquerte, um auf ihrer Seite zu jagen, dachte Amadas. Bisher war der geäußerte Jagdfrevel von Glenn nur ein Wort, denn dabei gesehen hatten sie ihn noch nicht.

Amanda hockte mit Werena im hinteren Teil der Höhle. Sie hatten sich ein kleines Feuer gemacht und darauf geachtet, dass sie nur Hölzer verwendeten, die keinen Rauch verursachten. Werena fühlte sich nicht gut. Die Nähe des verwunschenen Berges machte ihr Angst. Als Palmira hatte sie viele Geschichten von ihm gehört, die allesamt zum Fürchten gewesen waren. Es waren weniger der Riese vom Berge, die Legende vom feuerspeienden Drachen oder die wilden Tiere, die sie fürchtete. Für sie gab es das Feenland und die Zwerge, die in den Höhlen tief im Berg lebten. Viele Menschen, die sich in die Höhlen gewagt hatten, um nach Gold zu suchen, waren nie mehr aufgetaucht. Man erzählte sich, sie wären nun die Sklaven der Feen und mussten den Zwergen dienen. Gerne hätte sie mit Amanda darüber gesprochen, aber die war mit ihren Augen nur bei Ekuos. Werena glaubte zu spüren, dass es bald starke Veränderungen geben würde. Sie vermutete, dass Ekuos sie wieder als Palmira zusammen mit Matu zurück in ihre Siedlungen und zu ihren Sippen schicken wollte. Zu viele Bäume hatte man der Mutter Erde entrissen und klein gehackt für die Salzgruben. Wie sollte man die Götter besänftigen? Im Hintergrund klang es wie ein fernes Rauschen. Es hörte sich an, als lebte eine Quelle tief unten im Berg. Oder war es das Blut der Mutter Erde, das pulsierte? Wie viele Wunden hatten die Menschen ihr bereits geschlagen?

Würde er die Augen nur auf die Mutter Erde lenken, er würde vor Schmerz darüber erblinden. Als Blinder würde Ekuos nie mehr schlafen können. Er reckte sich und behielt dabei die Augen geschlossen. Er spürte, dass Amanda ihn ansah. Draußen vor der Höhle wird es Licht sein. Es war das Licht der weißen Göttin. Albina war die Herrin der Elfen, die ihm bisher den Weg in den verwunschenen Berg nicht erlaubt hatte. Sie leuchtete ihm und lockte, aber er blieb standhaft. Er war Ekuos der Seher und Hirte und würde sich nicht in eine der Höhlen begeben, aus denen es kein Entrinnen mehr gab. Manche nannten den mächtigen Höhenzug Wunderberg, weil sich in ihm Dinge zutragen würden, die sich niemand auch nur vorstellen konnte. Ekuos nahm die vielen verschiedenen Heilpflanzen vom Berg, von denen die Kräuterfrauen erzählten, als Hinweis auf die Besonderheit der umliegenden Höhen. Die Große Mutter hielt ihre Hände über dieses Gebiet, das glaubte er.

Plötzlich riss etwas an ihm. Ekuos erhob sich, aber da war nichts zu sehen. Die Frauen saßen entfernt schweigend am Feuer. Er trat vor die Höhle und auf einem Felsvorsprung stand Kida die Wölfin. Sie blickte zu ihm herüber. Ekuos sah ihren abgemagerten Körper und das jämmerliche Fell. Sie musste einen schrecklichen Winter erlebt haben. Ekuos hob seine Arme und Kida senkte den Kopf. Dann lief sie quer durch den Wald und er folgte ihr bis ans Ufer des Flusses. Von dort schaute er zu den Löchern in den Bergen hinüber, aus denen Salz geholt wurde. Ein Trupp Arbeiter kam zum Fluss und Kida begann kurz zu kläffen wie ein Welpe, der ängstlich nach der Mutter rief. Die Salzarbeiter nahmen es nicht zur Kenntnis. Bis auf einen. Der richtete sich auf und blickte über den Fluss zu den Bäumen. Ekuos trat vor. Atles erkannte Kidas Kläffen und ehe sich die Wächter und die anderen Männer versahen, sprang er in die kalten Fluten und versuchte, das rettende Ufer zu erreichen. Aber die harte Arbeit und das wenige Brot hatten seinen Körper geschwächt. Die reißende Iuarum nahm ihn einfach mit sich und fast war er schon untergegangen, als Kida die Wölfin ihn am Überwurf fasste und seinen Körper mit ihrem starken Gebiss festhielt, bis Matu zur Stelle war und zusammen mit Amadas Atles an das Ufer zerrte. Der kräftige Matu hob Atles einfach an den Beinen in die Höhe, bis das Wasser aus seinem Mund geflossen war und er heftig zu husten begann. Dann überließ Matu ihn Ekuos. Sie brauchten nicht lange zu warten, bis auf der anderen Seite ein bewaffneter Trupp Wächter zu den Kähnen eilte, um den Flüchtling wieder einzufangen. Aber das war es nicht, was sie in Anspannung versetzte. Zwischen sieben Schwertträgern zu Fuß kam Glenn aus seinem Hof geritten. Offenbar wollte er die Bestrafung von Atles persönlich übernehmen. Die Männer traten an das Ufer und zogen die Kähne an Stricken flussaufwärts. Sie suchten nach einer seichteren Stelle, um leichter an das andere Ufer zu kommen. Matu wartete nicht ab. Er winkte Amadas und sie eilten zwischen den Bäumen hindurch, um den Glenn und seine Männer nicht zu verlieren. Matu war sicher, dass Glenn eine Stelle kannte, an der sie übersetzen konnten.

Die Frauen stützten Atles, während Ekuos vor ihnen die Höhle erreichte. Dort bekam Atles trockene Kleidung. Sie legten ihn dicht neben das Feuer. Er zitterte am ganzen Körper und Amanda übergoss getrocknete

Kräuter mit heißem Wasser, um ihn vor einem bösen Fieber zu bewahren. Zu schlucken fiel ihm schwer. Werena schaute in die weit geöffneten Augen von Atles und rieb ihm eine ihrer selbst angerührten Salben auf die Lippen. Ekuos konnte nichts weiter für seinen Bruder tun und so eilte er zu Matu in den Wald. Er wollte ihn in dieser bedrohlichen Situation nicht allein lassen. Matu verbarg sich geschickt hinter einem Felsvorsprung. Amadas hatte bereits einige faustgroße Steine gesammelt und duckte sich tief ab, um sie ungesehen neben Matu bereitlegen zu können. Die Männer am anderen Ufer schienen sich nur auf die Kähne zu konzentrieren. Sie schauten nicht einmal hinüber. Doch da war auch noch Glenn, der mit seinem Pferd am Ufer auf und ab ritt. Er schien geradezu vom Jagdfieber gepackt zu sein. Amadas erschrak, weil Ekuos plötzlich dicht hinter ihm war, als wäre er direkt aus dem Boden gewachsen. Ekuos sah Matu an, der sich kurz umdrehte.

»Die Männer fürchten sich. Sie haben uns bei der Rettung von Atles gesehen und wissen nicht, wie viele wir sind.« Matu nickte, als wolle er sich seine Meinung selbst bestätigen. Er sah die Augen von Ekuos, der auf eine bestimmte Stelle kurz vor dem Ufer schaute. Dann sah er sie ebenfalls. Kida die Wölfin saß ruhig neben einem Baum. Als sie die Männer bei den Kähnen sahen, wollten sich einige davonmachen, doch Glenn schlug mit einer Gerte nach ihnen. Sie warfen mit Steinen nach Kida, die ruhig blieb, denn sie verfehlten die Wölfin deutlich und die Steine plumpsten in das Wasser. Als die Männer rudernd in den Kähnen knieten, war Kida verschwunden. Zwischen den Booten ging Glenn auf seinem Pferd in das Wasser und die Kähne milderten die Strömung, sodass das Tier leichter hinüberkam.

Amadas bewunderte die Ruhe von Matu, der sich einen Stein in seine Schleuder gelegt hatte und sie langsam kreisend in Schwung brachte. Er war dazu einige Schritte zurückgetreten, um nicht an den Felsen anzuschlagen. Nachdem die Boote und Glenn in der Mitte des Flusses angekommen waren, war ihr Ziel auszumachen. Sie würden unterhalb des Felsens, hinter dem Matu sich verbarg, an das Ufer gelangen, denn dort gab es eine schmale Sandbank. Der Platz war nicht sehr weit von Matu entfernt, der aber dennoch seinen geschützten Bereich verließ und so schnell es ging durch den Wald rannte. Amadas folgte ihm und schlug sich an einem tief hängenden Ast die Nase blutig. Sie standen ungefähr dreißig Schritte vom Ufer entfernt nebeneinander hinter Koniferen und warteten. Die Boote steuerten genau auf sie zu. Was wollte Matu erreichen? Amadas sah die Schleuder mit einem Stein darin und mindestens zwölf Angreifer auf dem Fluss.

Glenn ging es zu langsam voran und er verlor die Geduld. Er trieb sein Pferd an. Es schien so zu sein, als hätten es die Ruderer nicht besonders eilig. Amadas schaute auf den Glenn, der eine ungewöhnlich bunte Tracht trug. Sein Gesicht war weitgehend bartfrei und er hatte sich die Haare weiß gekalkt. Sein Pferd suchte bereits den Ufergrund und war noch bis zum Hals im

Wasser, als der Stein aus der Schleuder Matus den Glenn an der Stirn traf, über die Stirn und den Haarschopf rutschte und in ein dahinter ankommendes Boot flog. Sofort war das Gesicht des Mannes blutüberströmt und das Pferd wurde unruhig, doch noch hielt sich Glenn auf dem Tier fest. Matu zog ein Langschwert aus einem Versteck hervor, sprang vor das Pferd auf die Sandbank und hieb Glenn mit einem Schlag den Kopf ab, der in hohem Bogen in den Sand flog. Sofort drehten die Männer in den Booten die Ruder um und flohen zurück an das andere Ufer. Das Pferd bäumte sich im Wasser auf und sank in den Fluss zurück, während der Körper des Glenn langsam in die Fluten rutschte.

Ekuos war in der Nähe des ersten Verstecks geblieben und trat nun an das Ufer, um für alle sichtbar die Hände zum Himmel zu heben. Auf der anderen Seite sammelten sich Salzmänner und ihre Wächter. Die Boote mit den Geflüchteten landeten an und die Männer gestikulierten wie wild. Immer wieder zeigten ausgestreckte Arme auf das gegenüberliegende Ufer und das Wasser. In diese Situation hinein lief Kida die Wölfin am Ufer entlang. Schreie drangen über den Fluss, denn sie trug den Kopf des Glenn an den Haaren im Maul.

Nun war es geschehen und die Götter hatten den Tod des Frevlers erlebt. Ekuos wollte nicht mehr an diesem Ort sein. Jetzt war es Frühling und an der Zeit, um in den verwunschenen Berg einzusteigen. Sie folgten einem eilenden Bach in Richtung seiner Quelle. Ekuos stieg voran, hinter ihm folgten Amanda und Werena, dann Matu und Amadas, der neben sich den schweigsamen Atles gehen hatte. Atles nahm den Tod des Glenn recht gleichgültig zur Kenntnis. Er dachte daran, dass es für viele aus den Salzstollen nun ein neues Leben geben könnte. Aber was geschah, wenn niemand mehr das Salz abbauen würde? Da das auf keinen Fall sein durfte, denn das Salz schützte viele Esswaren vor dem Verderben, würde es wahrscheinlich einfach einen neuen Glenn geben. Atles hatte den Bruder gleich erkannt und doch kannte er ihn nicht mehr. Jetzt war Ekuos ein anderer Mensch. Einer von jenen weisen Männern, die mit anderen Augen herumliefen und mit der Luft sprachen. Die Frauen hatten den geschundenen Körper von Atles behandelt, während er von seiner zweiten Gefangennahme während des harten Winters sprach. Atles wollte nicht mit in den Berg. Immer wenn er aus dem Salzstock ans Licht gekommen war, hatte er das Gebirgsmassiv des Wunderbergs erblickt und die Geschichten über den Riesen und seine Zwerge machten ihm den Weg noch schwerer. Gerne wäre er über das Gebirge gestiegen, einfach in sein Tal gelaufen und bei seiner Sippe in den üblichen Tag und die gewohnte Nacht zurückgekehrt. Doch er war nur Atles und sein Bruder war Ekuos der Seher und Hirte. Also fügte er sich.

Bis auf Ekuos zeigten sich alle überrascht, als Rosmerta aus dem Wald trat und mit Ekuos eine Hütte betrat, die zwischen den Bäumen stand und ihnen als Unterkunft dienen sollte. Rosmerta hatte sich zu den Kräuterfrauen und Heilerinnen zurückgezogen, die noch tiefer im Wald lebten. Atles kannte Rosmerta, denn sie hatte seine geschundenen Hände und seine entzündeten Augen behandelt. Aber er kannte auch die Erzählungen, dass im verwunschenen Berg böse Frauen lebten, die kleine Kinder entführten und aus ihrem Körperfett Salben herstellten, die sie jung bleiben ließ. Man erzählte am Fluss, dass regelmäßig Kinder verschwanden und nie mehr wiederkamen. Meist sollen es ein Mädchen und ein Knabe gewesen sein, die gemeinsam im Berg verlorengingen.

Von dem Berghang aus waren weiße Wolken zu sehen und das Flackern des Lichts unterhalb der Sonne. Bis das Licht in den dunklen Abend überging, schien die Sonne wärmend auf den Platz vor der Hütte. Sie saßen in einem Kreis um eine neue Feuerstelle und waren alle gut gewärmt. Nach der langen Winterzeit war dies ein angenehmes Gefühl. Rosmerta erschien und brachte ihnen Körbe mit Essen. Für Atles hatte sie zwei in kaltem Wasser liegende Blätter mitgebracht, die er sich auf die Lider legen sollte. Nach der langen Zeit im Salz vertrugen seine Augen das helle Licht noch nicht. Er schlug sich später eine Decke um die Schultern und blieb die ganze Nacht beim Feuer. Atles atmete die Gerüche der Mutter Erde ein und die Düfte aus dem nahen Wald. Wie sehr hatte ihm das während der vielen Tage und Nächte im Salz gefehlt.

Wie überwältigend erschien ihm dieser helle Frühlingsmorgen. Die Sonne lag noch in dichten Wolkenbetten, doch ihre Wärme berührte die Erde schon und der Himmel wurde langsam hell und heller. Wie viele Farben es gab, die in verschiedenen Schattierungen den Wald und den Berg veränderten. Atles badete geradezu in diesem Licht und lauschte auf die unterschiedlichen Vogelstimmen. Er musste sich sehr konzentrieren, um sie alle wiederzuerkennen. Als Kind war er in der Lage gewesen, jeden Vogel auf der Stelle zu benennen, wenn der nur seinen Schnabel geöffnet hatte. Nun musste er sich anstrengen, alle Stimmen zu erfassen. Eine tiefe Sehnsucht nach seinem Dorf kam in ihm auf. Er dachte an die Leute, die auf den Feldern und bei den Tieren arbeiteten. Mit eiligen Schritten lief er selbstvergessen zwischen den vertrauten Häusern entlang, sah den Schmied, den Lederschneider, die Holzschneider und die anderen Frauen und Männer aus seiner Sippe. Ob noch alles an seinem Platz sein würde, wenn er wieder zurückkam? Atles öffnete die Augen. Unterhalb der Bäume saß Kida die Wölfin. Atles kannte sie, weil Kida immer in der Nähe von Ekuos gewesen war. Er hielt sie für ein kleines Mädchen, das durch einen bösen Fluch in die Wölfin verwandelt worden war. Sie suchte die Nähe von Ekuos, weil der sie in das Leben als Mensch zurückführen sollte, davon war er überzeugt. Kaum hatte Atles diesen Gedanken zu Ende gedacht, da trat Ekuos aus dem Wald heraus und trug in beiden Händen Schnee vor sich her. Er musste also weit oben am Berg gewesen sein. In diesem Moment war Ekuos ihm unheimlich. In Atles wuchs eine Distanz zu seinem Bruder, die er sich aus der Erscheinung erklärte. Für einen Moment war ihm, als wäre Ekuos direkt aus dem Himmel herab auf die Bergspitze gekommen und unversehrt den steilen Hang bis zu ihrer Wiese hinabgestiegen. Ekuos beachtete ihn auch nicht weiter, sondern ging direkt in die Hütte. Nur wenig später standen Matu und Amadas schweißüberströmt auf der Wiese und gruben Löcher, in die Baumstämme gestellt wurden. Werena führte gleich zwei Pferde in den Berg und kam mit an Stricken gebundenen Bäumen aus dem Wald, während Amanda in einer Grube dunkelbraune Erde anrührte, mit der die Fugen geschlossen werden sollten. Man baute eine größere Hütte und Ekuos hatte es angeordnet. Nicht er allein, denn bald darauf erschien Rosmerta mit Eichenzweigen und segnete das neue Gebäude. Für Atles blieb das alles völlig unverständlich. Er wollte gehen, sich aus dieser Gegend für immer entfernen. Er konnte nicht verstehen, dass Ekuos seine Sippe alleinließ.

Der Zwerg saß mit erschrecktem Blick in einem Baum. Atles sah hinauf und wollte die anderen alarmieren, aber der Zwerg legte einen Finger auf die Lippen. Atles hatte bereits im Salzberg Furcht davor gehabt, dass ihm einmal einer der Zwerge gegenübertreten könnte, die im Berg lebten. Zwar hatte noch nie jemand einen Zwerg gesehen, aber alle glaubten daran, dass es sie gab. Die Luft gab es gleichermaßen und die hatte auch noch niemand gesehen. Nun also sah er einen Zwerg und es geschah genau das, was man ihm erzählt hatte. Atles hockte wie gefesselt da und konnte sich nicht mehr bewegen. Die Zunge klebte ihm am Gaumen fest.

Geheimnisvoll erschien ihm aber nicht der Zwerg, sondern das blauhelle Licht, das schräg vom Himmel in die Bäume fiel. Je heller das Licht hinaufstieg, desto weiter entfernte sich der Himmel. Die Bäume traten zur Seite und der Zwerg wischte mit den Händen durch die Luft, bis sich die Bergspitze in ihrer vollen Pracht zeigte. Es lag ein ungewöhnliches Blau auf dem Berg. Etwas heller darüber wölbte sich der Himmel in einem nebeldurchwachsenen helleren Blau. Von der Bergspitze wehte Rauch gen Osten. Rings um den Berg waren auch die Bäume in blauem Licht zu sehen, die Abhänge und das Wasser der Bäche. Und über all dem blauen Licht stand ein großer Adler am Himmel und rührte sich nicht. Sein Schnabel war mächtig und seine Krallen von gefährlicher Schärfe. Atles öffnete die Augen. Er durfte sich mit diesen Bildern nicht beschäftigen, sonst würde ihm der Schädel platzen. Vor ihm im Gras sonnte sich eine Schlange. In einiger Entfernung zu ihm stand Ekuos und sah ihn an. Dann nahm er erstmals Werena zur Kenntnis. Sie schlug mit einer Axt Zweige von einem Baumstamm. Die Bäume waren im Winter von einer Lawine umgeworfen worden und dienten nun als Material für das neue Haus. Atles erhob sich und trat neben Werena. Er nahm eine Axt, die in einem anderen Baum steckte, und begann, neben Werena zu arbeiten. Atles war erfahren im Umgang mit Werkzeugen und musste nicht einmal hinsehen, wenn er die Rinde von den Stämmen löste. Ihm war, als hörte er den Zwerg lachen, weil er den Blick nicht mehr von Werena wenden konnte.

Bald schon war er ebenso verschwitzt von der Arbeit wie Matu und Amadas. Die Schlange lag noch immer im Gras in der Sonne und es gab keinen Grund, sie von dort zu vertreiben. Atles fragte sich, was er gesehen hatte, denn die Bäume standen an ihrem Platz und das Licht war wie sonst auch, aber er wollte es gar nicht so genau wissen. Werena war da und er spürte seinen Körper wieder. Morgen würde er den anderen sagen, dass er zurückgehen wollte, in die Siedlung seiner Leute. Werena lächelte, als hätte sie seine Überlegungen erraten. Er könnte gehen, wenn das Haus fertig war, dachte Atles. Niemand hier zwang ihn, etwas zu tun, was er nicht tun wollte. Vielleicht ging er auch erst, wenn in seinem Kopf nicht so viele verwirrende Gedanken mehr waren. Er hielt in der Arbeit inne. Ihm wurde es schwindelig. Atles setzte sich auf den Baumstamm und atmete heftig. Es gab noch etwas auszusprechen.

»Alle Freunde, die mit mir gefangen wurden, sind tot. Sie sind alle tot.« Atles schlug die Hände vor das Gesicht, als habe man ihm diese schreckliche Wahrheit soeben erst überbracht. »Alle sind tot, nur ich lebe noch«, rief er unglücklich. Dann brach er ohnmächtig zusammen.

Ekuos bewegte sich nicht, während Rosmerta nun neben ihm stand. Matu und Amadas arbeiteten weiter, wie auch Amanda, die geschickt den angerührten Lehm zwischen die Baumstämme strich. Rosmerta trat vor Atles hin und führte mit dem Finger eine Linie aus Honig quer über seine Stirn. Sie zerteilte eine Zwiebel und klebte ihm die siebte Haut auf die Honigspur. »Der böse Geist, der in dir zerrt und rüttelt, wird dich nicht wieder befallen«, sagte Rosmerta.

Sie ging zu Ekuos und sie stiegen gemeinsam in den verwunschenen Berg hinein. Atles erwachte und sah ihnen nach, bis sie hinter einer Steinwand verschwunden waren. Plötzlich war wieder Furcht in ihm. Die Furcht, die ihn so lange auf seinem Weg als Gefangener begleitet hatte. Dann spürte er die warme Hand von Werena in seinem Nacken. Er war nicht mehr allein. Diese Gewissheit tat ihm gut.

Ekuos stieg voran. Über einen Pfad gelangten sie immer höher auf den Berg. Er wollte Rosmerta etwas zeigen und sie fragen, was sie davon hielt. Bei den Moosflechten mussten sie einen Bogen um eine Höhle machen, die einem Bären gehörte. Ihn zu stören, wäre frevelhaft gewesen. Er dachte an Atles und das Bild, das er ihm mit Werena geboten hatte. Auf dem Weg zurück zum See des Bedaius würde sie wieder Palmira sein dürfen. Dann hielt er nicht mehr die Hände über sie. Dass auch Atles gehen wollte, hatte er bereits mehrfach gespürt. Aber es gab etwas, das er nicht deuten konnte und Atles und Werena noch bei ihm bleiben ließ. Es ergab sich vielleicht, dass Rosmerta es erkennen konnte. Ekuos war sich nicht sicher, denn sie war eine Kräuterfrau und Heilerin. Vielleicht war es insgesamt falsch, dass er unter Menschen lebte, statt sich mit den Dingen zu befassen, die von den anderen nicht gesehen werden konnten. Wie leicht verlor er immer noch die

Konzentration auf die Welt der Sterne und der Götter, weil er mit den Menschen war. Seinesgleichen hatte in der Einsamkeit zu leben, um erkennen zu können. Er musste an Amanda denken. Da war sie wieder, die andere Seite seines Lebens. Ekuos der Seher durfte nicht so denken, Ekuos der Hirte durfte das. Aber wer Ekuos zu sein hatte, das entschied nicht er selbst.

Sie verbrachten die Nacht an der Schneegrenze in einer winzigen Höhle und an einem mehr als bescheidenen Feuer. Rosmerta fror und Ekuos nahm es nur zur Kenntnis. Sie sollte sich beherrschen, dachte er. Ganz in der Frühe des nächsten Morgens stand er auf einem Felsstück und schaute hinüber in die Berge, um ein Wort an die Götter zu richten. Durch eine Himmelsöffnung sah er das Schlaflager der Sterne und er wunderte sich nicht über die Pracht dieser Dunkelheit. Erst dahinter lagen die festen Burgen der Götter und er blickte auf die Sterne, die ihre Leuchtkraft langsam verloren. Ekuos fühlte sich wie ein Held, weil er sehen durfte.

Dann begann es. Ekuos klatschte in die Hände, damit Rosmerta zu ihm kam. Tief in seinem Inneren spürte er, wie ungewöhnlich das Geschehen war. Sehr weit entfernt, fast hinter dem sichtbaren Himmel, schienen Gewalt und Zerstörung zu herrschen. Zuerst war da eine blendende Flamme, es folgte ein greller Blitz, der sich schräg über der Welt hinter der Welt austobte und unsichtbar wurde. Ekuos schloss die Augen und nahm sich einen Moment, um sich wieder zu beruhigen. Konnte es sein, dass die Götter gegeneinander Krieg führten? Er sah auf Rosmerta, doch an ihrem Gesicht erkannte er, sie hatte nichts gesehen. Blind vor Zorn hätte er sie beinahe über die Klippe geworfen.

Ein mächtiger Adler schwebte heran und beobachtete sie. Ekuos senkte demütig den Kopf. Er war der Seher, nicht Rosmerta. Was war nur in ihn gefahren? Der Adler schien zu nicken und Ekuos schickte Rosmerta in die Höhle zurück. Jetzt konnten sie noch nicht wieder absteigen. Die Steine und der Boden waren noch feucht und glatt. Neben ihnen fiel der Fels steil nach unten. Als Rosmerta den Abstieg wagte, blieb Ekuos zurück. Der Wind blies und er hörte einen alten Sänger, der das Land und den Boden pries. Wenn der Wind singen konnte, würden auch die Felsen erblühen können. Um ihn herum leuchteten die Berge in blauem Licht. Von seiner Position aus schaute er weit über das Land und er glaubte daran, dass er bis zu den Häusern seiner Sippe sehen konnte. Wie die anderen Menschen auch fühlte er den Frühling in sich. Unterhalb seines Standpunktes spielten zwei Bärenjunge an der Baumgrenze, während die Bärin hoch aufgerichtet Ausschau hielt. Ekuos wollte noch eine Nacht und einen Tag im Berg bleiben und dann hinuntersteigen, um am Fest der neuen Fruchtbarkeit teilzunehmen.

Rosmerta traf auf den Schneider aus Hall, der ihr und den weisen Frauen für den Frühling neue Kleider brachte. Seine Frau war dabei. Sie war hochschwanger und der Schneider bat Rosmerta darum, dass sie sich um die Frau und die Geburt kümmern möge. Rosmerta wollte das Paar nicht zu ihren Frauen mitnehmen und ließ sie bei Werena und Atles zurück. Da saß sie dann und hielt sich den Bauch, während der Schneider Rosmerta mit den neuen Kleidern bis zu einem schmalen Bergpfad begleitete. Dort rief sie die anderen Frauen, damit sie den Schneider von seiner Last befreiten. Rosmerta schickte ihn zurück und er kniete sich neben seine Frau und sah sie unablässig an.

Atles hatte Werena von dem Zwerg im Baum erzählt. Auch von dessen wallenden Haaren, die den gesamten Körper bedeckt hatten, und seiner dünnen Gestalt mit der überlangen spitzen Nase. Werena hörte ihm aufmerksam zu und schaute zu dem Baum, in dem der Zwerg gesessen haben soll. Werena hatte, wie jeder in der Nähe des verwunschenen Berges, von den Zwergen gehört, die in den Höhlen des Berges wohnten und dort das Silber und Gold schlugen, womit sie das Innere der Felsen schmückten. Manchmal setzten sie sich ihre weißen Häubchen auf und spazierten außerhalb herum, ohne dass die Menschen sie erkennen konnten. Auch sollen sie sich einen Spaß daraus machen, dem einsamen Wanderer oder verirrten Menschen von hinten an die Schulter zu tippen, worauf die sich umdrehten, aber niemanden sahen und voller Entsetzen davonrannten.

»Hat dich der Zwerg berührt?«, fragte Werena und Atles schüttelte den Kopf.

Werena hatte bemerkt, dass Atles sich veränderte. Nicht nur deshalb, weil er nun nur mit ihr sprach, aber nicht mit den anderen. Er schien ihr unruhig zu sein, drehte häufig den Kopf hin und her, arbeitete ungeduldig und bedeckte ständig seine von der Arbeit im Salzbergwerk herrührenden Narben, als würde er sich dafür schämen. Sie schaute zu Matu und Amadas hinüber, die sich mit dem Dach abmühten, während Amanda immer wieder zu dem Pfad ging, über den Ekuos in den Berg verschwunden war.

Als Rosmerta mit drei weisen Frauen erschien, wurde die Arbeit unterbrochen. Es war so weit, sich auf das Fest zu konzentrieren. Rosmerta ging mit Amanda, die Ekuos nicht entdeckt hatte, an den Menschen und Bauten vorüber und strich mit grünen Zweigen über sie hinweg. Mit gesammelten Eiern und dem symbolisch hochgehaltenen Hasen, der aus Gras und Stoff angefertigt war, wurden die Götter um Fruchtbarkeit für Mensch, Tier und Land gebeten. Es sollte ein fröhliches Fest werden, doch der Schrei der schwangeren Frau unterbrach die Feier. Zwei der weisen Frauen bedeckten ihren Kopf und die Münder, dann führten sie die Schwangere von den anderen fort. Die Frau beruhigte sich wieder.

»Wo hat sich dein Leib offenbart?«, fragte eine der weisen Frauen.

»Es muss in einem Birkenhain gewesen sein. Wir Frauen suchten nach Pilzen, als ein Licht über dem Himmel erschien und genau mich traf. Bald darauf spürte ich, dass die Götter mir etwas in den Leib gegeben hatten.«

Die weisen Frauen nickten sich zu und brachten die Schwangere zu einem Birkenwäldchen, das sich direkt bei einem Gebirgsbach befand. Sie kochten ihr ein Getränk aus Weidenbaumrinde, welches die Schmerzen lindern würde und rieben ihr den Bauch mit Balsam aus Kastanie, Kampfer und Kamille ein, die den Vorgang der Geburt einleiten sollte. Während eine der Frauen bei der Schwangeren blieb, überprüfte die andere die Umgebung. Keine Augen sollten auf der Frau ruhen oder gar die Geburt des Kindes sehen, denn nur so konnten der böse Blick und der Fluch gegen das Neugeborene verhindert werden. Sie traf bei ihrer Suche auf Ekuos, der sie aber nicht zur Kenntnis nahm und völlig in seine Gedanken verstrickt vorüberlief. Fast wäre er zuvor über eine steile Klippe in die Tiefe gestürzt. Etwas hatte ihn beim Abstieg abgelenkt. Es war, als rumorte es im Berg, er schien zu wanken und zu beben. Es war ihm, als würde jemand mit regelmäßigen Schlägen auf ein Eisen hauen. Es klang für ihn, als müsse gleich darauf der Riese vom Berge erscheinen. Doch es war noch nicht um Mitternacht. Es hieß, der Riese erschien nur um Mitternacht und würde dann die Bergspitze erklimmen und die Götter bitten, ihn aus dem Berg zu lassen, hinaus in das Land, und dafür würde er alles Gold und alles Silber geben, das ihm seine Zwerge aus dem Berg geschlagen hatten. Aber das war es nicht, was Ekuos wanken ließ. Er hätte den Fehltritt fast getan, weil er diesen betörenden Gesang gehört hatte. Die hellen Stimmen lockten ihn und er wollte zu ihnen. Vom Himmel hatten sich graue Wolken abgesenkt und ihm den Blick zum Tal verwehrt. Er konnte nur noch zu der Stelle schauen, von wo der herrliche Gesang zu ihm kam. Und dann sah er sie. In lange weiße Gewänder gehüllt, saßen die Feen auf einem Felsen, sangen und winkten ihm zu. Da wäre er fast hinübergestiegen, aber der Wind blies ihm ins Gesicht und die Bilder waren verschwunden, noch bevor er den tödlichen Schritt tun konnte. Ekuos lief und lief, bis er den Wald erreichte, am Bergbach entlangging und endlich im Lager ankam, wo Matu soeben seine gefangenen Hasen auslegte. Ekuos sah sich um, denn aller Augen waren auf ihn gerichtet. Sofort verschwand er in der Hütte und hockte sich an die Feuerstelle. Er hatte den Mond gesehen und die grell leuchtenden Sterne hatten ihn überrascht. Dann kam der helle Tag und die Nacht war versunken. Der Gesang der Elfen hätte ihn fast in das Verderben gestürzt. Danach sah er einen Strom aus fließenden Wolken in der Sonne verschwinden und in ihm reifte eine Entscheidung. Sie mussten das Gebiet verlassen und das Land des Lichts suchen.

Amadas fasste sich als Erster wieder. Der noch junge Mann Ekuos hatte vom Berg schneeweiße Haare mitgebracht. Seine Kleidung war verschlissen und man konnte an den Armen und Beinen Erfrierungen erkennen. Nun stand seine Abreise im Zentrum seiner Gedanken. Er wollte sich einfach dem Schneiderpaar anschließen und mit ihnen hinüber nach Hall gehen, um von dort über die Berge den Süden zu erreichen. Amadas fühlte sich alt und müde, außerdem gefiel ihm dieser Ort absolut nicht. Der Berg war ihm unheimlich, ebenso diese merkwürdigen Frauen aus dem Wald, die ihre Gesichter mit brauner Erde tarnten. Dazu kam, dass Matu ihm die Schuld am undichten Dach gegeben hatte und sich nicht eben freundlich ihm gegenüber zeigte. Und wenn er tief in sich hineinhörte und ehrlich zu sich selbst war, musste er gestehen, dass ihm das großzügige Haus von Quintus Tessius fehlte und die regelmäßigen Speisen, die er dort bekommen hatte und die diesen Namen verdienten. Nicht einmal die Zubereitung der Hasen konnte ihn noch locken, zu bleiben.

Werena sah Atles und Atles sah Werena. Sonst sahen sie nichts mehr. Weil sie getrennt in den Hütten schlafen mussten, verbrachten sie die Nächte im Wald. Nicht tief im Wald, eher am Rand, weil sie kein Feuer machen durften. Sie warteten darauf, dass sie ein Windstoß hochheben und davontragen würde. Sie redeten darüber, dass es neben der Anderswelt noch eine weitere Welt geben würde, jene hinter den Wolken, wo es nur Paare gab, die sich noch nie berührt hatten und es doch so gerne tun würden. Hinter den Sternen lag der siebte Himmel der Träume und Wünsche. Wenn Werena Atles berühren wollte, pflegte sie seine schmerzenden Narben oder bekämpfte die Ekzeme, die sich überall an ihm zeigten. Dagegen halfen Äpfel, die er nun ständig essen musste, und eine Salbe aus Nachtschattengewächs und Eichenrinde.

Amanda blieb an Ekuos' Seite. Sie wusste, er hatte sie nicht einmal bemerkt, als er die Hütte betrat und sich an das Feuer gesetzt hatte. Aber das machte nichts. Ihr war längst aufgefallen, wie unwohl er sich unter den anderen fühlte, aber was ihn so tief berührte, das wusste sie nicht.

Sie hatte wie die weisen Frauen ihr Gesicht mit braunem Lehm bestrichen, um sich so der Nähe der großen Muttergottheit Erde zu versichern. Aber das Fest der Frühlingsfreude war ihr nicht mehr wichtig.

Ekuos legte seine Hände flach auf den Boden und hielt das Gesicht über das Feuer. »In der Früh versanken die Gesichter der Menschen neben mir im Nebel der Berge. Die Wolken nahmen sie einfach mit sich. Unter mir schimmerte das Wasser der Ewigkeit, der Brunnen, aus dem das Leben sich schöpft und wiederholt. Die Sonne ist der Vater und Mutter Erde ist die Hebamme des Lebens. Ich saß auf dem Berg und niemand unter mir am Boden war wach. Sie stehen auf, wandeln umher, lachen und kreischen, aber sie sind nicht wirklich wach. Die Götter haben längst die Geduld verloren. Wir haben ihnen keinen Grund gegeben, uns leben zu lassen. Ich werde morgen wieder hinaufgehen und es wird Amanda sein, die mich begleiten wird. Unsere Gesichter werden sich nahe sein und unser Atem wird eins werden. Wir werden gemeinsam unseren Blick erheben und der Mond wird ein großer See sein, weil die Erde den Regen brauchen wird.«

Nachdem Ekuos geendet hatte, fiel er zur Seite und schlief. Amanda legte ihm einen Schal unter den Kopf und deckte ihn mit ihrer Decke zu. Sie dachte darüber nach, wie lange er leben würde, ohne etwas zu essen. Er aß nicht, weil er sonst nicht sehen konnte, das wusste sie. Doch er war ein Mensch, trotz alledem, und Menschen mussten essen.

10. Der Einschlag

DORT UNTEN FLOSSEN die Wasser der Igonta.

Es schien Ekuos zunächst, als wäre es unmöglich, sich in diesem Nebel bewegen zu können, ohne dass ein Unglück geschah. Sie gingen dennoch in die von Rosmerta gewiesene Richtung. Während die Tiere ihrem Instinkt folgten, der Eber keinerlei Schwierigkeiten im Unterholz zeigte, stolperte Amanda mehr, als dass sie lief.

›Ihr werdet in Blickrichtung ein winziges Wäldchen mit dichtem Gesträuch antreffen, dort werdet ihr zwei Nächte warten.‹ Diese Worte von Rosmerta klangen ihm noch im Ohr. Er war Ekuos der Hirte, er musste das nicht tun, zumal sie ihm einige Tiere mitgegeben hatte, um den Riesen im Berg ruhigzuhalten. Besonders der Eber hatte ihn aufgehalten, weil der ständig andere Wege suchte.

Jetzt hörte er den Fluss wieder ganz deutlich. Ekuos schaute immer auch nach Amanda und stellte fest, dass sie vor Müdigkeit hin und her wankte und dabei fast sein Gepäck und eine Axt verlor. Der Trank tat seine Wirkung. Aber weshalb Rosmerta ihr den Sud zu trinken gegeben hatte, das wusste er nicht. Es geschah während der Zeremonien zum Frühlingsfest. Man hatte gerade den Winter laut verlacht, damit der beschämt das Weite suchte, und mit dem Tanz um die Sonne begonnen, als Rosmerta einen Becher an Amanda weitergereicht hatte. Ekuos musste das neue Feuer entzünden, woraus sich die Frauen brennende Äste griffen und damit über die Erde und die Tiere strichen, um die Fruchtbarkeit und Gesundheit für den Boden und das Vieh bei den Göttern zu erbitten. Mit immergrünen Zweigen in den Händen sprangen einige sogar durch das Feuer. Erst als die Hasen zum Verzehr hergerichtet wurden und Eierschalen im Boden vergraben worden waren, machte sich Ekuos auf den Weg. Der Frühling war nun endgültig von den Toten auferstanden und wiedergeboren worden. Rosmerta hatte ihm Amanda an die Hand gegeben.

»Dein Körper wird eines Morgens nicht mehr erwachen, wenn sie dich nicht wärmt«, sagte Rosmerta zum Abschied zu ihm.

Ekuos blickte noch einmal zurück auf Matu, Atles und Werena. Amadas verließ den Platz mit dem Schneider, der Frau und ihrem Kind in Richtung Hall. Bevor sich die Bäume im Nebel verloren, blieb Ekuos stehen. Er versuchte, im Kreis zu laufen, um festzustellen, wie gut der Schutz durch die Bäume und Sträucher noch war. Als er sah, dass sich das Holz lichtete und nur noch einzelne Sträucher Schutz boten, lief er wieder zurück bis zum Rand der Waldung. Dort ließ er die Tiere anhalten, legte ein Fell auf den Boden und gab Amanda ein Zeichen, von nun an zu schweigen und sich hinzusetzen. Dieser Aufforderung kam sie sofort nach und hockte mit geschlossenen Augen auf dem Fell. Der Eber lief unruhig das Gebiet nahe dem Waldsaum ab, bevor er sich eine Grube schaufelte und danach aufmerksam die Ohren spitzte. Durch den starken Nebel war die Luft sehr feucht und zog durch die Kleider auf die Haut. Es war eine ungemütliche Situation. Wo war der Tag? Ekuos wischte sich über die Lider. War etwas geschehen mit der Welt? Wozu sollte es eine Welt geben, in der es keine Sonne gab und man nur noch graue Nebel sah? Sollte er ein Feuer machen? Nein, dachte Ekuos, er hatte sich in das zu fügen, was der Himmel und die Götter ihm zuwiesen. Er überlegte, was Rosmerta mit diesem beschwerlichen Weg für Amanda und ihn im Sinn hatte. Würde er nicht doch besser allein den Berg hinaufsteigen?

Es war ein sanftes Pfeifen in der Luft. Zunächst glaubte Ekuos an fliegende Wesen, die sich fröhlich in den Nebeln bewegen konnten und deren Namen man besser nicht aussprach, wollte man vermeiden, dass sie einen in die andere Welt mitnahmen. Schnell wurde das Geräusch stärker und es klang wie ein riesiger Fächer, den man durch die Luft schwang, um ein Feuer kräftig anzufachen. Endlich löste sich das Rätsel und Ekuos sah einen Schwarm Gänse, die direkt neben ihm vorüberflogen. Durch ihre kräftigen Flügelschläge zerriss der Nebel und Ekuos schaute hinunter auf den Fluss, der in einiger Entfernung von ihm still und eilig durch das Land zog. Dahinter begann sich das Land zu öffnen. Er schaute in die Richtung, die Mond und Sonne bei ihren Reisen als Letztes berührten, bevor sie sich in die andere Welt begaben. Oft hatte er Männer und Frauen beobachtet, wie sie voller Sehnsucht in diese Richtung schauten. Einmal hatte er den weisen Lehrer gefragt, warum ist das so, und der hatte ihn lächelnd zu einem kleinen Hügel geführt. ›Siehst du dort‹, hatte er erklärt, ›das ist die Richtung, aus der Sonne und Mond uns besuchen kommen.‹ Dann hatte er mit den Armen einen schwungvollen Bogen in die Luft gezeichnet und seine Augen in die entgegengesetzte Richtung gelenkt. ›Dort verabschieden sich Sonne und Mond von den Menschen, die hoffen, dass sie bald wieder erscheinen mögen. Es ist so, dass zu allen Zeiten Menschen gedacht haben, sie müssten einmal mit der großen Sonne mitreisen oder sich aufmachen, die lange Reise anzutreten. Es ist in uns. Nie werden wir Ruhe finden und es immer wieder versuchen. Aber bisher hat niemand den Platz gesehen, an dem sich Sonne und Mond ausruhen, wenn sie uns verlassen haben.‹

Ekuos hatte lange über diese Worte nachgedacht und sich entschlossen, eine Frage zu stellen. Werden wir einmal der Sonne nachreisen?

Es gab keine Gänse in der Luft. Sie waren nur in seinem Kopf, aber dieses sanfte Pfeifen war noch immer zu hören. Ekuos wurde durch die Gänse an den weisen Lehrer erinnert und nun hatte er seine Antwort. Er war mit Amanda auf dem Weg in das Land des Lichts. Es gab keinen anderen Grund dafür, dass sie hier waren und warteten. Wenn er manchmal in die Augen der Menschen schaute, wie sie voller Sehnen der Sonne hinterhersahen, konnte er sich die Antwort selbst geben. Die Menschen werden immer voller Unruhe sein, weil sie niemals ihren Lebensweg kennen werden. Und so bleiben Sonne und Mond die großen Wanderer und die Menschen warten auf die Antwort.

Ekuos drehte den Kopf in die Richtung, in die die Gänse geflogen wären, hätte es sie gegeben. Längst wären sie seinem bloßen Auge abhanden gekommen. Irgendwo am Himmel oder auf der Erde wird ihr Flug enden. Irgendwo hinter dem Fluss war die Welt zu Ende. Hinter dem Wald lag ein weiterer Wald, hinter den Bergen weitere Berge. Danach nichts mehr.

Die Stille behagte ihm. In der Stille war nur das fließende Wasser des Flusses zu hören, wie es seinen Weg suchte. Die Stille gab ihm Kraft. Er konnte einen Tag und eine Nacht sitzen, ohne sich zu bewegen, nur still musste es sein. Amanda öffnete die Augen. Sie wunderte sich, denn Ekuos' Hand lag in der ihren. An seinem Gesicht erkannte sie, dass er nicht anwesend war. Sie wünschte sich, dass einer der Götter die Hand über ihn hielt. Amanda hatte gar nicht laut sprechen wollen. Es geschah und war nicht mehr zu ändern. Ihre Stimme bebte und klang dennoch schön.

»Die Götter werden leise sprechen und das Fleisch zittert.«

Ob sie mit eigenen Augen sehen kann, dachte Ekuos. Er versuchte, sich die Gegend hinter der Flussbiegung vorzustellen, auch das Land weit hinter seinem Blickfeld, als er den Schrei der Gänse wieder vernahm. Erst war es nur eine, dann stießen mehrere der Gänse ihren Warnschrei aus.

Ekuos drehte sich zu Amanda, die an ihn gelehnt ebenso die Ohren spitzte wie der Eber, der sich noch ein wenig tiefer in seine Kuhle eingrub. Ekuos erhob sich und führte seine kleine Herde hinter die Büsche hin zu den dicht wachsenden Bäumen. Amanda zog eine Axt näher zu sich heran. Sie würde jeden erschlagen, der sich ihm feindlich nähern würde. Ekuos kam hinter einem dichten Busch hervor und nahm einen Stein auf. Er war sich sicher, dass die Feinde ihrer örtlichen Unkenntnis Tribut zollten und dem Flusslauf folgten, falls es sie hier überhaupt gab. Es könnten auch unheimliche Wesen aus dem Berg sein. Wer sollte sich diese Einöde aussuchen, um sich fortzubewegen, wenn nicht Feen oder der Riese vom Berg? Ekuos schaute auf den Stein. Er hatte einen solchen Stein noch nie gesehen. Solche Steine gab es auf der Erde nicht. Ekuos konnte nichts tun als warten. Zwei Nächte sollten es sein. Er versuchte abzuschätzen, wie lange die Nebel für den Weg brauchen werden, bis sie auf seiner Höhe am Flussufer und damit vor ihm sein würden. Amanda regte sich nun wieder hörbar. Ekuos ahnte, was in ihr vorging. Wie sollte er weiterleben, wenn die so ferne Fremde sichtbar würde und Amanda wäre nicht mehr dabei? Es wäre sein Todesurteil. Niemand sollte vor sich selbst den Respekt verlieren müssen. Das waren verbotene Gedanken. Es gab keine Seher, die sich in Begleitung einer Frau in sich und die Einsamkeit zurückzogen. Aber hier war etwas anders, sagte sich Ekuos. Da ist ein Nebel, der nach kalter Asche roch. Er dachte an die Worte der Weisen.

Wenn die Feinde von Norden her kommen, dürfen sie nicht mehr leben.

Das Licht wurde trüber und der Himmel blieb fern. Der Sonnengott zeigte sich nicht. Ekuos hätte zu gerne gewusst, wo der Gott in seinem Goldenen Wagen, gezogen von weißen Pferden, sich gerade befand. Einmal hatte er seinen Lehrer gefragt, ob alle Flüsse aus den Bergen in die feindliche Welt des Nordens fließen. Doch der Weise hatte ihm keine Antwort gegeben, nur gesagt, wenn wir das Wasser trinken, ist die Große Mutter in uns. Ekuos hatte gedacht, dass sie doch ständig in jedem Menschen ist, sich aber nicht weiter geäußert. Er hatte gelernt, nicht alles auszusprechen, was ihm auf der Zunge lag. Später sagte ihm der weise Lehrer, die Flüsse fließen, denn es gab sie bereits ohne die Feinde im Norden und es wird sie auch noch geben, wenn die Feinde im Norden vernichtet sind.

Amanda räusperte sich. Noch immer drückte sie die Axt gegen ihren Körper. Mit aufgerissenen Augen starrte sie auf einen Punkt in der Ferne, auf den sie Ekuos aufmerksam machen wollte. Doch da war nichts ungewöhnliches. Selbst nachdem sie aufgestanden und einige Schritte aus ihrem Versteck nach vorne getreten war, konnte sie nichts erkennen. Ekuos setzte sich wieder auf seine Felle. Amanda sehnte die Auseinandersetzung mit den Feinden herbei. Das war ihr näher als der Gedanke an Feen und den Riesen. Sie molk eine der Ziegen, um sich abzulenken. Langsam wurde es spürbar kälter. Es wurde auch nicht richtig Tag und die Nacht stand noch bevor. Amanda setzte sich und rückte dicht an Ekuos heran. Sie trank die Milch, weil er sie nicht wollte. Ekuos beobachtete die Tiere, die wie aus Stein gehauen zwischen den Bäumen warteten. Sie, die Menschen, warteten ebenfalls. Ekuos dachte darüber nach, warum sie eigentlich nicht fortliefen. Vielleicht hielten die Götter für sie alle hier an dieser Stelle das Ende bereit. Eine Nacht und ein Tag folgten. Eine weitere Nacht warteten sie und ein neuer Morgen kam. Aus der Ferne klang der Fluss nun anders als zuvor. Bedrohlicher und feindlicher, wie ein gefährliches und unberechenbares Tier.

Ekuos wollte nicht mehr warten. Er stieg den Berg hinauf und gelangte zu einer Höhle. Er zuckte zusammen, als der Eber neben ihm auftauchte und in diese Höhle rannte. Ekuos wartete, aber das Tier kam nicht zurück. Also lief er tiefer in den Berg hinein und sah steil über sich einen Lichtschein. Mühsam kletterte er über glattes Gestein und in mattem Licht durch den Berg nach oben. Wie konnte der schwergewichtige Eber dort hinaufkommen? Auf halber Strecke fand er einen Seitenweg. Das Gestein zeigte deutliche Spuren von Werkzeugen. Diesen Weg hatten Menschen geschlagen. Ekuos tastete sich an der kalten Wand nach oben und stand mit einem Mal wieder im Freien. Er sah sich um. Der Eber wühlte am Rand eines dünnen Bachlaufs. Vielleicht war er bereits einmal hier oben gewesen? Das Licht blendete

Ekuos. Der Wind brachte dunklere Wolken mit. Zu seiner Verblüffung stellte Ekuos fest, dass der Fluss viel Wasser trug und schneller zu fließen schien. Das Wasser stieg weiter an, wischte bereits über die dicken Kiesel am Ufer und würde gleich die ersten Gräser erreichen. Der Himmel hatte sich zu einer Entscheidung durchringen können. Ekuos sah, wie ein Mann in einem Kahn stehend den Fluss hinabtrieb. Gleich würde er kentern und ertrinken. Es dauerte nicht lange, denn die starke Strömung ließ das Boot eilen. Kurz darauf warf das Wasser den leblosen Körper auf die Kiesel am Fluss. Ekuos sah, wie der Kahn aus dem Wasser hervorschoss und ebenfalls ans Ufer gespült wurde. Trotz dieses Anblicks blieb Ekuos beherrscht. Er blickte zum Himmel. Er wollte nicht hinüberschauen zum Herrn Tod, den er bereits unter jenem Baum gesehen hatte, in dem Atto den erschlagenen Feind eingeflochten hatte. Wieso hatte der Tod diesen Kahn an das Ufer geschickt? Das war ein Gedanke, den er nicht haben durfte. Der Tod saß am Ufer und hatte die Kapuze tief ins Gesicht gezogen. Wer mochte der Tod im früheren Leben gewesen sein? Vielleicht ein einfacher Bauer, der nun im anderen Leben unruhig umherziehen musste. Ekuos dachte an den ersten Toten, den er gesehen hatte.

›Wir werden den Kopf des Feindes auf einen Birkenstamm stecken und den Baum am Fluss in den Boden eingraben. Lass das Tuch über dem Gesicht, damit man von der hinteren Flussseite aus nur ahnen kann, was auf dem Baumstamm steckt‹, hatte Ekuos zu Matu gesagt, der den Feind erschlagen hatte. ›Nimm eine Birke, die bereits am Boden liegt und deren Seele schon in der anderen Welt ist. Entferne die Äste und stecke den Kopf auf die Spitze.‹

Matu tat, wie ihm geheißen und verlor bei der Arbeit kein Wort. Da stand dann die Birke am Ufer eingegraben, mit dem Kopf des Feindes auf der Spitze. Sie war noch eine Armlänge höher als Atto, und der war schon von beachtlicher Größe. Der Wind zerrte an dem Tuch, das über dem Gesicht des Toten hing. Ekuos konnte sich vorstellen, was in den Feinden vorgehen würde, wenn sie ihren Bruder so sehen mussten.

Ekuos schaute auf den Eber, der sich nicht von der Stelle rührte. In der Ferne, bei der Biegung des Flusses, hatte es zu regnen begonnen. Ekuos blickte zum Himmel. Über ihrem Platz war es ein wenig heller als dort oben. Er ging zurück und fand Amanda in unveränderter Haltung vor. Die Tiere schauten ihn an und zeigten wenig Lust, sich unnötig zu bewegen. Die Futterplätze waren mehr als dürftig ausgestattet. Ekuos konzentrierte sich auf die dunklen Wolken. Es geschah aber nichts, außer dass der Nebel stärker wurde und den Himmel noch weiter verdüsterte. Es schien so zu sein, als werde der Himmel bald auf die Erde stürzen müssen, so tief hingen die Wolken. Ekuos wunderte sich nicht über die unterschiedlichen Wetterverhältnisse. Das lag nicht in seiner Hand, also nahm er es hin. Er musste in sich gehen und nachdenken. Hier fehlte ihm die Möglichkeit, die Dinge richtig zu beurteilen und den Willen der Götter zu erkennen. Also kehrte er wieder um und ließ die Herde noch tiefer im Wald zurück. Amanda wies er einen Platz seitlich des Waldsaums zu, wo sie ihn nicht mehr sehen konnte.

Ekuos tastete sich durch den Nebel und die aufkommende Dunkelheit wieder den Berg hinauf. Der Eber war nicht mehr zurückgekommen. Zwei junge Eichen, vor denen ein großer Felsbrocken lag, so als wollte ihm die Natur einen guten Aussichtspunkt bieten, lockten ihn an. Ekuos kletterte auf den Felsen und fand dort ein von Menschenhand bearbeitetes Wolfsfell. Er schloss sich in dieses Fell ein und wartete. Es genügte, wenn er hell und wach über das Land schauen konnte, auch wenn er nichts sah. Den Fluss hörte er, der trug sein Wasser immer eiliger davon. Ekuos spürte durch den Nebel die Kraft des Wassers für seine innere Stärkung. So schaute er auf die Ewigkeit, weil alles Leben ein ewiger Fluss war, und der Ursprung allen Lebens lag in den Quellen und Wassern. Das hatte ihn der weise Mann gelehrt, an den er nun denken musste. Beim Tempel des Grannus stand der weise Alte und rief über das Wasser: ›Was tust du, Ekuos? Habe ich dich nicht gelehrt, dich fernzuhalten von dem gewöhnlichen Leben der Menschen? Habe ich dir nicht beibringen können, dass ein Hirte einsam in der Natur zu leben hat, dem Himmel und der Erde nahe und den Göttern ein guter Zuhörer? Habe ich dich das alles nicht gelehrt, Ekuos?‹

Ekuos hörte die Stimme des weisen Alten ganz nah. Wenn er an die Reise zu den Wassern des Grannus und die sich anschließende Suche nach Atles und den Freunden zurückdachte, erinnerte er sich auch an Ekuos in seinem Dorf. Davon war nicht mehr vorhanden als eben die Erinnerung. Er hatte Atles gefunden und Atles hatte nun Werena. Ekuos musste den Weisen recht geben. Es waren die Götter, die ihn verpflichtet hatten, zuzuhören, damit kein Unheil über das Land kam. Wer, wenn nicht die Götter, hatten ihm dieses zu tun eingegeben? Noch immer hockte der Tod unten am Fluss und hielt seine Blicke am Ufer fest. Wer wollte in ihm Unruhe schüren, damit er sich falsch verhielt? Böse Geister gab es zur Genüge. Oder wollten die Götter ihn einer Prüfung unterziehen, um seine Standhaftigkeit zu prüfen? Er war doch nur ein Hirte. Wäre er ein Seher, würden ihm die Götter die Augen öffnen.

Die Schreie der Gänse ließen ihn erneut auffahren. Er sah den Schwarm Gänse nicht über den Fluss kommen und in seine Richtung fliegen. Sie hielten offenbar ihren Kurs und bogen erst kurz vor seinem Standort in den heiligen Hain ab, vor dem Amanda ihre Wache hielt. Ekuos hörte über sich nur das Rauschen ihres Flügelschlages. Nun also würde es geschehen. Die Feinde mussten bald in sein Blickfeld kommen. Ekuos stieg vom Felsen. Er erwartete, dass sie den Nebel durchstießen und ihn angreifen würden. Aber er erwartete nicht, dass es Menschen sein werden. Doch dann blieb es einfach nur still.

Amanda wollte nicht, dass er sich ihr mit dem Fell des Wolfs näherte. Es hatte sie genug beunruhigt, dass sich Kida die Wölfin in seiner Nähe aufhielt. Bestimmt war sie wieder in der Umgebung und lauerte. Amanda hockte mit halb geschlossenen Augen und in gebückter Haltung an ihrem Platz. Sie hatte bereits all ihre Farbigkeit abgelegt und trug lange schon nurmehr erdfarbene Kleidung. Nun nahm sie ihre Kettchen von den Knöcheln der Füße und legte die Armreifen und die silbernen Spangen aus den Haaren dazu. Als Tochter der Kij hatte sie sich vor den bösen Blicken und den verwünschten Mächten tarnen und schützen müssen. Vor sich hatte sie ein Loch in den Boden gegraben. Jetzt nahm sie auch die aus acht gewundenen Goldfäden hergestellte Halskette und legte sie dazu. Die Kette war das Symbol der Macht der bestimmenden Frau ihrer Sippe. Die Älteste der Kij hatte sie damit geehrt und verpflichtet. Sie hatte ihre Pflicht nicht erfüllt, denn sie war Ekuos gefolgt. Sie übergab nun ihren gesamten Schmuck der Erde und somit der Großen Mutter. Jetzt war sie Amanda und sie begab sich unter den Schutz der Götter. Nun sollten sie über ihr Leben bestimmen.

Ekuos wollte weiter den Berg hinauf, um dem Nebel zu entkommen. Die Nacht könnten sie dort oben in der Höhle verbringen und sich ein Feuerchen anzünden. Amanda reichte ihm ein Stück gedörrtes Fleisch, aber Ekuos wollte nicht essen. Sie verstand ihn durch seine Körpersprache. Amanda wollte nicht in die Höhle, aber zurückbleiben wollte sie auch nicht. Lange schon hatte sie nicht mehr an ihr Leben als Tochter der Kij gedacht. Damals hätte sie einfach befohlen, was sie wollte, und wer ihr nicht zu Füßen lag, dem hätte sie das Haus anzünden lassen. Sie besaß einen kleinen Palast, durfte sich mehrere Gespanne leisten und jeder Schmuckhändler in der Stadt hatte sie gekannt. Aber wozu das alles? Ekuos setzte sich an einen Bach und schaute so lange in die Bewegungen des Wassers, bis die Dunkelheit kam. Er hatte sie an einen Schlachtplatz geführt und sie einen Tag zusehen lassen, wie die Tiere starben, damit die Menschen ihre Fressfeste begehen konnten. Dabei hatte sie an ihre Sippe der Kij denken müssen, für die das alles selbstverständlich war. Ihr Vater hatte einen Händler einmal fast totprügeln lassen, weil der keine Feigen und Trauben aus dem Land hinter den Bergen geliefert hatte. Ekuos hatte sie gelehrt zu verstehen, dass die Große Mutter Erde unter den Menschen litt. Eines Tages, so hatte er eines Nachts im Schlaf geflüstert, wird die Große Mutter die Götter hinter der Sonne bitten, dem ein Ende zu bereiten. Sie folgte Ekuos, der die Höhle durchlief, auf der anderen Seite nicht Halt machte und durch eine weitere schmale Höhle wieder die Seite erreichte, von der sie in den Berg eingestiegen waren. Der Nebel war noch da und besonders die Kälte, denn sie waren höher auf dem Berg als zuvor. Amanda sammelte Hölzer, von denen es nur wenige zu finden gab. Es reichte nur für ein spärliches Feuer und Ekuos erlaubte ihr, sich ein wenig an ihn zu lehnen. Seine direkte Nähe war ihr genug. Amanda spürte den Atem des Berges und hörte das Wasser in ihm rauschen. Auch ein regelmäßiges Klopfen vernahm sie, als würde ein Eisen gegen den Fels geschlagen. Waren sie in der Nähe des Riesen vom Berge und seinen Zwergen? Sie fürchtete sich nicht. Amanda sah Ekuos an, der steif neben ihr saß und seine Augen geschlossen hielt. Er schien auf etwas zu lauschen, also tat sie es ihm gleich. Weil sie nur den Berg hörte, fiel es ihr auf. Draußen war es völlig still. Es gab keine Geräusche von Tieren. Und egal, wann man unter den Bäumen entlanglief, immer hörte man ihre Stämme, die Äste oder die Blätter. Jetzt war es ruhig, wie tot. Amanda schaute auf das Wolfsfell, das Ekuos vom Berg mitgebracht hatte. Eine Wolfsmaske würde die Götterdämmerung ankündigen, hatte man sie gelehrt. Wenn einmal die Menschen von der Erde verschwinden, wird die Wolfsmaske sich vorher zeigen. Sollte es Ekuos sein, der sie tragen wird? Danach wird der Himmel auf die Erde stürzen. Niemand mag den Tod, dachte Amanda, selbst dann nicht, wenn er seinen Schatten nur über andere oder die Feinde gelegt hat und man selbst unversehrt zurückgelassen wurde und er gegangen war. Wie aber kam die Sehnsucht der Menschen nach der Anderswelt in das Leben? Amanda hatte keine Antwort. Auch nicht dazu, woher der Tod kam und wohin er ging. Sie wollte ihre dunklen Gedanken abschütteln und dachte an die letzten fröhlichen Tage ihrer Kindheit. Kaum war ein Fest vorüber, da dachten die Kinder bereits an das nächste Ereignis. Für sie war der Tag des Gottes Beltane ein besonderes Ereignis gewesen. Wie sein Name sagte, weihte ein helles Feuer die Zeit des Sommers und in der Mitte der Orte hatte ein grüner Baum zu stehen, der unter dem Jubel der Menschen von jungen Burschen aufgerichtet wurde. Amanda erinnerte sich gerne daran, wie sie im Wettstreit mit den Burschen durch das Feuer gesprungen war, weil es die bösen Krankheiten im Körper verbrannte und Beltane dafür sorgte, dass seine Hitze die Mutigen vor den bösen Geistern beschützte. Wer nicht den Mut hatte, durch das Feuer zu springen, der warf während des Festessens Speisen über die Schulter, damit auch die Geister satt wurden und Ruhe hielten.

Als Amanda aus einem unruhigen Schlaf zurückkehrte, brannte vor ihr ein helles Feuer, aber Ekuos war nicht mehr da. Sie fragte sich, woher er das trockene Holz genommen hatte. Sie sah ihn vor der Höhle stehen. Er wirkte größer als bisher und nun trug er wieder sein schneeweißes Gewand, das vom Kinn bis zu den Füßen reichte. Es gab keinen Nebel mehr und der Himmel war voller leuchtender Sterne. Amanda suchte den Mond, doch sie sah ihn nicht. Niemals zuvor hatte sie so hell strahlende Sterne gesehen. Ekuos stand nur da und rührte sich nicht. Sie griff nach seiner Hand und hielt sie fest in der ihren. Er sah sie an. Amanda schaute in seine weit aufgerissenen Augen und ein Schauer lief durch ihren Körper. Sie gingen einige Schritte vor und standen direkt vor einem Felssturz. Wenn sie jetzt springen würden, kämen sie gemeinsam in die andere Welt, dachte Amanda. Aber wie wollte sie das wissen? Die Götter könnten anders entscheiden.

»Wie still es ist«, sagte Amanda. »Nicht einmal das winzigste Mäuslein ist zu sehen oder zu hören.«

»Nichts geschieht nach unserem Willen«, antwortete Ekuos der völlig überraschten Amanda. Plötzlich redete er mit ihr. »Wir werden jetzt nicht in die Nacht hineinsprechen, die nur noch ganz wenig atmet. Die Große Mutter sagte es ihren Tieren, nicht aber den Menschen. Nun sind nur noch wir hier und unsere Seelen sind die schwarze Nacht der vergangenen Leben. Also schweigen wir.«

Es gab keine weiteren Worte mehr. Amanda schaute auf die Bäume, die ruhig standen, weil nicht einmal der Hauch eines Windes vorhanden war. Alles Leben um sie herum schien eingeschlafen zu sein. Sie war völlig durchgefroren, kalt bis aufs Blut. Als sie sich zu regen versuchte, schlug sie das Himmelsbild in seinen Bann. Es schien ihr, als kämen die Sterne auf sie zu. Sie brannten so hell, dass es ihre Augen schmerzte. Dennoch hielt sie ihren Blick fest nach oben gerichtet. Die Leuchtfeuer wankten hin und her wie die Wellen im See bei Sturmwind. Erstmals spürte sie, dass Ekuos ihren Händedruck erwiderte.

»Wir werden sterben«, sagte sie.

»Ja«, antwortete Ekuos. »Wir werden sterben und auferstehen.«

Der Himmel öffnete sich von Westen her. Von da aus wurde es heller und heller. Alles dort oben schien in Bewegung geraten zu sein. Überall sonst blieb der Himmel dunkel. Auch die Sonne aus dem Osten blieb aus. Weit oben im Firmament brach die Dunkelheit ein wenig auf. Grelles Licht erschien, danach stürzten hellere Sterne heraus und bildeten eine zartblaue Blüte.

An ihren Rändern strahlten die Sterne und der Himmel daneben wurde gelb. Aus der Öffnung der Blüte sprühte roter Sternenstaub heraus und verströmte über dem geweiteten Himmel. Zunächst schien es, als würde der Regen aus rotem Staub kein Ende nehmen, aber dann zeigten sich einige grelle Lichtkreise und zwischen ihnen erwuchs ein dunkelrotes Ungetüm, das sich nicht zu regen schien. Doch es begann sich zu bewegen und wurde schneller und schneller, rotierte in hohem Tempo und sog die gesamte Helligkeit samt ihrer Sterne in sich auf, bis nichts mehr zu sehen war als ein riesiger kahler Schädel mit einem dunkelroten Loch in der Mitte. In diesem Moment schienen sich sämtliche umliegende Berge in Bewegung zu setzen und auf den unheimlichen Berg zuzubewegen. Es waren nur wenige Armlängen bis dort hinüber. Die Berge leuchteten grünlich und ihre Spitzen zeigten ein undurchdringliches Schwarz. Ohne jeden Übergang war das Geschehene vorüber und eine tiefe Dunkelheit lag über dem Land.

Hatten sie es gesehen oder waren es Bilder gewesen, die ihnen der unheimliche Berg geschickt hatte? Ekuos suchte die Sonne. Sie müsste doch längst den Tag gebracht haben. Doch es wurde nicht hell. Angestrengt versuchte er, im Dunkeln irgendetwas zu erkennen, aber es gelang ihm nicht.

Das Licht!

Fast unbemerkt hatte sich das Firmament wieder geöffnet und einen hellen Punkt an den Himmel gesetzt. Ekuos verfolgte den Punkt mit seinen Augen und glaubte zunächst, einen winzigen Stern zu sehen. Doch der Punkt bewegte sich und überquerte die Dunkelheit in immer höherem Tempo. Aus der Erde wuchs das Licht zum Himmel hinauf und strahlende Sterne verzweigten sich wie in einem riesigen Lebensbaum. Der rasende Punkt wurde größer und zog hinter sich einen gleißenden Lichtstrahl her. Der Himmel nahm eine grünliche Färbung an und hinter dem Lichtstrahl rötete sich das Firmament mit vielen kleinen Tupfern. Die Umgebung war still und es gab keinerlei Geräusche mehr. Die Tiere waren verschwunden. Selbst aus dem unruhigen Berg war nichts mehr zu hören. Kein Rauschen des Wassers, kein Klopfen oder Rumoren, nichts mehr. Als der grelle Punkt am Himmel immer größer wurde, schmiegte sich Amanda an Ekuos. Nach der schier endlosen Stille bahnte sich das blendende Licht seine Bahn und ein mächtiges Rauschen begann. Vor dem rasenden Lichtstrahl zeigte sich ein mattblauer Schweif, der immer weiter zurückreichte und über dem hellen Streifen schwebte, der dem Lichtstrahl folgte. Wie aus dem Nichts erschien der Mond hoch oben im Firmament, blutrot und in voller Größe. Dort stand ihm die Sonne gegenüber, völlig schwarz eingefärbt wie die Nacht der Nächte. Doch kaum gesichtet, verschwanden die göttlichen Scheiben wieder und das Rauschen nahm zu, bis es zu einem Lärm anstieg, wie ihn noch kein Sturm erreicht hatte. Dem schloss sich ein heftiges Grollen an, wie bei einem Gewitter bisher nicht gekannten Ausmaßes. Gleich darauf verschoben sich einige Wolken und verschwanden hinter dem Horizont in die andere Welt.

Das Licht!

Es war erloschen. Nur die unzähligen sprühenden Sterne waren zu sehen, bis sich ein einziges rotes Meer einstellte und Feuer vom Himmel kam. Heulend und zischend fiel es und fiel, bis es auf die Erde aufgeprallt war und dumpfe Schläge zu hören waren. Feuerlinien gingen in weiß glühende Kreise über. Ein schauderhafter Knall ließ Himmel und Erde erbeben.

Ekuos stürzte zu Boden und schaute über das weite Land. Es brannte nicht nur ein Baum, nur ein Strauch, nur eine Wiese, es brannte alles auf einmal und das überall dort, wo er von seinem Platz auf dem Felsen aus hinsehen konnte. Amanda stöhnte auf und ihr Herz raste. Sie wollte sich schnell in der Höhle im Berg verkriechen, doch Ekuos hielt sie fest. Beide hatten sie schon Dörfer abbrennen sehen, wenn einer der Eisenschmelzöfen übergelaufen war und die erste Hütte sich entzündet hatte. Das dort unten war etwas anderes. Von den Füßen der Berge an bis weit hinter dem großen See stand die Erde in Flammen. Hoch schossen die gelben Brandfackeln in den Nachthimmel und Ekuos weigerte sich, daran zu denken, was in diesem Moment mit seiner Sippe geschah. Aber es war noch nicht genug. Aus dem steten Donnern war ein Gewitterkrachen geworden, wie man es auf Erden noch niemals gehört hatte. Der Lärm wurde so heftig, dass die Ohren schmerzten und die Köpfe vibrierten. Der Himmel wurde zu einem einzigen riesigen Feuerball und als die Erde bebte, als würden sogleich sämtliche Berge einstürzen, rutschten Amanda und Ekuos der Länge nach über den felsigen Boden und sie hielten sich mit aller Kraft an einer Baumwurzel fest. Vom Himmel war ein riesiger glühender Berg auf die Erde gestürzt.

Als sie sich erhoben, wuchs ein Rauchpilz zum Himmel, wurde größer und größer, bis schließlich das gesamte Firmament nur noch aus diesen Rauchschwaden zu bestehen schien. Es regnete Asche vom Himmel und es fiel immer schwerer zu atmen. Aus der Erde schossen plötzlich brennende Steinbrocken in die Luft und es schien, als würde sich die Mutter Erde gegen den Angriff der Götter zur Wehr setzen.

Ekuos schob Amanda in die Höhle, die sie durchstiegen, um den Weg durch eine weitere Höhle fortzusetzen. Erst auf der anderen Seite des unheimlichen Berges sahen sie die Sonne wieder. Sie saßen nebeneinander auf einem Felsvorsprung und blickten hinab auf das Land. War das alles wirklich? Gab es den Anblick tatsächlich oder träumten sie nur davon? Hatte der unheimliche Berg sie getäuscht, sie überlistet und ihre Köpfe verwirrt? Oder waren sie in einem anderen Leben angekommen, inmitten der anderen Welt? Sie blieben und ruhten sich eine Weile aus. Ekuos musste es genau wissen. Er stand auf und lief zurück. Amanda folgte ihm. Sie passierten den Höhleneingang und eilten den Weg hinab, so schnell es die Gegebenheiten zuließen. Als sie die Höhle verließen, brannte das Land noch immer.

Auch der Himmel blieb schwarz und es roch verkohlt. Ekuos stieg weiter hinab. Er wollte die kleine Siedlung erreichen und sehen, was mit Atles, Werena, Matu und den weisen Frauen geschehen war. Doch er konnte nicht den Weg durch den Wald nehmen. Je tiefer er hinabstieg, desto schärfer wurde der beißende Gestank und das Atmen wurde ihm unmöglich, bis ein starker Husten seine Rückkehr erzwang. Auf halber Höhe blieb er hocken und wartete. Er gab Amanda ein Zeichen, damit sie ihm nicht mehr folgte. Eine Nacht, eine weitere und eine dritte Nacht. Aber aus dem Dunst und der ewigen Dunkelheit kam niemand hervor. Der Wille der Götter war geschehen und er hatte sich zu fügen. Ekuos erhob sich und wollte den Berg hinauf, als er ein leichtes Wimmern vernahm. Er kehrte um und stieg wieder bis zu den Büschen hinab, die nun nicht mehr grün, sondern pechschwarz geworden waren. Sie lag auf der Seite und sah ihn entsetzt an. Hatte sie das Ende der Heimat mit ansehen müssen? Ekuos hob sie hoch und stieg mit ihr auf den Armen in den Berg. Amanda sah sie kommen, sie legte eine Hand auf den Mund und die andere über die Augen. Sie hatte die Brandwunden sehen können, die schweren Verletzungen am gesamten Körper. Vorsichtig trug Ekuos sie bis zu einem schmalen Wiesengrund, wo er sie ablegte und wo sie noch einmal ihren Kopf zu heben versuchte.

Kida die Wölfin, die treue Gefährtin seit seiner Kindheit, sie war tot.

Drei Tage und drei Nächte blieb er bei ihr. Dann erst

erhob Ekuos sich und suchte ihr einen Ort aus, von wo sie für immer hinübersehen konnte bis fast zum großen See. Er löste seine Fäuste, grub ihr ein tiefes Grab und nahm für dieses Leben Abschied von Kida.

Am Berg oben zeigte er Amanda verbrannte Haare von Kida, die an seiner Kleidung klebte. Sie verstand und hatte nicht gesprochen. Fast musste sie an ihm zerren, damit er mit ihr durch den Berg ging, hinüber auf die andere Seite, um zu leben. Sie entschied richtig, denn wie aus dem Nichts brach ein mächtiger Sturm los, stärker als alles, was sie bisher erlebt hatten.

Ekuos suchte nach einer Antwort. Wie lange hatte er den Himmel beobachtet, hatte fliegende Sterne gesehen, die den Himmel durchquert hatten, ohne hinabzufallen. Warum war es ihm nicht möglich gewesen, die Freunde zu warnen? Amanda zeigte mit dem Finger nach oben. Langsam schoben sich schwarze Wolken über den Himmel. Ein leichter Regen aus Asche begann zu fallen. Sie würden auch dieses Gebiet verlassen müssen, wenn sie nicht umkommen wollten. Sie sahen in der Ebene den Fluss Igonta. Dort mussten sie hinüber.

11. Am Ende ist es immer ein Anfang

Es waren zwei Männer. Sie kamen direkt am Flussufer entlang. Sie bewegten sich vorsichtig, als rechneten sie sofort mit einem Angriff. Immer wieder blieben sie stehen, rührten sich nicht mehr, bückten sich tief ab, erhoben sich wieder und liefen ein Stück weiter, wobei sie den Himmel nicht aus den Augen ließen. Sie fürchteten sich. Ekuos folgte ihren Bewegungen genau. Er musste wissen, wie sie sich verhielten. An ihrer Haltung erkannte er, dass sie übermüdet waren und sicher auch schon länger nichts mehr gegessen hatten. Sie wirkten ausgelaugt und kraftlos. Außerdem mussten sie über den Fluss. Sie suchten verzweifelt eine Furt und liefen deshalb so dicht am Wasser, vermutete Ekuos. Es würde nicht mehr lange dauern, und sie mussten es wagen. Wenn sie keinen Seher bei sich hatten, würden sie den Tod nicht erkennen, der bereits am Ufer saß. Sie blieben am Fluss stehen. Einer zeigte auf einen Baumstamm, der von den Fluten in Windeseile davongetragen wurde. Sie unterhielten sich, waren ratlos und drehten sich in die Richtung, aus der sie gekommen waren. Dort erschien ein weiterer Fremder. Sie erwarteten ihn und berieten gemeinsam. Offensichtlich hatten sie keine Idee, wie sie ihr Dilemma lösen konnten. Offensichtlich hatten sie sich vorgenommen, mit genügend Abstand zu versuchen, den treibenden Stamm an Land zu ziehen. Ekuos kannte die Kleidung dieser Fremden nicht. Außer ihren Speeren schienen sie keine weiteren Waffen zu tragen. Ekuos war sich sicher, dass die Männer Angst hatten. Im Sog des Flusses und der unheimlichen Situation wurde jedes Geräusch, auch jenes, das man gar nicht hörte, zur Bedrohung. Besonders die Stille wirkte sich beklemmend auf ihn aus. Ekuos konnte nicht länger warten. In den Ebenen seitlich des Flussufers sah er den schweren Eber rennen. Der musste durch den Berg und dann hinuntergekommen sein, also wollte er die Spur des Tieres finden. Es dauerte nicht lange und er entdeckte eine weitere Höhle, deren Ausgang in einen schmalen Pfad mündete, der den Berg hinabführte. Vernünftig war es nicht, wie sie da hinunterhüpften und sprangen, doch die Bedrohung am Himmel wurde immer sichtbarer und so rannten sie wie noch nie zuvor in ihrem Leben.

Der Himmel zeigte keinerlei Erbarmen. Der schwarze Regen fiel nun unaufhörlich nieder und das Wasser stieg bereits deutlich sichtbar in der Uferregion. Er hörte hinter sich nur das schwere Atmen von Amanda. Ekuos sah, wie der Tod den Kahn vom Ufer aus wieder in die Flussmitte treiben ließ, um ihn daraufhin erneut ans Ufer zurückzudirigieren. Als die Fremden den Kahn sahen, wollten sie ihn an das Ufer bekommen. Sie schauten aber gar nicht in die richtige Richtung der ansteigenden Flut, sondern blickten zurück. Wie sollte aber ein Boot bei diesem Wetter den Fluss und die Strömung meistern? Ekuos wusste, was passieren würde. Als sie in den Fluss stiegen und den Kahn fast erreicht hatten, da war es schnell um sie geschehen. Amandas Stöhnen galt den Ertrinkenden. Sie würden über den Fluss müssen und nun hatten sie gesehen, was geschehen könnte. Ekuos konnte sich vorstellen, was in Amanda vorging. Wenn sie den Mut verlor, war es um sie beide geschehen. Einer allein würde unter diesen schwierigen Umständen scheitern. Er wischte sich über das Gesicht und bekam schwarze Hände. Der Himmel schickte unerbittlich schwarzen Regen auf die Erde.

Zunächst schien es nur ein Reiter mit Helm und Schwert zu sein, der in ihr Blickfeld geriet. Doch das Pferd sah geschunden und kraftlos aus. Es blieb am Ufer stehen und versuchte zu trinken. Sein Kopf war von nassen Tüchern und Lappen verdeckt, sodass man nicht erkennen konnte, was mit ihm geschehen war. Es blieb ruhig, als Ekuos sich annäherte. Als es sich kräftig schüttelte, da fiel der Reiter tot hinab. Sein Gesicht war noch schwärzer als das eines Köhlers. Augenscheinlich hatte er keine Luft mehr bekommen. Ekuos pfiff kurz und das Pferd drehte die Ohren. Er entfernte die Lappen und Tücher und schaute in ein unversehrtes Pferdegesicht. Ekuos gab Amanda zu verstehen, dass sie sich auf keinen Fall zeigen durfte. Noch könnten weitere Fremde in der Nähe sein und sein Vorhaben durchschauen. Er sollte sich nicht irren. Ekuos sah acht Männer den Fluss heraufkommen, die alle mit schweren

Lanzen bewaffnet waren. Amanda war eine Kriegerin gewesen und sie hatte die Pflicht, sich auf die Männer zu stürzen, auch wenn es keinerlei Möglichkeit des Sieges gab. Ekuos allerdings durfte anders handeln. Er entschloss sich, nicht zu warten. Lange konnte es nicht mehr dauern und das aufgeweichte Ufer musste wegbrechen. Sie konnten ihre Reise nur auf der anderen Flussseite fortsetzen, das war Ekuos klar. Die Frage blieb allerdings, wie er mit Amanda auf dem Pferd hinüberkommen konnte. Jetzt war noch Gelegenheit, sich die Fremden genau zu betrachten. Sie trugen allesamt Bärte, ließen die Haare wallen und waren sehr hellhäutig, soweit das aus der Entfernung erkennbar war. Hellhäutiger als unsere Leute, dachte Ekuos. Ihre Kleidung war lange nicht erneuert worden. Sie sahen wild aus, wie jene Fremden aus dem Norden, von denen alte Krieger erzählten, die gegen sie gekämpft hatten. Wenn sie das Gebiet am Fluss ausspähten, um einen Fluchtplatz vorzubereiten, durften sie das Flussgebiet nicht mehr lebend verlassen. Ekuos dachte an die Menschen, die sich vielleicht doch noch hatten retten können. Für alle zusammen war am Fuße der Berge nicht genug Nahrung zu bekommen. Jeder von ihnen dachte nur an sein eigenes Überleben.

Der Fluss strömte schwarz und gefährlich durch das Land, das nun unsichtbar unter dem Regen lag. Noch immer stand der Trupp am Fluss und wartete, während das Wasser anstieg. Der Wind tobte sich aus und mit dem Wind kam noch dunkleres Licht über den Fluss, und aus dem schwarzen Wasserungeheuer wurde ein gespenstischer Flusslauf, auf dem einige Enten landeten und kopfüber ertranken, als hätten sie nie schwimmen gekonnt.

Ekuos griff nach den ausgestreckten Armen von Amanda, hob sie zu sich auf das Pferd und trieb es am Flusslauf entlang zu den Bergen hinüber. Irgendwo dort oben musste seine Quelle liegen und wenn sich seine Ahnung als richtig herausstellte, würden sie dort vielleicht wieder atmen können. Dann würde sich auch eine Furt finden lassen, um das tote Land endgültig hinter sich zu lassen. Ekuos ließ das Tier so lange laufen, bis es zu erschöpft war, um sie beide weitertragen zu können. Sie befanden sich noch mitten in einem ihnen unbekannten Gebirgstal, als sie unterhalb ihres Standortes eine Ansammlung von Menschen wahrnahmen, die an einem Fluss lagerten. Amanda streifte umher, aber sie fand nichts Essbares. Ekuos dachte daran, was die vielen Menschen wegen ihres Hungers bald tun würden. Amanda entdeckte einen Pfad, über den sie den Bergsaum entlangliefen. Von ihrem neuen Standort aus sahen sie, warum die Leute dort unten am Fluss lagerten. Es waren der Hunger und die Verzweiflung jener, die der Vernichtung entkommen waren. In ihrer Sichtweite lag ein Ort und vor dem Ort standen schwer bewaffnete Männer, die niemanden zu sich hineinlassen wollten.

Als Ekuos und Amanda sich dem Sammelplatz näherten, da spürten sie die Ablehnung der geschundenen

Menschen. Ekuos wusste, dass sein Einsatz unter diesen Menschen zu keiner Beruhigung führen würde. Eher war es wahrscheinlich, dass sie nicht mehr auf die Weisen hören würden, weil sie die Katastrophe nicht vorhergesehen und sie gewarnt hatten. Vielleicht verfluchten sie die alten Götter und forderten andere für sich.

Amanda entdeckte in einiger Entfernung eine Birkenstange mit einem flatternden Tuch auf der Spitze. Es konnte für sie keinen Zweifel geben, dass dort Menschen am Werk gewesen waren, die sie kannte. Sie zeigte Ekuos das Tuch und so liefen sie um den halben Berg, bis sie in der Nähe der Birkenstange ankamen. Ein Mann führte die flache Hand über die Augen. Matu sah Ekuos und fast hätte er vor Freude geschrien, denn an ein Wiedersehen hatte er nicht mehr glauben können, nach dem, was er auf ihrer Flucht hatte sehen müssen. Matu rief etwas. Auf einem Felsen saß ein großer grauer Wolf. Matu zeigte mit ausgestrecktem Arm in die Richtung und sie sahen den Wolf bewegungslos auf dem Felsen verharren. Hatten die Götter sein Flehen erhört und ihm Kida zurückgegeben? Der Wolf ist das genaue Ebenbild von Kida, dachte Ekuos. Am Lagerplatz fanden sie neben Matu auch Atles und Werena. Etwas versetzt von ihnen hockten drei Kräuterfrauen, unter ihnen war Rosmerta. Während Amanda zu den Frauen ging, schauten die Männer hinunter in das Tal.

»Wir waren zunächst da unten«, berichtete Atles, »doch es ist unerträglich. Viele Menschen sind krank oder verwundet. Sie belagern Veldidena, aber es ist aussichtslos. Wenn das so weitergeht, werden alle umkommen.«

Ein neuer Gedanke beschäftigte Ekuos und er konnte nur hoffen, dass sie so reagierten, wie er es beabsichtigte. Sie würden sich zunächst weiter über das Tal verteilen müssen, um sie voreinander zu schützen. Das würde es Ekuos erleichtern, sie zu überzeugen.

»Es ist der junge Eon, an dem sie lagern. Wir wissen nicht, wie sein Wasser wirkt, wenn sie es trinken und sie trinken es. Wir haben hier oben eine kleine Quelle.« Matu zeigte dort hinüber, wo die Frauen hockten. »Rosmerta hatte sie gefunden.«

Es war inzwischen die hohe Zeit des Tages, an der die Sonne ihre Reise in die zweite Tageshälfte begann, aber sie war nicht zu sehen. Tiefschwarze Wolken verdunkelten noch immer die Erde und es war schwer, bis in das Tal sehen zu können. Ein heftiger Windstoß zündete einen Busch direkt am Ufer des Flusses an. Die Menschen in der Ebene erschraken und knieten nieder. Sie versuchten, die verschiedenen Zeichen der Götter zu deuten und sie flehten um Gnade.

Ekuos' Augen schauten direkt in das Gesicht des Todes, der alle Schritte der Menschen hinter dem Fluss ohne Regung beobachtete. Gab er ein Signal? Zwei Fremde sicherten dort unten mit ihren Spießen das Gebiet gegen den Wolf ab, den sie inzwischen entdeckt hatten. Ekuos musste handeln, denn der Tod würde nicht mehr lange warten.

Amanda kam zurück, weil sie Ekuos so nahe am

Abgrund stehen sah. Mit wem sprach er dort? Sie konnte niemanden entdecken.

»Wenn es nur noch Nacht ist, werden unsere Gesichter vor Schmerzen so entstellt sein, dass die Götter uns nicht mehr erkennen werden. Das Antlitz der fernen Stille wird so leiden, wie wir es tun. Wir werden nicht mehr sprechen, nicht einmal leise atmen. Schwarzes Blut wird aus unseren Körpern tropfen und nichts wird mehr sein.«

Der Tod hatte zugehört, sah Ekuos an und stieg dann den Berg hinauf. Als er nicht mehr zu sehen war, erschien weit hinter den südlichen Bergen ein kurzer heller Schimmer. Kurz entschlossen stieg Ekuos den Berg hinab. Ihm folgten Amanda und dann Matu und Atles.

Der Fluss schimmerte wie ein schwarzgrüner Stein im dunklen Licht. In den Bäumen hob ein Summen an, als würden die Feen zur Harfe singen. Die Menschen blickten ablehnend und neugierig auf die Ankommenden. Ekuos wurde als Hirte und Seher erkannt und die Leute wendeten sich ab. Nur einer wies immer wieder zu dem Wolf hinüber, der weiter unbewegt auf dem Felsen stand. Ekuos flüsterte Amanda etwas zu, die danach vortrat.

»Der Wolf bleibt, bis ihr gehen werdet. Hinter den Bergen des Südens wartet das Land des Lichts und das Leben. Bleibt ihr, wird euch die ewige Nacht verschlingen.« Amanda senkte den Kopf.

»Für euch alle wird der Platz in der Anderswelt nicht

ausreichen. Ihr werdet euch entscheiden müssen.« Wie immer sprach Ekuos sehr leise, aber jeder hatte ihn verstanden.

Es wurde geflüstert und getuschelt, während Ekuos einfach weiterging und sich auf den Ort zubewegte, wo man ihn keineswegs freudig erwartete. Ekuos wusste, wie man dort dachte. Das war nicht schwer zu verstehen. Eine Familie konnte von einem vollen Suppentopf leben, aber nicht ein Lager voller Menschen. Dennoch, sie würden sich entscheiden müssen. Entweder werden sie die Geschundenen ausstatten, so gut es ihnen möglich war, oder es würde das Nichts nach dem Kampf geben. Ekuos irrte nicht. Tatsächlich wählten die Anführer im Ort vier Männer aus. Während zwei gegen den vermeintlichen Feind vorrückten, ritt der Anführer an das Wasser und ließ sein Pferd auf Amanda zureiten. Es stand mit gesenktem Kopf am Fluss, sodass Ekuos nur ein verschnürtes Paket auf dem Rücken des Pferdes erkennen konnte. Wenn der Anführer der Elenden vom Fluss Amanda Schaden zufügen wollte, dann würde Ekuos dafür sorgen, dass er eine Tortur zu ertragen haben wird. Aber er stieg ab und legte das Bündel Amanda vor die Füße. Es war ein Kind, das kaum noch atmete.

»Hole mir Rosmerta«, sagte Amanda zu Atles und zeigte dabei auf das Pferd.

Der Anführer ließ es geschehen und Atles preschte davon. Während Amanda die Tücher öffnete, die um das Kind geschlungen waren, lief Ekuos auf das Tor zu und war nicht sonderlich überrascht, als dort Quintus Tessius und Amadas erschienen. Man hatte sie vorgeschickt, weil sie laut gerufen hatten, ›wir kennen den, der da kommt, es ist Ekuos der Seher und Hirte.‹ Ekuos wartete ab, bis Amanda an seiner Seite war. Sie hielt das Kind im Arm.

»Sie braucht sauberes Wasser«, rief sie.

Danach passierte nichts mehr, bis Atles und Rosmerta eintrafen. Sie nahm das Kind und führte ihre Finger in seinen Hals. Das Kind erbrach schwarzen Schleim und danach ging es ihm bereits besser.

»Ekuos sagte, alle müssen durch das Flusstal in den Süden, damit sie leben können. Hier werden sie nicht mehr lange warten und euch einfach überrennen. Was sie gesehen haben, war so schrecklich, dass ihnen nichts mehr bedrohlich erscheint. Sie suchen das Land des Lichts und sie wollen es finden. Sie brauchen Wagen, Pferde, Waffen und Essen für ihre Reise. Ekuos sagte, dann wird nichts Übles geschehen.« Amanda sprach es und sie sah auf Quintus Tessius, der einen roten Kopf bekam. Natürlich waren die Menschen in Not, aber er hatte auch viel zu verlieren. Sein Leben war längst römisch geworden und er glaubte nicht, dass die Noriker oder die Kelten, wie sie in Rom genannt wurden, den Weg zum Überleben finden konnten. Sie waren zu sehr ihrer bestehenden Ordnung verhaftet, in ihrem Glauben und den strengen Sitten, während Rom das Leben fließen ließ. In seinem Geschäft wohnten nun einmal keine Götter, die er ständig zu fragen hatte, ob er seine Geschäfte so betreiben durfte, wie er es tat. Hätte er nach den Geboten seiner Sippe gelebt, niemals wäre er zu Besitz und Ansehen gekommen. Aber das sprach er nicht aus. Während sie zusammenstanden, kamen aus den Tälern noch weitere von der Katastrophe Vertriebene vor die Stadt. Es waren Menschen, die nicht direkt getroffen worden waren, denn von denen lebte niemand mehr, gleichwohl fürchteten sie sich vor der Dunkelheit, dem Hunger und der Ungewissheit. Wenn sich noch mehr Menschen am Fluss sammeln würden, musste es unweigerlich zu schweren Unruhen kommen, denn das gute Wasser war knapp und der Hunger forderte bereits seine Opfer. Amadas und Quintus Tessius blickten sich an, als hätten sie soeben genau den gleichen Gedanken gehabt. Sie führten Ekuos und Amanda in den Ort, denn eine Entscheidung zu fällen lag nicht in ihrer Macht. Doch Ekuos wollte nicht verhandeln, er stellte Forderungen. Die weisen Frauen und Männer der Stadt befanden sich in einem Dilemma. Auch in ihren Häusern gab es inzwischen viele Menschen, die nicht mehr warten wollten, bis der Himmel über ihnen zusammenbrach. Sie hatten von der bevorstehenden Wanderung in das Land des Lichts gehört und wollten sich anschließen. Ekuos stieg mit zwei weisen Frauen auf einen der Wachtürme und was sie von dort oben aus sahen, bestätigte seine Forderung. Längs des Flusses lagerte inzwischen eine nicht mehr überschaubare Masse Menschen. Und von Westen her drohten die schwarzen Wolken, die bald mit dem heftigen Wind über die Berge kommen würden.

Erst ein grässliches Schreien aus zwei Kehlen ließ sie herumfahren und auf das andere Ufer des Eon blicken, aber da kam bereits jede Hilfe zu spät. Ein Stoß mit einem Speer hatte den Kopf eines Mannes getroffen. Das Gesicht des Toten war grauenhaft entstellt worden. Aber auch der Angreifer lag wie fortgeweht auf der Seite, denn einer aus der Sippe des zuerst Getöteten hatte ihm den Kopf abgeschlagen. Männer seiner Sippe verharrten einen Moment voller Entsetzen, und diesen Augenblick nutzte eine weiße Frau, um sich zwischen die sich bekämpfenden Sippen zu stellen. Der Kampf war um einen Eimer Wasser entbrannt, den die weiße Frau nun anhob. Sie verteilte das Wasser je zur Hälfte in zwei Gefäße und ließ sie an die beiden Sippen übergeben.

Das war nun allen Verantwortlichen Warnung genug. Wie lange würde es noch dauern, bis man sich wegen weniger als einem Eimer Wasser die Köpfe einschlug? Ekuos hatte sich durchgesetzt und so wurde beschlossen, durch das Flusstal in die Berge zu steigen und den Flussläufen folgend in das Land zu gehen, in dem es Licht und Nahrung gab. Quintus Tessius nahm das mit sehr gemischten Gefühlen auf, während Jantumara mit ihrem Mann und Amadas schimpfte, weil die Menschen einfach keine anderen Möglichkeiten hatten. Sie ließ es auch nicht gelten, als Amadas sagte, die Menschen im Süden würden sich gegen diese Menschenflut zur Wehr setzen.

»Der Stärkere wird überleben«, antwortete Jantumara.

Ekuos sah sich die Friedensstifterin am Fluss genauer an. Sie war vom Kopf bis zu den Füßen in einen weißen Umhang gehüllt, sodass ihr Gesicht nicht zu sehen war. Aber als sie sich bewegte, da erinnerte er sich an diesen schwebenden Gang und diese Durchsichtigkeit ihres Körpers. Es war Rinna die weiße Frau. Um sie herum wachten sechs Frauen, die sie beschützten und vor Annäherungen bewahrten. Ekuos blieb daher auf Distanz und seine Frage, warum sie an diesem Ort war, blieb unbeantwortet.

Sie war es, die sich an die Spitze setzte und als sich der Menschenstrom in das Tal ergoss, da wurden auch die Unentschlossenen mitgerissen, die sich vor der Fremde und dem Unbekannten gefürchtet hatten. Jantumara hielt die Zügel in der Hand, denn Quintus Tessius konnte es noch nicht verwinden, dass man ihm seine Pferde und die Wagen genommen hatte. Aber nicht nur er hatte abgeben müssen. Rinna der weißen Frau folgten gut bewaffnete Reiter und in den Wagen dahinter saßen weise Frauen und Männer in ihren dunkelbraunen Umhängen und mit Speeren bewaffnete Jäger, denn der Rat der Weisen hatte die Jagd erlaubt. Es war dringend erforderlich, dass die Leute wieder zu Kräften kamen.

Ekuos ließ die Menschen an sich vorüberziehen. Als Werena und Atles an ihm vorbeikamen, nickten sie sich zu. Am Ende der Kolonne ritten die Männer mit Äxten und Speeren, die erprobt im Kampf waren und cin Gespür für Gefahren hatten. Sie zogen den Eon entlang und erreichten bald den Weg der Händler nach

Süden. Bei ihrem Anstieg in den Berg sah Ekuos die Masse der Menschen erst in ihrem ganzen Ausmaß. Er selbst blieb auf dem Pferd und bewegte sich nicht.

Atles blickte von der Anhöhe hinab und sah seinen Bruder Ekuos. Dann wurde er abgelenkt, denn ein Trupp Treiber kreiste einen Eber ein, der sich zu nahe an die Menschen herangewagt hatte. Einen der Treiber trafen die Hauer des Ebers, dass er gegen den Felsen krachte und die Knochen barsten. Das alles passierte mit solch einer Präzision und Geschwindigkeit, dass Atles einen Augenblick brauchte, um es zu glauben. Der Eber war längst wieder hinter den Büschen in den nahen Wald verschwunden und Atles hatte seinen Platz wieder eingenommen, als er gewahr wurde, dass Ekuos sich umgedreht hatte und in die Richtung zu den Bergen ihrer Heimat blickte. Der Regen setzte wieder ein und über den Gipfeln der fernen Berge im Süden tobte ein Sturm. Der tote Treiber wurde auf einen Wagen gelegt, dass man nicht anhalten konnte. Erst am nächsten Abend, wenn man wegen der Dunkelheit rasten musste, würde er in die Erde kommen können. Werena stand neben Atles und sie sah, was er auch erblickte. Amanda saß nun hinter Ekuos auf dem Pferd und Matu bestieg soeben ein kleineres Pferd, was so gar nicht zu diesem Koloss passte.

»Vielleicht werden wir niemals mehr lächeln, wenn wir hinter den Bergen nachgesehen haben«, sagte Werena.

Atles nickte nur. Sie wollten zu Ekuos, der offensichtlich dem Flusslauf des Eon nach Westen folgen wollte. Der Fluss zog seine Bahn durch das Land, das es nun nicht mehr gab. Sie benötigten einen halben Tag, bis sie wieder vor den Toren der Stadt standen, aber das war einerlei. Natürlich waren Ekuos, Amanda und Matu längst verschwunden, aber Atles wusste genau, wie er sich zu orientieren hatte. Sie hatten am Berg zwei Hasen gefangen und sich mit Quellwasser versorgt, nun liefen sie still am Eon entlang. Ein Toter trieb im Wasser den Fluss hinab.

Ekuos blieb an seinem Platz und rührte sich nicht. Er hörte, wie Matu ganz kurz gackerte wie ein Huhn. Das war wohl als Zustimmung für den Angriff gedacht. Nachdem sie an dem Ort vorbeigekommen waren, hatte er das Gefühl, jemand würde ihnen folgen. Es war Zeit, die Sache zu beenden. Doch die geplante Attacke lief ins Leere. Sie entdeckten niemanden.

Am Flussufer war man in heller Aufregung. Nicht nur, weil man inzwischen vier Männer im Eon vorbeitreiben sah, schien sie nervös zu machen, sie waren sich nun offensichtlich nicht einig, was sie tun sollten. Ekuos hielt sie für Fischer aus dem nahen Veldidena, die verzweifelt überlegten, ob sie wieder Vertrauen zu dem Wasser im Fluss haben konnten oder nicht. Einer der Fischer rief ihm zu, sie hätten Zwerge aus dem Gebirge des verwunschenen Berges des Riesen am Ufer gesehen. Drei winzige Personen mit langen Kleidern und Kapuzen. Ekuos zögerte. Hat er sich doch nicht getäuscht und die Zwerge waren in der Nähe gewesen? Oder war es der Tod? Auch der trug einen überlangen Umhang mit Kapuze. Aber den konnten nur die Menschen mit den zwei Gesichtern sehen. Die Zwerge waren Begleiterin der Großen Mutter. Sie hielten die Verbindung zwischen Tod und Fruchtbarkeit. Nach dem Ende des Lebens folgte die Wiedergeburt. So war es und deshalb wollte er über das Gebirge. Vielleicht hatte einer der Zwerge ein Ei in seinen Händen gehalten? Es war ein Symbol für neues Leben.

In diesen tragischen Tagen und Nächten wusste man nie, wie die Menschen plötzlich reagierten. Ekuos schaute noch einmal auf die erregten Fischer und entfernte sich. Vor dem Anstieg ins Gebirge sammelte sich die Gruppe. Unter der Führung von Ekuos ging es in den Berg. Sie schlitterten einen an einem Felsen hinab und ritten an einen Waldsaum, um sich hinter einer Baumgruppe zu verbergen. Sie hatten Geräusche gehört und es dauerte nicht lange, da sahen sie Fremde. Die Leute waren unsicher, weil sie entdeckten, dass der Wolf von einem Felsen zwischen die Bäume verschwunden war. Vom anderen Ufer aus versuchten Männer, Kontakt zu bekommen, während der Anführer offenbar verlangte, dass der Kopf eines Toten vom Weg entfernt wurde. Ekuos sah, wie sie bei einem Toten am Fluss verharrten, dem irgendwer den Kopf abgeschnitten hatte. Es waren einfache Bauern, wohl eine Sippe auf der Flucht, die sich nun umschauten und nicht weiter wussten. Er konnte ihnen nicht helfen.

Das Wasser stürzte aus den Wolken und nichts weiter geschah. Der Himmel reiste nach Westen und noch immer blieb es fast dunkel. Ekuos stieg vom Pferd und half Amanda hinunter. Irgendwo in der Nähe lauerte eine Gefahr. Ein großer Adler kreiste über ihnen. Wartete der Vogel darauf, die Seele eines bald Sterbenden in die Anderswelt zu tragen? Ekuos pfiff, doch Kida erschien nicht. Er wollte in sich gehen und betrat das kleine Wäldchen allein. Dort hob er den Kopf und senkte ihn wieder. Himmel und Erde. Ekuos wollte sich führen lassen. Die Götter sollten ihn lenken. Aber etwas Feindliches störte ihre Verbindung. Die große Kraft aus dem Himmel konnte nicht in ihn hineinströmen, wenn ein Feind dazwischen stand. Wo war er? Ekuos dachte an die Geste von Rinna. Sie war eindeutig gewesen und er wusste, dass sie ihm eine Schuld an der Katastrophe gab, weil er mit Amanda zusammen war. Die Götter erlaubten den Sehern keine bindende Nähe. Ein weiterer Grund für ihn, umzukehren. Das Land seiner Ahnen und seiner Sippe brauchte ihn. Nur dort könnte es möglich sein, die Götter umzustimmen.

Ekuos sah den Tod wieder, wie er mit beiden Armen in den Himmel griff und eine riesige schwarze Wolke hervorzog, die mit Sturmböen antwortete, das Wasser im Fluss zum Kochen brachte und so viel Regen hinabschüttete, dass er beim Atmen mit offenem Mund zu ertrinken drohte. Zwei Zurückgelassene am gegenüberliegenden Ufer standen im Wasser und schrien, ohne dass ein Wort zu hören war. Die Natur war von den Göttern losgelassen worden und es geschah das, was die

Menschen an ihrem Ende wohl erleben werden. Dann war das Geschehene also noch nicht das Ende aller Tage, dachte Ekuos. Er schloss die Augen.

Der Himmel öffnete sich und helles Licht strahlte auf die Erde hinab. Aus dem wilden schwarzen Fluss wurde wieder der göttliche Eon. Und endlich schaute auch die Sonne hinab auf Amanda, die wie eine Tote auf einer Wiese lag. Nichts war geschehen. Der Himmel war über ihnen geblieben. Nur für die Feinde war eine Katastrophe eingetreten. Dort, wo sie sich befanden, war aus Festland und Ufersteinen eine Insel geworden, die langsam im Wasser unterging. Auch sie würden ertrinken. Die Feinde warfen verzweifelt ihre Lanzen in das Wasser, als wollten sie die Flussgöttin töten, um sich retten zu können. Aber es gab für sie keine Rettung. Das Land unter ihren Füßen zerbrach. Verzweifelt rissen sie sich ihre Kleider von den Körpern, um dem Sog des Wassers entgehen zu können. Der große schwere Matu mit seiner Axt, an den erinnerten sie sich. Vielleicht war dieses Bild das Letzte, was die Feinde in ihrem Leben sahen, wie der Wolf und der Mann mit der Axt sich voreinander niederknieten. Niemand überlebte, wenn die Zeit gekommen war. Die kleine Insel versank im Fluss und die Feinde mit ihr.

Ekuos sah, wie die große Wölfin langsam durch das Sonnenlicht schritt und bei der liegenden Amanda stehenblieb.

»Kida«, flüsterte Ekuos.

Atles reagierte mit Gesten. Er hatte die Ertrinkenden erkannt. Es waren seine Entführer. Jetzt war er sich sicher, dass von den Feinden keine Gefahr mehr drohte. Aber was lauerte dann auf sie?

Als Werena mit Atles in Sichtweite kam, winkte ihnen Matu, dass sie dort am Berg bleiben sollten. Sie suchten sich einen Platz zwischen den Bäumen und warteten. Auch Amanda wartete und nur Matu lief unruhig herum.

Er fiel aus dem Baum über ihr direkt vor Amanda und hielt zwei Messer in den Händen. Doch bevor er zustechen konnte, schleuderte Matu ihm einen Stein gegen die Schläfe und er brach zusammen. Amanda erkannte ihn sofort. Es war der Zwerg, der ihr als Tochter der Kij sein Leben verpfändet hatte und den sie zurückließ, als sie Ekuos gefolgt war. Sie konnte ihn nicht verstehen und sie verstand ihn doch. Ohne sie war er nur ein Gnom. Ihre Sippe nahm ihr Verschwinden als Verrat und vielleicht glaubten sie sogar, es war ihre Schuld, dass der Himmel auf die Erde gefallen war. Sie hatten den Zwerg ausgeschickt, sie zu finden und zu opfern. Amanda nahm die Messer, lief den Berg hinab zum Fluss und warf sie in das Wasser.

Matu ließ einen durchdringenden Pfiff ertönen und die Pferde reagierten sofort. Ekuos war in seiner eigenen Welt, in der er pausenlos vor sich hinflüsterte und die Götter um Erbarmen bat für ihre Heimat und seine Begleiter, nicht für sich. Es geschah etwas und danach war es nur noch still. Ekuos glaubte, die Götter erwarteten, dass er sich opfern würde. Im Angesicht des Lichts und der Tatsache, dass die Feinde tot waren, wollten die Götter ein besseres Opfer. Ekuos schaute über den Fluss, aber der Tod war nicht mehr anwesend. Rosmerta hatte ihm gesagt, dass er dem Gott der Götter einmal Ehre erweisen müsse. Ein Gott, dessen Namen niemand ungestraft aussprechen durfte. Vom Flussufer löste sich eine Schlange und kroch direkt an der Gruppe vorüber zum Wald hin. Die Schlange war das Symbol des Sterbens und der Wiedergeburt. Darüber musste Ekuos nicht nachdenken. Er schaute zu Amanda hinüber, die auf den toten Zwerg blickte. Auch über sie musste er nicht nachdenken, wenn er den Göttern diente. Ekuos ging aus dem Leben und entstand aus sich selbst heraus wieder zu neuem Leben. Die Schlange verschwand im Wald. Das Licht wurde noch heller. So wird es sein. Ein Adler lud sein Gewicht auf einen hohen Ast, der laut aufstöhnte. Ekuos schaute hinauf. Der Adler wartete auf seine Seele.

Matu schaute misstrauisch zu der Baumspitze. Ihm war ganz und gar ungemütlich in seiner Haut. Er verstand das alles nicht. Vielleicht war der Adler gar nicht wegen des Zwerges da, sondern er wartete auf eine neue Seele, damit sie alle weiterleben konnten? Er begriff von diesen geheimen Dingen nichts und schwieg dazu lieber.

»Die Götter warten auf ein Dankesopfer. Dann wird die Erde wieder aufstehen und wir werden uns auf die Pferde setzen.« Amanda hob die Hände.

Aber was sollen wir opfern, wir haben ja nichts,

dachte Matu. Er stöhnte. Vielleicht wäre es doch besser gewesen, sie wären mit den anderen in das Land des Lichts gezogen. Er hatte einen Zwerg getötet und niemand würde ihm sagen können, wie der Riese vom Berg und seine Wichte darauf antworten würden. Weil sich sein Pferd erschöpft auf den Boden gelegt hatte und der Zwerg tot am Fluss lag, fühlte Matu sich nicht wohl.

Ekuos wusste, dass er sterben musste und wieder leben würde, aber er schwieg. Matu war nicht sehr klug, doch Ekuos mochte seine beharrliche Treue. Es wird der Himmel sein, der ihm sagen wird, wann er sprechen musste und wie die Dinge auf Erden zu regeln waren. In der Eile verlor der gewöhnliche Mann leicht den Verstand. Ekuos schüttelte den Kopf. Auch die, die ständig reden, damit sie von sich glauben können, dass sie leben, müssen einmal sterben. Ekuos starrte auf die Hand Amandas. Blut des Zwerges klebte daran. Hatte er nicht genug getan? Die Feinde waren nicht mehr und er musste seine Leute nun vor dem Verhungern bewahren. Dadurch war ihm, als wäre sein Weg hier noch nicht zu Ende. Was sollte er tun, wenn sie tot daliegen blieben und nie mehr aufstehen würden? Er dachte an Amanda. Sie würde, wenn es denn so gewollt war, von sich aus nicht zweifeln. Aber wieso zweifelte er? Hatte er nicht vorher noch an das Leben, an ihr weiteres Leben gedacht? War er nicht vollständig davon überzeugt gewesen? Er schaute auf dieses schmale, ein wenig runde Gesicht mit der schlanken Nase und den breiten, blassen Lippen. Sie wirkte wie tot. Lag es daran, dass sie kaum Zeichen trugen? Nein, das konnte es nicht erklären. Die Götter hatten sie vor dem Tod bewahrt und den Zwerg sterben lassen. Ahnte sie, was ihn bewegte und er vorhatte?

Ekuos erhob sich und kehrte um. Er würde mit ihnen in die Berge reiten und in der Höhe einen Platz finden, auf dem sie siedeln konnten. Ganz hoch oben im Berg, wo die Sonne zum Greifen nahe war. Dort konnten sie wieder freier atmen und sich dem einfachen Leben weihen.

Matu sprach mit sich selbst, während er niederkniete und die gefangenen Hasen von ihren Fesseln befreite. Ekuos hörte seine Stimme, aber nichts an Worten. Vielleicht setzte Matu gar keine Wörter aneinander, sondern sprach einen Liedtext oder irgendetwas zu seiner Beruhigung? Ekuos hätte ihn fragen können, aber er sah, wie schwer es Matu fiel, die Tiere in seiner Lage berühren zu müssen. Er durchschnitt mit einem kleinen Messer die Fangschlingen. Seine inneren Fesseln schnürten ihm unsichtbar die Atemluft ab. Ihm war, als würde ein Riese mit kräftigen Armen den Oberkörper zerquetschen. Wenn der getötete Zwerg zu den Wächtern der Schätze im Boden der Großen Mutter Erde gehört hatte, dann würde er nie mehr Frieden finden.

Ekuos erkannte die inneren Qualen von Matu. Er dachte, auch die Furcht kann einen mächtigen Körper so fest binden, dass er keine Bewegungen mehr machen kann. Dann schaute er auf Atles.

»Die Herren fuhren in ihren Wagen einfach an dem

alten Mann vorbei und ließen ihn, vom hoch geworfenen Schmutz ihrer Räder verunstaltet, hinter sich. Sie lachten ihn nur deshalb nicht aus, weil sie seinen Fluch fürchteten. Aber ihre Welt war nicht mehr jene unserer Sippen. Wir gruben das Salz aus den Bergen und sie lachten über uns. Nun folgte die Strafe und sie werden mit den Fingern auf andere zeigen, weil sie nicht daran Schuld tragen wollen.« Atles sprach zu Werena.

Amanda war aus einem solchen Haus und der Zwerg war ihr Sklave gewesen, wenngleich er kein wirklicher Sklave war. Vielleicht trug ihre Familie auch eine Schuld und Ekuos war eine Geisel, die so lange bleiben musste, bis die Schuld an die Götter zurückgezahlt war? Aber Amanda glaubte nicht, dass Atles sie gemeint hatte. Er kannte sie ja gar nicht als Tochter der Kij.

Sie mussten weiter. Ekuos ritt durch ein Tal und dem Tal folgte ein weiteres, bis er einen Bachlauf und einen Fluss fand, denen er in den Berg folgte. In der Höhe fand er ein Wäldchen und eine Quelle, die er als den rechten Ort zum Siedeln betrachtete. Sie waren sehr hoch gestiegen und hatten die Pferde zunächst einmal in einer Höhle zurückgelassen. Wie sich schnell zeigte, waren sie nicht allein. An einer günstigen Stelle am Berg hatte Rosmerta Tücher zwischen zwei Bäume gespannt, unter denen sie ihr Lager aufgeschlagen hatte. Sie war mit einem Mädchen zusammen.

»Dala wird mir einmal nachfolgen«, sagte sie.

Das Mädchen war voller Brandwunden und es sprach nicht. Rosmerta hatte sie unter Sträuchern versteckt entdeckt, so wie sie kleine Vögel entdeckte, die aus dem Nest gefallen waren und um die sie sich kümmerte. Sie nannte das Mädchen Dala, weil es einen Namen brauchte, denn schon nach wenigen Tagen bemerkte sie, wie geschickt die Kleine mit den zu schneidenden Kräutern umging. Vielleicht hatte sie in ihrem vorherigen Leben bereits bei einer weisen Frau lernen dürfen. Rosmerta wollte ihr alles Wissen über die Pflanzen beibringen, denn nur so konnte die Lehre von den Kräutern unter den auserwählten Frauen erhalten bleiben.

So weit oben am Berg konnten sie nicht wohnen. Um sich feste Häuser bauen zu können, mussten sie also wieder hinab. Matu und Atles fanden genug umgestürzte Bäume, die sie zum Bauen nutzen konnten und Werena half ihnen bei der Arbeit. Als die beiden Häuser Tag um Tag nur langsam wuchsen, arbeiteten auch Rosmerta und Dala mit. Ekuos verlangte, dass die Hütten nicht zu dicht zusammenstanden, damit sie im Falle eines Unglücks nicht gleichzeitig zerstört wurden. Dann verließ er den Ort und stieg den Berg hinauf. Er wollte auf die Spitze gelangen und den Göttern lauschen. Der Geruch von nassen Steinen und ein Wind aus fernen Himmeln berührten ihn. Ekuos erklomm die letzten Felsen und schaute zum Firmament hinauf. Als er seinen Kopf umwandte und auf die andere Seite der Berge schaute, da sah er es und mit einem Mal war in ihm nur noch Schweigen. Das Land in der Ferne lag unter einer dichten Schicht aus schwarzen Wolken, die weit hinaufreichten und alles Licht vernichtet hatten. Er war den ganzen Weg zurückgeritten, um dieses Elend zu sehen. Unter ihm lag das zerstörte Land seiner Sippe und die Erde seines Lebens als Hirte. Nun erkannte er es nicht mehr wieder. Jetzt war es das Land, in dem selbst die Steine gebrannt hatten. Alles war schwarz. Es gab keine Bäume mehr, nur noch abgebrannte Stümpfe. So weit das Auge reichte, hatte das große Feuer gewütet und noch immer brannte und qualmte es an einigen Stellen. Zu hören war nichts. Es war so still, dass es ihn schmerzte. Wo war der große See des Bedaius, wo waren die Dörfer und großen Orte geblieben? Ekuos stieg zurück über die Bergspitze auf die gute Seite und fand Amanda, die dort auf ihn gewartet hatte. Hier oben gab es Ziegen, die aus den Herden der Menschen im Tal entkommen waren und wieder verwilderten. Sie würden den neuen Siedlern noch nützlich sein, dachte Ekuos. Für Werena, Atles, Matu, Rosmerta und Dala hielten die Götter ein Weiterleben bereit. Noch einmal würden sie Gelegenheit bekommen, um sich zu bewähren und die Erde im Sinne der Götter zu hegen und zu pflegen. Die Götter konnten den Himmel immer wieder herabstürzen lassen, wenn sich die Menschen nicht ändern würden.

Rosmerta war mit Dala zum Kräuterpflücken unterwegs gewesen, als sie an der Entwicklung der Pflanzen erkannte, dass es Zeit war, Beltane zu feiern. Es konnte nur ein bescheidenes Fest werden im Angesicht der schrecklichen Dinge, die sie alle erlebt hatten. Aber sie wollte einen Baum in die Mitte zwischen die Häuser stellen und ein Feuer machen, um die Asche später über die Erde zu verteilen. Wie bereits beim Bau der Häuser fehlten auch beim Kochen der Speisen fast alle nötigen Utensilien. Sie besaßen keine Schmelzöfen, also hatten sie keine Gegenstände aus Eisen. Sie brieten Hasen auf Holzspießen und sonst bot sich nicht viel mehr zum Verzehr an. Atles hatte nicht gedacht, dass er Salz einmal vermissen würde. Rosmerta fand Felder mit Pflanzen, die sich zur Ölgewinnung eigneten, aber für die Ernte war es noch zu früh. Sie hatte Matu hinunter an den Fluss geschickt, um Fische zu fangen, doch er kam schnell wieder zurück. Er war in das Wasser gefallen und gefangen hatte er nichts. Niemand von ihnen sprach es aus, aber das Leben vor dem Ereignis des Feuers und der Finsternis war doch ein schönes und voller guter Dinge gewesen, die jeder auf seine Weise nun vermisste.

»Tod und Leben«, riefen die Frauen und warfen Asche in die Luft.

Die Nacht vor dem Fest gehörte den Menschen aus der Anderswelt. Sie kamen zu Besuch und die Frauen und Männer waren froh, als sie wieder fort waren. Man fürchtete sich, weil niemand die Menschen der Anderswelt sehen konnte.

»Hohes Feuer«, riefen sie gemeinsam am Morgen. »Beltane. Beltane.«

Sie baten die Götter um ein glücklicheres Leben. Nun war die Zeit des Sommers angebrochen und Paare durften sich finden. Wie es der Brauch zum Beltanefest war, entschied Rosmerta, dass Dala und Matu in eine Hütte zogen, während Werena und Atles das zweite Haus für sich nahmen. Rosmerta behielt ihren eigenen Platz am oberen Felsüberhang. Erst in diesem Moment wurde ihnen bewusst, dass Ekuos und Amanda nicht mehr bei ihnen waren. Als sie etwas verlegen am Baum des Gottes Beltane zusammenkamen, da war Ekuos bereits fort. Sie suchten ihn an der nahen Quelle, doch er hatte bereits die Bergspitze weit hinter sich gelassen und war in das Tal hinabgestiegen auf dem Weg in die Zerstörung und Finsternis. Amanda war ihm gefolgt. Aber sie musste dort bleiben, wo das Licht war. Unmissverständlich zeigte ihr Ekuos an, dass sie ihm nicht weiter folgen durfte. Sie standen voreinander und sahen sich stumm an. Er hatte die Warnungen des Himmels nicht erkannt und nun waren seine Leute und das Land tot. Er war Ekuos der Hirte und Seher, er hatte die Verantwortung zu tragen, also ging er hinüber in die ewige Finsternis. Er musste sich für die Lebenden opfern. Amanda blieb. Sie wartete in der Hoffnung, die Götter würden sein Opfer nicht annehmen. Amanda dachte an die Städte und Orte, die sie kannte und die es vielleicht alle nicht mehr gab. Doch eigentlich dachte sie nur an ihn. Sie würde warten und wenn ein Sturm sie verwehen würde, dann würde sie dort auf ihn warten, wohin der Wind sie führte.

Sie machte es, wie Ekuos es immer gemacht hatte, sie schloss die Augen. So blieb sie für sich allein. Doch es bewegte sie nur noch ein Gedanke. Wenn er nicht mehr sein durfte, gab es auch sie nicht mehr. Amanda konnte es nur mit ihm geben, niemals ohne Ekuos.

Sie sprachen sich nicht ab, aber sie wussten es voneinander. Matu war zuerst auf die Suche gegangen und er hatte sich mit den Wochen immer weiter hinunter gewagt. Auch Atles stieg über den Berg und was er an Elend sah, darüber sprach er nicht. Amanda fanden sie nicht und Ekuos auch nicht. Rosmerta sah es ihren Gesichtern an. Sie sah, wie die beiden Männer sich verzehrten und sie verbot es ihnen, noch einmal hinüberzusteigen in die Dunkelheit und die Vernichtung allen Lebens. Und es kam der Tag, an dem sich die Körper von Werena und Dala veränderten und sie den Göttern dankten, dass es ein Weiterleben durch sie geben würde.

»Es ist das Licht«, rief Rosmerta glücklich und zeigte auf einen hellen Stern am Himmel, dem ein weiterer Stern folgte.

»Ekuos und Amanda«, sagten Atles und Matu gleichzeitig.

Eines Tages wird der Stern sich öffnen und ihr Retter wird auf Erden erscheinen, da waren sie sich alle einig. Und zum ersten Mal bewegte auch Dala ihre Lippen.

»Das Licht!«

ENDE

Glossar

Städte

Aqua Grannus – Aachen
Alkimoennis – Kelheim
Menosgada – Staffelstein
Bojodurum – Passau
Radasbona – Regensburg
Sorviodurum – Straubing
Iuvavum – Salzburg
Veldidena – Innsbruck
Der verwunschene Berg/Wunderberg – Untersberg

Flüsse

Rhin – Rhein
Bedaiussee – Chiemsee
Danau – Donau
Eon – Inn
Isara – Isar
Albe – Elbe
Moin – Main
Alemona – Altmühl
Igonta – Salzach

Weitere Krimis finden Sie auf den folgenden Seiten oder im Internet: www.gmeiner-verlag.de

UWE GARDEIN

Die Stunde des Königs

278 Seiten, Paperback.
ISBN 978-3-89977-789-5.

HOCHVERRAT Frühjahr 1886. Die bayerische Regierung entscheidet sich endgültig, mit aller Härte gegen König Ludwig II. vorzugehen. Nach langem Suchen hat der Ministerpräsident in dem Irrenarzt Gudden einen Mann gefunden, der die Verantwortung für das Urteil gegen den König auf sich nehmen will. Es lautet: König Ludwig ist geisteskrank.

Nach der Verhaftung des Königs kommt es bei Neuschwanstein fast zu einer bewaffneten Auseinandersetzung; der Widerstand bricht jedoch schnell zusammen. Aber es bleibt ein Problem: Der lebende Ludwig würde so lange König sein, bis er stirbt – so sieht es die Verfassung vor. Zudem gibt es bereits laute Äußerungen, die an der »Wahrheit« Guddens zweifeln lassen. Und die Regierung hat sich des Hochverrates schuldig gemacht …

UWE GARDEIN

Die letzte Hexe

326 Seiten, Paperback.
ISBN 978-3-89977-747-5.

MIT DEM TEUFEL IM BUNDE Kempten, im April 1775. Fürstabt Honorius von Schreckenstein, der ganz im Zeichen der neuen Zeit eine aufgeklärte Kirche zu forcieren versucht, steht vor der schwersten Entscheidung seines Lebens: Das Volk will die Landstreicherin Maria Anna Schwegelin auf dem Scheiterhaufen brennen sehen. Nach ihrem Geständnis, mit dem Teufel Unzucht getrieben zu haben, scheint ein Hexenprozess und damit ihr Todesurteil unabwendbar.

GMEINER

Wir machen's spannend

OLIVER BECKER
Geheimnis d. Krähentochter

466 Seiten, Paperback.
ISBN 978-3-89977-1071-0.

ZWISCHEN LIEBE UND HASS Der Schwarzwald im Jahre 1636: Ein abgeschiedenes Tal wird von den Schrecken des Dreißigjährigen Krieges erreicht. Eine Gruppe von Söldnern überfällt den Peterst-hal-Hof, mordet und verschwindet wieder im Dunkel der Wälder. Es gibt nur eine Überlebende: die Magd Bernina. Sie wird von einer Frau gerettet, die in der ganzen Gegend als Hexe verschrien ist und nur die »Krähenfrau« genannt wird. Welche Geschichte verbirgt sich hinter dem geheimnisvollen Bild, das Bernina in den Trümmern des abgebrannten Hofes findet? Bald steht die junge Frau nicht nur vor dem Rätsel der Zeichnung, sondern auch vor der Entscheidung zwischen zwei Männern …

SEBASTIAN THIEL
Die Hexe vom Niederrhein

273 Seiten, Paperback.
ISBN 978-3-8392-1076-5.

HEXENJAGD Kempen, im Winter 1642. Am Niederrhein tobt der Dreißigjährige Krieg.

Nach einem Kirchgang rettet der junge Schmied Lorenz die Tochter des Statthalters vor zwei durchgehenden Pferden. Die schöne Elisabeth macht ihrem Retter von der ersten Minute an eindeutige Avancen. Doch nicht sie ist seine Auserwählte, sondern ihre schüchterne und geheimnisvolle Adoptivschwester Antonella. Als hessische Söldner Kempen belagern und einnehmen, bricht das Chaos aus. Und die kräuterkundige Antonella wird von der gesamten Stadt als Hexe denunziert …

GMEINER

Wir machen's spannend

DAGMAR FOHL

Die Insel der Witwen

271 Seiten, Paperback.
ISBN 978-3-8392-1070-3.

INSELLIEBE Taldsum, eine Insel im friesischen Wattenmeer, Mitte des 19. Jahrhunderts. Das Leben der Bewohner ist geprägt von der Seefahrt, dem Tod und bitterer Armut. Als ein Leuchtturm auf dem Eiland errichtet werden soll, schlagen die Wogen der Empörung hoch. Auch die junge Seemannswitwe Keike Tedsen, die wie viele Frauen von der Strandräuberei lebt, fürchtet um ihr karges Auskommen. Dann aber verliebt sie sich in den Hamburger Ingenieur Andreas Hartmann, der mit dem Leuchtturmbau beauftragt ist. Es ist eine schicksalhafte Liebe, die das Leben der beiden für immer verändern soll …

GERHARD LOIBELSBERGER

Reigen des Todes

324 Seiten, Paperback.
ISBN 978-3-8392-1068-0.

DIE SPUR DES TODESENGELS Wien 1908. Als am Ufer des Donaukanals ein abgetrennter Unterarm entdeckt wird, wittert Gerichtsredakteur Leo Goldblatt die große Story. Doch nicht nur diese mysteriöse Angelegenheit schlägt dem Inspector und ausgewiesenen Gourmet Joseph Maria Nechyba gewaltig auf den Magen, sondern auch die Suche nach dem seit Tagen vermissten Oberstleutnant Vestenbrugg. Bewegung kommt erst in den Fall, als Vestenbruggs abgeschnittener Kopf auftaucht und sich herausstellt, dass er eine junge Geliebte hatte: Steffi Moravec, deren amouröse Fähigkeiten auch andere Herren der Wiener Gesellschaft sehr zu schätzen scheinen …

BIRGIT ERWIN / ULRICH BUCHHORN

D. Gauklerin v. Buchhorn

419 Seiten, Paperback.
ISBN 978-3-8392-1039-0.

BLUTZOLL FÜR BUCHHORN Buchhorn im Jahre 919. Nach jahrelanger Gefangenschaft in Ungarn hofft Graf Udalrich auf ein friedlicheres Leben mit seiner Frau Wendelgard auf ihrer Burg am Bodensee. Doch als zwei brutale Morde geschehen, hat sie die Vergangenheit längst eingeholt.

Eckhard, Sekretär des Bischofs von Konstanz, und Gerald, treuer Schmied der Grafenfamilie, machen sich gemeinsam auf die Suche nach den Tätern. Die Spur führt sie zu einer Gruppe Fremder um die ebenso attraktive wie geheimnisvolle Gauklerin Kunigunde …

BETTINA SZRAMA

Die Konkubine d. Mörders

321 Seiten, Paperback.
ISBN 978-3-8392-1040-6.

VON RACHE GETRIEBEN Bayern im Jahre 1632. Die Bauern leiden unter den Schrecken des Dreißigjährigen Krieges. Versprengte Truppen des gefallenen Feldherrn Johann t'Serclaes von Tilly ziehen plündernd und mordend durch das Land. Auch Marie, die in einem kleinen Dorf bei Ingolstadt lebt, muss mit ansehen, wie ihre Familie getötet und die Pferde geraubt werden.

Jahre später trifft sie in Hannover auf den skrupellosen Dieb, Vergewaltiger und Mörder Jaspar Hanebuth. Seine Stimme kommt Marie verdächtig vor – doch sein wildes, zügelloses Wesen zieht sie auch magisch an …

HERBERT BECKMANN

Die indiskr. Briefe d. G. C.

373 Seiten, Paperback.
ISBN 978-3-8392-1005-5.

PREUSSISCHE AFFÄREN Giacomo Casanova, der selbsternannte Chevalier de Seingalt, kommt im Sommer 1764 nach Berlin und Potsdam, um dort sein Glück zu machen. Restlos pleite, lediglich unterstützt von seiner geheimnisvollen Brieffreundin Terese, trifft er dort auf das Preußen Friedrichs des Großen, einen Militärstaat, der nach dem Siebenjährigen Krieg nahezu bankrott ist.

Im Berliner »Hôtel de Paris« macht Casanova die Bekanntschaft des alten Barons von Ribbeck. Dessen Schwiegersohn und gleichaltriger Kriegskamerad, der Graf von Wilmerstorff, ist auf mysteriöse Weise verschwunden. Nur um seiner Gattin, der jungen Gräfin Johanna, näherzukommen, übernimmt Casanova die zwielichtige Rolle des Commissaire und begibt sich auf die Suche nach dem Vermissten …

GERHARD LOIBELSBERGER

Die Naschmarkt-Morde

274 Seiten, Paperback.
ISBN 978-3-8392-1006-2.

MARKT DER EITELKEITEN Wien 1903. Auf dem nächtlichen Naschmarkt, dem größten Viktualien-Markt der Stadt, wird ein brutaler Mord verübt. Das Opfer: die junge Gräfin Hermine von Hainisch-Hinterberg, eine Waise aus reichem Haus, die bei ihrer Tante und ihrem Cousin in der Wiener Innenstadt lebte.

Die Presse macht viel Lärm um den »Naschmarkt-Mord«, vor allem der Journalist Leo Goldblatt übt Druck auf die Polizei aus. Doch das kümmert Joseph Maria Nechyba, ermittelnder Inspector des kaiserlich-königlichen Polizeiagenteninstituts, zunächst wenig. Der korpulente Genussmensch widmet sich lieber seinem leiblichen Wohlbefinden und seiner neuen Liebe, der Köchin Anna Litzelsberger. Bis am Naschmarkt ein weiterer Mord geschieht …

GMEINER

Wir machen's spannend